HEILUNG EINES Highlander -HERZEN

CLAN GRANT REIHE

BUCH ZWEI

BRENNA & QUADE

KEIRA MONTCLAIR

KAPITEL EINS

Spätherbst, 13. Jahrhundert

DIE KALTE STAHLKLINGE berührte ihre Wange und ihre Augen flogen auf.

„Beweg dich nicht, Mädchen. Ich will dich nicht verletzen müssen."

Brenna Grant setzte sich keuchend auf.

Ein scharfer Schmerz brannte auf der rechten Seite ihres Gesichts, und als warmes Blut ihren Hals hinablief, zuckte sie zusammen. *Halte still! Er wird dich töten. Tu, was er sagt.*

„Ach, Mädchen, warum hast du das getan? Ich habe dir doch gesagt, dass du dich nicht bewegen sollst."

Sie lag hilflos in ihrem Nachthemd da und spähte in die dunkle Kammer in der Hoffnung, ein Gesicht oder einen Hinweis darauf zu erkennen, wer das Messer hielt. Aber der Mann war außer Sichtweite. Sie spürte, dass er hinter ihr hockte, also atmete sie langsam aus, um ihn nicht weiter zu verärgern. Wer war ihr Angreifer?

„Bist du die Heilerin?" Sein heißer Atem strich über ihr Ohr. Er roch nach Schweiß, Pferd und dem Geruch, der entsteht, wenn jemand tagelang nicht badete.

„Aye." Sie schloss kurz die Augen, darauf hoffend, dass etwas passieren würde, um ihre Lage zu ändern. Ihr Bruder oder seine Wachen konnten jeden Moment in den Raum stürmen, also traf Brenna die Entscheidung, zu tun, was der Mann ihr befahl. Alex und ihre anderen beiden Brüder würden sie doch gewiss retten, nicht wahr? Andererseits hatte dieser Eindringling die mächtige

Verteidigungsanlage ihres Bruders überwunden und allein dieser Gedanke erschreckte sie.

„Gutes Mädchen. Jetzt werden wir zusammen vom Bett aufstehen. Du wirst dein Plaid, deine Schuhe und deinen Umhang nehmen und mit mir kommen. Hast du verstanden? Wenn du schreist, schlitze ich dir die Kehle auf. Ganz einfach. Tu, was ich sage, und niemandem wird etwas zustoßen."

Das Messer wanderte zu ihrer Kehle, lag aber locker genug, dass sie mit dem Kopf nicken konnte. Sie rügte sich in Gedanken. Warum musste sie immer so ehrlich sein? Sie hätte doch lügen können und leugnen sollen, dass sie die Heilerin ist. Vielleicht wäre er dann gegangen. Nay, es war immer besser, die Wahrheit zu sagen. Sie konnte es nicht riskieren, ihre Familie zu gefährden.

„Kluges Mädchen. Wo sind deine heilenden Kräuter und Wickel?"

Sie zeigte auf die linke Seite ihres Bettes, wo ihre Tasche immer für Notfälle bereit stand.

„Los geht's."

Er zog sie aus dem Bett und schob sie zu der Truhe, in der sie ihre Kleidung aufbewahrte. Sie zog sich schnell an und griff nach ihrem Umhang, bevor sie in ihre Schuhe glitt und ihre Tasche hochhob.

Schweiß perlte auf ihrer Stirn und zwischen ihren Brüsten. „Wohin bringt Ihr mich?"

„Das brauchst du nicht zu wissen." Er packte ihren Arm über dem Ellenbogen und grub seine Finger so fest in ihre zarte Haut, dass sie blaue Flecken hinterließen. „Wenn ich auf dem Weg nach draußen auch nur einen Mucks von dir höre, werde ich auch deine Schwester mitnehmen. Sie heißt Jennie, wenn ich richtig informiert bin. Einer meiner Gefährten wartet nur auf mein Kommando, um sie sich zu schnappen. Du wirst also bereitwillig mitkommen. Einverstanden?"

Brenna nickte mit dem Kopf und zuckte beim Gedanken, dass ihrer Schwester etwas zustoßen könnte, zusammen. Sie würde alles tun, um Jennie zu beschützen. Als der Mann seinen Druck um ihren Arm etwas lockerte, warf sie noch ein paar wichtige Dinge in ihre Heilertasche und folgte ihm zur Tür.

Seine Finger drückten wieder fester zu, als er sie den dunklen

Flur entlangführte. Sie stolperte über etwas und schrie fast auf. Eine der Wachen lag ausgestreckt auf den Dielen und stöhnte kurz unter ihrem Tritt. Sie seufzte und war dankbar, dass er noch lebte – aber wer wusste, wie lange er sich noch so glücklich schätzen konnte. Ihr Bruder Alex, der Laird, bekäme sicher einen Tobsuchtsanfall, wenn er entdeckte, dass seine Wache versagt hatte.

Als sie die Treppe erreichten, schloss sich ihnen ein Mann an und Brenna atmete erleichtert auf. Ihre Schwester war nicht bei ihm. Sie schlichen aus dem Hintereingang und gingen auf die Mauer zu, die den Bergfried umgab. Fast wäre sie dabei über einen weiteren Körper in der Nähe der Küche gestolpert, aber ihr Entführer riss sie gerade noch rechtzeitig beiseite. Danach behinderte nichts weiter ihren Weg.

Brenna hastete durch die Vorburg zur Mauer und stolperte mehrmals, um mit ihren Entführern Schritt zu halten. Wohin brachten sie sie? Ihr Bruder hatte ihrem Wissen nach keine Feinde. Wenn ein benachbarter Clan ihre Heilfähigkeiten brauchte, würde sie gern helfen, ohne dass jemand sie bedrohen musste. Alex schickte sie oft mit einer Eskorte los, um Kranke und Verwundete zu versorgen, ob sie nun zu seinem Clan gehörten oder nicht.

Sie erkannte keinen der beiden Männer. Beide hatten ihre Gesichter geschwärzt und ihre Stimmen und ihre Kleidung waren ihr nicht vertraut. Sie trugen kein Plaid. Aber alle Highlander trugen doch normalerweise das Plaid – das war eine Frage des Stolzes. Welchen Grund könnten sie also haben, mit der Tradition zu brechen?

Sie stürzte über eine Baumwurzel und schrie auf. „Geht langsamer, bitte!" Doch ihre Bitte stieß auf taube Ohren.

Ihr Entführer fing sie auf, bevor sie fallen konnte, und zog sie fest an sich. „Hüte deine Zunge. Wir werden nicht riskieren, deinetwegen alles zu verlieren."

Was konnte das bedeuten? Zwei weitere Männer erwarteten sie an der Mauer. Einer schob sie zu einer Strickleiter und brummte nur einen knappen Befehl.

„Steig da rauf."

Sie starrte die vier Männer an, schluckte und steckte ihren Fuß in die untere Schlaufe. Als sie nach dem Seil griff, rutschten ihre feuchten Hände an der rauen Schnur ab. Eine Hand wollte ihren Hintern nach oben schieben, aber sie reagierte sofort instinktiv, wirbelte herum und verpasste dem Täter eine Ohrfeige.

„Fass mich nicht an!", zischte sie zwischen zusammengebissenen Zähnen.

Der Mann wollte zurückschlagen, aber ihr Entführer packte seine Hand.

„Fass sie nicht an, sonst knöpft dich der Chief auf." Dann drehte er sich wieder zu ihr um und schob sie die Leiter hinauf. „Beweg dich, Mädchen. Wir haben keine Zeit für Spielchen."

Chief? Welcher Chief? Nach der Heirat ihres Bruders mit Madeline MacDonald kannte sie die meisten Lairds in den Highlands. Es konnte sich nicht um einen Laird der Highlander handeln, der sie gegen ihren Willen entführen ließ, oder doch? Ihre letzte Hoffnung schwand, als die Erkenntnis sie traf. Dies mussten professionelle Entführer sein.

Als sie auf der anderen Seite der Mauer zu Boden fiel, packte ihr Entführer ihren Ellenbogen und zog sie zu einem in der Nähe wartenden Pferd. Er packte ihre Taille mit einer Hand und legte seine andere Hand unter ihren Fuß, um ihr aufs Pferd zu helfen. Dann setzte er sich hinter sie, nachdem er ihre Tasche am Sattel festgebunden hatte, und presste seine Hacken in die Flanken des Tieres. Die anderen Männer taten es ihm nach.

Brenna sah sich in der Gegend nach weiteren Pferden um. Sie hielt Ausschau nach den Wachen ihres Bruders, nach irgendjemandem. Doch sie sah niemanden. Es dauerte nicht lange, bis selbst die Männer, die ihnen folgten, aus dem Blickfeld verschwanden und sie mit diesem Fremden alleinließen.

„Es gibt keine anderen Reiter, Mädchen. Und niemand kommt, um dich zu retten. Eure Wachen sind mit einem Brand auf der anderen Seite des Bergfrieds beschäftigt. Alles war gut geplant, also schlag dir deine Hoffnungen aus dem Kopf."

Er beugte sich vor, um in ihr Ohr zu flüstern.

„Niemand wird dich retten."

KAPITEL ZWEI

BRENNAS GEDULD WAR schon längst am Ende. Es waren mehrere Stunden vergangen und trotzdem ritten sie weiter. Ihr Entführer weigerte sich, ihre Fragen zu beantworten. Er ignorierte sie und hielt sich nicht an die mindesten Regeln der Höflichkeit. Aber sie konnte es nicht länger hinnehmen. Sie würde ihm in den Ohren liegen, bis er ihr Antworten gab.

Sie holte tief Luft, klammerte sich an ihn und legte los. „Wohin reiten wir? Wohin bringt Ihr mich? Ich werde nicht aufhören zu reden, bis Ihr mir antwortet. Ich habe drei Brüder und ich weiß, wie nervig unaufhörliches weibliches Gezeter sein kann, aber ich werde weitermachen, bis Ihr mir antwortet. Oder seid Ihr wirklich so herzlos? Hegt Ihr keine Gefühle für niemanden? Ihr reitet Euer Pferd, bis es schäumt; Ihr gebt mir kaum die Möglichkeit, meine Notdurft zu verrichten. Eure Gefährten haben uns nicht eingeholt. Warum reiten wir allein? Warum sind sie nicht nachgezogen? Warum können wir nicht anhalten und uns kurz ausruhen? Warum das alles?"

„Es reicht, Weib!" Sein dumpfes Brüllen hallte in ihren Ohren wider.

Aber ein sehr lautes Seufzen kurz darauf gab ihr etwas Hoffnung. War sie erfolgreich gewesen?

„Du willst Antworten? Du sollst sie haben! Du reitest mit mir, weil ich der Beste bin. Niemand sonst wird dich rechtzeitig dorthin bringen können, wo wir sein müssen."

„Aber wir reisen allein. Wir könnten leicht angegriffen werden." Sie versuchte, einen Blick über die Schulter auf ihn zu werfen. Er war nicht hässlich. Er hatte hellbraune Haare, braune

Augen und eine kräftige Nase. Zwar roch er streng, was ihre sensible Nase verärgerte, aber er wirkte nicht mehr so wütend wie zuvor, sondern nur konzentriert.

„Niemand würde es wagen, mich anzugreifen. Ich bin der beste Reiter in den Highlands und auch der beste Schwertkämpfer. Ich bin die einzige Hoffnung, dich rechtzeitig dahin zu bringen, wo du gebraucht wirst. Niemand ist bei uns, weil sie nicht mithalten können. Sie reiten zum Schutz gegen deinen Clan hinter uns her. Ich habe das beste Pferd und es wird tun, was ich von ihm verlange. Mach dir seinetwegen keine Sorgen. Es wird seine Belohnung bekommen, wenn wir ankommen. Ich bin normalerweise nicht grausam zu Tieren. Doch dies sind besondere Umstände." Seine braunen Augen blickten in ihre. „Und jetzt hör auf zu plappern."

„Wohin bringt Ihr mich? Wohin reiten wir?"

„Sei still, sage ich!", schimpfte er und zog sie an sich.

„Gut", murmelte sie. Er hatte ihr nicht viel verraten, aber zumindest hatte er gesprochen. Brenna wagte es nicht, ihn weiter zu verärgern, damit er sie nicht schlug oder andere bösartige Dinge tat, wie Madelines Stiefbruder Kenneth es getan hatte. Dass ihre Schwägerin die Grausamkeit dieses Mannes überlebt hatte, war ein Wunder. Aber Kenneths fehlgeleitete Natur hatte ihn schließlich so wild gemacht, dass er unberechenbar geworden war. Was diesen Mann hier jedoch anging, so sagte ihr etwas, dass er die vollständige Kontrolle über alles zu haben schien und ein ganz anderer Menschenschlag war.

Sie beobachtete den Fremden aus den Augenwinkeln und war sich ziemlich sicher, dass sie sah, wie sein Mundwinkel zuckte.

Kurze Zeit später führte er sein Pferd vom Weg in den Wald. Brenna schlug die Hände vors Gesicht, um sich vor den Ästen zu schützen, die auf sie zuflogen. Sie befürchtete, sie würden vom Pferd gerissen werden, aber der Mann wurde nicht langsamer. Vielleicht versuchte er, sie zu erschrecken, aber sie weigerte sich, es sich anmerken zu lassen. Obwohl sie ihre Augen mit den Händen bedeckte, gab sie keinen Laut von sich.

Schließlich, nach gefühlt einem halben Tag, zog er an den Zügeln und brachte sein Pferd zum Stehen. Als Brenna die

Hände von den Augen nahm, stand ein kleines Häuschen vor ihr. Woher war es gekommen? Ihr Entführer stieg ab, packte sie an der Taille und setzte sie auf dem Boden ab.

„Verrichte deine Notdurft, Mädchen." Er gab ihr einen Stoß in Richtung der Rückseite des Hauses, bevor er ihre Heilertasche schnappte und eintrat.

Die Weichheit in seiner Stimme erschreckte sie. Hinter der Hütte bemerkte sie drei weitere Pferde. Sie waren also nicht länger allein. Sie beeilte sich und stand dann vor der Tür.

Woher wusste er, dass sie nicht davonlaufen würde? Es wäre doch durchaus möglich. Sie drehte sich im Kreis und versuchte herauszufinden, welchen Weg sie gehen würde. Doch da sie keinen wirklichen Orientierungssinn hatte, würde sie nicht weit kommen. Es gab noch einen anderen Grund, zu bleiben: Wie jede Heilerin konnte sie es nicht ignorieren, wenn ihre Fähigkeiten benötigt wurden, und jemand in diesem Haus war zweifellos verletzt oder krank. Sie ging auf die Tür zu und fragte sich, ob sie sie einfach öffnen oder zuerst klopfen sollte, als sie auch schon aufflog und ihr Entführer sie hineinzog.

„Da drüben." Er zeigte auf die Rückseite der Hütte in der Nähe der Feuerstelle.

Sie stand lange genug da, um die beiden Wachen auf beiden Seiten der Tür zu bemerken. Wer hatte hier das Sagen?

„Hör auf zu gaffen und geh da hinüber. Der Mann auf der Pritsche braucht dich. Jetzt heile ihn. Ich werde mehr Holz besorgen, um die Hütte zu wärmen." Die Tür schlug hinter ihm zu.

Die Wachen am Eingang ignorierten sie. Offensichtlich hatten sie nichts zu sagen. Sie blendete ihre Anwesenheit aus, um sich auf ihren Patienten zu konzentrieren und zu tun, was getan werden musste, damit sie nach Hause zurückkehren konnte.

Als sie sich dem Feuer näherte, gewöhnten sich ihre Augen an die Dunkelheit im Inneren der Hütte. Es war noch Nacht, aber die Morgendämmerung würde bald anbrechen. Ein Mann schlief auf der Pritsche und bewegte sich kaum. Der Geruch von altem Blut durchdrang die Luft. Sein flaches Atmen und sein rasselnder Husten verrieten ihr, wie ernst seine Krankheit war. Dieser Mann war dem Tod nah. Sie kniete sich neben ihn und begann damit, sich ein besseres Bild von seinem Zustand zu machen. Der Rat ihrer Mutter war immer noch zutreffend: Die größte Fähigkeit einer Heilerin bestand darin, zuzuhören und zu beobachten, bevor sie sich für eine Vorgehensweise entschied.

Nachdem sie alle Bedrohungen für ihre Sicherheit vergessen hatte, machte sie sich an die Arbeit. Sie berührte die Schulter des Mannes und spürte die Hitze seines Körpers, ein Zeichen dafür, dass er versuchte, sich von den Giften im Inneren zu befreien. Schweiß glänzte auf seiner Stirn, ein weiterer Beweis für den in ihm stattfindenden Kampf. Dies muss der Chief eines Clans sein, was die Dringlichkeit der Männer erklärte. Ja, er war dem Tod sehr nah.

Brenna schüttelte ihn, um zu sehen, ob er reagieren würde, aber er rührte sich nicht. Als sie ihre Untersuchung an seinem Kopf begann, fiel ihr Blick auf sein dunkelbraunes Haar, seine sonnengebräunte Haut, die starken Wangenknochen und die gerade Nase. Lange Wimpern ruhten auf seiner Haut, und selbst sterbenskrank war er ein gutaussehender Mann. Sie fragte sich, welche Farbe seine Augen wohl hatten. Er atmete durch den Mund, was es ihr leichter machte, sicherzustellen, dass er noch am Leben war.

Sie schlug die Decke zurück und bemerkte, dass sich seine Brust kaum bewegte. Es gab ein rasselndes Geräusch tief in seiner Lunge, das ihr gar nicht gefiel. Sie schob die Decke etwas tiefer und fand die Ursache seiner Probleme. Sein Bauch war aufgeschlitzt worden.

Da flog die Tür wieder auf und ihr Entführer erschien einen Moment später an ihrer Seite. „Es war ein Eber." Sie bemerkte den grimmigen Ausdruck auf den Gesichtern der Wachen an der Tür. Sie schüttelten den Kopf, als der Eber erwähnt wurde.

„Die Wunde ist tief", erkannte sie. „War er schon vor der Verletzung krank?"

Er sah stirnrunzelnd auf sie herunter. „Woher weißt du das?"

Sie winkte ihn herüber und deutete mit dem Finger. „Dort. Seht Ihr den geschwollenen Teil seiner Innereien aus der Wunde herausragen? Er ist voller Gift. Es könnte in seinen Bauch gelangen." Sie sah zu ihrem Entführer auf und nickte. „Es ist gut, dass Ihr schnell reiten könnt. Ihm bleibt nicht mehr viel Zeit."

„Aber du kannst ihm helfen? Ich bin nicht umsonst geritten, oder, Mädchen?" Seine Augen suchten ihre voller Sorge.

„Ich werde tun, was ich kann. Hat einer von Euch einen Namen?"

„Ja, er ist Quade und ich bin Logan. Das ist alles, was du wissen musst. Mach dich an die Arbeit, während ich das Feuer entzünde."

„Ich brauche Wasser. Gibt es einen Bach in der Nähe, damit Ihr frisches Wasser holen könnt?"

„Ja, nicht weit von hier ist ein Bach. Ich werde holen, was du brauchst."

„Beeilt Euch. Ohne Wasser wird er sterben. Ein Großteil unseres Körpers besteht aus Wasser. Meine Mutter hat mir beigebracht, dass es zwar der einfachste Teil von uns ist, aber auch der notwendigste. Er kann das Fieber nicht ohne Wasser bekämpfen und ich muss außerdem seine Wunde reinigen." Sie stockte, um Logan einen fragenden Blick zuzuwerfen, und hielt den Atem an. Sie hatte gerade aus purer Gewohnheit einen Befehl an ihren Entführer erteilt. Würde er ihn befolgen?

„Aye, Mädchen, gut. Ich werde Wasser holen." Er warf das Holz in seinen Armen auf den Boden, gab den Wachen Befehle und schlug auf dem Weg nach draußen wieder die Tür hinter sich zu.

Brenna atmete aus und war dankbar, dass es ihm im Gegensatz zu vielen anderen nichts ausmachte, dass sie so barsch war. Sie wandte sich wieder ihrem Patienten zu. Dieser Mann, dieser Clan-Chief, nun bekannt als Quade, brauchte eine Menge Hilfe. Würde sie ihn retten können? Sie öffnete ihre Tasche und fing an, die Instrumente herauszuziehen, die sie benötigte. Ein Messer, Nadel und Faden und mehrere lange Streifen sauberes Leinen. Sie fand das Glas mit ihren Wickeln gegen Fieber und die anderen zum Heilen offener Wunden.

Sobald sie vorbereitet war, beendete sie ihre Einschätzung des Patienten und bemerkte seine langen, starken Hände und seinen auf der linken Seite flachen Bauch. Es gab keine offenen Wunden außer der, die sie bemerkt hatte, aber diese war eine der größten, die sie jemals gesehen hatte. Der Schnitt war lang, aber der Eber hatte seinen Darm verfehlt. Ein Riss dort hätte ihn sicherlich getötet. Sie starrte auf das, was ihr zuvor aufgefallen war. Ganz am Ende seines Darms saß ein kleiner Anhang, der voller Eiter und kurz vor dem Platzen war. Er würde sein Gift in den Rest der Bauchhöhle verteilen. Sie wusste, dass sie das verhindern musste, sonst würde er sterben. Ihr Großvater hatte vor langer Zeit etwas Ähnliches beschrieben. Sie war beeindruckt gewesen, als er ihr von seiner Erfahrung erzählt hatte, jemandem etwas aus dem Bauch herauszuschneiden, um dessen Leben zu retten.

Und jetzt war sie Zeugin derselben Situation. Konnte sie diesen Anhang aus seinem Körper herausschneiden? Würde er ohne ihn überleben? Irgendwie wusste sie, was getan werden musste, und sie betete um die Kraft, es zu vollbringen.

Logan kam mit einem Eimer Wasser und einem bis zum Rand gefüllten Kessel zurück. Er stellte beides neben sie und entzündete das Feuer im Kamin. Dann wandte er sich an die Wachen an der Tür. „Raus. Haltet Holz an der Tür bereit und holt alles, was das Mädchen braucht. Sie hat schwere Arbeit vor sich. Ich will keine Unterbrechungen. Die anderen sollten bald hier sein."

Brenna organisierte ihre Werkzeuge und Vorräte. Dann sah sie zu Logan hinüber, der seine Arbeit in der Nähe des Kamins fortsetzte. „Vielleicht müsst Ihr ihn halten."

„Für mich sieht er so aus, als würde er nichts fühlen, Mädchen. Tu einfach, was du tun musst. Wenn er aufwacht, wird er es ertragen."

„Vor wie vielen Tagen ist das passiert?", fragte Brenna und musterte ihn, nachdem er sich zur Pritsche umgedreht hatte.

„Der Eber hat ihn vor zwei Tagen angegriffen. Wir waren auf dem Weg zu deinen Ländereien, als Quade krank wurde. Wir hielten an, damit er sich übergeben konnte, aber ein Eber stürmte aus dem Wald und spießte ihn auf, bevor er reagieren konnte. Die Krankheit hat ihn langsam gemacht." Logan starrte auf seine Hände. „Ich konnte nicht schnell genug zu ihm gelangen."

„Was ist mit dem Eber passiert?"

„Ich habe ihn getötet und ein paar unserer Männer mit dem Fleisch zurückgeschickt. Unser Clan braucht es."

„Ihr seid schon zu unserem Land unterwegs gewesen, als Quade krank wurde? Warum? Ich dachte, Ihr hättet mich entführt, um ihn, Euren Chief, zu retten." Sie wartet auf seine Erklärung. Was wollten sie noch von ihr?

„Das geht dich nichts an. Er ist im Augenblick dein Hauptanliegen. Flick ihn zusammen." Er ging zur Tür. „Ich werde uns etwas zu essen besorgen."

„Bitte bleibt, ich brauche Euch vielleicht." Brenna sah ihn eindringlich an. „Bitte."

Er nickte und ging dann zur Tür, um eine der Wachen auf Nahrungssuche zu schicken. Als er zurückkam, stemmte er seine Hände in die Hüften und nickte in Richtung des Kranken auf der Pritsche. „Also gut, Mädchen. Fang an. Wir haben nicht viel Zeit."

Brenna griff nach dem Eimer und ließ Wasser über ihre Hände laufen. „Warum die Eile? Wohin müssen wir noch reisen?"

„Hör auf mit den Fragen. Ich werde dir sagen, was du wissen musst. Warum machst du das?" Logan nahm ihr die Kelle aus der Hand und trank einen Schluck.

„Ich brauche saubere Hände, wenn ich sie in seinen Körper stecken will. Meine Mutter hat mir immer gesagt, dass Schmutz an der Hand der Heilung Probleme bereitet."

„Wie du willst, aber beeil dich."

Bevor Sie sich ihrem Patienten zuwandte, zeigte sie zum Feuer. „Stellt einen Kessel mit Wasser übers Feuer. Es ist zu kalt, um es in sein Inneres zu gießen, und ich muss den Schmutz vom Eber abwaschen. Allein die Wassertemperatur kann ihn töten."

Erstaunt, aber erfreut, dass er ihr erneut ohne Widerrede gehorchte, wandte sie sich ihrem Patienten zu und begann mit der Behandlung. Brenna schloss die Augen und sprach ein kurzes Gebet mit der Bitte um Führung. Dann seufzte sie. Nachdem sie den Darm über dem beschädigten Anhang abgebunden hatte, begann sie zu schneiden.

Einige Stunden später saß sie auf einem Stuhl und starrte ihren Patienten an. Sie konnte nicht glauben, wie gut die Operation verlaufen war. Der Anhang hatte sich herausnehmen lassen, ohne aufzubrechen, und nachdem sie den Schmutz aus seinem Inneren herausgewaschen hatte, hatte sie ihn mit vielen Stichen zugenäht, ohne dass er auch nur gezuckt hatte. Logan war gegangen, nachdem er etwas grün dabei geworden war, zuzusehen, wie sie Quades Darm wieder dorthin schob, wo sie glaubte, dass er hingehörte. Das Zunähen hatte den größten Teil des Morgens gedauert, aber sie war mit ihrer Arbeit zufrieden.

Logan kam mit ein paar gerösteten Kaninchen herein.

„Hier, Mädchen." Er bot ihr eines auf einem großen Stein an. „Ich muss sagen, dass du es verdient hast. Ich weiß nicht, wie du das fertiggebracht hast. Ist er zwischendurch aufgewacht?"

Sie warf einen Blick auf ihren Patienten, der selbst im Schlaf sehr gut aussah. „Nay, er hat sich nicht geregt. Er ist immer noch sehr krank. Ich habe die Stiche mit meiner Salbe bedeckt und versucht, ihn zum Trinken zu bringen, aber ich konnte es nicht. Vielleicht in ein paar Stunden." Sie griff nach den Kaninchen-keulen, erstaunt darüber, wie hungrig sie war. „Werft Eure Knochen zu dem Wasser in den Kessel. Ich werde etwas Brühe für ihn kochen. Er wird für eine Weile nichts anderes essen kön-nen." Brenna warf ihren ersten Knochen ins Wasser.

Logan ging zum Kamin und griff nach dem Kessel. „Ich küm-mere mich darum. Warum ruhst du dich nicht ein bisschen aus, Mädchen? Du wirst vielleicht später gebraucht, wenn er auf-wacht."

Brenna nickte und ging zur Pritsche, um die Stirn ihres Pati-enten noch einmal zu fühlen.

„Aye, ich bin müde."

Er warf ihr eine Decke zu. Brenna breitete sie neben der Prit-sche auf dem Boden aus, denn sie wollte sich nicht weit von ihrem Patienten entfernen. Obwohl es helllichter Tag war, schlief sie ein, sobald ihr Kopf den Boden berührte.

„Verflucht, Logan, was hast du mir angetan?"

Er versuchte, sich aufzusetzen, fiel aber stöhnend auf die Prit-sche zurück und hielt seine rechte Seite. Bevor er überhaupt die Anwesenheit einer anderen Person bemerken konnte, schoss das Gesicht eines Mädchens mit herrlichen braunen Locken neben ihm hoch.

„Höllenfeuer, wer zum Teufel bist du?"

„Hört auf, Euch zu bewegen und hört auf, zu fluchen! Wenn Ihr die Naht aufreißt, werde ich Euch nicht noch einmal zuflicken müssen."

Quade sah in die schönen braunen Augen des seltsamen Mädchens. *Bei allen Heiligen, sie muss die Heilerin sein.* Instinktiv versuchte er, näher an sie heranzukommen, aber seine Seite tat zu weh. Er musste innehalten und sich wieder auf die Pritsche legen.

„Arghhhh!", knurrte er frustriert und Logans Lachen hallte durch das kleine Haus. Er musterte die schäbige Umgebung und endlich bemerkte er seinen Bruder an einem kleinen Tisch in der Nähe. Zwei seiner Wachen standen an der Tür. Sonst war nichts anderes sichtbar, außer der Schönheit neben ihm.

„Hast du ein Problem, Bruder? Tut dir etwas weh? Warum wünschst du nicht allen einen guten Morgen und hörst auf, das Mädchen an deiner Seite anzuschreien? *Sie* hat dir den Arsch gerettet, nicht ich." Logan kippte sich lachend etwas Bier hinter die Binde.

Wovon zum Teufel sprach Logan? Waren sie in der Burg der Grants? Er erinnerte sich nicht daran, dem Laird der Grants begegnet zu sein oder um die Hilfe seiner Heilerin gebeten zu haben. Quades Gedanken klärten sich erst ein wenig, als er aufhörte, seine Zähne vor der unglaublichen Qual auf seiner rechten Seite zusammenzubeißen. Aye, jetzt erinnerte er sich. Er hatte sein Pferd angehalten, um sich zum vierten Mal an jenem Tag zu übergeben, als ein Eber aus dem Dickicht gestürmt und direkt auf ihn zugerannt war. Danach erinnerte er sich an nicht mehr viel.

„Der Eber hat mich erwischt, oder Logan?" Er sprach mit seinem Bruder, aber er konnte nicht aufhören, auf die braunäugige Schönheit neben sich zu starren. Sie strich sich die Haare aus dem Gesicht, bevor sie aufsprang.

„Gütiger Gott!" Ihm kamen keine anderen Worte in den Sinn, um das Mädchen angemessen zu beschreiben. Wenn er nicht so dringend seine Blase hätte entleeren müssen, wäre ihm seine Reaktion auf sie möglicherweise peinlich gewesen. Sie konnte nicht die Heilerin sein, die sie gesucht hatten. Er hatte gehört, dass die berühmte Heilerin der Grants jung war, aber niemand hatte ihre Schönheit erwähnt. Das hätte er gewiss nicht überhört.

Er griff wieder nach seiner Seite, aber eine schöne Hand schlug auf ihn ein, bis er innehielt.

„Ich sagte, ruiniert meine Naht nicht! Ich habe sehr hart an Euch gearbeitet. Dieser Eber hat Euch fast die Eingeweide herausgerissen. Und ein Stück Eures Inneren war voller Gift und musste aus Euch herausgeschnitten werden. Wenn Ihr wie ein ungestümes Hündchen herumzappelt, werdet Ihr auch die inneren Nähte in Eurem Körper zerreißen." Sie stemmte die Hände wieder in die Hüften, schlug ihn dann aber erneut, als er nicht auf sie hörte.

Er konnte sich nicht helfen. „Hör auf, mich zu schlagen, Frau! Ich habe genug Schmerzen, ich brauche nicht mehr. Was redest du da, dass du einen Teil meines Bauches herausgeschnitten hast? Was hast du mit mir gemacht?"

„Hör auf zu jammern, Quade, und lass sie in Ruhe. Dies ist die Heilerin der Grants, und sie hat dein trauriges Leben gerettet."

„Oh, aye! Ich muss pissen. Logan, hilf mir. Ich kann nicht aufstehen. Und du …", er deutete auf Brenna, „tritt zurück und gib mir ein bisschen Privatsphäre, um mich zu erleichtern, bitte."

Sie wandte sich von ihm ab, die Hände in die Hüften gestemmt und mit einem glühenden Blick in den Augen, der ein Ei braten könnte. Er musste lächeln. Was für ein Anblick für seine schmerzenden Augen, nach allem, was er durchgemacht hatte! Als er fertig war, half Logan ihm, bevor er sich umdrehte und zur Tür hinausging. Das Mädchen kam sofort wieder zur Pritsche und zog einen Hocker heran. Stöhnend arrangierte er sich so, dass sie nicht alles von ihm sah, hielt aber die Wunde frei, denn irgendwie wusste er, dass sie sie überprüfen würde.

„Wie heißt du, Mädchen?" Er blickte in ihre rehähnlichen Augen. Er hatte seit Jahren keine Schönheit wie diese mehr gesehen, wenn überhaupt jemals.

„Brenna. Wie Ihr wisst, bin ich Laird Grants Schwester. Meine Mutter und mein Großvater waren Heiler. Meine Mutter hat mir alles beigebracht, was sie über das Heilen wusste. Die Wachen meines Bruders bereiten mir mehr als genug Arbeit."

„Bist du die Heilerin, die das Bein des Lairds gerettet hat, das nur noch durch einen Hautzipfel mit ihm verbunden war?"

„Nay, es war mehr als nur ein Hautzipfel. Ihr habt Übertreibungen gehört. Aber die Antwort lautet: Aye, ich habe die Blutgefäße zusammengefügt und das Bein so gut ich konnte angenäht."

„Und er kann es wieder belasten?"

Sie nickte. „Er hinkt ein wenig, aber es ist noch nicht abgefallen." Ihr Lächeln erhellte ihr Gesicht von innen.

Sein Herz erwärmte sich bei ihrem Anblick wie das eines Jungen. Er konnte seinen Blick nicht von ihr abwenden. „Wie machst du das, Mädchen? Du hast mein Inneres aufgeschnitten? Viele würden allein beim Anblick in Ohnmacht fallen. Was treibt dich an? Und stimmt es, dass du die Söhne deines Bruders mit einem Messer an der Kehle auf die Welt gebracht hast?"

„Nay, dieser Irre war bereits fort, als ich meine Neffen schließlich auf die Welt geholt habe. Die Frau meines Bruders hatte einen bösen Stiefbruder, der sie und ihre Kinder töten wollte. Mein Bruder wurde ihn zum Glück gerade noch rechtzeitig los, um die Zwillingsjungen auf die Welt holen zu können. Sie sind die süßesten Jungen überhaupt." Brenna stockte und schaute aus dem Fenster. Ihre Gedanken waren ihr ins Gesicht geschrieben. „Ich tue das, was ich tue, weil ich dafür geboren wurde. So wie meine Mutter und mein Großvater. Es liegt mir im Blut."

„Was ist mit einem Ehemann und eigenen Kindern? Das wünschen sich doch die meisten Mädchen. Du etwa nicht?"

„Ich lebe jeden Tag so, wie er kommt. Ich bin zu beschäftigt, um an Kinder zu denken, und ich habe meine kleinen Neffen, die ich lieben kann." Sie berührte sanft den Bereich um die Stiche mit dem Handrücken. „Gut, es ist noch nicht warm. Es wird Euch besser gehen, jetzt, wo das eitrige Fleisch fort ist, aber Ihr könntet immer noch ein Wundfieber entwickeln."

„Brenna, ich mag deinen Namen. Ich muss sagen, dass ich froh bin, dass du kein haariges Kinn oder eine Warze auf der Nase hast wie einige Heiler, die ich kenne." Er konnte seine Augen nicht von ihr losreißen. „Da du mich berührst, darf ich dich auch berühren, Lady Brenna?" Er wusste, dass er wahrscheinlich unhöflich war, aber ihre weiche Haut lockte ihn.

Sie zog sich zurück und wurde rot. „Warum wollt Ihr das tun?"

„Weil du die schönste Haut hast, die ich je gesehen habe." Er griff nach ihrer Wange und strich mit dem Handrücken darüber. Diese kleine Bewegung ließ ihn wünschen, jeden Zentimeter ihres weichen Körpers zu streicheln. Bei ihrem verwirrten

Gesichtsausdruck ließ er seinen Arm sinken und sie wich zurück. Es war schon eine Weile her, aber er wurde normalerweise nicht von Frauen verschmäht, besonders nicht, seit er Chief geworden war.

Sie seufzte, bevor sie ihren Blick wieder auf seinen Bauch richtete und ihr Werk untersuchte. „Ihr habt keine Stiche gelöst und blutet nicht."

Er hörte ihr Seufzen und sah sich ermutigt, über die zarte Haut ihres Halses zu streichen. Sein Daumen fuhr über ihre Unterlippe. Er wusste, dass er sich von ihr fernhalten sollte, aber er konnte es einfach nicht. „Es scheint, als müsste ich dir dafür danken, dass du mir das Leben gerettet hast."

Die Tür flog auf und Logan ließ zwei tote Kaninchen auf den kleinen Tisch neben dem Kamin fallen.

„Was ist hier los?", fragte er und starrte Quade an, bis dieser seine Hand von Brennas Gesicht zurückzog.

„Es ist nichts los. Ich habe dem Mädchen nur dafür gedankt, dass sie mir das Leben gerettet hat. Jetzt, wo ich den Schaden sehen kann, erkenne ich, dass sie ziemlich viel zu nähen hatte."

Brenna bückte sich, nahm ein Glas mit Salbe und bedeckte seine Wunde damit, was ihn zusammenzucken ließ. „Seid Ihr hungrig?", fragte sie. „Glaubt Ihr, Ihr könntet etwas Brühe schlucken?"

„Nur, wenn du mich fütterst." Er starrte sie unschuldig an und erwartete, dass sie ihn wegen seiner Faulheit ausschimpfte, aber sie sagte kein Wort.

„Oh, aye", rief Logan über seine Schulter, verließ die Hütte und schlug die Tür hinter sich zu. Sein Bruder hatte seine Vernarrtheit bemerkt. Aber das war nicht überraschend, denn ihm entging normalerweise nicht viel.

Er war ein bisschen verlegen über seinen Eifer, aber er konnte nichts dagegen tun. Sie ging zum Feuer und füllte eine Schüssel mit Brühe. Das Schwingen ihrer Hüften verursachte in ihm fast mehr Schmerz als Vergnügen, aber er konnte seinen Blick immer noch nicht abwenden. Sie zog den Hocker zurück an die Pritsche, setzte sich neben ihn und rührte die Brühe um, um sie abzukühlen. Er glaubte nicht, jemals eine Frau von solch natürlicher Schönheit gesehen zu haben. Sie strich sich eine

Haarsträhne aus der Stirn und war nicht im Geringsten besorgt darüber, wie sie aussah. Wie gut, dass Logan gegangen war, denn er wollte sich in der braunäugigen Schönheit verlieren, obwohl er sie kaum kannte.

„Mund auf." Brenna zielte mit dem Löffel.

Er genoss jeden Löffel, bis er anfing, sich an der Brühe zu verschlucken. Beim ersten Husten fühlte es sich an, als würde sein Inneres aus seinem Körper platzen. Er starrte sie an, als könnte sie ihm helfen.

„Schützt Euren Bauch." Sie packte seine Hände und drückte sie gegen seine Wunde.

Er wollte vor Schmerz aufschreien, kämpfte aber dagegen an.

„Haltet Eure Hände gegen Eure Verletzung, so." Brenna drückte seine Hände fest gegen seinen Körper und benutzte ihre zur Unterstützung. „Dann tut es nicht so weh."

Quade schnappte nach Luft und konnte sich endlich genug räuspern, um einen freien Hals zu bekommen. Der Schmerz ließ nach. Ihr Gesicht war nur wenige Zentimeter von seinem entfernt. Sie war so nah, dass ihr süßer Blumenduft ihn mit jedem Atemzug durchströmte und ein ganz anderes Feuer in ihm entzündete. Er schloss für einen Moment seine Augen und als er sie öffnete, starrte sie ihn mit ratloser Miene an. Brenna Grant war zweifellos völlig unschuldig, was männliche Begierden anging. Das schockierte ihn, weil sie so eine Schönheit war, aber es würde ihn nicht aufhalten.

Er zwang sich auf einen Ellenbogen, griff nach ihrer Wange und strich kurz mit seinen Lippen über ihre. Es war ihm egal, wie viel Schmerz es ihn kostete; er musste ihr einfach nah sein. Sie erstarrte, zog sich aber nicht zurück, also küsste er sie erneut, lange genug, um sie wirklich zu kosten. Er konnte ein lustvolles Stöhnen nicht unterdrücken. Diesmal reagierte sie sofort und sprang mit verwirrtem und besorgtem Blick auf.

Schmerz brannte in seinem Bauch und er fiel auf die harte Pritsche zurück. Was war passiert? Warum starrte sie ihn so an? Er ergriff ihre Hand und drückte sie fest, bevor er seine Augen schloss und der Erschöpfung erlag.

KAPITEL DREI

„WANN KANN ER wieder reisen, Mädchen?" Logan saß am nächsten Morgen auf dem Hocker neben dem Kamin, kaute an den Knochen eines kleinen Tiers, das er gefangen und geröstet hatte, und trank einen Krug Bier.

Brenna sah zu Quade hinüber. Er war seit dem Vortag nicht mehr aufgewacht, nachdem sie ihm die Brühe gefüttert hatte. Sein Atem sagte ihr, dass er tief schlief, genau das, was er brauchte, um zu heilen.

„Es wird wahrscheinlich ein paar Tage dauern, bevor er auf einem Pferd sitzen kann. Seine Verletzung ist an einer ungünstigen Stelle, um zu reiten. Wenn er es zu früh versucht, könnten sowohl die inneren als auch die äußeren Nähte reißen."

„Wir haben höchstens zwei Tage. Dann müssen wir weiter."

„Zwei Tage? Das ist nicht genug Zeit, um richtig zu heilen. Innere Blutungen können einen Mann töten. Soweit ich weiß, habt Ihr keinen Grund zur Eile." Sie starrte ihren Entführer an und wagte es, ihm zu widersprechen. „Es sei denn, es gibt wirklich noch jemanden, den ich heilen soll?"

„Das brauchst du noch nicht zu wissen." Er kaute weiter, ohne sich um ihre Fragen zu kümmern.

„Warum könnt Ihr mir nicht sagen, was los ist? Warum benutzt Ihr nicht die Heilerin Eures eigenen Clans? Warum musste ich es sein?" Dieser sturköpfige Mann. Wie sie es hasste, Logans Gnade ausgeliefert zu sein! Sie mochte die Unruhe in ihrem Herzen nicht, die durch diese neue Situation und durch Quade hervorgerufen wurde.

„Wir haben eine Heilerin. Sie heißt Gunna, aber sie ist zu alt.

Sie hat es versucht. Wir sind zu dir gekommen, weil deine Heilfähigkeiten legendär sind."

„Aye. Aber was hat das damit zu tun, dass …"

„Bist du nicht die Tochter von Elizabeth Grant, die vor ihrem
Tod als beste Heilerin in den Highlands bekannt war?"

„Aye."

„Ist eine der Wachen deines Bruders an Verletzungen gestorben, seitdem du Heilerin bist?"

„Nay, aber …"

„Siehst du! Wir haben viele andere probiert, aber nichts funktioniert. Du bist die Nächste …"

Er starrte ins Feuer, als wäre er tief in Gedanken versunken. Der
Raum blieb für einen Moment still. „Nach weiteren Überlegun-
gen", sagte er schließlich, „haben sich meine Pläne geändert. Da
du Quade geheilt hast, werde ich mit dir vorausreisen und die
Wachen bei ihm lassen. Wir haben genug Truppen, um einen Teil
mitzunehmen und einige zurückzulassen, um ihn zu beschützen." Er warf einen weiteren Knochen in den Kessel.

Brenna schüttelte den Kopf. „Nay!"

Er sah sie mit zusammengekniffenen Augen an. „Warum
nicht?"

Sie verstand ihre hastige Antwort selbst nicht und hatte keine
Erklärung. Je schneller sie tat, was er von ihr erwartete, desto
schneller konnte sie doch nach Hause zurückkehren. Sie sollte
also begeistert sein.

Aber sie war es nicht und das lag daran, dass sie nicht bereit
war, Quade zu verlassen. Sie rieb ihre Finger über ihre Unterlippe und dachte an seinen Kuss. Er hatte sie völlig unvorbereitet
getroffen.

Und sie hatte es genossen.

Das verwirrte sie am meisten. Dies war nicht ihr erster Kuss.
Sie war schon einmal geküsst worden. Als sie vierzehn Jahre alt
gewesen war, hatte einer der Stallburschen sie gepackt und sie
in einen Heuhaufen geworfen. Er hatte einen feuchten Kuss
auf ihre Lippen gesabbert und seine Hände hatten sie durch die
Kleidung hindurch berührt. Sie hatte versucht, ihn fortzustoßen
und zu schreien, aber er war zu groß gewesen und sie zu klein.
Zum Glück musste sie nicht lange warten, bis ihre Brüder in den

Stall gerannt kamen, den Jungen von ihr gerissen, ihn in die Luft gehoben und ihn auf die Koppel hinausgeworfen hatten. Sie war entsetzt davongelaufen, weil sie nicht wusste, was sie sonst hatte tun sollen.

Ihre Brüder hatten den Vorfall in ihrer Nähe nie erwähnt, aber er musste sich herumgesprochen haben, denn in den folgenden zwei Wochen hatte sie Gemurmel umgeben, wohin sie auch gegangen war. Zu ihrer großen Erleichterung hatte sie den Jungen nie wieder gesehen, aber sein klebriger Speichel hatte eines erreicht: Sie war nicht daran interessiert, mit einem Mann intim zu werden. Sie konnte beim Gedanken daran nicht anders, als zusammenzuzucken, selbst jetzt noch.

Wie konnte es jemand ertragen, geküsst zu werden, wo es doch eine solch widerlich schlabbrige Angelegenheit war? Sie hatte beschlossen, niemals zu heiraten, und die Tatsache, dass ihr Bruder der Laird Alexander Grant war, bester Schwertkämpfer der Highlands, half ihr, ihren Eid zu halten. Kein Mann hatte es nach diesem dummen Stallburschen jemals gewagt, sie zu berühren oder zu versuchen, ihr zu nahe zu kommen.

Sie wusste, dass sie mit ihren vierundzwanzig Jahren das heiratsfähige Alter längst überschritten hatte, und wenn Alex und seine Frau Maddie sie fragten, ob sie nicht heiraten wolle, verneinte sie jedes Mal vehement und sagte, sie habe sich ihrer Arbeit als Heilerin verschrieben.

Aber nach dem, was mit Quade passiert war, war sie sich nun nicht mehr so sicher.

Um ehrlich zu sein, war schon vorher eine kleine Sehnsucht in ihr zum Leben erwacht. Die Liebe, die sie täglich zwischen Alex und Maddie sah, ließ sie eines Tages dasselbe für sich wünschen. In den Highlands war es jedoch Brauch, dass sie ihren Bruder und seine Burg verlassen musste, wenn sie heiratete. Das würde auch bedeuten, ihre Schwester Jennie zurückzulassen, und sie glaubte nicht, dass sie dazu in der Lage war. Jennie war zwar reifer geworden, aber sie war noch immer jung. Der Tod ihrer Eltern war für sie besonders schwierig gewesen, sodass sie zeitweise noch in kindliche Verhaltensweisen zurückfiel.

Brenna schloss die Augen und erinnerte sich an die sanfte Wärme von Quades Lippen und das Kribbeln, das seine

Berührung in ihr ausgelöst hatte. Dies war völlig neues Terrain für sie und sie war neugierig darauf, herauszufinden, was genau zwischen Männern und Frauen passierte. Der beste Weg, es zu erkunden, wäre weit weg von ihren Brüdern.

„Wenn du müde bist, geh schlafen. Ich werde aufräumen. Erhol dich etwas. Uns steht ein langer Rückritt bis zu deinen Ländereien bevor."

Logans Worte erschreckten sie und sie riss die Augen auf. Es war ihr peinlich, dass er sie dabei erwischt hatte, wie sie von Quades Kuss träumte. Sie wusste nicht einmal, zu welchem Clan diese Männer gehörten. War Quade der Laird? Sie hatte gehört, wie Logan ihn als Chief bezeichnet hatte, aber sie wusste sehr wenig über diese beiden Männer und wollte mehr erfahren.

„Von welchem Clan ist Quade der Chief? Woher kommt Ihr?" Sie sah Logan aus den Augenwinkeln heraus an, um zu prüfen, ob er in gesprächiger Laune war.

„Wir befinden uns in der Nähe des Tieflands, Mädchen, und das ist alles, was du wissen musst."

Das erklärte teilweise, warum sie die beiden nicht kannte. Sie war noch nie im Tiefland gewesen. Ihr Bruder wusste von den Clans dort, aber sie hatte noch nie so weit von zu Hause fort reisen dürfen. Sie griff in ihre Tasche und holte ein grob gebundenes Buch heraus, dessen abgenutzte Seiten durch ein Band zusammengehalten wurden.

„Was ist das?", fragte Logan, bevor er einen Schluck Bier trank.

„Das Tagebuch meiner Mutter. Sie hat jeden Patienten dokumentiert, um aus ihren Erfahrungen zu lernen, und damit ich ebenfalls von ihrer Arbeit lernen kann." Sie behandelte die abgenutzten Seiten mit der Sorgfalt, die sie verdienten, denn die Worte ihrer Mutter waren manchmal wie Balsam für ihre Seele. Sie hatte mehr als nur ihr Wissen als Heilerin in dem Buch festgehalten. Sie hatte auch ihre Gefühle aufgeschrieben und Brenna hatte die Worte viele Male gelesen und ließ das Buch selten aus ihren Augen.

„Du kannst lesen?" Logan hob überrascht die Augenbrauen.

„Aye, meine Mutter hat dafür gesorgt, dass wir alle lesen und schreiben können."

„Hast du vor, über mich zu schreiben, Lady Brenna?" Obwohl

Quades Stimme noch schwach war, bereitete ihr der tiefe Ton, der so anders war als Logans derbe Art, eine Gänsehaut. Warum ließ sie sich von etwas so Einfachem wie seiner Stimme beeindrucken? Es ergab keinen Sinn und sie fürchtete, dass es nicht gut ausgehen würde.

Sie richtete sich auf, versuchte die Wirkung, die er auf sie hatte, zu ignorieren, und drehte sich zu ihm um. Ein kleines Lächeln huschte über sein Gesicht, das ihr Herz hüpfen ließ. Sie hoffte, dass sein Lächeln nur ihr galt. Würde sie es jemals erfahren? Sie legte ihr Buch wieder in ihre Tasche und schenkte ihm ihre volle Aufmerksamkeit.

„Wie schlimm sind Eure Schmerzen?"

„Heute sind sie nicht so schlimm. Zumindest, solange ich mich nicht bewege." Er gluckste, schrie aber jäh auf, zweifelsohne erinnert an den schmerzhaften Preis eines leisen Lachens.

Sie musste lächeln. „Ich kann ein paar Tropfen einer Medizin in etwas Wasser geben, um Eure Schmerzen zu lindern, wenn Ihr möchtet."

„Nay, mir gefällt nicht, wie ich mich dabei fühle. Ich kann die Schmerzen ertragen. Mach dir keine Sorgen." Er sah aufmerksam in ihre Augen und ihr Herz hüpfte erneut. Was machte dieser Mann nur mit ihr?

„Es gibt keinen Grund, den Schmerz auszuhalten." Sie ging auf die Pritsche zu. Etwas an ihm zog sie näher und sie war machtlos dagegen.

„Nay, dein Trank gibt mir das Gefühl, dass in meinem Kopf etwas nicht richtig sitzt." Er wandte den Blick nicht von ihr ab, während er sprach. „Ich möchte nichts von diesem Tag vergessen."

Sie schluckte, bevor sie sich den Schweiß von der Stirn wischte. Sie stand neben Quades Pritsche und es erfreute ihr Herz, wie viel besser er heute im Vergleich zum Vortag aussah. Was bezweckte er mit seinen Worten? Versuchte er ihr zu sagen, dass er froh war, dass sie sich um ihn kümmerte? Es flatterte in ihrem Bauch, als er sie von oben bis unten musterte. Niemand hatte sie jemals zuvor so angesehen, niemand. Hitze wallte zwischen ihren Brüsten auf und wanderte dann über ihren Bauch bis zwischen ihre Schenkel.

Der Hocker hinter ihr kippte um, als Logan von seinem Sitz aufsprang. „Oh, aye! Jetzt geht das schon wieder los!" Er stürmte ohne Vorwarnung aus der Tür.

Sie drehte sich um und sah ihm nach. Was meinte er damit? Diese Männer stellten ihre Menschenkenntnis wirklich auf die Probe.

Quade griff nach ihrer Hand und streichelte die zarte Haut an der Innenseite ihres Handgelenks. Sie zitterte, als sie den Kontrast seiner braunen Haut zu ihrer blasseren betrachtete, und ihr Blick suchte den seinen. In seinen Augen schwelte etwas, das sie nicht erkannte, eine Sehnsucht. Was konnte er nur von ihr wollen?

Die Tür flog mit einem Knall auf, gefolgt von einem Schrei von Logan. „Nay, das werde ich nicht erlauben, Bruder. Ich werde bleiben, um ein Auge auf dich zu haben." Er richtete den Hocker auf, setzte sich und verschränkte die Arme vor der Brust. „Lass dich von mir nicht stören."

Brenna riss ihre Hand weg und wandte sich verwirrter als zuvor dem Feuer zu. Langsam schöpfte sie Brühe, goss sie in Quades Tasse und nahm sich Zeit, um ihr rauschendes Blut zur Ruhe kommen zu lassen. Nun wurde sie von beiden Brüdern gemustert. Sie spähte über ihre Schulter zu Logan, der immer noch auf dem Hocker saß und seinen Bruder anstarrte. Als sie zu Quade zurückblickte, erwiderte dieser den harten Blick seines Bruders.

Sie ging zur Pritsche, setzte sich auf den Stuhl, griff nach dem Löffel und fütterte ihren Patienten.

Sein Blick folgte ihr nun bei jeder Bewegung und er ignorierte seinen Bruder, während sie darüber staunte, wie grün seine Augen waren. Warum hatte sie das nicht schon vorher bemerkt? In seinen Augen tanzte Gold und das Sonnenlicht über ihrer Schulter ließ sie schillern. In ihnen blitzte eine Freude, die sie nicht verstand. Sein Geruch durchbrach ihre abwehrende Haltung und ließ ihre Wangen heiß werden. Er war ihr so nah, dass seine Wärme ihre Sinne verwirrte. Was könnte sonst zu dieser Wärme in ihrem Innersten führen?

Sie sprach ein kurzes Gebet und dankte ihrer Mutter für ihre ruhige Hand. Andernfalls würde ihr Zittern ihr Herz verraten.

Nay. Sie war noch nicht bereit, Quade zu verlassen, nicht einmal, um nach Hause zurückzukehren.

Mitten in der Nacht sprangen Logan und Brenna von ihren Ruhestätten auf dem Boden auf. Brenna rieb sich den Schlaf aus den Augen, um herauszufinden, was sie geweckt hatte. Quade stöhnte im Schlaf und sie eilte zu ihm.

Ihr Patient warf sich auf der Pritsche hin und her und wechselte zwischen Stöhnen, Ächzen und Murmeln. Sie setzte sich an seine Seite und ergriff seine Hände in der Hoffnung, ihn zu fixieren. Er durfte sich nicht weiter hin und her werfen und sich umdrehen, sonst würde er sich verletzen.

Logan stand hinter ihr und sah zu, wie sie über Quades Arme strich und ihn mit besänftigenden Worten beruhigte. Seine Stirn brannte vor Fieber und seine glasigen Augen spiegelten den Kampf in seinem Körper wider. Schweiß perlte auf seiner Brust, als sie die Decke zurückzog, um seine Wunde zu überprüfen.

„Holt frisches Wasser, Logan. Wasser kann das Fieber beruhigen." Sie wandte sich nicht von Quade ab, aber als die Tür zuschlug, wusste sie, dass er sie gehört hatte und zum Bach gegangen war.

Als Logan mit einem Eimer mit frischem Wasser zurückkam, tränkte sie mehrere Leinenstreifen in der kühlen Flüssigkeit und wusch Quades Gesicht. Er murmelte ununterbrochen, aber sie konnte seine Worte nicht verstehen.

Als sich seine Stirn etwas abkühlte, führte sie eine Tasse an seine Lippen und hielt sanft seinen Kopf, um ihn zum Trinken zu ermutigen.

„Quade, Ihr müsst trinken." Er antwortete nicht, obwohl er sie anstarrte.

„Quade, bitte. Ich bin es, Brenna. Erinnert Ihr Euch an mich? Trinkt das, es wird Euch helfen, Euch besser zu fühlen."

Sie schaffte es, ihm eine kleine Menge einzuflößen, und er schluckte reflexartig, seine Augen immer noch auf sie gerichtet.

Abrupt schob er ihre Hand weg. „Lily?"

„Quade, ich bin es, Brenna."

„Lily? Bist du es wirklich, Lily?" Die Angst in seinen Augen war zu viel für sie. Wer war Lily und was bedeutete sie Quade?

Warum sollte der Gedanke an sie ihm solche Schmerzen bereiten?

Nachdem er etwas mehr getrunken hatte, fiel sein Kopf zurück
auf die Pritsche.

Sie wandte sich an Logan. „Wer ist Lily?"

Logan starrte sie an und erklärte ohne Umschweife: „Lily ist
der Name seiner Frau."

Nachdem Brenna sich erleichtert hatte, machte sie sich auf
den Weg zum Bach, wobei sie darauf achtete, nicht in Sichtweite von Quades Wachen zu sein. Die Männer, die bei ihnen
gewesen waren, als sie die Burg ihres Bruders verlassen hatte,
waren gestern angekommen, aber sie hatte sie heute noch nicht
gesehen.

Glücklicherweise war Quades Fieber im Laufe der Nacht
gesunken. Mithilfe von ein paar Tropfen des besonderen Mittels
ihrer Mutter war er sofort wieder eingeschlafen und Logan hatte
ihr geholfen, seine Wunden mit mehr Salbe zu versorgen. Quade
war stark. Sie hatte getan, was sie konnte, der Rest lag bei ihm.

Ein Fieber raffte das Leben vieler starker junger Männer dahin
und selbst die besten Heiler konnten nicht verstehen, warum
sich manche erholten und andere an derselben Krankheit star-
ben. Hing es vom Lebenswillen ab, wie ihre Mutter es immer
vermutet hatte?

Sie atmete erleichtert auf und war dankbar, dass Quade das
Schlimmste überstanden hatte. Er war heute Morgen fluchend
aufgewacht, also hatte sie beschlossen, ihn in Logans Obhut zu
lassen und sich etwas Zeit für sich zu nehmen. Anscheinend
machte sich Logan keine Sorgen mehr darüber, sie allein gehen
zu lassen. Sie schmunzelte, als sie sich umsah. Vielleicht hatte er
einen guten Grund, da sie absolut keine Ahnung hatte, welchen
Weg sie gehen sollte. Ihr Orientierungssinn könnte sie genauso
gut nach England schicken wie nach Hause.

Sie spritzte sich Wasser ins Gesicht und tadelte sich dafür, dass
ein kleiner Kuss ihre Sinne derart durcheinanderbrachte. Kein
Wunder, dass sich viele der Frauen in der Burg immer wieder
über lügende und betrügende Männer beschwerten. Quade war
verheiratet. Wie konnte er sie geküsst haben? Das Schlimmste

war, dass sie es genossen hatte. Vielleicht waren nur ein paar Tage vergangen, aber sie hatte es tatsächlich in Erwägung gezogen, zu heiraten und Kinder zu haben. So wie Alex und Maddie. Nachdem Logan ihr die Wahrheit enthüllt hatte, war es ihr schwergefallen, wieder einzuschlafen. Quade war erst vor so kurzer Zeit in ihr Leben getreten und es war ihre eigene Schuld, dass er eine solche Wirkung auf sie hatte.

Während sie einige ihrer Tücher auswrang, wunderte sie sich erneut darüber, dass ein Mann, nein, ein Chief, sie so leicht anlog. Wenn er im Fieber versucht hätte, sie zu küssen, könnte sie es verstehen. Aber er hatte kein Fieber gehabt, als er ihr Gesicht gestreichelt hatte, mit seinem Daumen über ihre Lippen gefahren war und ihr mit seinem Kuss fast den Verstand geraubt hatte.

Nachdem sie sich fertig gewaschen hatte, ging sie zurück zur Hütte, stockte aber, als Rufe die Ruhe des Waldes störten. Quade und Logan stritten sich laut genug, um die Vögel aus den Zweigen aufzuscheuchen. Die Wachen hatten sich hinter die Hütte zurückgezogen, um ihr Fleisch zu rösten. Sie schlich näher an die Tür, bis sie verstehen konnte, was sich die Brüder an den Kopf warfen.

„Du hast kein Recht, sie so anzusehen", brüllte Logan.

„Wer sagt, dass ich sie ansehe?" Quades Stimme war leiser, aber deutlich zu verstehen.

„Ich habe dich beobachtet. Ich war direkt vor der Tür, als du sie geküsst hast. Oder erinnerst du dich nicht?"

„Ich sehe sie an, wie ich will, und es geht dich nichts an." Quades Schrei war nicht so laut wie der seines Bruders, aber seine Absichten waren klar.

Sie stritten ihretwegen? Hatte Quade zugegeben, sich für sie zu interessieren? Ihr Herz überschlug sich bei diesem Gedanken und ein schwaches Lächeln huschte über ihr Gesicht. Es hielt an, bis sie sich erinnerte, dass er verheiratet war. Da verschwand es. Sie verlangsamte ihre Schritte, schlich sich aber noch etwas näher an die Tür. Eine unheimliche Stille folgte, bis Logan schließlich sagte: „Du musst sie in Ruhe lassen. Sie ist nicht für dich bestimmt." Sie stellte sich vor, wie Logan an Quades Pritsche stand und über ihm aufragte, während er sprach.

„Warum? Damit du sie haben kannst?", flüsterte Quade.

„Wie könnte ich eine Chance haben, nachdem du deine Absichten so klar gemacht hast?"

Sie erstarrte bei Logans Worten. Sie stritten sich tatsächlich um sie? Logan wollte sie? Bei allen Heiligen! Ernsthaft? Logan wollte sie. Nay! Sie interessierte sich nicht für Logan. Obwohl er gut aussah, war er für ihre Augen nicht so ansprechend wie Quade. Ach du heiliger Hase! In ihrem ganzen Leben hatte sich nur ein Stallbursche für sie interessiert, und jetzt wollten sie auf einmal gleich zwei Männer?

„Du kannst sie nicht haben. Ich bin der Chief und mein Wunsch ist Gesetz. Oder hast du das vergessen? Niemand sonst darf das Grant-Mädchen berühren. Ich habe mich noch nicht entschieden, ob ich sie will." Quades Stimme klang zittrig durch die Tür und sie konnte erkennen, dass seine Kraft noch nicht zurückgekehrt war.

„Ich werde dir die Sache leicht machen. Du brauchst noch ein paar Tage, um gesund zu werden. Ich werde das Mädchen zu ihrem Clan zurückbringen und dich hierlassen. Sie hat unsere dringendste Not gelöst und dir das Fell gerettet. Sie in unseren Clan zu bringen könnte ein großer Fehler sein. Wir haben sie schließlich immer noch entführt und müssen das geradebiegen."

„Wo sind die restlichen Wachen?", fragte Quade unter Husten und Stöhnen.

Brenna wollte bei diesem Geräusch durch die Tür stürmen und ihre Arme um ihn legen. *Du Närrin! Hör auf, an ihn zu denken. Er ist verheiratet!* Trotzdem konnte sie ihre verräterischen Gedanken nicht aufhalten. Sie ging vor dem kleinen Häuschen auf und ab.

Logans Stimme wurde etwas leiser. „Ich habe die meisten vorausgeschickt. Es gibt noch genug, um uns zu schützen. Wir haben es nicht mehr weit. Vielleicht werde ich dich nach Hause bringen, bevor ich sie in ihren Clan zurückbringe."

„Sie bleibt bei mir. Es hat sich nichts an meinem ursprünglichen Plan geändert. Sie muss mit uns nach Hause kommen."

Brennas Gedanken überschlugen sich. Was wollte sie selbst? Sie wollte nach Hause gehen. Sie *musste* nach Hause gehen – zu Jennie, Maddie, ihren Brüdern. Doch aus irgendeinem Grund war ihr Herz nicht davon überzeugt und ihr Bauchgefühl riet ihr, bei Quade zu bleiben. Wahrscheinlich, weil sie eine Heilerin war.

Ihre Mutter hatte ihr das immer gesagt.

Sie konnte Logan durch den Raum gehen hören. „Du bist immer noch benommen vom Fieber. Sie mit nach Hause zu nehmen, wäre ein großer Fehler und du weißt es. Ich muss sie in ihre Burg zurückbringen."

„Meine Entscheidung ist gefallen. Sie kehrt mit uns zurück." Quades Stimme verlor an Lautstärke, aber er klang deshalb nicht weniger stur.

„Du bist mein Bruder und du weißt, dass ich immer hinter dir stehe, aber ich kann diese Entscheidung nicht mittragen, Quade."

„Ich bitte nicht um deine Unterstützung. Wenn du meinen Wünschen nicht folgen kannst, dann geh, Logan. Ich werde sie sicher in unser Zuhause geleiten. Sie kommt mit mir und wenn dir das nicht passt, dann scher dich zum Teufel." Quades Stimme war kaum noch mehr als ein Flüstern, aber sie hörte jedes Wort.

Für eine Weile herrschte Totenstille, bevor Logan wieder sprach.

„Na schön. Ich gehe."

Brenna war wie festgewachsen, unsicher, was sie tun sollte. Es vergingen nur wenige Minuten, bis die Tür aufflog und Logan direkt vor ihr stand. Sie starrte ihn an und konnte immer noch kaum glauben, dass er und sein Bruder um sie gestritten hatten. Was konnte sie sagen?

Logan ging um sie herum zu seinem Pferd, warf sich seine Tasche über die Schulter und stieg auf.

Er war weg, bevor sie sich umdrehen oder ein Wort sagen konnte.

Also blieb sie.

KAPITEL VIER

BRENNAS AUGEN FOLGTEN Logan, wie er wütend von der Hütte fortstampfte. Er drehte sich nicht ein einziges Mal um, also ging sie nach einer Weile zur Tür und öffnete sie. Sie fühlte sich irgendwie schuldig, die harten Worte der Brüder belauscht zu haben. Sie schloss die Tür hinter sich und wartete, bis sich ihre Augen nach dem Sonnenlicht wieder ans Halbdunkel gewöhnten. Quade starrte stur an die Decke. Offensichtlich war er immer noch verärgert über das Gespräch, also gab sie ihm Zeit, indem sie die Dinge aufhob, die die Brüder zu Boden geworfen hatten. Ein gekochtes Kaninchen lag unberührt auf dem Tisch.

„Mädchen?" Quades Blick begegnete ihrem im trüben Licht der Hütte.

„Aye?" Sie wusste nicht, was sie erwarten würde. Würde er anfangen zu brüllen wie ihr Bruder? Alex schrie oft einfach so, nur um seine Spannung zu lösen. Seine Frau hatte gelernt, auf Abstand zu gehen, wenn er seinen Freiraum brauchte. War Quade auch so?

„Ich fürchte, du hast etwas zu flicken. Meine Wunde hat sich geöffnet." Er zog die Decke zurück und starrte auf die rosa Flüssigkeit, die die Leinenstreifen befleckte.

Brenna eilte zu ihm. „Oh, eine Naht muss geplatzt sein." Sie zog vorsichtig das durchnässte Tuch fort und griff nach einem sauberen Stoffstreifen, um die Wunde trockenzutupfen. „Aye." Sie seufzte bei dem Gedanken, ihm mehr Schmerzen zu bereiten. „Quade, es tut mir leid, aber ich muss die Stelle behandeln." Sie ergriff seine Hand und legte sie über den Streifen. „Haltet den Stoff fest und übt Druck aus, während ich meine Tasche hole.“

Brenna ging zum Beistelltisch, wo sich ihre notwendigen Instrumente zusammen mit einer Schale mit klarem Wasser befanden. Sie stellte den Stuhl neben seine Pritsche und legte ihr Werkzeug neben sich auf die Decke.

„Beeil dich, Mädchen. Ich weiß, dass du es tun musst, also zögere nicht.“ Er streichelte ihre Wange mit seiner freien Hand und Brenna zuckte zurück, als hätte er sie verbrannt. *Verheiratet* war das Einzige, was ihr in den Sinn kam. Aber warum fühlte es sich dann so gut an, so zart? Ihre Augen verrieten wahrscheinlich ihre Verwirrung, aber sie weigerte sich, nach seiner Frau zu fragen. Er schuldete ihr Ehrlichkeit und sie schwor sich, ihm nicht zu sagen, was Logan ihr verraten hatte.

Brenna nickte mit dem Kopf und zog seine Hand von der Wunde zurück.

„Quade, ich denke, Ihr braucht vielleicht ein paar weitere Stiche. Möchtet Ihr etwas gegen die Schmerzen?“ Sie hielt in ihrer Untersuchung inne und wartete seine Antwort ab.

„Nay, fang an, Mädchen. Es ist nicht das erste Mal, dass ich genäht werde. Ich hatte Glück, dass ich es das letzte Mal nicht gespürt habe, als du mich gepiekt hast.“ Er grinste und hob eine Augenbraue.

Brenna sammelte ihre Gedanken und sprach ein schnelles Gebet, wie sie es oft tat, bevor sie nähte. Ihre Gefühle standen ihr bei der Arbeit im Weg, denn normalerweise würde sie schnell den ersten Stich machen, aber nun zögerte sie. Sie stockte, um Quade anzusehen. Aus irgendeinem Grund war sie diesmal schüchtern dabei, ihre Nadel zu führen. Passierte das, wenn man Gefühle für einen Patienten hegte? Sie runzelte zweifelnd die Stirn.

„Mädchen? Du machst mich nervös. Fang schon an, aye?“

Brenna nickte kurz und durchbohrte seine Haut in der Hoffnung, dass sie nicht unsanfter als gewöhnlich war. Sie war fast fertig, als Quades Hand über ihre Stirn strich.

„Du schwitzt, Mädchen. Ich möchte nicht, dass es deine Sicht beeinträchtigt.“ Er wischte ihr den Schweiß von der Stirn und nutzte die Gelegenheit für eine sanfte Liebkosung mit dem Daumen.

Er hatte vor Schmerz die Zähne zusammengebissen, aber in seinem Blick lag noch etwas anderes, das ihr unbekannt war. Sie verknotete den letzten Stich und atmete erleichtert auf. „Fertig. Geht es Euch gut?" Sie suchte in seinem Gesicht nach Anzeichen von Ohnmacht, aber er schien sich voll unter Kontrolle zu haben.

Seine Finger berührten ihr Kinn, sein Blick war auf ihren gerichtet. Seine Hand umfasste ihre Wange, bevor er sie in ihren Nacken legte und sie zu sich zog. Es war ein vorsichtiger Kuss voller Wärme, Weichheit und allem, was sie von ihm wollte. Sie hörte ein leises Geräusch aus ihrem Hals, kurz bevor sie sich zu ihm beugte und ihre Lippen teilte, damit seine Zunge ihren Mund erforschen konnte. Das hier war nichts, was sie jemals zuvor erlebt hatte. Die Nadel fiel zu Boden, aber sie ignorierte es.

Seine Hand streichelte ihren Hals und fuhr dann durch ihr Haar. Er zog sich gerade genug zurück, um zu hauchen: „Hast du eine Ahnung, wie schön du bist, Lady Brenna? Ich denke, du weißt es nicht, und ich kann nicht genug von deinen süßen Lippen bekommen." Er führte seine Lippen wieder an ihre und sein Kuss wurde leidenschaftlicher. Ihm entfuhr ein leises Stöhnen, als seine Zunge durch ihren Mund wanderte.

Sie unterbrach die Liebkosung sofort. „Habt Ihr Schmerzen?"

Er lächelte. „Aye, Mädchen, ich habe Schmerzen. Aber nicht von deinen Nähten, sondern von deiner Schönheit, von allem an dir."

Brenna wurde rot. Sie zog sich zurück und starrte in seine grünen Augen. Niemand hatte sie jemals zuvor als schön bezeichnet. Was dachte sich dieser Mann? Warum sah er sie so an, wie er es tat, fast als wollte er sie verschlingen? Und er war verheiratet, erinnerte sie sich. Verheiratet!

Sie leckte sich die Lippen und seine Hand tätschelte ihre Hüfte. Schnell senkte sie den Blick und bückte sich, um die Dinge aufzuheben, die sie fallen gelassen hatte, schnappte jedoch nach Luft, als sie die Beule unter der Decke unter seiner Taille bemerkte.

„Siehst du, was du mir antust, Liebste?" Quade grinste schamlos.

Ihre Wangen wurden rot und sie schlug sich die Hände vors Gesicht, um ihre Farbe vor ihm zu verbergen. Er gluckste und das Geräusch sandte Schockwellen durch ihren Körper. Brenna sammelte ihre Sachen ein und wandte sich verlegen ab. Dann machte sie sich an ihren Instrumenten zu schaffen und versuchte, sie zu reinigen. Sie hatte die Diener über die männliche Erregung sprechen hören, aber sie hatte sie selbst nie gesehen. Es war schockierend, dass sie, Brenna Grant, das in einem Mann hervorgerufen hatte. Und die Geräusche, die sie von sich gegeben hatte, als er sie geküsst hatte? Er musste sie für dumm oder gar für lüstern halten.

Was würden ihre Brüder von ihr denken? Sie war mit einem verheirateten Mann zusammen. Sie fand einen Becher, füllte ihn mit Wasser und gab ein paar Tropfen des Schmerzmittels hinein, bevor sie ihn zu Quade brachte. Sie hielt den Becher an seine Lippen, aber ihre Hand zitterte und die Flüssigkeit tropfte über sein Kinn.

„Oh, Mädchen, schäme dich nicht." Er legte seine Hand auf ihre, um sie zu beruhigen. „Das zwischen uns ist eine wunderbare Sache. Genieß es und freu dich."

Er ließ ihre Hand nicht los, sondern lehnte sich zurück und zog ihre Finger an seine Lippen. „Du bist ein großer Schatz, Brenna Grant." Dann fielen seine Augen zu und er schlief ein.

Gott sei Dank. Sie musste nachdenken.

Brenna hörte Tumult von draußen. Sie rannte zur Tür und lauschte – ohne Zweifel waren es Hufschläge und zwar von mehr als einem Tier. Die wenigen Wachen, die noch hier waren, standen vor der Hütte. Warum zogen sie nicht ihre Schwerter? Wie viele kamen zu Pferd? Was, wenn es Räuber wären?

„Mach dir keine Sorgen, Mädchen. Es sind wahrscheinlich weitere meiner Wachen. Ich vermute, Logan hat Verstärkung geschickt, damit uns mehr Männer auf der Heimreise begleiten. Als Beschützer bin ich momentan ziemlich nutzlos." Quade stemmte sich mit einem Arm auf der Pritsche ab und versuchte, sich aufzurichten.

Brenna flehte ihren Patienten an, still zu bleiben. „Quade, nicht. Ich habe Eure Wunde gerade erst wieder genäht. Die Naht ist zu frisch. Bitte, bleibt noch einen Tag liegen."

Er setzte sich langsam auf und glitt zur Bettkante, während er sich mit der Hand durch die Haare fuhr. „Du hast mir wieder einen Trank gegeben, Mädchen. Bitte gib mir nichts mehr davon. Ich habe dich schon einmal darum gebeten."

Ein lautes Klopfen unterbrach ihre Unterhaltung.

„Chief, seid Ihr da drin?"

„Aye. Tritt ein, Seamus." Quade legte eine Hand auf seinen Bauch, als er zur Tür starrte.

Die Tür öffnete sich und vier stämmige Wachmänner traten ein. Brenna huschte zur Seite.

„Chief, Logan hat gesagt, der Eber habe Euch erwischt, aber Ihr würdet überleben. Also hat Euch das Grant-Mädchen geheilt, aye?"

Brenna musste über den alten Mann lächeln. Ihm fehlten ein paar Zähne, aber sein Lächeln reichte von einem Ohr bis zum anderen. Er kratzte sich mit einer Hand den Vollbart und griff mit der anderen nach seinem Hintern.

„Oh, Seamus, es ist eine Dame anwesend. Hör auf damit." Quade nickte in Brennas Richtung.

Die Wachen erstarrten bei ihrem Anblick.

„Bei allen Heiligen!"

„Aye, aye."

„Glückspilz."

Quade bellte die vier an. „Seid still. Das ist Lady Brenna und dies sind vier meiner besten Wachen, Seamus, Donald, Malcolm und Mungo. Sie stehen zu deinen Diensten. Wenn du etwas brauchst, sag es ihnen einfach."

Brenna starrte die vier Männer vor sich an und errötete unter ihrer Aufmerksamkeit. Sie erkannte mit Bedauern, wie diese Situation für sie aussehen musste. Ihr Chief war allein mit einer unverheirateten Frau in einer Hütte. Sie drehte verlegen den Kopf weg. Wie war sie nur in diese Lage geraten? Die anderen Wachen hatten sie ignoriert, aber diese hier konnten die Blicke nicht von ihr abwenden. Was war der Unterschied?

Sie hatten ja recht in ihrer Einschätzung. Sie war entführt worden und war nun allein in einer kleinen Hütte mit einem verheirateten Mann zurückgeblieben, der zufällig ihr Chief war. Sie erwarteten wahrscheinlich, dass sie seine Geliebte wurde. Zwar hatte sie als Heilerin schon viele verheiratete Männer besucht, aber dabei hatte sie immer eine Wache als Eskorte begleitet.

Brenna musste möglichst schnell nach Hause kommen. Sie musste vergessen, wie wunderbar die Küsse dieses Mannes waren. Je weiter sie von Quade entfernt war, desto sicherer würde sie sein. Warum brauchte Alex nur so lange, um sie zu retten?

Logan musste die vier Wachen noch auf dem Heimweg zurückgeschickt haben. Gelegentlich tat sein störrischer Bruder doch das Richtige. Quade verstand nicht warum, aber er und Logan stritten häufig. Doch dabei ging es selten um Frauen. Dass Logan an Brenna interessiert war, hatte ihn völlig überrascht.

Quade hätte ohne Brennas heilende Fähigkeiten nicht überlebt, also verdankte er seinem Bruder wahrscheinlich sein Leben – schließlich hatte er Lady Brenna geholt. Trotzdem gab ihm das kein Anrecht auf sie und Quade würde Brenna unter keinen Umständen Logan überlassen.

Mit ihr neben seiner Pritsche aufzuwachen war eines der besten Dinge, die ihm seit langer Zeit passiert waren. Er würde sie nicht aufgeben. Außerdem wusste Logan nicht, wie man eine Frau wertschätzte. Er verbrachte die meiste Zeit mit leichten Mädchen und Brenna hatte so etwas nicht verdient. Der Gedanke, dass sein Bruder sie einfach benutzen könnte, löste Wut in ihm aus. Er fühlte sich weitaus stärker von ihr angezogen, als er selbst es verstand.

Die Wachen brieten Fleisch für ihr Abendessen. Brenna hatte darauf bestanden, dass er noch kein Pferd besteigen durfte, und er hatte nachgegeben. Sie würden noch eine Nacht warten und erst am Morgen aufbrechen. Aber er musste zurück nach Hause.

„Mungo, pack alles zusammen. Wir reiten los, sobald die Sonne aufgeht."

„Ja, Chief. Reitet Ihr allein?"

„Ja, ich kann mit einem Pferd umgehen."

Brenna stand mit gefalteten Händen da und streckte das Kinn vor, bevor sie sprach. „Ich möchte darum bitten, nach Hause zurückgebracht zu werden."

Seamus und Donald unterbrachen, was sie taten, um sich

umzudrehen und das Mädchen anzustarren. Quade wusste, was sie dachten. Er hatte seinen Wachen nichts von ihrer Entführung erzählt und wollte keine Zeugen für die folgende Unterhaltung. Also nickte er seinen Wachen nur einmal zu und sie verließen umgehend die Hütte.

„Es tut mir leid, Mädchen, aber ich kann deiner Bitte nicht nachkommen. Du wirst mich auf meine Burg begleiten."

„Warum?"

Das Mädchen war mutig, das musste er ihr lassen. Sie akzeptierte die Worte eines Mannes nicht einfach so. Er musterte sie aufmerksam, bevor er sprach. „Ich brauche dich in meiner Burg. Ich werde dich zurückbringen, wenn deine Arbeit erledigt ist."

„Also bin ich immer noch Eure Gefangene?"

Er sah das Feuer in ihren tiefbraunen Augen und unterdrückte seinen Drang, sie anzulächeln. Er hatte Courage immer für eine großartige Eigenschaft in einem Mädchen gehalten, obwohl viele ihm da nicht zustimmten. „Ich möchte lieber glauben, dass du deine Fähigkeiten freiwillig einsetzt, um meinem Clan zu helfen."

„Und wer braucht Heilung?"

„Das wirst du bald herausfinden. Wir sind nicht weit von meiner Burg in der Nähe von Lothian entfernt. Das ist alles, was du wissen musst."

Quade hatte ein paar seiner Wachmänner zur Burg der Grants zurückgeschickt. Er hatte ihnen Anweisungen gegeben, dem Laird der Grants mitzuteilen, dass Brenna geholt worden war, um ihren Chief zu heilen, und dass sie heil zurückgebracht werden würde, sobald man sie nicht mehr brauchte. Er hoffte, mit diesem Geständnis etwas Zeit zu gewinnen, da er wusste, dass er gegen den größten Clan in den Highlands nicht gewinnen konnte, besonders unter den gegenwärtigen Bedingungen nicht, denn seine Wachen waren noch nicht zurückgekehrt.

Die Zeit arbeitete gegen ihn. Er musste Brenna um seiner Tochter willen auf seine Burg bringen. Sein Herz war schon so lange schwer, aber vielleicht hielt Brenna den Schlüssel zu Lilys Krankheit in den Händen.

Am nächsten Morgen brachen sie auf. Brenna hatte nicht noch einmal darum gebeten, nach Hause gebracht zu werden, und sie hatte auch keine weiteren Fragen gestellt. Er wusste, dass seine Wachen ihr nichts verraten würden. Alles in seiner Burg war vertraulich und Brenna brauchte noch nicht zu wissen, was dort vor sich ging. Es würde lange dauern, bis er ihr erlaubte, nach Hause zurückzukehren.

Wenn es nach ihm ginge, würde sie niemals zu ihrem Clan zurückkehren, denn er brauchte sie aus mehr Gründen, als sie vermutete.

Die Reise war beschwerlich, da er sich immer noch nicht gänzlich erholt hatte, aber er konnte es ertragen. Bislang hatte er nichts anderes als Brühe gegessen, aber auch das war für ihn in Ordnung. Das Aussehen seiner Gefangenen allerdings gefiel ihm nicht und er machte sich Sorgen um sie.

Brenna hatte nicht viel gesprochen, seit Logan gegangen war. Dunkle Ringe umgaben ihre Augen und sie schien abzunehmen. Er hätte nicht mit Logan streiten sollen. Sein Bruder war der beste Jäger unter ihnen und die wenigen Kaninchen, die seine Wachen fingen, waren nicht genug, um alle satt zu machen. Er war sich sicher, dass Laird Grant sich gar nicht darüber freuen würde, wie er seine Schwester behandelte. Außerdem brauchte Brenna ihre Kräfte für Lily.

Quade gab es nur ungern zu, aber Logan hatte recht gehabt. Er konnte keine Beziehung mit dieser Frau eingehen, obwohl sie ihn verzauberte. Ihre Schönheit raubte ihm den Atem, umso mehr, weil sie ihre Wirkung auf Männer nicht zu bemerken schien. Einer seiner Männer, Mungo, hatte ihr zwei Haferkuchen gegeben, bevor sie die Hütte verließen. Sie hatte sie beide verschlungen, ohne zu wissen, wie die Männer beim Essen auf ihre vollen Lippen starrten.

Er musste nach Hause gelangen. Sein Leben war in solchem Aufruhr, dass er nicht wusste, was er bei seiner Rückkehr vorfinden würde. Verzweifelt um Hilfe, hatte er in ganz Schottland nach dem besten Heiler gesucht, den er finden konnte. Die Heiler waren in seiner Burg ein und aus gegangen, aber was auch immer Lily plagte, überforderte selbst die Besten. Aber er liebte sie und war entschlossen, niemals aufzugeben. Als er von der Heilerin der Grants gehört hatte, hatte er neue Hoffnung geschöpft. Vielleicht wäre sie die Antwort auf seine Probleme.

Sie verbrachten einen Großteil der Reise schweigend und da seine Seite immer noch heftig schmerzte, war ihm das nur recht. Brenna sorgte sich um seine Wunde wie eine übereifrige Glucke, aber er war ihr dankbar für alles, was sie getan hatte. Doch Lily brauchte ihn. Er tat sein Bestes, um seine Sehnsucht nach der Heilerin vor seinen Männern zu verbergen, denn er wollte die Dinge in seiner Burg nicht noch unnötig verkomplizieren.

Als sie an diesem Abend um ein kleines Feuer saßen und an Kaninchenknochen knabberten, stellte sie ihm plötzlich dieselbe Frage, über die er auch schon gegrübelt hatte.

„Wohin ist Logan wohl gegangen?"

„Ich weiß es nicht, Mädchen. Logan ist oft unterwegs, ohne dass ich weiß, wohin er geht. Ich vermute, er wird zuerst nach Hause reiten und unserer Mutter mitteilen, dass ich auf dem Rückweg bin. Dann wird er zu einem neuen Ziel aufbrechen. Wir haben viele Freunde im Tiefland. Er wird zurückkehren, wenn er bereit ist, obwohl ich seine Hilfe hier gebrauchen könnte. Ich hätte ihn nicht gehen lassen sollen, es war dir gegenüber nicht gerecht."

„Warum?"

„Weil du hungrig bist und ich nutzlos bin, wenn es ums Jagen geht. Meine Wachen versorgen uns nicht mit genug Essen. Es tut mir leid, dass ich so dränge, aber ich muss wirklich dringend nach Hause kommen. Ich mache mir große Sorgen."

Brenna sah ihn an. „Worüber? Um Eure Frau?"

Woher wusste sie von seiner Frau? Er würde Logan töten, wenn er ihn das nächste Mal sah. „Meine Frau? Was weißt du über meine Frau?", murmelte er.

„Als Ihr Fieber hattet, habt Ihr immer wieder nach Lily gefragt. Logan sagte, dass Lily der Name Eurer Frau ist."

„Logan sollte sich aus meinen Angelegenheiten heraushalten." Er stand zu schnell auf und hielt sich plötzlich die Seite. „Verflixt nochmal!" Er sah noch einmal zu ihr, bevor er in den Wald ging. Er würde nicht mit ihr über seine tote Frau sprechen.

Brenna sah ihm nach, konnte aber nicht ruhig bleiben. Seine Wachen entfernten sich von ihr und ließen sie allein auf der Lichtung zurück. „Warum antwortet Ihr nicht?" Obwohl sie laut genug rief, dass alle sie hören konnten, ging Quade einfach weiter.

Es war anfangs schwierig gewesen, Logan zum Reden zu bringen, und scheinbar lag dieses Problem in der Familie. Quade lief lieber davon, als ihre Fragen zu beantworten. Sie schüttelte den Kopf und schwor sich, niemals wieder zuzulassen, dass ein Mann ihr den Kopf verdrehte, egal wie gut er auch küsste.

Brenna griff nach ihrer Tasche und suchte nach dem Buch ihrer Mutter. Vielleicht hatte sie ein paar Zeilen über hartnäckige Schotten geschrieben und darüber, warum sie nie miteinander sprachen. Aber sie konnte die wertvollen Seiten nicht finden. Frustriert schüttete sie den Inhalt der Tasche auf den Boden.

Ihr Frust verwandelte sich schnell in Panik, als sie bemerkte, dass das Buch tatsächlich nirgends zu finden war.

„Nay! Nay, das kann nicht sein! Wo ist es?" Brenna suchte verzweifelt den Boden ab, die leere Tasche und alles andere rings um sie herum. „Es ist weg, das kann nicht sein! Wo hätte ich es verlieren können?"

Quade eilte so schnell auf die Lichtung zurück, wie es ihm seine Verletzung erlaubte. „Was ist los, Mädchen? Was hast du verloren? Doch nicht die Salben und Heilwickel, oder? Ich habe sie gesehen, sie sind hier."

„Nay, das Buch meiner Mutter. Das Tagebuch, das sie über ihre Behandlungen führte, ihre besonderen Anmerkungen für mich. Die Seiten waren mit einem Band zusammengebunden. Sie waren abgenutzt, aber ich konnte sie immer noch lesen." Tränen stiegen Brenna in die Augen, was nur sehr selten vorkam. „Ich habe es überall gesucht. Ich kann es nicht finden. Ich brauche es dringend."

„Ich habe gesehen, wie Logan etwas aus deiner Tasche genommen hat, bevor er gegangen ist. Ich fürchte, ich war zu wütend, um zu bemerken, was er getan hat. Es tut mir leid." Quade starrte sie verwirrt an. „Obwohl ich mich frage, was mein Bruder damit anfangen will."

Brenna stolperte zu einem Baumstamm, setzte sich und stützte ihren Kopf in die Hände. Was sollte sie ohne das Buch ihrer Mutter nur tun? Wenn sie einen schlechten Tag hatte, war es ihr einziger Trost. Sie verkroch sich in ihrer Kammer und las die

Seiten, um Kraft aus den Worten ihrer Mutter zu schöpfen. Das Buch war ihr wertvollster Besitz.

„Mädchen?" Quade stand mit unsicherer Miene vor ihr.

Sie wischte ihre Tränen fort und zwang sich, zu ihm aufzusehen. Er machte einen unbeholfenen Versuch, sich neben sie zu setzen, musste aber in letzter Sekunde nach ihrer Hand greifen.

„Bei allen Heiligen, es tut immer noch weh! Entschuldige meine Unhöflichkeit, Lady Brenna." Er strich eine verlorene Träne von ihrer Wange. „Ich weiß, dass du verärgert bist, und ich entschuldige mich für meinen Bruder, aber ich glaube, du bist eine gute Heilerin – mit oder ohne die Worte deiner Mutter. Hast du das Buch oft benutzt, um mich zu behandeln?"

„Nein", schniefte sie. „Ich habe es so oft gelesen, dass ich jedes Wort auswendig kenne, aber es bedeutet mir so viel mehr."

„Du hast beide Eltern verloren?"

Sie nickte und drehte sich ein wenig zu ihm um. „Ja, sie sind innerhalb eines Jahres beide gestorben. Es war für uns alle sehr schwer. Ich habe drei Brüder und eine Schwester. Ich verstehe nicht, warum Logan mein Buch mitnehmen sollte."

„Ich kann nicht für meinen Bruder sprechen. Er handelt nie ohne Grund, auch wenn ich mir in diesem Fall nicht vorstellen kann, welcher es sein sollte. Es sieht ihm nicht ähnlich, etwas zu stehlen."

„Was ist mit Euren Eltern?"

„Ich habe meinen Vater vor fünf Jahren verloren. Ich war damals noch nicht wirklich bereit, Chief zu werden, aber ich hatte keine Wahl. Inzwischen habe ich das Gefühl, schon ewig Chief zu sein."

Er griff nach ihrer Hand und wärmte sie zwischen seinen Händen. Brenna seufzte und fragte sich, warum eine so kleine Geste ihr Herz so berührte. Sie starrte auf seine großen Hände, in der ihre völlig verschwand. Verheiratet hin oder her – sie wollte ihre Hand nicht wegziehen; sie konnte es nicht ändern.

„Eure Mutter lebt noch?" Sie sah fragend in seine Augen und bemerkte, wie viel grüner sie draußen aussahen.

„Ja, sie ist quicklebendig." Lachend sah er zu den Sternen auf. „Sie hält mit ihrer Meinung nie hinter den Berg, egal, worum es geht."

„Ist Logan Euer einziger Bruder?"

„Nay, ich habe zwei Brüder und eine Schwester. Du wirst sie alle lieben."

Eine der Wachen kam auf sie zu und Brenna hüstelte, bevor sie ihre Hand wegzog und sich daran erinnerte, dass sie gegen ihren Willen auf dieser Reise war und dass Quade eine Frau hatte. Ihr Heilerinnenherz würde es ihr jedoch niemals erlauben, ihn zu verlassen. Außerdem vertraute sie darauf, dass Alex sie rettete.

Da kam ihr ein ganz anderer schrecklicher Gedanke in den Sinn.

Was, wenn die Person, die sie heilen sollte, seine Frau war? Wäre sie dazu in der Lage?

Sie musste zugeben, dass sie sich der Antwort nicht sicher war.

KAPITEL FÜNF

QUADE SEUFZTE ERLEICHTERT auf, als er in der Ferne seine Burg entdeckte. Das lilafarbene Heidekraut ringsum beruhigte stets seine Seele. Er liebte die Gegend, durch die sie ritten, mit Hügeln zu beiden Seiten, sattem Grün und Braun, das sich bald in die üppigen Rot- und Gelbtöne des Spätherbstes verwandeln würde. Obwohl er den gleichen Weg schon viele Male geritten war, schien ihm dies die längste Reise aller Zeiten zu sein. Die Burg der Ramsays war viel kleiner als die berühmte Burg der Grants, aber er war stolz auf seine Familie und die Mitglieder seines Clans. Es waren fleißige Leute, die überzeugt hinter seiner Familie standen und seit Jahrzehnten bei ihnen waren. Er hoffte, dass sie auch seine Entscheidung mittragen würden, Lady Brenna herzubringen.

Er hatte überlegt, ob er Brenna von Lily erzählen sollte und wenn ja, wie viel. Doch am Ende hatte er beschlossen zu warten. Brenna musste sie selbst sehen und sich ein eigenes Bild machen, ohne dass er ihre Einschätzung beeinflusste. Zumindest hatten so ihre vielen Vorgänger ihre Arbeit begonnen. Wie viele Heiler hatte er schon hergebracht, um seine Lily untersuchen zu lassen? Es waren in den letzten Jahren so viele gewesen, dass er den Überblick verloren hatte. Er hatte alle Hoffnung aufgegeben, bis Logan ihm von der Heilerin der Grants erzählt hatte.

Quade würde ihr alles geben, was sie brauchte, wenn es Lily nur helfen würde. Er betete, dass sich ihr Zustand während der Verzögerung, die seine Verletzung verursacht hatte, nicht verschlechtert hatte. In den letzten Jahren hatte sich das arme Mädchen nicht viel verändert. Sie bewegte sich nicht weit von ihrem Bett oder ihrer Kammer fort und aufgrund des starken Gestanks hatte sie nur wenige Besucher.

Quade stieß einen Kriegsschrei aus, als er seinen Bruder Micheil erblickte. Sein Bruder winkte zur Begrüßung und schloss sich ihnen schon bald an.

„Du lebst, Bruder?“, rief Micheil.

Quade kicherte. „Gerade so.“

„Aye, du siehst ein bisschen grün aus. Was hat das Mädchen mit dir gemacht?“ Micheil nickte in Brennas Richtung, als sie neben seinem Bruder auftauchte.

Er und Brenna verlangsamten ihr Tempo, als sein Bruder und mehrere Fremde sich ihnen auf beiden Seiten anschlossen.

„Das Mädchen hat mir das Leben gerettet, also sei nett zu ihr.“ Quade lächelte Brenna an.

Die Wachen folgten ihnen, als sie an malerischen, mit Stroh gedeckten Häusern und Hütten vorbeiritten. Viele Clanmitglieder kamen nach draußen, um ihrem Chief zuzuwinken, eine durchaus übliche Geste des Respekts vor ihrem zurückkehrenden Anführer. Nicht so üblich war die Tatsache, dass sich einige der Frauen hinknieten und den Kopf senkten, als würde ein Heiliger vorbeiziehen.

Quade sah fragend zu seinem Bruder Micheil.

„Logan war kurz hier und erzählte uns von den außergewöhnlichen Heilkräften des Mädchens. Er sagte uns, dass du dem Tod nahe warst. Die Leute bedanken sich für ihre gute Arbeit und dafür, dass du noch am Leben bist.“ Micheil nickte den vielen Danksagern des Clans im Vorbeireiten zu.

„Und wie geht es meiner Lily?“ Quade warf Brenna einen Blick zu, nachdem er Micheil die Frage gestellt hatte. Er konnte erkennen, dass sie sich ganz auf ihre Unterhaltung konzentrierte. Aber er hatte keine Zeit, sich Sorgen um ihre Gefühle zu machen. Lilys Gesundheit stand an erster Stelle. Vielleicht würde Lady Brenna eines Tages lernen, ihm zu vertrauen.

„Unverändert. Aggie ist bei ihr.“

Zu seiner Linken ritt Brenna, als wäre sie auf ihrem Pferd geboren worden. Sie hatten ihr Tempo verlangsamt, als sie sich dem Dorf näherten, und sie hatte eine königliche Haltung angenommen. Sie ritt mit durchgestreckten Schultern und

Haarsträhnen, die ihrem Zopf entwischt waren, wehten ihr ins Gesicht. Ihre Augen wandten sich für einen Moment ihm zu, aber sie wurde rot, sobald er ihrem Blick begegnete, und drehte den Kopf wieder weg. Das Bild, das er sich von ihr gemacht hatte, bestätigte sich erneut. Sie war definitiv ein unschuldiges Mädchen.

Und sie war atemberaubend schön.

„Bruder? Möchtest du mir etwas sagen?", fragte Micheil. Sein Grinsen verriet Quade, dass er seine Gefühle für das Mädchen nicht verbergen konnte. Er sah seinen Bruder nur schweigend an, woraufhin dieser lachte.

„Habt ihr Fremde in der Gegend bemerkt?" Quade machte sich Sorgen wegen der Grants, die inzwischen sicher nach Brenna suchten.

„Nay, Logan hat dasselbe gefragt, bevor er wieder aufgebrochen ist."

„Hat er gesagt, wohin er wollte?"

„Nay, er war wie immer ausweichend. Mutter versuchte, ihm mehr zu entlocken, aber er sagte nur etwas darüber, dass er einen Laird in den Highlands auf die falsche Fährte bringen müsste. Weißt du, was er damit gemeint hat?", fragte Micheil, bevor er etwas zurückfiel, weil sie sich der schmalen Brücke näherten.

Quade versteckte sein Lächeln. Er konnte sich immer auf Logan verlassen, obwohl er es niemals zugeben würde. Sein Bruder war einer der besten Fährtensucher des Landes und mehr als in der Lage dazu, jemanden in die falsche Richtung zu führen, selbst die talentierten Fährtensucher, über die die Grants zweifellos verfügten. Was Logan vorhatte, würde ihm definitiv helfen, wenn der Laird der Grants seiner Erklärung nicht glaubte.

Die Pferde trugen sie über die Brücke und durch das Tor. Die Stallburschen eilten zu ihm, aber er winkte ab, ritt weiter durch den Hof und bedeutete Brenna, ihm zu folgen. Sie hatte immer noch dunkle Ringe unter den Augen, aber diese minderten ihre Schönheit keinesfalls. Er konnte erkennen, dass sie letzte Nacht mit fünf Highlander-Wachen dicht neben sich nicht gut geschlafen hatte, doch obwohl sie zweifellos müde und hungrig war, wollte er, dass sie sich sofort Lily ansah.

Er führte Lady Brenna so nahe wie möglich an die Stufen

heran, um sie nicht zusätzlich zu ermüden. Es war ihm egal, dass er damit den Stallburschen zusätzliche Arbeit bereitete. Nachdem er abgestiegen war, griff er nach ihr, um ihr vom Pferd zu helfen.

Doch Brennas starke Stimme hallte über den Platz. „Fasst mich nicht an, sonst reißt Ihr Eure Nähte wieder auf."

Seine Mutter näherte sich, als Micheil Brenna herabhalf und ihr ihre Tasche reichte.

Seine Mutter warf ihre Arme um Brenna. Es war klar zu erkennen, dass die Geste die Heilerin erschreckte, aber seine Mutter musste krank vor Sorge gewesen sein, seit Logan ihr von dem Vorfall mit dem Eber erzählt hatte.

Lady Ramsay trat zurück und hielt Brennas Hände. „Danke, dass Ihr meinen ältesten Sohn gerettet habt. Ich werde Euch für immer zu Dank verpflichtet sein." Tränen glitzerten in ihren Augen, als Quade sie vorstellte, und sie tupfte sich die Wangen trocken. „Lady Brenna, Euer Talent als Heilerin ist legendär. Ich hoffe, diese Erzählungen über Euch sind wahr. Wir brauchen Eure Fähigkeiten dringend."

Quade erlaubte Brenna, seine Mutter kurz zu begrüßen, bevor er an ihrer Hand zog und sie die Stufen zum Bergfried hinaufbringen wollte.

„Entschuldige, Mutter, aber sie muss sofort Lily sehen."

„Quade, wo sind deine Manieren geblieben?", rief ihm seine Mutter nach, als er Brenna durch die Tür schob. „Lass das Mädchen etwas essen und sich frisch machen. Wie viele Tage seid ihr gereist?"

„Das kann warten. Lady Brenna ist eine starke Frau. Sie muss Lily zuerst sehen. Immerhin ist sie deshalb hier."

Sie betraten den großen Saal und er bemerkte, wie schnell Brennas Lächeln der Verwirrung wich. Nun, bald würde sie Lily sehen und die Situation würde sich klären.

Er brachte sie zur Innentreppe und führte sie diese Treppe hinauf und dann den Gang entlang zur dritten Tür. Er griff nach der Klinke und drehte sich noch einmal zu ihr um, bevor er eintrat.

„Bitte, hilf meiner Lily."

Brenna betete um Kraft, als sie den Raum betrat. Sollte sie seine Frau kennenlernen? Zum ersten Mal in ihrem ganzen Erwachsenenleben war sie sich nicht sicher, ob sie in dieser Situation die Distanz halten konnte, die eine Heilerin wahren sollte. So sehr sie es auch versuchte, konnte sie nicht gegen ihre Gefühle für Quade ankämpfen. In welchem Zustand befand sich seine Frau wohl, dass es so dringend war?

Die dunkle Kammer wies einen starken charakteristischen Gestank auf, aber sie konnte ihn nicht genau bestimmen. Pelze hingen vor den Fenstern des kleinen Raums. Eine Reihe von Schalen und Schüsseln waren an verschiedenen Stellen aufgestellt. Sie war sich nicht sicher, was sie mit den Behältern anfangen sollte, die an scheinbar zweckmäßigen Orten platziert waren. Eine ältere Frau saß neben dem Bett und rang die Hände. Offensichtlich sorgte sie sich um die Frau, die unter die Decke gehüllt war.

Konnte sie das hier tun? Quades Hand auf ihrem Rücken schob sie näher an den kleinen Deckenhaufen heran. Sie drehte sich um und starrte auf den gutaussehenden Laird hinter sich. Was ging in ihm vor? Sie wollte ihm sagen, wie sehr er sie verwirrte, aber sie konnte es einfach nicht. Sie wollte ihm sagen, wie sehr sie sich wünschte, er wäre ungebunden und sie wären sich unter anderen Umständen begegnet. Sie drehte sich wieder zum Bett um und trat näher heran.

Die alte Frau trat ins Licht und enthüllte ein verweintes Gesicht. „Seid gegrüßt, Mylady."

Brenna stählte sich und sah zum Bett, als Quade nach der Bettdecke griff und sie zurückzog.

„Lady Brenna", sagte er. „Das ist meine Tochter, Lily."

Seine Tochter? Lily war seine Tochter?

Warum machte ihr Herz bei dieser Erklärung einen Sprung? Die Tatsache, dass er eine Tochter hatte, bedeutete nicht, dass er unverheiratet war. Er musste irgendwo eine Frau haben. Sie war ihr nur noch nicht begegnet.

Zwei kleine Arme streckten sich aus dem Bett. „Papa, du bist zu Hause? Wen hast du mitgebracht? Eine neue Mama für uns?"

„Still, meine Kleine." Quade griff nach unten, nahm seine Tochter in die Arme und drückte ihr einen Kuss auf die Wange.

„Das ist nicht deine Mama. Zeig deine guten Manieren und begrüße sie richtig. Sie heißt Lady Brenna Grant und hat besondere Heilfähigkeiten."

Sofort wurde Brenna ängstlich. „Lasst sie herunter, Quade, bitte achtet auf Eure Nähte."

„Oh, sie wiegt weniger als eine Feder, Lady Brenna. Sie tut meinen Nähten nicht weh. Aber ich werde sie absetzen, damit du sie untersuchen kannst."

„Welche Nähte, Papa?" Lilys Engelsgesicht wurde großäugig, als ihr Vater sie auf ihre Pritsche legte.

„Papa ist auf einen bösen alten Eber gestoßen, aber Onkel Logan hat sich für mich um ihn gekümmert. Es geht mir gut. Wie geht es meiner kleinen Blume?" Er strahlte seine Tochter stolz an und ließ Brennas Herz höher schlagen, als er ihr dasselbe Lächeln schenkte. Ein Mann, der sein Kind so sehr liebte, war definitiv ein guter Mann.

Brenna wandte sich wieder ihrer neuen Patientin zu. Lily war ein wunderschönes blondhaariges Kind, wahrscheinlich zwischen drei und vier Jahren alt. Aber anstatt wie ein normales Kind draußen auf den Feldern herumzurennen, konnte sie sich eindeutig nicht außerhalb ihrer Kammer bewegen, wenn sie nicht getragen wurde. Sie war zu dünn und dunkle Ringe lagen um ihre Augen. Quades Bemerkung war nicht gelogen gewesen. Sie war wahrscheinlich zu leicht, um seine Nähte zu belasten. Was konnte dazu führen, dass ein so schönes Kind so gebrechlich war? Brenna vermutete, dass sie kaum die Kraft hatte zu stehen.

Das Mädchen lächelte seinen Vater strahlend an, aber ihre Haut war stumpf und trocken und Brenna konnte den Geruch von Krankheit im Raum immer noch nicht einordnen. Es war eine Anstrengung für das arme Kind gewesen, auch nur die Arme um Quades Hals zu legen. Dies war keine kurze Krankheit, sondern etwas, das Lilys Kraft im Laufe der Zeit geschwächt hatte.

Die zwei kleinen Arme streckten sich nach der Amme. „Aggie, meine Schüssel."

Es brach Brenna das Herz, mitanzusehen, wie die Magd hinter sich griff, eine Schale nahm und sie gerade noch rechtzeitig vor das Kind hielt, um seinen Mageninhalt aufzufangen, der aus ihrem winzigen Mund spritzte. Es war fast reine Galle, aber ihr gebrechlicher Körper verkrampfte sich weiter, bis nicht einmal das mehr herauskam.

Quade seufzte und sah die Magd mit hochgezogener Augenbraue an. „Aggie? Was war es diesmal?"

„Aye, Chief. Sie hat ein bisschen Brot gegessen, da sie sich besser fühlte. Ich dachte, vielleicht könnte sie es verkraften. Es wird immer schlimmer, sie kann nichts bei sich behalten." Aggie wischte mit einem Leinentuch über den Mund des Kindes.

Tränen stiegen der Kleinen in die Augen und sie schürzte die Lippen. „Verzeiht mir, Mylady, aber ich konnte es nicht verhindern", sagte sie mit schwacher Stimme zu Brenna. Ihre Augen blinzelten und ihre Oberlippe zitterte, als Brenna den Kampf in der kleinen Seele beobachtete. Die Kleine wimmerte und presste eine Hand auf ihren Bauch.

„Papa, mein Bauch tut so weh. Kann sie mich heilen?"

„Sie wird es versuchen, Kleine. Du musst tun, was sie dir sagt." Quade streichelte ihre Stirn.

„Papa, muss sie mich zur Ader lassen?" Ihr kleiner Kopf wandte sich wieder Brenna zu. „Bitte gebt mir keinen Aderlass. Es tut so weh und ich fühle mich dabei so schrecklich." Eine ganze Flut von Tränen strömte erneut über Lilys Gesicht und ihr Schluchzen brach Brenna erneut das Herz, also setzte sie sich auf das Bett und hob das Mädchen auf ihren Schoß.

„Es wird alles gut, meine Kleine. Was dir passiert, ist nicht deine Schuld." Sie legte ihr Kinn auf Lilys Kopf und rieb ihr in weichen Kreisen über den Rücken, um sie zu beruhigen. Brenna drehte gerade rechtzeitig den Kopf, um die Tränen in Quades Augen zu sehen, aber da wirbelte er auch schon herum und verließ die Kammer. „Ich werde dich nicht zur Ader lassen, meine Kleine. Ich weiß, dass einige Heiler darauf schwören, aber meine Mutter hat mir beigebracht, dass der Aderlass meistens nicht hilft. Wir werden etwas anderes ausprobieren."

Nachdem sie es geschafft hatte, das Kind ein wenig zu beruhigen, stellte sich Brenna Aggie, der Magd ihrer kleinen Patientin, vor.

„Wie lange ist sie schon in dieser Verfassung, Aggie?"

„Oh, Mylady, sie war so, seit sie anfing zu laufen. Es scheint ihr mit jedem Monat schlechter zu gehen." Aggie leerte die kleine

Schale in eine größere an der Kammertür und ging dann mit der größeren nach draußen.

Als sie zurückkam, setzte Brenna ihre Befragung fort. „Sie war schon immer so krank? Hat sie sich immer erbrochen?" Brenna runzelte die Stirn beim Gedanken an die Belastung, die das für die Konstitution des Kindes bedeuten musste.

„Aye, manchmal kommt es oben raus und manchmal unten, wenn Ihr wisst, was ich meine." Aggie schüttelte nachdrücklich den Kopf. „Was aus ihrem Po rauskommt, ist nicht normal. Es riecht zu faulig für so ein süßes junges Ding."

„Scheint es durch irgendetwas schlimmer zu werden?"

„Nicht, dass ich wüsste. So viele Heiler haben sie sich angesehen, aber niemand weiß, was zu tun ist. Wir alle beten, dass Ihr ihr helfen könnt, Mylady. Dass die Tochter unseres Lairds so krank ist, ist nicht gerecht."

Der hoffnungsvolle Ausdruck in Aggies Augen zeigte Brenna, wie sehr das Kind in der Burg geliebt wurde. Brenna wiegte die kleine Lily weiter, bis das Schluchzen des Mädchens ganz aufhörte. Sie war so anders als ein normales Kind, so anders als ihre beiden Neffen John und Jamie. Die Gebrechlichkeit des Mädchens war erschreckend. Ihre kleine Stimme riss sie aus ihren Gedanken.

„Bitte helft mir, Lady Brenna. Ich mag es nicht, mich so zu fühlen. Und es macht meinen Papa traurig."

Sie küsste das Mädchen auf die Stirn. „Ich werde es versuchen, kleine Lily. Ich werde es versuchen."

Brenna rieb den Rücken des Mädchens weiter, bis es einschlief. Sie warf einen Blick auf Aggies trauriges Gesicht, als sie das schlafende Kind ins Bett legte. Die Neugierde gewann schließlich die Oberhand und sie stellte die Frage, die seit fast einer Stunde auf ihren Lippen brannte: „Aggie, warum will sie eine neue Mutter?" Sie flüsterte die Worte.

Aggie richtete sich auf. „Weil sie ihre Mutter nie kennengelernt hat. Quade benannte sie nach ihrer Mutter, weil er nicht glaubte, dass sie noch lange bei uns sein würde. Sie war kein starkes Mädchen. Lilias, so hieß ihre Mutter, starb weniger als einen Monat nach Lilys Geburt."

KAPITEL SECHS

QUADE SASS AUF einem Stuhl vor seinem Kamin. Jetzt wusste Brenna also, dass er seine Frau nicht betrog. Es war fast vier lange Jahre her, seit er seine junge Gattin begraben hatte, und bisher war er kein einziges Mal von einer anderen angezogen gewesen. Sicher, er hatte seine Lust mit ein paar einheimischen Mädchen gestillt, aber er war nie versucht gewesen, eine andere zu seiner Frau zu nehmen. Selbst jetzt fiel es ihm schwer zu glauben, dass er Brenna geküsst hatte. Ja, sie war atemberaubend, aber er konnte nicht riskieren, dass sie von seinem Fluch getroffen wurde. Er musste stärker sein.

Er schüttelte den Kopf und wünschte, er könnte sich so leicht von seinen Fehlern der Vergangenheit befreien. Es musste die Krankheit in seinem Bauch gewesen sein oder vielleicht etwas, das sie in seine Brühe getan hatte. Er schwor sich jedenfalls, ihrer Schönheit nicht wieder zum Opfer zu fallen, und sagte sich, dass seine Tollheit nun ein Ende hatte. Er war so sehr in seine Frau Lilias verliebt gewesen, dass er sich geschworen hatte, niemals eine andere zu lieben. Aber die Wirkung, die Lady Brenna auf ihn hatte, war stark. Vielleicht war es ihre Unschuld oder ihr Charakter. Seine Ehe war lange her, so lange, dass er sich in letzter Zeit kaum noch an Lilias' Gesicht erinnern konnte.

Schritte auf dem Steinboden kündigten die Ankunft von Besuch an. Er setzte sich etwas im Stuhl auf, um zu sehen, ob es Lady Brenna war. Als sie die Stufen herunterkam, rief sie ihm zu: „Erhebt Euch nicht meinetwegen von diesem Stuhl. Schont nur einen Tag Eure Nähte, damit ich sie nicht wieder erneuern muss. Die Reise hierher war anstrengend."

Quades Blick folgte dem Wiegen ihrer Hüften, als sie näher kam, aber er regte sich nicht. Sein Gelübde würde nicht von Dauer sein. Sie war für ihn ein Leuchtfeuer im Dunkeln.

Brenna zog einen Stuhl heran und nahm seine Hand von seinem Bauch. „Gut. Ich sehe kein frisches Blut."

„Mädchen, denkst du denn an nichts anderes als an deine Arbeit?" Er grinste sie an. Er konnte nicht anders – wann immer sie in seiner Nähe war, hellte sie sein ganzes Leben auf.

„Doch, das tue ich. Was mich zu folgender Frage bringt: Warum habt Ihr mir nicht gesagt, dass Lily Eure Tochter und nicht Eure Frau ist?"

„Oh, Mädchen. Wir waren in Hörweite meiner Wachen und mein Privatleben geht sie nichts an." Er stand auf und hielt sich instinktiv die rechte Seite.

Brenna lehnte sich zurück und legte die Hände in den Schoß. „Warum wollte Logan, dass ich glaube, dass Eure Frau noch lebt?"

„Ich kann nicht für meinen Bruder antworten. Logan und ich sind wetteifrig und manchmal sind wir wie Hund und Katze. Wir kämpfen solange, bis wir uns vertragen müssen, aber dann sind wir nicht zu schlagen. Logan hat andere Überzeugungen als ich. Er ist viel unterwegs, weil er noch nicht weiß, wer er ist. Zumindest glaube ich das."

Seine Mutter kam mit einem Brotkorb aus der Küche. „Hier, Mädchen. Ihr müsst kurz vor dem Verhungern sein. Esst eine Kleinigkeit."

Lady Ramsay stellte den Korb auf einen Tisch in der Nähe, warf ihrem Sohn einen Blick zu und fragte: „Tust du nicht, was die Heilerin dir geraten hat, Quade? Warum schmerzt es dich so sehr?"

„Mutter, bitte, mir geht es gut. Ich möchte dir noch einmal ganz offiziell Lady Brenna Grant vorstellen, die Heilerin, die mein Leben gerettet hat. Ich entschuldige mich dafür, dass ich bei unserer Ankunft so kurz angebunden war."

Brenna stand auf und knickste vor seiner Mutter. „Es gibt einen guten Grund dafür, warum Euer Sohn noch Schmerzen hat, Mylady. Von seiner Verletzung abgesehen musste ich ihm auch ein Gift aus dem Bauch schneiden."

Quade und Brenna setzten sich wieder.

„Meine Güte!" Seine Mutter hielt inne, als müsse sie erst verstehen, was sie gerade gehört hatte. „Warum war Gift in seinem Bauch? Wie ist es dorthin gekommen? Warum hat es ihn nicht getötet? Wie habt Ihr es herausschneiden können?" Die Augen seiner Mutter wurden mit jeder Frage größer.

„Beruhige dich, Mutter. Wie du siehst, geht es mir gut. Mein Bauch begann kurz nach unserer Abreise zu schmerzen. Jetzt, wo Brenna das Gift entfernt hat, fühle ich mich viel besser. Der Schmerz war unerträglich und ich konnte nicht aufhören, mich zu übergeben."

Quades Mutter schlug die Hände vors Gesicht, als ihr ein Gedanke kam. Er konnte oft erahnen, was seine Mutter dachte. „Könnte das auch Lilys Problem sein? Muss ein Teil ihres Bauches entfernt werden, um sie zu heilen?"

„Nay, Mutter. Natürlich nicht'!" Quade wandte sich an Brenna, nachdem er gesprochen hatte. „Habe ich recht, Lady Brenna? Wir haben doch nicht die gleiche Krankheit?"

„Ihr habt recht, es kann sich nicht um das gleiche Problem handeln. Was Ihr hattet, hätte Euch in ein paar Tagen umgebracht. Aber Lilys Krankheit hat sich langsam entwickelt, wenn das, was Aggie mir sagt, wahr ist."

„Verzeiht mir, Lady Brenna", sagte Quades Mutter. „Ich hoffe nur so sehr, dass irgendetwas meiner Enkelin hilft." Sie rang die Hände im Schoß.

Quade sprach zuerst. „Ist das etwas, das du schon einmal gesehen hast, Brenna?" Er hielt den Atem an. Er hatte den Krankheitsverlauf seiner Tochter beobachtet, seit sie knapp ein Jahr alt gewesen war. Es schmerzte ihn so, die natürliche Energie der Kleinen in ihrem Bettlager schwinden zu sehen, und er wusste, wie sehr seine Mutter darunter litt, das Mädchen jeden Tag in schlechterem Zustand vorzufinden. Konnte Brenna die Rettung sein? Gab es überhaupt eine geringe Chance, dass sie helfen konnte?

„Können wir uns alle einen Moment Zeit nehmen, damit ich Euch nach ihrer Vergangenheit befragen kann? Ich muss so viel wie möglich über Lilys Krankheit wissen. Wie sie angefangen hat, wann sie Besserung zeigt, was ihren Zustand verschlimmert oder lindert, alles, woran Ihr Euch erinnern könnt."

Lady Ramsay übernahm das Kommando und trug den Dienern auf, Bier aus der Küche zu holen.

„Lady Brenna, wir werden Euch gern alles berichten, was wir wissen."

Quade fuhr sich mit der Hand über die Stirn, stand auf und begann, hin und her zu gehen. Warum machte sie sich nicht einfach daran, seine Tochter zu heilen? Es musste doch etwas geben, das Brenna für sie tun könnte. „Brenna, solltest du nicht bei Lily sein? Kannst du ihr nichts aus deiner Tasche geben? Eine Wundermedizin? Sie ist sehr krank."

„Wie Ihr wisst, hat meine Mutter mich ausgebildet. Ihr Rat war, Informationen zu sammeln, bevor man handelt. Hat jemand daran gedacht, ein Tagebuch über Lilys Krankheit zu führen? Habt Ihr aufgezeichnet, was sie isst oder wie oft sie sich übergibt?"

„Was nützt das, Brenna? Uns bleibt keine Zeit. Nay, wir haben keine Aufzeichnungen. Niemand hat ein Tagebuch geführt. Das ist doch Unfug. Geh und heile sie."

„Quade Ramsay! Laird oder nicht, denke an deine Manieren!", rügte ihn seine Mutter streng. „Siehst du nicht, dass dieses nette Mädchen einen Moment braucht, um ihre Gedanken zu ordnen? Lass sie ihre Arbeit machen und hör auf, ihr zu sagen, was sie tun soll."

Quade starrte zuerst seine Mutter an, dann Brenna.

„Na schön. Verzeihung, Lady Brenna." Er zeigte zum Tisch. „Warum setzen wir uns nicht dorthin, wo es bequemer ist?"

Während er sprach, stellten die Diener Fleischplatten und Bier auf den Haupttisch im Saal und Quade führte Brenna hinüber und setzte sich an die Spitze des Tisches, während seine Mutter das Brot von ihrem Platz am Kamin brachte.

Wie konnte er erwarten, dass sie ihn verstand? Er hatte so große Hoffnungen auf eine glückliche Ehe mit vier oder fünf gesunden Kindern gehabt. Er war dumm genug gewesen, sich vorzustellen, dass auch seine Brüder heiraten würden. Er hatte davon geträumt, dass die Kleinen zu den Feiertagen im Saal herumtobten und ihr Lachen über den Kampfplatz hallte, wenn seine Nichten und Neffen mit seinen eigenen Kindern spielten.

Nach seinem Scheitern war es kein Wunder, dass seine Brüder beschlossen hatten, ledig zu bleiben.

Er hatte mitansehen müssen, wie seine Frau dahingewelkt war. Sie war in seinen Armen gestorben. Und jetzt starb seine kleine Lily, die fast ein Jahr gesund und stark herangewachsen war, mit jedem Tag ein bisschen. Während er sich in der Hütte erholt hatte, hatte er wiederholt davon geträumt, dass seine Tochter geheilt wurde, ihn anlächelte und kicherte und wie jedes normale Kind ihres Alters durch die Burg rannte. Er hatte gehofft, dass es sich um eine Vorahnung handelte. Aber nay, Lily hatte sich keine fünf Minuten nach seiner Ankunft wieder übergeben. Gab es überhaupt noch Hoffnung?

Sobald sie sich gesetzt hatten, wandte sich Brenna an Quades Mutter. „Habt Ihr vielleicht Pergament und etwas, womit ich schreiben kann? Ich würde gern so viele Details wie möglich von Euch beiden erfahren, wenn Ihr nichts dagegen habt."

„Natürlich, ich werde es gern für Euch holen. Quade, hüte deine Zunge in meiner Abwesenheit. Denk bitte daran, wie man eine Dame behandelt. Wir sind nicht deine Wachmänner." Lady Ramsay verließ mit gerunzelter Stirn und raschelnden Röcken den Saal.

Brenna drehte sich zu Quade um. „Quade, ich weiß, dass Ihr ängstlich seid, aber die Krankheit Eurer Tochter ist nicht etwas, das in ein paar Stunden behoben sein wird. Es wird einige Zeit dauern. Etwas zehrt am Körper Eurer Tochter und ich muss herausfinden, was es ist, bevor ich entscheiden kann, wie ich es behandeln soll. Dies kann ein langer Prozess sein."

Quade knabberte an einem kleinen Stück Brot. „Aye, ich weiß, dass du eine schwierige Aufgabe hast. Ich habe gesehen, wie sich der Zustand meiner Tochter vor meinen eigenen Augen verschlechtert. Es macht mir Angst und ich entschuldige mich für meine Unhöflichkeit."

Dann sah er sie an. „Aber ich hoffe, sie stirbt nicht, während du darüber nachdenkst, was zu tun ist."

Brenna kam vorbei, um nach Lily zu sehen. Sie hatte sich bei ihren Gesprächen mit Aggie und Lady Ramsay reichlich Notizen gemacht. Quade bot nur begrenzte Einblicke und war besorgt über jeden Moment, den sie nicht in Lilys Kammer verbrachte.

Sie öffnete die Tür und die Sonne schien auf Lilys goldene Locken. Ihre winzigen Rippen waren durch ihr sauberes Kleid sichtbar. Ihr Körper war endlich zur Ruhe gekommen.

Aggies Hände zupften die Rockfalten des Mädchens zurecht. „Sie schläft zu viel für ein Kind, Mylady."

„Für ein normales Kind, ja, aber nicht für ein so gebrechliches. Wenn sie keine feste Nahrung bei sich behalten kann, dann kann sie aus nichts Energie schöpfen. Sie kann ohne feste Nahrung nicht wachsen. Ihr Körper behält nichts lange genug bei sich, damit sie es gut umwandeln kann. Ich möchte meine Notizen überprüfen, bevor ich Empfehlungen ausspreche. Aber bitte gib ihr nichts anderes als warmes Wasser. Hier sind einige Kräuter, die du ins Wasser geben kannst, wenn ihr Bauch beim Aufwachen noch wehtut. Aber da sie noch schläft, muss der Schmerz nachgelassen haben."

Brenna musterte das kleine schlafende Mädchen. Lily wäre eine wahre Schönheit, wenn sie gesund wäre. Doch ihr goldenes Haar hatte seinen Glanz verloren und ihre junge Haut war trocken und wachsartig. In diesem zarten Alter sollten ihre Knochen und neue Zähne wachsen. Würde diese Krankheit ihr Wachstum dauerhaft beeinflussen? Es würde sich nur mit der Zeit herausstellen. Sie musste schnell herausfinden, was das Kind krank machte.

Brenna dachte an den Tagesablauf ihrer beiden Neffen, die erst vor ein paar Monaten das Laufen gelernt hatten. Alex' Wachen nannten sie kleine Schrecken. Jamie liebte es, ein Schwert hochzuheben, das doppelt so groß war wie er. Alex hatte schließlich zwei stumpfe Holzschwerter anfertigen lassen, mit denen die Zwillinge spielen konnten, damit Maddie nicht vor Sorge starb. Sie musste bei der Erinnerung an den Blick ihres Bruders und ihrer Schwägerin schmunzeln, als die beiden Jungs in den großen Saal gekommen waren, die kleinsten Schwerter ihres Onkels im Schlepptau. Alex hatte sich wie nie zuvor aufgeregt, aber die beiden Jungs hatten ihren Vater nur angestarrt und angefangen zu kichern.

Der Stolz in den Augen ihres Bruders, wenn er seine Frau und Kinder ansah, lag nicht in Quades Augen, wenn er seine Tochter ansah.

Heimgesucht war das einzige Wort, das sein Gesicht angemessen beschrieb, aber sie war entschlossen, das zu ändern, und so verließ sie die Kammer mit einem Seufzen.

Lady Ramsay erwartete sie. „Lady Brenna, erlaubt mir, Euch Eure Kammer zu zeigen."

„Vielen Dank, Mylady." Brenna folgte ihr den langen Gang entlang und bog um die Ecke.

Als sie die Tür öffnete, lächelte Lady Ramsay. „Sicher möchtet Ihr die Kleider, in denen Ihr gereist seid, ablegen." Sie deutete auf Brennas Tasche auf einer kleinen Truhe. „Ich hoffe, es macht Euch nichts aus, ein Dienstmädchen hat einen Teil Eurer Kleider gereinigt. Eine Wanne und ein sauberes Kleid über dem Stuhl neben dem Fenster warten auf Euch."

Brenna sah sich in der hellen Kammer um. Lady Ramsay hatte eine Blumenvase auf die größere Truhe gestellt. An der Wand hingen mehrere schöne Wandteppiche und in der Mitte stand ein einladendes Bett, das mit einer weiß bestickten Bettdecke und zwei weichen Kissen verziert war. Sie bemerkte eine Trennwand auf der anderen Seite des Bettes und als sie dahinterspähte, musste sie seufzen. Es erwartete sie tatsächlich eine dampfende Wanne.

Sie nickte Lady Ramsay zu. „Ich danke Euch, Mylady. Das ist himmlisch."

Sobald Brenna allein war, zog sie sich schnell aus, sank ins warme Wasser und gab sich ihren Gedanken hin. Sie musste zuerst einen Plan machen und ihn heute Abend der Familie mitteilen. Vielleicht blieb ihr nicht viel Zeit, um der kleinen Lily zu helfen, da Alex sie zweifellos bald befreien würde.

Aber komme, was wolle, Brenna hatte es sich zum Ziel gesetzt, das Leben des kleinen Mädchens zu retten.

Am nächsten Morgen bat Brenna alle, die sich um Lily kümmerten, sie im Solar zu treffen. Das Solar der Ramsays war ein großer rechteckiger Raum. Quades Schreibtisch stand dort mit Blick zur Tür. In der Mitte des Raums stand ein Tisch mit mehreren Stühlen und Hockern. Verschiedene Waffen zierten die Wände. Da sich der Raum im dritten Stock befand, fiel das Licht durch ein großes Fenster mit Pelzvorhängen und da der Tag warm war, hatte Brenna Quade gebeten, die Pelze zurückzuziehen, um den Raum aufzuhellen.

Lady Ramsay war früh angekommen und wartete mit Lily auf ihrem Schoß, eingewickelt in eine weiche Decke. Die Gebrechlichkeit des Mädchens erforderte die zusätzliche wärmende Schicht, aber Brenna wollte, dass das Mädchen frische Luft bekam. Lilys kostbares Lächeln sagte ihr, dass sie die Sonne genoss, da ihre eigene Kammer dunkel und trostlos war.

Lily hatte sich nicht wieder übergeben, aber sie hatte auch nichts gegessen. Warmes Wasser war alles, was sie vertrug. Brennas Mutter hatte das immer für das Beste für einen kranken Bauch gehalten, besonders wenn es mit Minze gemischt wurde.

„Wie geht es deinem Bauch heute, Lily?" Brenna glaubte zu erkennen, dass sich die dunklen Ringe unter den Augen des Kindes seit gestern leicht verbessert hatten. Vielleicht hatte sie tief und fest geschlafen.

Das Mädchen grinste und hielt die Arme hoch, als ihr Vater den Raum betrat. Wie traurig, dass ein Kind ihrer Größe und ihres Alters nicht ohne Hilfe gehen konnte. So besorgt Quade über die ganze Situation auch war, er ließ es sich vor seiner Tochter nicht anmerken. Er lächelte und war glücklich, dass sein kleines Kind in seiner Nähe war.

„Mein Bauch tut heute nicht weh. Papa, freust du dich nicht für mich?"

Quade drückte ihr einen schmatzenden Kuss auf die Wange, bevor er sie in seine Arme hob. „Das macht Papa sehr glücklich, meine kleine Lily."

Lily kicherte und klatschte in die Hände, bevor sie in die Runde sah. Sie beugte sich vor, um ihrem Vater ins Ohr zu flüstern: „Papa, ich habe Hunger. Kannst du mir bitte etwas zu essen holen?"

„Noch nicht, mein Blümchen, wir müssen erst Lady Brenna zuhören."

Quade setzte sich und nahm Lily auf seinen Schoß. Sie verschränkte die Hände in den Falten ihres Nachthemdes. „Aye, na gut. Aber ich habe immer noch Hunger."

Quades Bruder Micheil kam zusammen mit seiner jüngeren Schwester Avelina herein. Aggie und die Köchin folgten mit der

Küchenhilfe, begleitet von einigen Dienstmädchen. Seamus und Mungo betraten ebenfalls den Raum.

Avelina war eine schöne junge Dame mit den gleichen grünen Augen wie ihr Bruder. Sie schien etwas älter zu sein als Jennie, aber nicht viel.

Quade stellte sie allen vor, als sie eintraten. Sie alle begrüßten sie mit einer Mischung aus Hoffnung und Sorge in den Augen. Sie konnte den Blick nicht von dem großen Chief, einem geborenen Anführer, nehmen, der völlig von seiner Tochter hingerissen war. Es rührte ihr Herz, wie er Lily hielt. Seine Liebe zeigte sich in allem, was er für sie tat. Sie ertappte sich dabei, wie sie auf seine Lippen starrte und sich daran erinnerte, wie warm sie sich auf ihren angefühlt hatten.

Brenna zwang sich, sich auf die Gegenwart zu konzentrieren, räusperte sich und betrachtete die Versammelten. „Sind das alle, Lady Ramsay?", fragte sie.

„Ja, es sind alle hier. Bitte fangt an, Lady Brenna." Lady Ramsay setzte sich ein paar Plätze von Quade und Lily entfernt.

Brenna bereitete sich auf die Reaktion vor, die sie wahrscheinlich erhalten würde, während sie Lily im Auge behielt.

„Dies wird ein langsamer Prozess sein, der manchmal schwierig wird, aber ich habe einen Plan aufgestellt, um herauszufinden, was Lilys Krankheit verursacht. Da sie sich auf ihren Bauch und ihre Galle konzentriert, glaube ich, dass sie mit dem Essen zu tun haben könnte. Die meisten von uns können jegliches Essen vertragen, aber Lily nicht. Ihr alle kennt wahrscheinlich jemanden, der bestimmte Lebensmittel meidet, weil ihm sonst der Bauch grollt. Im Fall der kleinen Lily gibt es viele Dinge, die ihren Bauch zum Grollen bringen, und wir müssen herausfinden, welche genau diese sind. Das Wichtigste, das Ihr alle verstehen müsst, ist, dass Ihr Lily nicht einfach alles geben könnt, was sie möchte." Sie ging durch den Raum und hockte sich vor Lily. „Das wird schwer für dich, Lily, aber ich hoffe, wir werden deinen Bauch damit für immer heilen."

Lilys Augen funkelten und sie klatschte in die Hände. „Versprecht Ihr es mir, Lady Brenna? Ich möchte stark für meinen Papa sein." Sie tätschelte seinen großen Arm mit ihrer winzigen Hand.

„Ich verspreche, mein Bestes zu geben, um dir bei der Heilung zu helfen, Lily." Sie küsste das Mädchen auf die Stirn, bevor sie aufstand und ihre Aufmerksamkeit auf die anderen richtete.

„Ich habe einen Ernährungsplan erstellt. Folgende Dinge müsst Ihr alle wissen. Es ist sehr wichtig, dass wir ihr nur Essen aus der vorgeschriebenen Liste geben. Andernfalls macht Ihr alle Arbeit zunichte. Dies mag vierzehn Tage oder länger dauern, aber ich glaube, so können wir durch Eliminierung die Lebensmittel entdecken, die das Problem verursachen. Also werde ich es noch einmal sagen: Bitte gebt ihr nichts zu essen, ohne mit mir, Quade oder Lady Ramsay zu sprechen. Wir werden wissen, welche Lebensmittel an jedem Tag erlaubt sind. Selbst ein kleines Stück des falschen Essens könnte ihr Probleme bereiten. Wenn wir nicht wissen, welche Speisen Ihr Lily gebt, werden wir das Problem nie finden."

Lily rutschte vom Schoß ihres Vaters herunter und schwankte zu ihrer Großmutter hinüber. Diejenigen, die in der Nähe saßen, halfen ihr bei ihren wackligen Schritten. Brenna applaudierte. „Sehr gut, Lily! Es ist wunderbar, dass du auf eigenen Beinen gehen kannst. Eines Tages wirst du auch rennen können."

Sie kroch auf den Schoß ihrer Großmutter und sagte: „Aye, ich möchte rennen, damit ich die Schnellste von allen sein kann."

Brenna strich dem Mädchen die Haare aus der Stirn und warf einen Blick in die Runde. „Habt Ihr irgendwelche Fragen an mich?"

Aggie stand auf. „Woher wisst Ihr, dass das funktionieren wird?"

„Ich weiß es nicht genau. Ich kenne eine Person, die nichts essen kann, das Milch enthält. Nachdem wir Käse und Milch aus ihrer Ernährung gestrichen haben, hatte sie keine Probleme mehr. Ich hoffe, wir werden es auch bei Lily herausfinden."

Aggie sah ratlos aus. „Ihr meint, dass der Käse das alles verursacht? Ich kann es nicht glauben. Sie liebt Käse."

Brenna erinnerte sich daran, geduldig zu sein. „Es kann Käse sein, es kann genauso gut etwas anderes sein. Vergiss nicht, dass es nicht bedeutet, dass sie ein Nahrungsmittel verträgt, nur weil sie es mag. Der einzige Weg, es herauszufinden, besteht darin, jeweils ein Nahrungsmittel einzuführen, um festzustellen, ob sie es toleriert. Ergibt das Sinn?"

Aggie nickte. Sie wirkte immer noch verwirrt, stimmte aber zu. „Einverstanden, Mylady. Wir werden tun, was Ihr sagt."

Quade stand auf. „Ich möchte, dass alle hier tun, worum Lady Brenna bittet. Wenn du Probleme mit jemandem hast, schick ihn zu mir, Brenna. Einverstanden?"

Brenna beantwortete noch ein paar Fragen, aber dann übertönte eine dumpfe Stimme von hinten die anderen.

„Was ist, wenn es nicht funktioniert, Chief? Wie können wir wissen, dass sie recht hat? Sie kommt nicht von hier."

Brennas Kehle schnürte sich zusammen. Sie hatte eine solche Reaktion erwartet. Warum fühlte es sich trotzdem wie ein Schlag in die Magengrube an?

Quades Stimme zitterte, als er die Gruppe anstarrte und nach dem Sprecher suchte. „Ihr werdet ihre Befehle niemals infrage stellen. Ihr sollt tun, was sie verlangt, sonst werdet ihr euch vor mir verantworten. Ist das klar?"

Ein Seufzer der Erleichterung entkam Brenna, als sie ihn ansah. Er stand hinter ihr. Er glaubte so sehr an sie, dass seine Stimme mit Nachdruck grollte. Hoffentlich konnte sie seine Erwartungen erfüllen. Sie wollte ihn nicht enttäuschen.

Etwas flatterte in ihrem Bauch. Warum waren ihre Gefühle für ihn nur so stark? Dieser Mann hatte ihre Entführung in Auftrag gegeben, und doch sehnte sie sich nach seiner Anerkennung.

Mehrere Köpfe nickten und sie hörte zustimmendes Gemurmel. Brenna war sich nicht sicher, ob sie die Unterstützung aller hatte, aber es war ein Anfang. Vor allem genoss sie Quades Vertrauen, was am wichtigsten war.

Ein leises Stöhnen unterbrach die Unterhaltung.

„Aggie, meine Schüssel, meine Schüssel."

Brenna drehte sich um und sah, wie Lily sich in die Schale, die Aggie mitgebracht hatte, übergab.

Sofort drängten sich die Leute durch die Tür des Solars nach draußen, weil sie nicht mitansehen konnten, wie sich das arme Kind erbrach. Das konnte nicht sein! Das Mädchen hatte nur Wasser getrunken. Lag sie falsch? Nay, sie war von ihrem Plan überzeugt. Jemand musste ihr etwas zu essen gegeben haben.

Quade kam zu ihr hinüber. „Brenna, ich dachte, du bist dir

sicher. Du musst dich irren. Schau dir meine Kleine nur an. Sie erbricht pures Wasser. Es kann nicht das Essen sein, das sie krank-macht. Es ist alles umsonst."

Brennas Gedanken überschlugen sich, als sie versuchte, eine Antwort auf das zu finden, was passiert war. „Quade, das kann nicht sein. Ich bin mir meines Plans sicher. Er wird funktionie-ren." Sie spürte, wie Tränen in ihre Augen stiegen. Aber wenn das Mädchen nur Wasser zu sich genommen hatte, musste sie sich irren.

Als das Kind mit dem Würgen fertig zu sein schien, ging Brenna hinüber und warf einen Blick in die Schale.

„Oh, Mädchen, wie kannst du dir das nur ansehen?", fragte Quade und wandte sich angeekelt ab.

Brenna verstand, dass es für normale Leute schwierig war, zu verstehen, was sie als Heilerin tat. Aber sie tat, was sie tun musste. Als Heilerin auf der Burg ihres Bruders zu arbeiten, hatte ihr viel Erfahrung eingebracht. Bei so vielen Wachen sah sie oft tiefe Schnittwunden, die von Schwertern zugefügt wurden und bei denen manchmal die Innereien hervorquollen. Im Laufe der Zeit hatte sie bei der Arbeit mit ihrem Großvater und ihrer Mutter gelernt, nicht auf Blut und andere Körpersäfte zu reagieren, da es in ihrer Arbeit alltäglich war. Ein bisschen Erbrochenes zu unter-suchen machte ihr nichts aus und würde ihr helfen, ihre Theorie zu verifizieren. Sie musste sich ihres Vorgehens sicher sein.

Ihre Wut stieg, als sie auf einen Klumpen in der Mitte der Schüssel starrte. „Ich irre mich nicht, Quade. Jemand hat ihr etwas zu Essen gegeben. Genau deshalb war diese Besprechung so wichtig. Wir können nicht zulassen, dass jemand ihr nach Gutdünken etwas zu Essen gibt. Es könnte sie töten und muss sofort aufhören."

Lily liefen Tränen übers Gesicht und sie starrte ihren Vater an. „Es tut mir leid, Papa. Ich hatte solchen Hunger. Oma hat mir nur ein bisschen Gebäck gegeben."

Quade drehte sich zu seiner Mutter um.

„Mutter?"

Seine Mutter stand abrupt auf und reichte ihm Lily.

„Es tut mir leid, Quade, aber ich kann nicht zusehen, wie meine Enkelin verhungert. Das wird funktionieren. Aber lass mich aus dieser Grausamkeit heraus."

Quade stand in der Kammer seiner Tochter und musterte die schöne Frau, der er die Fürsorge seiner Tochter anvertraut hatte. Hatte sie recht? Würde ihr Plan funktionieren oder würde er Lily nur noch mehr Schmerzen bereiten?

Seine Tochter döste, während Brenna mit ihr in den Armen auf und ab ging und sie gelegentlich wiegte, um sie zu beruhigen.

„Wie geht es ihr?" Er sah sie erwartungsvoll an und hoffte auf gute Nachrichten.

Brenna lächelte und strich der Kleinen die goldenen Locken aus der Stirn. „Besser. Sie ist hungrig, aber sie weiß, dass sie nichts Festes zu sich nehmen kann. Ich habe ihr eine einfache Brühe gegeben und sie hat sie bei sich behalten. Ich erhitze das Wasser ein bisschen und füge Minzblätter hinzu. Minze kann beruhigend wirken und sie mag den Geschmack."

„Wie lange ist es her, dass du ihr die Brühe gegeben hast?" Sein Magen verkrampfte sich in Erwartung ihrer Antwort.

„Ein paar Stunden. Sie sagte, dass ihr Bauch nicht wehtut, aber sie war müde. Es war ein verwirrender Tag für sie."

„Ja, es hat sicher nicht geholfen, zu sehen, wie ich ihre Großmutter angeschrien habe." Er konnte seiner Mutter nicht wirklich Vorwürfe machen. Sie vergötterte ihre Enkelin und würde alles für sie tun. Er fragte sich, wie sie reagieren würde, wenn sie herausfand, dass Logan Brenna entführt hatte, anstatt Laird Grant um die Hilfe seiner Heilerin zu bitten.

„Es ist ein langer Prozess, Quade, aber ich glaube, es wird funktionieren."

„Ich weiß und ich vertraue dir. Sieh nur, was du für mich getan hast. Du hast mir zweimal das Leben gerettet. Ich muss mich für meine Schroffheit entschuldigen. Ich liebe meine Tochter sehr. Ich bin nur eine sehr ungeduldige Person und möchte, dass alles sofort passiert. Es fällt mir schwer, vor meiner Tochter zu stehen und nichts für sie tun zu können. Meiner Mutter scheint es genauso zu gehen." Er ging zu dem kleinen Fenster hinüber und sah mit einem Schmunzeln hinaus. „Es wird schwer für dich sein, mit uns beiden fertigzuwerden, Mädchen."

Brenna hob die Stirn. „Ihr werdet schon sehen, wie stur ich

sein kann. Ihr habt mir vor allen die Erlaubnis gegeben, Quade, und Lily wird ohne meine Zustimmung von niemandem in dieser Burg etwas zu essen bekommen. Ich werde Eure Tochter bewachen."

„Hängst du schon so an ihr?" Hoffnung blühte in seinem Herzen auf und sein Blick begegnete ihrem von der anderen Seite des Raumes her. Er hoffte auf eine Reaktion, denn er konnte nicht länger leugnen, dass das Mädchen sein Herz eroberte. Läge nicht dieser verdammte Fluch auf ihm, so könnte er ernsthaft eine Ehe erwägen. Sie wäre eine wundervolle Mutter, dessen war er sich sicher.

Brenna hielt inne und sah ihm in die Augen. „Ich bin eine Heilerin, Quade, und Eure hübsche Tochter braucht mich. Außerdem ist mir klar, dass ich nach Hause zurückkehren werde, sobald mein Bruder mit seinen Wachen hier ankommt. Ich hoffe, dass ich etwas erreichen kann, bevor ich gehe, um Lilys willen."

Quade ging zu ihr hinüber und strich leicht mit seinen Fingerspitzen über ihre Wange. „Aye, für einen Moment hätte ich fast vergessen, dass Logan dich entführt hat. Aber vielleicht gehörst du hierher. Du siehst perfekt aus mit meiner Tochter in deinen Armen." Ohne es zu wollen, stellte er sie sich als seine Frau vor, die mit ausgestreckten Armen in seinem Bett lag und ihn an ihre Seite zog.

Brenna erstarrte bei seiner Berührung. Er spürte ihr Zögern, aber sie kannte doch nun seinen Familienstand. Er hatte sich ihre Zuneigung in der Hütte nicht nur eingebildet. Warum also störte sie seine Berührung nun?

„Hat noch niemand um deine Hand angehalten, Mädchen, so schön, wie du bist? Du bist nicht verlobt?" Er trat näher und strich mit dem Daumen über ihre Wange und dann über ihre Unterlippe.

„Nay, mein Bruder würde mich nicht verloben, es sei denn, ich will es so."

Er wollte, dass sie sich für ihn entschied. Quade beugte sich vor und strich mit seinen Lippen über ihre, wobei er darauf achtete, seine Tochter nicht zu stören, die immer noch an ihrer Schulter ruhte. Er hatte Angst vor ihrer Antwort, aber er musste einfach fragen. „Und hast du schon jemanden gefunden, der dir gefällt?"

Brennas Antwort kam in einem warmen Luftzug heraus. „Nay."

Er musste sie noch einmal kosten. Die Erinnerung an ihre Küsse verfolgte ihn jede Nacht bis in seine Träume, obwohl er gehofft hatte, sie zu vergessen. Seine Lippen fanden ihre und trösteten sich mit ihrer Wärme. Sie schmeckte nach Minze, süßer Minze. Sie hielt sich zuerst zurück, gab ihm dann aber in einem Ansturm von Leidenschaft nach. Er hielt ihre Wange und neckte ihre Lippen mit seiner Zunge, bis sie sich ihm öffnete und ihn in ihre süße Höhle ließ. Er erforschte sie, bis er ihre Zunge fand und sie liebkoste. Ihr leises Stöhnen zeigte eine sofortige Wirkung in seinen Lenden und er wurde augenblicklich hart.

Als er zurücktrat, stützte er ihren Arm, aus Angst, sie könnte mit Lily stolpern, die weiter in ihren Armen schlief. Aye, ihre Reaktion bestätigte ihm, dass sie noch unschuldig war.

Und das brachte ihn dazu, sich nur noch mehr nach ihr zu sehnen.

KAPITEL SIEBEN

ZWEI TAGE SPÄTER befand sich Brenna in Lilys Kammer, als Avelina hereinkam.

„Guten Morgen, Avelina." Brenna genoss die Gesellschaft von Quades jüngerer Schwester, die erst zwölf Jahre alt war und sie an Jennie erinnerte.

„Guten Morgen, Lady Brenna." Die grünen Augen des Mädchens funkelten vor Freude. „Wie geht es Lily heute?"

Lily sprang mit einem Satz von ihrem Bett. „Schau, Lina, ich kann jetzt stehen und springen. Sieh doch!" Sie streckte ihre winzigen Arme aus, damit Avelina sie auf den Boden setzte.

Brenna lächelte, als Lily ein bisschen sprang. Nach der Landung stolperte sie, war aber dennoch stolz auf ihren einen kleinen Sprung. Sie hatte in kurzer Zeit große Fortschritte gemacht.

„Siehst du, wie hoch ich springen kann? Papa wird so stolz auf mich sein."

„Was isst sie jetzt?" Avelina drehte sich mit einem Lächeln zu Brenna um und hielt Lilys Hände.

„Lady Brenna hat mir heute Morgen Brei gegeben. Gestern Abend hat die Köchin auch etwas Gemüse in meine Brühe gegeben. Ich habe Rüben und ein paar Erbsen gegessen. Sieh mich an. Ich habe keine Bauchschmerzen. Lady Brenna wird mich gesund machen!" Ihre hellen Augen strahlten ihre Tante und Brenna an.

Brenna musste zugeben, dass sie überrascht war, wie viel besser es Lily bereits ging. Aber Kinder steckten so vieles weg. Hoffentlich war Quade heute in der Nähe, damit sie seine Reaktion auf die schrittweise Genesung seiner Tochter beobachten konnte.

Avelina sah zu Brenna auf. „Ihr heilt sie. Ihr tut es wirklich.

Seht Euch nur ihre Haut an, sie wird wieder schön. Lily hatte die schönste Haut, als sie klein war."

„Lady Brenna, darf ich mit Lina nach draußen gehen? Bitte, ich möchte so gern wieder nach draußen gehen."

Brenna zog das Fell vom Fenster zurück und sah auf den herrlichen Herbsttag hinaus. Die Blätter hatten sich tiefrot gefärbt und fielen von den Bäumen. Sie lächelte über den Sonnenstrahl, der durch das Fenster fiel und ihr Gesicht wärmte.

„Aye, ich denke, das ist eine wundervolle Idee, Lily. Ich möchte aber einen Wagen für dich organisieren. Du bist immer noch gebrechlich und kannst schnell müde werden."

Lily klatschte in die Hände, als Aggie ihr half, sich wärmer anzuziehen.

„Vielleicht braucht sie auch einen warmen Umhang mit einer Kapuze, Aggie. Und eine kleine Decke."

Als sie fertig war, hob Brenna Lily hoch und trug sie die Treppe hinunter, während Avelina vorausrannte, um einen Wagen zu finden. Viele Leute jubelten und hießen Lily willkommen, als sie den großen Saal verließen und das Mädchen in den Wagen setzten.

So spazierten sie durch die Vorburg und hielten an, um Lilys Clansleute zu begrüßen. Sie waren mehr als freundlich zu Brenna und sie war ein bisschen überrascht darüber, wie schnell sie hier angenommen wurde.

Als sie über den Hof gingen, hörte Brenna eine Frau aus der Ferne rufen. Sie wusste nicht, wer sie war und konnte ihre Worte nicht verstehen, also setzten sie ihren Spaziergang fort. Lily wollte ihren Vater auf dem Kampfplatz besuchen gehen, und Brenna hielt das für einen guten Vorwand, um selbst ein Auge auf Quade zu werfen und sicherzustellen, dass er ihre Anweisungen befolgte und nichts tat, was seine frische Naht gefährdete. Doch als sie am Kräutergarten vorbeikamen, rannte dieselbe rothaarige Frau, die ihnen von der anderen Seite des Weges aus etwas zugerufen hatte, zu Brenna und blieb mit verschränkten Armen vor ihr stehen.

Avelina sah die Frau an. „Was ist los, Iona?"

Iona hatte volle Brüste und breite Hüften und besaß eine gewisse Attraktivität. Sie war nicht schön, sondern eher exotisch, und ihr arrogantes Verhalten wirkte, als ob sie über die ganze Burg herrschte, obwohl Brenna den Grund dafür nicht verstand.

„Ich bin hier, um die Hexe zu sehen, Avelina. Halte dich aus meinen Angelegenheiten heraus." Damit wandte sie sich mit glühendem Blick zu Brenna. „Ich weiß, was du bist, und ich weiß, was du hier willst. Du magst dich eine Heilerin nennen, aber du bist eine Hexe, die uns unseren Chief stehlen will. Gestehe es, damit wir es alle hören können." Sie winkte ein paar Leuten in der Nähe zu. „Du bist hier, um den Chief zu heiraten, und du benutzt sein kleines Mädchen für deine Zwecke."

Brennas Herz raste bei dieser Anschuldigung, da sie sich der Auswirkungen einer solchen Behauptung bewusst war. Hexerei war eine schlimme Anklage und sie hatte keine Ahnung, ob diese Frau jemand Wichtiges im Clan war. Aber sie würde nicht kleinbeigeben. Brenna hielt ihrem Blick stand und trat vor den Wagen, um Lily zu beschützen.

„Wie kannst du es wagen, in einem solchen Ton mit mir zu sprechen, besonders vor einem kranken Kind? Es war nicht meine Absicht, hierherzukommen. Ich kam auf Wunsch deines Lairds und seines Bruders. Ich bin hier als Heilerin und sonst nichts. Ich weiß nicht, wie du behaupten kannst, dass ich an eurem Chief interessiert bin. Nichts ist weiter von der Wahrheit entfernt. Da du offensichtlich nicht weißt, wovon du redest, geh uns nun bitte aus den Augen."

„Avelina, schick sie fort. Ich mag sie nicht", wimmerte Lily.

Iona zeigte mit dem Finger auf das Kind. „Lily, halt den Mund und rede nicht dazwischen, wenn sich Erwachsene unterhalten."

Einige der Clansmitglieder versammelten sich um sie herum und Brenna wurde defensiv. Ihr Zorn wurde durch Ionas grobes Verhalten aber noch angeheizt und sie griff nach der Hand der Frau. „Halte dich von Lily fern."

Iona wich von Brennas Berührung zurück. „Nay, halte du dich von Quade Ramsay fern! Er gehört mir und nicht dir. Er liebt mich und wir werden bald heiraten. Jeder hier weiß es, außer dir."

Avelina schnappte nach Luft, während Lily erst stöhnte und dann zu weinen begann. Brenna reagierte, als hätte man sie geohrfeigt. War das möglich? War Quade etwa verlobt? Sie warf einen Blick auf die Menge, um deren Reaktion einzuschätzen. Aber die bösen Blicke galten Iona, nicht ihr.

Eine Stimme aus den hinteren Reihen rief. „Lass es gut sein, Iona. Lass die Heilerin in Frieden. Sie herzuholen war des Chiefs Entscheidung."

Iona wirbelte herum. „Halte dich aus meinen Angelegenheiten heraus, Angus. Er wird mein Ehemann sein, nicht ihrer."

„Da wäre ich mir nicht so sicher, Iona!" Kichern folgte dem Kommentar. Iona funkelte den Sprechenden an und alle beruhigten sich wieder.

Also standen die Leute nicht unbedingt hinter Iona. Brenna weigerte sich, ihr zu glauben. Diese Frau war nicht Quades Typ und er würde sie doch ganz sicher nicht in Lilys Nähe lassen, oder?

„Lady Brenna, bitte schickt sie fort. Sie ist gemein", sagte Lily leise und streckte ihre Arme nach Brenna aus.

Ionas Stimme wurde um eine ganze Oktave schriller. „Glaubst du, du hast sie geheilt? Du wirst schon sehen... Du benutzt Tricks, aber sie wird wieder genauso krank werden wie vorher, sobald du gehst. Du bist nichts anderes als eine böse Hexe." Sie drehte sich zu Lily um. „Und du – ich habe genug von deinem Jammern. Du tust doch nur so, als wärst du krank, damit dein Vater in deiner Nähe bleibt." Die Frau holte mit dem Arm aus, als wollte sie die Kleine schlagen.

Lily schrie auf, aber Brenna packte den Arm in der Luft und hielt ihn fest. „Ich würde das an deiner Stelle nicht tun." Sie umklammerte das Handgelenk der Frau, während sie in ihre wilden Augen starrte. Sie ignorierte die wüsten Beschimpfungen aus Ionas Mund.

Ein tiefes Knurren erregte die Aufmerksamkeit aller, als Quade sich einschaltete.

„Ich würde es dir auch nicht raten, Iona." Er trat zwischen sie und Brenna. „Ich werde mich darum kümmern, Lady Brenna. Bitte bring Lily zurück in den Saal."

„Papa", jammerte Lily. „Ich mag diese Frau nicht, sie ist gemein."

Avelina sah ihren Bruder an. „Quade, bitte sag uns, dass du sie nicht heiraten wirst. Das hat sie gesagt."

Brenna war froh zu sehen, wie entsetzt Quade über Avelinas Frage war. Nay, Iona hatte gelogen.

„Geh mit Lady Brenna, Avelina. Tu, was ich sage." Er sprach mit zusammengebissenen Zähnen, offensichtlich unzufrieden mit der Situation.

Brenna drehte den Wagen um, hob Lily heraus und nahm sie in die Arme, um sie zu trösten. Sie ging so schnell sie konnte zurück in den Saal und Avelina folgte ihr.

Sie glaubte Ionas Behauptungen nicht. Quades Reaktion war eindeutig gewesen. Aber jeder Mann hatte Bedürfnisse, zumindest hatte sie das aus dem Klatsch in ihrer eigenen Burg gelernt. Quades Frau war vor langer Zeit verstorben. Hatte er eine Beziehung zu einer anderen Frau angefangen?

Es war ein seltsames Gefühl, aber sie fand die Idee verstörend. Jedes Mal, wenn er sie küsste, gefiel es ihr besser. Und obwohl seine Aufmerksamkeit sie zuerst erschreckt hatte, genoss sie sie nun. Sie schalt sich, so weichherzig zu sein, da sie wusste, dass sie diesen Ort und diesen Mann verlassen müsste, aber sie konnte einfach nicht anders.

War es nur Neugier? Nach allem, was sie in ihrer eigenen Burg gehört hatte, gab sie zu, dass sie mehr darüber erfahren wollte, was zwischen Männern und Frauen vor sich ging. Machte es einen Unterschied, wen sie küsste? Konnte sie Quade nicht so genauso leicht küssen wie jeden anderen?

Doch, es machte sehr wohl einen Unterschied, denn Quade Ramsay hatte etwas an sich, das sie anzog und das alle ihre Mauern überwunden hatte. Wenn er sie küsste, war nichts anderes mehr wichtig. Sie dachte nur an ihn. Sie dachte daran, wie wütend er ausgesehen hatte, als diese Frau seine Tochter bedroht hatte. Ihr Bruder hätte genauso reagiert. Sie mochte diese Art von Treue bei einem Mann.

Hoffentlich hatte Iona bezüglich der Verlobung gelogen, denn allein beim Gedanken an die beiden zusammen wollte sie Feuer speien.

Nay, es hatte keinen Sinn, es zu leugnen. Quade Ramsay war ein sehr gutaussehender Mann, der ihr Herz höher schlagen ließ, wenn er nur in der Nähe war. Sie verliebte sich in den Chief. Oder genauer gesagt war es wahrscheinlich schon zu spät und sie hatte ihr Herz bereits an ihn verloren.

Und sie hatte keine Ahnung, was passieren würde, wenn ihr Bruder endlich ankam.

Zwei Tage später betrat Brenna Lilys Kammer und wurde strahlend von der Kleinen empfangen. Da wusste sie, dass der heutige Tag noch besser sein würde als der vorherige. Lilys Augen leuchteten. Sie hatte sich seit ein paar Tagen nicht mehr übergeben und auch keine Bauchschmerzen mehr gehabt. Sogar die Luft im Raum roch frisch.

„Lady Brenna!", rief Lily und streckte sich nach ihr. „Was werde ich heute essen? Ich bin sehr hungrig. Darf ich Käse zum Frühstück haben?"

Brenna küsste sie auf die Wange und genoss die Weichheit und das süße Aroma der Haut des Mädchens. Ihr Haar hatte jetzt einen zarten Schimmer und kräuselte sich an den Enden.

„Nay, noch kein Käse, meine Süße. Aber ich habe heute Morgen eine Neuigkeit für dich. Ich denke, dass du stark genug bist, um zum Frühstück nach unten zu gehen. Wie klingt das?"

Lily quietschte vor Freude. „Frühstückt Papa auch? Darf ich mit ihm essen?"

„Ich bin mir nicht sicher, ob er noch da ist, meine Kleine. Möglicherweise ist er schon auf dem Kampfplatz. Lass uns nachsehen." Brenna lachte, als sie das Mädchen herumspringen sah. Wie herrlich war es, dass sie sich wie ein normales Kind benahm.

Aggie kicherte und hielt Lily still. „Meine Kleine, warte, damit ich dich waschen und anziehen kann."

Das Mädchen konnte ihre Aufregung nicht unterdrücken.

„Pass auf, sonst verbrauchst du deine ganze Energie noch, bevor wir essen", sagte Brenna mit einem Lachen.

Aggie machte Lily schnell zurecht. „Mylady, es geht ihr so viel besser. Ihr habt ein Wunder gewirkt."

„Wir müssen weiter achtsam bleiben, Aggie. Weich nicht von ihrem Ernährungsplan ab."

Als Lily sich fertig angezogen hatte, streckte Brenna ihr eine Hand entgegen. „Komm, lass uns sehen, was die Köchin heute für dich vorbereitet hat."

„Was ist es, Lady Brenna? Es ist etwas Besonderes, ich weiß es. Wird es mir gefallen? Könnt Ihr es mir nicht jetzt schon sagen?" Sie plapperte den ganzen Weg den Gang entlang und die Treppe hinunter. Als sie den großen Saal betraten, staunten die wenigen Menschen, die noch frühstückten.

Brenna hörte eines der Küchenmädchen. „Oh, meine Güte, es ist ein Wunder. Seht euch nur die Kleine an. Wo ist der Chief? Er sollte hier sein."

Sie hoffte, er würde vorbeischauen, um seine Tochter zu sehen, aber es war unwahrscheinlich, denn Quade hatte sie nach der unangenehmen Begegnung mit Iona gemieden. Sie lernte langsam seine Verhaltensmuster zu deuten. Er ging Konflikten eindeutig aus dem Weg, obwohl sie sich nur schwer vorstellen konnte, wie er Chief seines Clans sein konnte, wenn er sich nicht mit Konflikten auseinandersetzte. Aber vielleicht mied er nur Probleme, die mit Frauen zu tun hatten, denn er hatte anscheinend kein Problem damit, bei Bedarf zu kämpfen.

Oder hatte er nur Probleme mit ihr? Oder noch schlimmer: War die Szene mit Iona im Hof in einer Nacht heißer Leidenschaft gemündet? Dieser Gedanke brach ihr das Herz, also verjagte sie ihn so schnell, wie er ihr gekommen war. Ein Laird hatte viele Verpflichtungen und gewiss hatte er neben der Gesundheit seiner Tochter noch andere Dinge, um die er sich kümmern musste.

Lily und Brenna kamen in der Küche an und machten sich auf die Suche nach der Köchin. Sie fanden sie am Herd, und sie begrüßte sie mit großen Augen.

„Bei allen Heiligen, seht Euch dieses Kind an." Die Köchin stockte und bekreuzigte sich. „Mylady, seht Euch an, was Ihr für sie getan habt. Für uns alle. Sie ist das Ebenbild ihrer Mutter, die wir so geliebt haben. Der Chief hat solches Unglück gehabt mit dem Tod seiner Frau und all den Krankheiten."

„Krankheiten? Habe ich etwas verpasst, Köchin? Welche anderen Krankheiten gibt es noch außer Lilys?" Sie setzte das Mädchen neben sich ab, hielt aber seine Hand weiter fest.

Die Köchin winkte hastig ab. „Mylady Lily, warte nur, bis du siehst, was ich heute Morgen für dich habe."

„Sag es mir, Köchin, was ist es? Bitte, ich bin so hungrig! Ist es

Gebäck? Hast du etwas Süßes für mich?" Lilys Freude steckte die Helfer in der Küche an, die nacheinander herbeischlichen, um das Kind des Chiefs zu betrachten. Sie flüsterten untereinander.

„Nay, Mädchen." Die Köchin bückte sich und nahm das Kind in die Arme. „Es gibt noch kein Gebäck. Aber Lady Brenna sagte, ich darf dir heute einen Apfel backen, damit du ihn mit deinem Brei isst." Sie trug Lily zu ihrer Frühstücksschüssel. „Und hier ist er. Möchtest du den Apfel in deinen Brei gemischt haben oder möchtest du ihn so essen? Ich habe das Obst geschält, genau wie Ihr es verlangt habt, Lady Brenna." Sie zeigte auf die dampfende Schüssel mit gekochtem Hafer und auf die gehackten Äpfel daneben.

„Beides!", quietschte Lily. „Ich mag beides. Darf ich beides haben, Lady Brenna? Darf ich einen Apfel so essen und einen anderen in meinen Brei mischen?"

Brenna musste zugeben, dass das Aroma verlockend war. „Ja, misch einen Apfel in den Brei, Köchin. Wir werden sehen, wie sie ihn verträgt, bevor sie einen weiteren Apfel isst."

Das Dienstmädchen trug das Essen in den großen Saal und bereitete den Tisch für sie vor.

Avelina schloss sich ihnen an. „Oh, du isst Brei mit Äpfeln. Das ist mein Lieblingsfrühstück!"

„Aye, Lady Brenna sagte, ich darf sie heute probieren. Wo ist Papa, Lina? Ich möchte, dass er es sieht." Lily kicherte kurz, bevor sie einen Löffel Essen in ihren Mund schaufelte. Ihre blonden Locken wippten vor Freude.

Brenna sah jemanden aus der Ecke des Raumes auf sie zukommen und warf einen Blick in diese Richtung.

Lady Ramsay bewegte sich wie in Trance auf sie zu, ohne den Blick von ihrer Enkelin zu nehmen. Tränen benetzten ihre Wangen. „Oh, meine kleine Lily! Sieh dich an. Was habt Ihr mit ihr gemacht, Lady Brenna?" Sie setzte sich Brenna gegenüber und streckte sich über den Tisch, um ihre Hände zu ergreifen. „Möge Gott Euch segnen, Brenna Grant. Wie können wir Euch das jemals danken? Seht sie nur an. Sie ist wieder fast normal. Was habt Ihr ihr gegeben? Ich kann meinen Augen nicht trauen."

Lily aß eilig ihren Brei auf, bevor sie zu ihrer Großmutter auf die andere Seite des Tisches ging. „Oma, weine nicht. Ich bin geheilt. Siehst du, ich kann Äpfel in meinem Brei essen, ohne Bauchschmerzen zu bekommen. Lady Brenna, darf ich noch mehr Äpfel essen? Bitte? Sie sind so süß. Das ist mein Lieblingsobst."

Die Tür zum Saal öffnete sich und der Umriss eines großen Mannes füllte sie.

„Papa!" Lily ging an Avelinas Hand durch den Raum und stolperte nur einmal, bevor sie sich in die Arme ihres Vaters warf. Er hob sie hoch und wirbelte sie herum, bevor er sie an sich zog, um sie auf die Wange zu küssen.

„Papa, weißt du was? Ich habe heute Äpfel in meinem Brei gegessen. Lady Brenna hat es mir erlaubt." Sie hob sofort ihr Kleid und zeigte auf ihren Bauch. „Schau, keine Bauchschmerzen nach dem Frühstück. Papa, kann ich noch einen Apfel haben? Die Köchin hat noch einen zubereitet. Er wartet nur auf mich." Quade küsste ihren Bauch, worauf sie kicherte, ging dann zum Tisch hinüber und begrüßte seine Mutter, bevor er neben Brenna anhielt. Er setzte Lily ab und deutete in Richtung der Küche. „Geh, meine kleine Lily. Bitte die Köchin um einen weiteren Apfel." Sein Blick traf Brennas und verharrte dort. „Oh, warte, Lily. Hast du Lady Brenna um Erlaubnis gefragt?"

„Darf ich noch einen Apfel haben, Lady Brenna?", fragte Lily höflich und hielt sich an der Bank fest.

Brenna musste lächeln. „Aye, Mädchen. Sieh, ob Avelina dich in die Küche begleitet."

„Wie ich sehe, habe ich dir viel zu verdanken, Lady Brenna", sagte Quade mit einer kurzen Verbeugung, während er seiner Tochter nachsah, die durch die Tür verschwand. „Meine Tochter geht zum ersten Mal in sehr langer Zeit quer durch den großen Saal. Was für ein schöner Anblick, als ich die Tür öffnete. Ich danke dir, dass du meiner Tochter geholfen hast."

Lady Ramsay sah Brenna weiter an. „Was für ein Segen Ihr seid", sagte sie.

Augenblicke später stürmte Lily an Avelinas Hand durch die Tür, gefolgt von einer Magd, die ihren Apfel und eine Schüssel Brei für den Chief trug.

Quade setzte sich, ohne Brenna aus den Augen zu lassen. „Was hast du ihr gegeben, um dieses Wunder zu bewirken?"

„Ich habe ihr nichts anderes als gut gekochtes Essen gegeben",
antwortete Brenna.

Lady Ramsay sah sie an. „Vielleicht brauchen wir Eure Dien-
ste nicht mehr. Wir können eine Eskorte vorbereiten, damit Ihr
nach Hause zurückkehren könnt."

„Nay!", fuhr Quade seine Mutter an. „Sie kann noch nicht
fertig sein. Habe ich recht, Brenna? Hast du sie schon vollständig
geheilt?"

Der Vorschlag von Quades Mutter traf sie wie ein Schlag in die
Magengrube. Sie sollte jetzt schon zurückkehren? Unmöglich.
Sie konnte Lily nicht verlassen. Ihre Arbeit mit dem Mädchen
hatte doch gerade erst begonnen. Das musste sie sofort klarstel-
len. „Aye, Ihr habt recht, Quade. Ich habe immer noch nicht die
Nahrung identifiziert, die ihre Krankheit auslöst. Obst, Gemüse,
Brühe und Haferbrei sind alles, was ich bisher versucht habe. Ich
hatte nicht den Verdacht, dass Gemüse die Ursache ist, da sie von
keinem bestimmten Gemüse genug gegessen hat, um das Problem zu verursachen. Ihr geht es gut mit dem Brei, also denke
ich, wir können ein neues Essen probieren, etwas Üblicheres.
Morgen Brot, dann Käse."

„Was auch immer du sagst, Lady Brenna. Du weißt am besten,
wie sie zu behandeln ist." Quade aß seinen Brei auf und beugte
sich vor, um seine Tochter zu küssen, bevor er zur Tür ging.

Brenna rieb sich nachdenklich die Stirn. Sie musste zugeben,
dass Lily nicht das Einzige war, das sie hier festhielt. Der mys-
teriöse Chief ging ihr nicht aus dem Kopf. Sie sah ihm nach, als
er ohne ein weiteres Wort aus der Tür trat.

Lady Ramsay lächelte ihre Enkelin an. „Setzt du dich zu mir,
kleine Lily?" Lily ließ sich mit einem Lächeln auf den Schoß
ihrer Großmutter fallen.

„Er ist wahrscheinlich losgegangen, um auszureiten und zu
schießen, Lady Brenna", sagte Avelina und sah sie unleserlich an.

Sie versuchte, das Glühen ihrer Wangen zu unterdrücken. Sie
war so leicht zu durchschauen, dass die Schwester des Chiefs ihre
Gedanken lesen konnte.

Lady Ramsay flüsterte leise und machte ein wehmütiges
Gesicht. „Oh, ich hoffe, du hast recht, Lina. Das hat er schon
lange nicht mehr getan. Vielleicht heilt auch er endlich."

„Reiten und schießen?", fragte Brenna und schüttelte verwirrt den Kopf. „Worauf schießt er denn?"

Avelina lächelte stolz. „Er reitet sein Pferd, stellt sich auf seinen Rücken und schießt dann mit Pfeil und Bogen. Er ist der beste Jäger im Tiefland, vielleicht sogar im Hochland. Er liebt es, direkt vor dem Tor im Heidefeld zu üben, nahe beim See. Sein Pferd Star hat eine unglaubliche Verbindung zu ihm. Es ist erstaunlich zu sehen, wie sie sich zusammen bewegen."

„Er reitet auf einem Pferd?", fragte Brenna alarmiert. „Das geht nicht. Er könnte fallen. Es ist noch nicht so lange her, dass ich sein Inneres zusammengeflickt habe. Er könnte alles ruinieren. Ein Sturz und ich muss ihn vielleicht wieder aufschneiden. Ihr müsst ihn aufhalten."

Lady Ramsay und Avelina grinsten sie beide an.

Quades Mutter sprach zuerst. „Ihr werdet ihn nicht aufhalten können. Auf diese Weise setzt er seine Energie frei und er muss üben, um seine Fähigkeiten mit Pfeil und Bogen aufrechtzuerhalten. Ehrlich gesagt bin ich begeistert, wenn Avelina recht hat. Ich habe mir Sorgen gemacht, weil er nichts mehr zum Vergnügen tut. Er grämt sich nur über all die Dinge, die er hätte anders machen sollen."

„Was genau meint Ihr damit?"

„Quade glaubt, dass er für die Krankheit seiner Tochter und den Tod seiner Frau verantwortlich ist", fügte Avelina hinzu.

Brenna konnte nicht an sich halten. „Das ist lächerlich. Wie kommt er nur auf diese Idee?"

Totenstille folgte, aber sie war dankbar dafür, denn sie hatte Wichtigeres zu tun.

Auf keinen Fall würde sie diesem Mann erlauben, ihre Stiche zu ruinieren.

KAPITEL ACHT

BRENNA STÜRMTE ÜBER den Hof zu den Ställen, ihr Haar wirbelte um ihren Kopf. Sie raffte ihre Röcke und hob sie hoch, um schneller voranzukommen. Sie war nicht im Geringsten besorgt, ihre Knöchel zu zeigen. Als der Stallbursche sie nahen sah, ahnte er, dass sie es eilig hatte, und brachte gleich ein Pferd für sie heraus.

Ein anderer half ihm, es zu satteln, während Brenna von einem Bein aufs andere hüpfte und sich vorstellte, wie Quades Wunde unter seinem Hemd aufplatzte. „Wohin ist der Chief geritten?"

Der Junge deutete ihr die Richtung. „Er mag das Heidefeld, Mylady."

Ihr Herz drohte, aus ihrer Brust zu springen, als sie das Pferd wandte und durch die Tore in die Richtung schoss, in die der Junge sie geschickt hatte. Ihre Brüder hatten dafür gesorgt, dass sie reiten gelernt hatte – und sie ritt gut. Sie flog förmlich über den Boden.

Dieser törichte Quade! Ihre Mutter hatte ihr erzählt, dass Männer mehr von Gefühlen als von Vernunft geleitet wurden. Ihr Vater und ihre Brüder waren immer auf der Suche nach Nervenkitzel und hatten ihr Leben viele Male reuelos riskiert. Ein Mann brauchte eine Frau, um für ihn vernünftig und logisch zu denken, hatte ihre Mutter gesagt, weil Männer dazu nicht fähig waren. Jetzt verstand sie, was ihre Mutter gemeint hatte.

Als sie außerhalb der Burgmauern galoppierte, konnte sie nicht anders, als die Schönheit des Ramsay-Landes zu bewundern. Satte grüne Hügel umgaben sie, die Bäume leuchteten in herbstlichen Farben. Sie atmete die Herbstluft ein, als sie ihr Pferd weiter antrieb, um schneller zu werden. Als die Lavendel-

und Purpurtöne der Heide in Sicht kamen, war sie versucht, anzuhalten, um diese Schönheit in sich aufzunehmen. Stattdessen preschte sie voran, um Quade vor sich selbst zu retten. Hatte dieser Mann denn keinen Verstand? Vor etwa zwei Wochen hatte sie einen Teil aus ihm herausgeschnitten. Wie konnte er denken, dass sein Körper gesund genug war, um im Stehen zu reiten und einen Sturz zu riskieren?

Als sie näherkam, wurde sie langsamer, und sein Anblick löste ein warmes Gefühl in ihrem Bauch aus. Quade stand auf dem Rücken seines Pferdes, die Arme zum Himmel ausgestreckt. Er rief etwas, aber sie konnte keines seiner Worte verstehen. Vieles davon klang wie das Kampfgeschrei ihrer Brüder, wenn sie an Turnieren teilnahmen. Vielleicht schrie er nur vor Freude. Er war so im Einklang mit den Bewegungen seines Pferdes, dass Pferd und Reiter eins zu sein schienen. Sie blieb unweit von ihm stehen, um das Spektakel zu genießen und ihn ohne sein Wissen zu beobachten.

Star hatte ein schönes braunes Fell mit einer weißen Blesse. Quade hatte sein Hemd ausgezogen und auf seinem muskulösen Oberkörper glänzte feiner Schweiß. Die Schönheit seines Körpers verschlug ihr den Atem. Seine Narben störten sie nicht. Wie auch, wo sie sie ihm doch zugefügt hatte? Vor einer Woche hatte er kaum gehen können, aber jetzt ritt er, als wäre er auf dem Rücken seines Pferdes geboren worden. Unglaublich. Er hielt seinen Bogen, zielte und schoss einen Pfeil in die Ferne, bevor er aufgeregt jubelte.

Dann stürzte er plötzlich mit einem Schrei von seinem Pferd und landete mit einem harten Schlag auf dem Boden.

Brennas Herz schlug heftig in der Brust und Angst packte sie, als sie sich vorstellte, dass er ernsthaft verletzt oder sogar tot sein könnte. Dieser Narr! Sie spornte ihr Pferd an. Sie würde ihn erwürgen, wenn sie ihn wieder aufschneiden müsste. Was ihr als Nächstes in den Sinn kam, verwarf sie schnell wieder. Nein! Er war am Leben. Er musste am Leben sein.

Sie sprang von ihrem Pferd und lief zu der Stelle, wo er im tiefen Gras auf der Seite lag.

„Quade! Quade, geht es Euch gut?" Sie fiel an seiner Seite auf die Knie und hatte Angst, ihn umzudrehen, um ihm nicht größere oder schlimmere Verletzungen zuzufügen.

Er rollte sich blitzschnell herum, zog sie auf sich und küsste sie. Sein warmer Mund streichelte ihren und seine Zunge glitt zwischen ihre Lippen. Er schmeckte nach Äpfeln, nach Herbst, und sie gab völlig nach, verloren im Augenblick und benommen von seiner Berührung. Er streichelte ihre Wange und sie stöhnte, als seine Zunge ihre umwarb. Sie umklammerte seine Arme, um ihn näher an sich zu ziehen. Brenna war verwirrt von der Sehnsucht und dem unersättlichen Verlangen, das er in ihr hervorrief. Was hatte das zu bedeuten?

Er rollte sie auf ihren Rücken und setzte seinen Angriff fort, küsste ihren Nacken und dann wanderten seine Lippen in einem glühenden Weg zu ihren Brüsten. Kühn strich er mit seiner Hand über ihre Brust und sie wunderte sich über ihre Reaktion. Sie hatte keine Ahnung, dass sich eine Liebkosung so anfühlen konnte. Sie war erfüllt von dem wahnsinnigen Wunsch, ihr Kleid von sich zu reißen und ihre Haut an seiner zu fühlen. Er griff in ihren Ausschnitt und nahm ihre Brust in seine Hand. Dann zog er sich zurück und seine grünen Augen fanden ihre, als er ihre Brustwarze mit seinem Daumen erregte. „Gefällt dir das, meine Süße?"

Brenna schlang ihre Hände um seinen Hals und wollte ihn noch näher an sich ziehen. Er beugte sich für einen weiteren Kuss zu ihr, aber statt ihrer Lippen fand sein Mund ihre Brustwarze und er küsste sie, bis Brenna vor purer Ekstase aufstöhnte. Seine Hand packte ihren Hintern und zog sie an sich. Bei dem plötzlichen Kontakt mit seiner Härte kehrte ihre geistige Gesundheit zurück.

Sie schlug gegen seine Brust und stieß ihn fort.

„Ihr scherzt wohl? Seid Ihr etwa absichtlich vom Pferd gefallen? Wie könnt Ihr mich nur so erschrecken? Ich hatte Angst, dass Ihr verletzt seid, ernsthaft verletzt!" Brenna schrie so laut, dass das halbe Tal sie hören konnte.

Quade gluckste mit einem selbstgefälligen Gesichtsausdruck. „Oh, ich bin wirklich gefallen, aber ich habe dich auch gesehen und beschlossen, im Gras auf dich zu warten. Hegst du Gefühle für mich, mein feuriges Mädchen?"

Sie schlug gegen seine Schulter. „Nay, ich habe nur als Heilerin eine Verantwortung für Euch, Ihr dummer Junge!" Sie schlug ihn vorsichtshalber noch einmal.

Quade stockte und sah in ihre Augen. Sein glühender Blick ließ ihren Atem stocken. Niemand hatte sie jemals so angesehen. Es flatterte in ihrem Bauch, als sie seinen Blick erwiderte. Sein süßer Atem erwärmte ihre Wange, als er seine Lippen wieder sanft über ihre senkte, bis sie nachgab. Sie hätte ihn wegschieben sollen, aber sie hatte keine Kraft dazu. Sie wollte seine Lippen wieder auf ihren spüren. Er neigte seinen Mund über ihren und wurde langsam leidenschaftlicher. Sie öffnete sich schließlich für ihn und ein leichtes Stöhnen brach aus ihr hervor, als seine Zunge ihren Mund erkundete. Sie kostete Äpfel, Haferbrei und etwas anderes. Quade selbst. Was sie schmeckte, war er. Er zog sich zurück und sah in ihre Augen.

„Brenna, du bringst mich dazu, wieder leben zu wollen. Ich habe mich schon lange nicht mehr so gefühlt."

Er küsste sie noch inniger und seine Zunge schmiegte sich perfekt an ihre, während seine Hand über ihren Körper strich. Er umfasste ihre Brust und rieb ihre Brustwarze durch den dünnen Stoff. Sie bäumte sich auf, um näher an ihn heranzukommen. Was tat sie da nur? Seine Hand war wieder an ihrer Brust und sie mochte es?

Sie mochte es nicht nur, nay, ihr Körper brannte überall wegen seiner Berührung. Sein Mund verschlang ihren, als wäre sie die einzige Frau auf der Welt. Er bedeckte ihren Hals mit Küssen, bevor er es wagte, seine Hand unter ihre Röcke zu schieben. Sie war sich seiner Berührung kurz bewusst, aber ihre Sinne waren wie überflutet. Sie war entsetzt über das, was sie taten, und noch mehr war sie davon überrascht, dass sie nicht wollte, dass er aufhörte.

Er streichelte ihren Oberschenkel und berührte sie kühn dort, wo noch kein anderer Mann zuvor sie berührt hatte. Seine Finger fanden ihre Mitte und streiften ihren Eingang. Ihr Atem stockte, als sie in seine Augen blickte. Sie vertraute ihm, wollte ihm aber erklären, was mit ihr geschah. Er streichelte weiter ihren empfindlichen Punkt und kreiste mit seinem Daumen darum. Die Empfindungen überwältigten sie und das Rauschen in ihrem Körper trug sie ins Unbekannte. Sie biss sich auf die Unterlippe und stöhnte an seinem Mund, verlegen von der Wucht ihrer Reaktion.

Wollte sie, dass er aufhörte? Seine Finger glitten in ihre Nässe und sie öffnete sich für ihn. Ihre Gedanken waren verwirrt, doch das Verlangen in ihr war unbestreitbar. Sie umklammerte seine starken Arme und seine Muskeln und wollte mehr von ihm, wollte jeden Zentimeter. Die Anspannung in seinem Körper entsprach ihrer eigenen und sein Atem wurde heiserer, je mehr er sie berührte.

Da wieherte sein Pferd und er hielt abrupt inne. „Verdammt!", murmelte er, bevor er sie flüchtig küsste und ihre Röcke glattstrich. Bevor sie wusste, was los war, stand er über ihr.

Sie war für einen Moment fassungslos und konnte nicht verstehen, was gerade passiert war – was er mit ihr getan und warum er aufgehört hatte. Sie rollte sich auf die Seite und versuchte zu Atem zu kommen, bevor sie sich aufsetzte. Sie war sich seiner Bewegungen vage bewusst und sah ihm nach.

Benommen beobachtete sie, wie Quade zu seinem Pferd ging und Star zurück in Richtung seiner Burg drehte. Das Geräusch von sich nähernden Pferden erreichte Brennas Ohren und sie verstand es endlich. Zum Glück verhinderte die Art und Weise, wie er Star hielt, dass die entgegenkommenden Reiter Brenna im Gras sahen. Die harte Realität anderer Personen in der Nähe zwang sie, die Kontrolle über ihre Sinne zurückzuerlangen. Nachdem sie ihre Kleidung gerichtet hatte, griff Quade nach unten, um ihr auf die Beine zu helfen. Er strich das Gras von ihrem Rock und zupfte es aus ihren Haaren. Dabei hielt er den entgegenkommenden Reitern immer noch den Rücken zugewandt und versperrte ihnen die Sicht auf sie.

„Verzeih mir, ich stand etwas neben mir." Seine heisere Stimme war kaum hörbar.

Sie errötete. Wofür genau bat er um Verzeihung? Dafür, dass er sie geküsst hatte? Brenna sah ihn an, aber er ignorierte sie. Er sollte sich nicht dafür entschuldigen, denn sie hatte jede Minute genossen. Hatte er das nicht bemerkt?

Sie wusste nicht, was sie davon halten sollte, und sein grimmig zusammengepresster Mund ließ sie überlegen, was ihm ihre Begegnung bedeutet hatte. Hatte er alles bereut oder nur die Unterbrechung? Sie bezweifelte, dass sie es jemals erfahren würde. Sie hatte keine Erfahrung mit Männern. Was war nur schiefgelaufen? Er blendete sie komplett aus und sah sie kaum mehr an. Stattdessen verschränkte er seine Hände, um ihr aufs Pferd zu helfen. Er weigerte sich immer noch, sie anzusehen. Seine Kälte verwirrte sie mehr denn je, besonders, als er auf die Flanke ihres Pferdes schlug und sie somit ohne ein weiteres Wort zurück zur Burg schickte.

Es war an der Zeit zurückzukehren. Quade hatte sich seit seiner Begegnung mit Brenna von der Burg ferngehalten. Das Mädchen machte ihn dumm. Sie weckte Gefühle in ihm, die er seit den frühen Tagen seiner Ehe nicht mehr empfunden hatte. Er hatte seine Frau geliebt, aber Sorgen hatten dazu geführt, dass sie sich in den letzten Jahren entfremdet hatten. Aber das hier? Es erinnerte ihn an eine neue Liebe mit Schmetterlingen im Bauch.

Aber das durfte nicht sein. An dem, was auf der Wiese passiert war, konnte er erkennen, dass sie noch nie so berührt worden war … doch sie war so leidenschaftlich gewesen, als sie sich ihm hingegeben hatte. Er liebte das kleine Geräusch, das ihr entfuhr, wenn er sie küsste. Hätte ihn sein Pferd nicht vor den entgegenkommenden Reitern gewarnt, hätte er sie beschämt und hätte sich danach vor Schuld gegrämt. Er konnte sich in ihrer Gegenwart einfach nicht bremsen. Und das bedeutete, dass er nicht zulassen konnte, dass diese Beziehung weiter bestand.

Er konnte sich nicht mit einer anderen Frau einlassen und sie töten, so wie er seine Frau getötet hatte.

Die Männer zu Pferd hatten ihm gesagt, dass es auf seinem Land Anzeichen von Wilderern oder Räubern gab. Seine Fährtensucher waren die besten, weshalb er nicht an ihren Worten zweifelte. Er wusste nur zu gut, was das zu bedeuten hatte, und er wollte es nicht hinnehmen.

Laird Alexander Grant hatte jemanden geschickt, um nach seiner Schwester zu suchen. Er würde sie bald gehen lassen müssen, obwohl jede Faser in ihm sich dagegen sträubte. Aus irgendeinem Grund hatte er das Gefühl, dass sie hierher, zu ihm gehörte. Sie gehörte zu Lily, seiner kleinen Lily, um über sie zu wachen und sie gesund zu halten.

Wie wunderbar war es gewesen, als Lily heute Morgen im großen Saal auf ihn zugerannt war und sich in seine Arme geworfen hatte. Er liebte sie so sehr und war so froh, sie wieder glücklich und so zu sehen, wie sich jedes normale Mädchen verhalten sollte.

Brenna durfte ihn noch nicht verlassen. Er würde es nicht zulassen. Aber was sollte er tun?

Er stapfte die Stufen zum großen Saal hinauf, seufzte und fuhr sich mit der Hand durch die Haare. Wie konnte er sie hierbehalten? Die einzige Möglichkeit bestand darin, sie zu heiraten, aber das stand außer Frage. Er würde nicht zulassen, dass sie ihr Leben riskierte, indem sie seine Frau wurde. Er hatte seine erste Frau getötet. Nicht absichtlich, aber er war zweifellos die Ursache für ihren Tod gewesen. Ohne Lily hätte er sein Leben vielleicht schon vor langer Zeit beendet.

Quade konnte Brenna nicht heiraten. Aber wenn er es nicht tat, würde sie dann bleiben, um ihm mit Lily zu helfen? Er bezweifelte es. Er musste sich einen anderen Grund einfallen lassen, aber ihm lief die Zeit davon.

Als er den Bergfried erreichte, betrat er den großen Saal und setzte sich in einen Stuhl vor dem Kamin. Er saß noch nicht lange, da kam eine Magd mit Bier für ihn. Er starrte auf die Flammen und zerbrach sich den Kopf, doch als seine Mutter eine Weile später den Raum betrat, war ihm immer noch nichts Nützliches eingefallen.

„Ich wusste nicht, ob du heute Abend zurückkehren würdest." Lady Ramsay starrte ihren Sohn mit verschränkten Armen an. „Es muss etwas vor den Toren vorgefallen sein."

Er sah seufzend zu seiner Mutter auf. „Warum sagst du das, Mutter?"

„Weil Lady Brenna bei ihrer Rückkehr so rot war." Sie setzte sich auf den Stuhl neben ihm.

Er nahm einen Schluck von seinem Bier. „Vielleicht ist sie den Weg zum Saal zurück gerannt." Er wandte sich ab und starrte weiter ins Feuer.

„Ich glaube nicht. Sie ist dir gefolgt, weil sie sich Sorgen um deine Stiche gemacht hat. Ich denke, die Dinge sind außer Kontrolle geraten."

„Mach dir keine Sorgen. Es wird nicht wieder passieren." Er starrte weiter unbeirrt in die Flammen.

„Quade, du musst aufhören, dich für das zu bestrafen, was passiert ist."

Er drehte sich um und starrte seine Mutter an.

Sie fuhr fort. „Es war nicht deine Schuld. Du musst hinter dir lassen, was geschehen ist, und wieder anfangen zu leben. Ich weiß, dass du Gefühle für Lady Brenna hegst. Ich könnte nicht glücklicher darüber sein. Du musst dich wieder anderen Menschen öffnen und anfangen, zu leben. Ehrlich gesagt hoffe ich, dass du mit dem Mädchen in der Heide herumgetollt hast. Und ich hoffe, sie hat dich wieder zum Leben erweckt. Sie hat es bereits mit deiner Tochter getan, und jetzt bist du dran." Ihr traten Tränen in die Augen, als sie sprach.

„Sie hat es für einen Moment getan, Mutter. Für einen Moment fühlte ich mich wieder lebendig." Er nahm noch einen Schluck Bier. „Aber ich kann es nicht wieder zulassen. Du weißt, dass ein Fluch auf mir lastet. Sieh dir mein bisheriges Leben an. Ich will nichts tun, was ihr schadet."

„Quade, lass es los. Es ist Zeit." Sie wartete auf seine Antwort, aber er gab keine. „Ist dir aufgefallen, wie ungerecht es ist, wenn sie Gefühle für dich hegt? Verletzt du sie nicht mehr, indem du sie wegstößt und sie immer auf Ellenlänge von dir hältst?"

„Es gibt noch etwas, das du nicht verstehst, Mutter. Sie wird niemals hierbleiben." Er streckte sein Kinn vor.

„Warum? Sie hat Gefühle für dich. Daran glaube ich von ganzem Herzen. Und sie ist wunderbar zu Lily. Freu dich, dass du eine Frau gefunden hast, die so perfekt für dich ist."

Er hasste es, seine Mutter zu verletzen, aber er hatte keine andere Wahl. Die Wahrheit musste ans Licht kommen. „Kann sein." Sein schlechtes Gewissen darüber, wie er sie – und ihre Unschuld – in der Heide behandelt hatte, nagte immer noch an ihm. Sie musste ihn hassen. Wie hatte er es so weit kommen lassen? Das Mädchen raubte ihm einfach den Verstand.

„Warum? Was verstehe ich nicht?" Sie beugte sich vor und wartete auf seine Antwort.

Er platzte mit der Wahrheit heraus, weil er ahnte, wie seine Mutter diese Neuigkeiten aufnehmen würde. „Weil Lady

Brenna entführt wurde. Sie wurde mitten in der Nacht aus ihrem Bett gerissen, und Laird Grant ist wahrscheinlich in diesem Augenblick auf dem Weg hierher."

Seine Mutter sprang von ihrem Stuhl auf und presste eine Hand auf ihren Mund. Ihre Reaktion war genau so, wie er es erwartet hatte. Er hasste es, sie derart zu enttäuschen.

„Gütiger Gott, Quade. Warum hast du etwas Derartiges gemacht?" Sie schnappte nach Luft. „Was hast du nur getan?"

Micheil kam gerade herein, als Quade aufstand. „Mutter, ich hatte keine Wahl. Du hast Lily gesehen! Sie war dem Tode nahe. Das Mädchen konnte nicht mehr gehen. Ich konnte nicht einfach dastehen und meine Tochter sterben sehen."

„Er hat recht, Mutter. Er musste handeln." Micheil trat neben Quade. „Ich habe ihn zwar nicht begleitet, aber ich wusste von seinem Plan. Wir konnten ja nicht ahnen, dass Quade auf dem Weg krank werden würde."

„Aber das ist nicht richtig! Euer Vater und ich haben euch nicht dazu erzogen, so unbesonnen zu handeln." Tränen glänzten in ihren Wimpern.

„Mutter, ich habe gesehen, wie meine Frau gestorben ist, ich wollte nicht auch noch zusehen, wie mein Kind stirbt. Was sollte ich sonst tun? Alle anderen Heiler haben nichts getan, als das arme Mädchen zur Ader zu lassen."

„Quade, du hast die Schwester des Lairds entführt, der den besten Schwertkämpfer in ganz Schottland besiegt hat! Comming war in weniger als einer Stunde tot gewesen. Er wird dich umbringen. Oder schlimmer noch, er wird dich aufhängen, wo ich dich sehen kann. Aye, bei allen Heiligen! Was sollen wir nur tun?"

Tränen strömten über ihre Wangen. Er konnte es nicht ertragen, seine Mutter weinen zu sehen. Sie hatte zu viel durchgemacht.

„Logan und ich sind mit dem Vorsatz aufgebrochen, mehr über die Heilerin der Grants in Erfahrung zu bringen. Wir hätten ja mit ihrem Bruder gesprochen, aber ich wurde von dem Eber angefallen. Logan tat, was er für richtig hielt. Und laut Brenna hätte ich ohne ihr Eingreifen keinen Tag länger überlebt. Vater hat uns beigebracht, das zu tun, was wir für unseren Clan tun müssen. Und genau das haben wir getan."

Er nahm seine Mutter in seine Arme. „Hätten wir gewartet, um mit Grant zu sprechen, wäre ich jetzt nicht hier. Ich werde Logan nicht vorwerfen, was er getan hat. Dank ihm bin noch hier, aye?" Er hob das Kinn seiner Mutter, damit sie ihn ansah.

„Aye, ich bin Lady Brenna so dankbar. Sie hat dich und meine Enkelin gerettet. Aber wozu? Was wird ihr Bruder mit dir tun? Ich habe solche Angst."

„Aye, ich weiß. Und das tut mir leid. Deshalb habe ich dir auch nicht früher die Wahrheit gesagt. Wir wissen aus verschiedenen Quellen, dass Laird Alexander Grant ein gerechter Mann ist und dass Niles Comming verdient hat, was ihm widerfahren ist. Ich hoffe, dass Laird Grant zumindest bereit ist, mit mir zu reden."

„Ich hoffe, dass du recht hast. Was denkst du, wie lange wird es noch bis zu seiner Ankunft dauern?"

„Es könnte leider schon morgen soweit sein."

Brenna riss die Augen auf. Es war mitten in der Nacht, aber sie wusste, dass etwas nicht stimmte. Sie hörte das Weinen sogar durch die dicken Steinmauern. Sie hatte ihre Tür nur einen Spalt weit offen gelassen, damit sie Lily hören konnte, falls sie sie brauchte.

Brenna stand auf, griff nach einem Becher Wasser, um ihren Mund auszuspülen, schnappte sich dann ihr Plaid und schlüpfte in ihre Hausschuhe, um ihre Füße vor dem kalten Steinboden zu schützen. Sie fuhr sich mit den Fingern durch die Haare, um sich präsentabel zu machen. Aggie schlief stets mit Lily in ihrer Kammer. Sie würde auch heute Nacht bei ihr sein.

Sie lief den Korridor entlang, nachdem sie sich Gesicht und Hände gewaschen hatte. Sie fürchtete sich davor, was sie in Lilys Kammer vorfinden würde. In Gedanken ging sie durch, was das Kind an diesem Tag gegessen hatte. Lily hatte den Brei mit Äpfeln so gut vertragen. Zum Mittagessen hatte sie Brühe mit Karotten und Rüben mit etwas gehacktem Gemüse bekommen. Auch das war ihr gut bekommen. Sie war den ganzen Tag voller Energie gewesen und wie nie zuvor durch den großen Saal und den Hof gerannt.

Es musste das Abendessen gewesen sein. Die Köchin hatte ihre Brühe etwas eingedickt und Brenna hatte Lily erlaubt, ein kleines

Stück dunkles Roggenbrot zu essen. Sie hätte es besser wissen sollen, als so viele neue Lebensmittel an einem Tag zuzulassen.

Sie trat leise in die Kammer. Aggie saß mit Lily auf dem Schoß auf dem Bett. Das Mädchen krümmte sich vor Schmerz und ihr Schluchzen brach ihr das Herz. Die Kleine hielt sich den Bauch und ihre Schreie wechselten sich mit Schluchzen ab, als Schmerzzwellen ihr Inneres quälten.

„Wann hat es angefangen, Aggie?" Brenna rieb sich den Schlaf aus den Augen, während sie sprach.

„Mylady, sie hat seit einiger Zeit Bauchschmerzen, aber sie sind gerade schlimmer geworden. Was kann ich für sie tun?"

„Hier, wir werden etwas Minze in warmes Wasser geben und sehen, ob das hilft."

Brenna rief nach einem Dienstmädchen und ließ diese heißes Wasser aus der Küche holen.

„Lady Brenna, mein Bauch tut so weh. Bitte macht, dass es aufhört. Oh, es tut so weh! Heilt mich. Ich will meinen Papa sehen. Wo ist er?" Lily streckte die Arme nach Brenna aus und sie hob das Mädchen hoch und zog sie an sich.

Brenna konnte die Anspannung im Körper des Kindes spüren. Sie wurde vor Schmerzen von kalten Schauern geschüttelt. Unschuldige Kinder sollten nicht so leiden müssen. Brennas Augen tränten, als sie Lily an ihrer Schulter beruhigte und sie in der Hoffnung, sie zu trösten, hin und her wiegte.

„Meine Schüssel!" Sie streckte ihre kleine Hand aus. „Aggie, meine Schüssel. Ich brauche meine Schüssel."

Aggie hielt die Schale gerade noch rechtzeitig unter das Kinn des Mädchens, um die Flüssigkeit aufzufangen, die aus dem winzigen Mund spritzte.

Als Lily den Kopf hob, konnte Brenna kaum verstehen, was sie sagte, aber sie wusste, dass sie schnell handeln musste.

„Der Topf. Ich brauche den Topf, Aggie. Oh, ich brauche beides." Das arme Mädchen wusste nicht, was es zuerst tun sollte.

Brenna riss Lilys Kleid mit einer Hand hoch und hielt sie rechtzeitig über den Topf in der Ecke, um den übelriechenden Stuhl aufzufangen, den ihr winziger zitternder Körper ausstieß. Wie konnte eine so niedliche Kreatur nur etwas so Schreckliches produzieren? Brenna rümpfte die Nase angesichts des Gestanks und drehte noch rechtzeitig den Kopf, um zu sehen, wie Quade in der Tür stand, beim Anblick des Topfes aber kehrt machte.

„Ich kann das nicht", las sie von seinen Lippen ab.

Zum Glück hatte Lily ihren Vater nicht gesehen, bevor er wieder ging. Das arme Mädchen kämpfte noch einige Minuten mit Übelkeit und Durchfall, bevor es schließlich seufzte und die Augen schloss.

„Mylady, was glaubt Ihr, was das ausgelöst hat?", flüsterte Aggie, als die beiden sich bemühten, Lily zu reinigen, ohne sie dabei aufzuwecken.

„Es war zweifellos das Brot, Aggie. Alles andere hat sie gut vertragen. Sie darf nichts essen, was Weizen enthält. Ich dachte, dass sich der Käse als Auslöser herausstellen würde, weil ich jemanden kenne, der keinen Käse verträgt. Aber es muss Weizen sein. Das Getreide greift ihr Inneres an. Wir werden zu Brühe und gebackenen Äpfeln zurückkehren."

„Aber sie hat doch Brei gegessen, Mylady. Warum hat der ihr nicht geschadet? Ich verstehe das nicht. Hafer und Weizen sind beides Getreide."

„Ja, das ist richtig, aber das eine ist eben Hafer und das andere ist Weizen. Auch wenn es für unsere arme Kleine schrecklich war, sind das gute Nachrichten. Jetzt wissen wir, was ihr Problem ist. Weizen! Sie kann keinen Weizen essen. Er ist leicht zu meiden. Sie kann Haferkuchen und Brei essen, sie kann nur kein Weizenbrot vertragen."

Brenna küsste Lilys Stirn. „Das arme Mädchen ist erschöpft. Sie wird sich vielleicht noch einmal übergeben müssen. Aggie, kannst du bei ihr bleiben? Ich werde morgen mit der Köchin sprechen. Ich mische das Minzwasser für sie, falls sie aufwacht. Ich möchte nicht, dass sie vor dem Morgen etwas anderes zu sich nimmt. Dann werden wir sehen, wie sie sich fühlt."

Aggie legte saubere Laken auf das Bett der Kleinen und strich mit den Händen die Falten glatt. „Ja, Mylady. Ich werde bei ihr bleiben. Lasst mich nur die Schalen und den Topf aus der Kammer bringen, und dann werde ich zurückkehren, um sie zu halten."

Brenna legte Lily auf die weichen Laken, bedeckte sie mit einer warmen Decke und wickelte sie fest darin ein. Sie hatte immer noch nicht viel Fett, das ihren dünnen Körper wärmte, aber sie hatte in den wenigen Tagen große Fortschritte gemacht. Brenna lächelte, als sie sich vorbeugte, um ihr einen Kuss auf die Wange zu geben.

„Endlich haben wir eine Antwort, Mädchen."

KAPITEL NEUN

BRENNA HASTETE DIE Treppe in der Hoffnung hinunter, Quade zu finden. Sie war so aufgeregt darüber, dass das Rätsel endlich gelöst war. Sie hätte nie gedacht, dass Weizen das Problem wäre. Aber für das arme kleine Mädchen gab es nun eine einfache Lösung.

Sie hatte Quade anschreien wollen, weil er sich abgewandt hatte und von seiner kranken Tochter fortgegangen war. Aber ihre Mutter hatte ihr erklärt, dass Männer so waren.

Ein Mann konnte einen anderen mit einem Schwert durchbohren, aber wenn sein kleines Mädchen einen Schnitt an der Hand hatte, konnte er damit nicht umgehen. Sie hatte gesehen, wie Männer fast ohnmächtig wurden, wenn sie eine geliebte Person bluten sahen, doch dieselben Männer konnten sich den Weg durch zwanzig Gegner freischlagen, um ihren Clan zu beschützen. Erwachsene Männer würgten beim Anblick eines Kindes, das sich übergab, konnten aber selbst mit aufgeschlitztem Bauch quer übers Schlachtfeld gehen.

Brenna nahm sich fest vor, ihn nicht dafür zu tadeln, dass er seine Tochter alleingelassen hatte. Sie suchte ihn am Ende der Treppe, fand ihn aber schließlich am Kamin.

Sie ging zu seinem Stuhl, um nach ihm zu sehen. „Quade? Geht es Euch gut?"

Er zuckte beim Klang ihrer Stimme zusammen.

„Entschuldige, Lady Brenna, ich bin für einen Moment eingeschlafen." Er rieb sich das Gesicht, um aufzuwachen. „Wie geht es Lily? Übergibt sie sich immer noch? Es tut mir so leid, dass ich nicht bleiben konnte. Ich weiß, dass sie mich dort haben will, wenn sie krank ist, aber ich ertrage es einfach nicht."

Der Anblick seiner zerzausten Haare und müden Augen ließ sie
ein Grinsen unterdrücken. Wie konnte ein Chief nur so gut aussehen? „Ich verstehe. Ich weiß, dass Männer ihre Schwierigkeiten
mit Krankheiten haben. Nay, ich bin gekommen, um Euch gute
Nachrichten zu bringen. Ich glaube, ich weiß, welches Essen ihr
solche Probleme bereitet."

Er starrte sie an. „Wirklich? Aber du sagtest doch, es würde
lange dauern, das herauszufinden." Er richtete sich auf und riss
die Augen auf. „Sag mir, Mädchen, was ist es? Was schmerzt sie?
Sie klang gerade gar nicht gut."

„Weizen. Es ist der Weizen, der sie krank macht. Sie hatte zum
Abendessen ein Stück Roggenbrot. Die Köchin hat auch ihre
Brühe etwas angedickt und ich möchte überprüfen, was sie dafür
verwendet hat."

„Weizen? Bedeutet das, dass sie kein Weizen- oder Roggenbrot essen kann? Gar kein Getreide? Ich verstehe nicht. Wie soll
sie ohne Brot stark und satt werden? Kinder brauchen Brot, wir
alle brauchen Brot." Er wartete gespannt Brennas Antwort ab.

„Sie kann Hafer essen. Haferbrei verträgt sie gut. Ich habe es
noch nicht mit Gerste probiert, bin mir da also nicht sicher, aber
es könnte nur der Weizen sein. Wir werden sie vorerst nur mit
Hafer füttern und sehen, wie es ihr geht. Der Hafer wird ihr
helfen, zu wachsen."

„Kann es tatsächlich sein, dass sie nie wieder krank wird, wenn
sie einfach nur keinen Weizen mehr isst? Wie kann es so einfach
sein? Was ist mit Obst und Gemüse? Was ist mit Gemüsesuppe?
Kann sie Gemüsesuppe essen?"

„Wir müssen mit der Köchin sprechen, um zu sehen, was sie als
Bindemittel verwendet. Wenn sie Roggen oder Weizen benutzt,
müssen wir nur Lilys Portion trennen und Hafer als Verdickungsmittel verwenden. Ich denke, es wird ihr schmecken." Brenna
lächelte Quade an und die Begeisterung überwältigte sie. „Ich
denke, das ist es! Sie wird wieder zu Kräften kommen."

Ohne nachzudenken, umarmte sie ihn und zog ihn erleichtert
an sich.

Zuerst dachte sie, er würde sie wegschieben, aber dann schlang
er seine Arme um sie und hielt sie fest.

„Mädchen, ich weiß nicht, wie ich dir danken soll. Ich stehe für immer in deiner Schuld, wenn du mit meiner Lily recht hast." Seine geflüsterten Worte strichen warm über ihr Ohr.

Er trat etwas zurück, ohne sie aus seinen Armen zu lassen. „Weißt du, wie lange und angestrengt meine Familie nach einer Antwort auf ihre Krankheit gesucht hat? Ich kann nicht glauben, dass es so einfach ist. Bist du sicher, Mädchen? Hat sie so viel Weizen gegessen? Ich glaube nicht, dass sie zu jeder Mahlzeit Brot isst."

„Vielleicht hat sie nur zum Abendessen Brot gegessen, aber Eure Köchin kann Weizen in vielen Speisen als Verdickungsmittel verwenden. Manchmal geben Köche ein bisschen davon in die Suppe oder den Pudding. Weizen ist außerdem in allen Backwaren enthalten." Er hatte sie immer noch nicht losgelassen, aber warum setzte ihr Herz einen Schlag lang aus, nur weil er ihre Hände hielt?

„Oh, ja, meine kleine Lily hat immer Gebäck genascht."

„Wenn Eure Köchin gern backt, ist Weizen in allen Backwaren, Kuchen, Pies und Torten."

„Was wird Lily denn essen können, wenn in allem Weizen steckt? Nur Gemüse und Hafer?"

„Nein. Jede gute Köchin kann Süßigkeiten auch mit Hafer herstellen. Sie muss nur das Weizenmehl in allem weglassen, was für Lily bestimmt ist. Sie kann Zucker und Obst essen, also wird das Rezept nur ein bisschen abgeändert. Birnen und Haferflocken oder Erdbeeren und Haferbrei. Sie kann auch weiter den Käse essen, den sie so liebt, und sie kann Ziegenmilch trinken. Vertraut mir, es wird ihr gut gehen."

Quades Lächeln wurde strahlender, je mehr er darüber nachdachte. „Oh, aye. Damit können wir umgehen. Lily wird so froh sein. Ich kann es kaum erwarten, sie am Morgen zu sehen und es ihr zu sagen."

Brennas Lächeln verschwand plötzlich, als die Erkenntnis sie traf. Wenn dies der Schlüssel zu den Problemen des Kindes war, brauchte er sie nicht mehr hier. Sie könnte nach Hause zurückkehren, um dem Ramsay-Clan Ärger zu ersparen. Seine Gedanken schienen in die gleiche Richtung zu wandern.

„Du möchtest wahrscheinlich nach Hause gehen, Mädchen? Aye?", fragte Quade mit einem Stirnrunzeln. Nun trat er zurück und ließ sie los.

„Nay, ich würde die Behandlung gern abschließen. Ich möchte sicherstellen, dass ich recht habe. Ich muss einige meiner Ideen noch testen. Bei Gerste oder Käse bin ich mir noch nicht ganz sicher. Aber wenn die Behandlung abgeschlossen ist, dann wäre ich wohl so weit, nach Hause zu gehen." Sie räusperte sich, unsicher, was sie sonst noch sagen sollte.

„Mädchen, ich hatte noch nicht die Gelegenheit, mit dir über ein paar Dinge zu sprechen." Er fuhr sich mit den Fingern durch die Haare, bevor er weiterredete. „Ich habe Iona nie etwas versprochen. Ich habe den Fehler begangen, vor etwas mehr als einem Jahr eine Nacht mit ihr zu verbringen, und sie hat meine Absichten eindeutig missverstanden. Ich habe ihr nie eine Heirat in Aussicht gestellt. Iona sieht die Dinge etwas anders als der Rest von uns."

„Quade, Ihr schuldet mir keine Erklärung."

„Aye, das tue ich. Sie hat dich angegriffen, und wenn du nicht eingeschritten wärst, hätte sie auch mein Kind angegriffen. Ich hatte noch keine Gelegenheit, dir dafür zu danken. Ich habe mit Iona gesprochen, um die Situation zu klären. Sie war nicht besonders glücklich darüber, aber sie wird dich nicht wieder behelligen."

Er räusperte sich, bevor er fortfuhr.

„Ich muss mich auch für mein Verhalten in der Heide entschuldigen. Ich verspreche, dass es nie wieder passieren wird."

Brenna wusste nicht, was sie sagen sollte. Sie konnte sich nicht davon abhalten, rot zu werden. Also tat es ihm leid? Bedeutete das, dass er wünschte, es wäre nie geschehen? Zuerst war sie verlegen, aber dann blühte Wut in ihr auf. Wie konnte er es wagen, sie derart zu beleidigen! Er sagte ihr, dass er die Begegnung mit ihr nicht genossen hatte und sie sich niemals wiederholen würde. Wie herzlos war dieser Mann?

„Brenna? Geht es dir gut?"

„Aye, mir geht es gut." Sie streckte das Kinn etwas vor, denn sie wollte ihm nicht die Genugtuung gönnen, ihre Enttäuschung zu sehen. „Gab es noch etwas, über das Ihr mit mir sprechen wolltet?"

„Aye, ich sollte dir wahrscheinlich sagen, dass ich bald deinen

Bruder hier erwarte."

„Warum?"

Er stockte einen Moment, bevor er antwortete. „Er hat Fährtensucher in diese Gegend geschickt. Meine Männer haben sie gesehen, aber sie haben nicht eingegriffen. Sie gingen, nachdem sie einige meiner Leute befragt hatten. Vermutlich wird er eine große Anzahl von Wachen mit sich bringen und hat Späher vorausgeschickt, um sicherzustellen, dass du hier bist und nicht verletzt wurdest. Ich habe dafür gesorgt, dass seine Fährtensucher darüber informiert sind."

„Ihr habt mit den Wachen meines Bruders gesprochen?" Sie ballte die Hände an ihren Seiten zu Fäusten. Wie konnte er ihr das verschweigen?

„Nay, aber ich habe meine Mittel, um sicherzustellen, dass seine Männer die richtigen Informationen erhalten. Ich möchte nicht, dass er denkt, dass du dich in Gefahr befindest."

„Nay, natürlich nicht. Ich wurde nur gegen meinen Willen entführt."

Sie machte auf dem Absatz kehrt und ging in die Küche. Sie hatte genug Zeit mit Quade Ramsay verschwendet.

Quade ging im Solar angespannt auf und ab. Das tat er schon seit dem Morgengrauen.

Sein Bruder Micheil lehnte sich gegen den Tisch und beobachtete ihn. „Quade, hast du etwa gedacht, dass dieser Moment nie kommen würde?"

Quade blieb einen Moment stehen, um seinen Bruder anzustarren. „Aye, natürlich dachte ich es mir. Aber ich bin mir immer noch nicht sicher, wie ich damit umgehen soll."

„Für mich scheint die Sache ganz klar zu sein. Sag dem Laird, dass du seine Schwester heiraten willst." Micheil lächelte und verschränkte die Arme.

Quade konnte Brenna nicht verlieren, aber er fragte sich immer noch, ob es eine kluge Entscheidung war, sie zu heiraten. Ohne auf den Kommentar seines Bruders zu antworten, knurrte er: „Wie weit sind sie noch entfernt? Wie viel Zeit bleibt mir?"

Micheil kicherte. „Ein paar Stunden."

„Wie viele Wachen hat er wohl mitgebracht?" Er ging wieder

auf und ab.

„Meine Männer sagen mir, dass es über hundert Wachen, eher zweihundert sind. Aber welchen Unterschied macht das? Das Einzige, worüber du dir Sorgen machen musst, ist, Laird Alexander Grant im Einzelkampf gegenüberzustehen. Du hast gehört, was er mit Laird Comming getan hat, der selbst ein großer Schwertkämpfer war. Ich denke, dass Grants jüngster Bruder, der ihn begleitet, ebenfalls ein erprobter Schwertkämpfer ist."

Er stockte wieder, um Micheil anzustarren. „Aye, du bist keine besonders große Hilfe, Bruder."

„Nay, aber Tatsachen sind eben Tatsachen. Logan hat die Schwester dieses Mannes entführt. Ich glaube daher kaum, dass er dir wohlgesonnen sein wird."

Nun machte Quade Halt, um seinen Bruder anzuschreien. „Glaubst du, sie werden uns einfach so angreifen? Oder wird Grant mich sofort zum Kampf herausfordern? Du bist aus einem bestimmten Grund der Befehlshaber über meine Wachen: Du sollst mich beraten! Mein Kopf war in letzter Zeit mit anderen Angelegenheiten beschäftigt."

„Aye, ich habe schon davon gehört, dass du mit dem Mädchen in der Heide warst. Nicht nur dein Kopf, sondern auch deine Arme und deine Lippen waren mit Laird Grants Schwester beschäftigt. Wie konnte Logan nur übersehen, was sich vor seinen Augen abspielte? Er muss es doch erkannt haben."

„Vergiss Logan! Er ist fort und ich mache mir im Augenblick keine Sorgen um ihn. Sag mir lieber, was ich tun soll!"

„Wie gesagt, bitte Grant um die Hand seiner Schwester. Das wird alles lösen. Sei kein Trottel. Sag die Wahrheit."

Quade setzte sich auf einen Stuhl und verschränkte die Arme, während er seinen Bruder anstarrte. „Aye, in was für einen Schlamassel habe ich mich da nur gebracht! Nach all den Schlachten, die ich erlebt habe, und all den Malen, in denen wir an Vaters Seite gekämpft haben, ist das, was mich am meisten erschreckt, ein wunderschönes Mädchen. Ich bin nicht unentschlossen. Dieses Mädchen hat mich in die Knie gezwungen." Er rieb seine Hand über die Stoppeln an seinem Kinn. „Aber du weißt, dass ich sie nicht heiraten kann. Du kennst den Fluch, der auf meiner Familie liegt. Das kann ich ihr nicht antun."

Micheil trat dicht vor seinen Bruder. „Bei meinem Schwert, vergiss den Fluch! Heirate sie und habe etwas Glück in deinem Leben, Quade. Lily liebt sie und das Mädchen braucht eine Mutter. Das ist die perfekte Lösung für all deine Probleme."

Er konnte sich nicht erinnern, wann er seinen Bruder das letzte Mal so gesehen hatte. Hatte er recht? Sollte er sie heiraten? Sie wäre in der Tat wunderbar für seine Tochter. Er musste zugeben, dass er sich selbst sehr freuen würde, sie als seine Frau zu haben. Sie war klug, schön und mitfühlend. Was konnte er mehr verlangen?

Quade stand auf und ging aus der Tür. Sein Entschluss stand fest. „Nay, ich kann sie nicht heiraten, aber ich werde ihrem Bruder allein entgegentreten." Er drehte sich noch einmal in der Tür um. „Sag den Wachen, sie sollen sich bereithalten. Nur du wirst mich begleiten. Wir werden den Grants entgegenreiten."

Micheil packte seinen Bruder am Arm. „Aye. Laut allen, die ich gefragt habe, ist Laird Grant ein gerechter Mann. Ich bin sicher, er wird bereit sein, dir zuzuhören. Achte nur darauf, ihn nicht zu beleidigen, indem du Brennas Entführung verharmlost oder ihm den Eindruck vermittelst, du hättest sie nicht mit dem Respekt behandelt, der dem Mädchen gebührt."

Quade riss die Tür auf und ging zum Stall. Der Gedanke, Brenna zu verlieren, versetzte ihn in Panik, aber er wusste, dass er sie gehen lassen musste. Lily war geheilt. Natürlich war es Zeit für sie, zu ihrem Clan zurückzukehren. Trotzdem brauchte er sie noch für eine weitere Aufgabe.

Er wusste, dass sie sich genauso nach ihm sehnte wie er nach ihr, aber er konnte sie nicht heiraten und sie war ein unschuldiges Mädchen. Außerdem war sie eine starke Person mit Heilerbegabung und mit einem Bruder, der fast die gesamten Highlands regierte. Grant würde ihr niemals erlauben, unverheiratet hierzubleiben. Selbst mit Ehemann würde er ihr womöglich nicht erlauben, so nahe am Tiefland zu leben. Hier wäre sie weit weg von ihrem Clan und Alexander Grant würde nicht nur seine Schwester verlieren, sondern auch seine Heilerin.

Der Stallbursche führte Star zu ihm, er sprang eilig auf und galoppierte aus dem Tor. Dann richtete er sich einen Moment auf seinem Pferd auf, um zu sehen, wie weit Grant entfernt war.

Nicht mehr weit. Er sank in seinen Sattel zurück und machte sich auf den Weg, um Laird Grant entgegenzureiten.

Er hatte keine Ahnung, was er ihm sagen sollte. Vielleicht war es auch egal.

Er könnte schon bald ein toter Mann sein.

KAPITEL ZEHN

ALS BRENNA DIE Kapelle verließ, hörte sie in der Ferne das Donnern der Hufe. Sie drehte sich um und sah, wie die Männer zu den Ställen rannten und hastig ihre Pferde bestiegen. Überall herrschte Chaos.

„Es sind die Grants. Sie kommen." Der Schrei eines Mannes hallte zu ihr.

Sie hatte gewusst, dass ihr Bruder sie holen würde.

Brenna eilte zum Bergfried und hoffte, Quade abzufangen, bevor er aufbrach. Eine Gestalt stand am Fuß der Treppe in der Tür zum großen Saal. Lady Ramsay.

„Ich hoffe, Euer Bruder ist ein freundlicher Mann, Lady Brenna." Ihre Finger umklammerten ihre Röcke, als sie sich zu Brenna umdrehte. „Er wird meinen Sohn doch nicht auf Anhieb töten, oder?"

„Was? Nay! Mein Bruder tötet oder verstümmelt niemanden ohne guten Grund. Wo ist Quade?"

Ihre Augen wanderten auf der Suche nach ihm durch den Saal.

„Er ist losgeritten, um Euren Bruder zu empfangen. Ich hoffe, er war nicht dumm genug, allein zu Eurem Bruder zu reiten." Lady Ramsays Stimme wurde zu einem Flüstern. „Lady Brenna, bitte verlasst uns noch nicht. Meine Familie braucht Euch."

Der Gesichtsausdruck der älteren Frau brach Brenna das Herz. Wie lange lebte diese Familie schon so hoffnungslos?

„Vertraut mir, wenn ich Euch sage, dass Ihr noch nicht alles versteht", sagte Lady Ramsay und ergriff ihre Hand. „Es ist erstaunlich für mich, dass ein junges Mädchen mir mehr Hoffnung gegeben hat als jeder der alten Heiler, die durch diese Tore gegangen sind. Bitte, Mädchen, verlasst uns noch nicht. Ich habe

Lily und meinen Sohn schon seit Jahren nicht mehr so glücklich gesehen." Sie schlug die Hände vors Gesicht, um ihr Schluchzen zu verbergen.

Brenna schlang ihre Arme um die Frau. Wie konnte sie eine solche Bitte ablehnen? Diese Frau wollte nur ihre Familie zurück. „Aye, ich werde so lange bleiben, wie ich kann. Mein Bruder kann allerdings sehr hartnäckig sein, wenn er will. Das wird nicht einfach."

„Ich bin eine dumme alte Frau", schluchzte Lady Ramsay unter Tränen. „Ich hatte die Hoffnung, dass mein Sohn sich in Euch verlieben würde. Er verdient so sehr etwas Glück in seinem Leben. Zu lange schon hängen stürmische Wolken über unserem Clan. Ich habe in Euch unseren dringend benötigten und verdienten Segen gesehen, mein Kind."

Brenna trat zurück und rieb die Arme der Frau. „Ich werde sehen, was ich tun kann. Aber ich muss Quade folgen. Ich möchte mit meinem Bruder sprechen, bevor er eine voreilige Entscheidung trifft. Er handelt manchmal überstürzt."

Lady Ramsay nickte. „Dann geht, Mädchen. Tut, was Ihr tun müsst."

Brenna ging die Stufen zur Tür hinauf, als die Frau ihr nach-rief. „Aye?" Sie drehte sich um, die Hand am Türgriff.

„Es tut mir so leid, dass mein Sohn Euch entführt hat. Ich hatte keine Ahnung. Aber Ihr wisst noch nicht alles und verzweifelte Männer tun manchmal verzweifelte Dinge. Vertraut ihm. Er ist ein guter Mann und ein guter Vater."

Nachdem Brenna verständnisvoll genickt hatte, rannte sie aus der Tür zum Stall. Sie fühlte, wie sich ihre Haarnadeln lösten, aber sie hatte keine Zeit, sie wieder zu befestigen. Sie musste zu Alex gelangen, bevor er etwas tat oder sagte, was er später bere-uen würde. Sie rief den Stallburschen zu und bog rechtzeitig um die Ecke, um fast mit dem kleinen Jungen zusammenzustoßen, der ein Pferd zu ihr führte.

Sie stieg mit seiner Hilfe auf und ritt zum Tor. Ihre Gedanken überschlugen sich und sie wusste nicht, welchem sie sich zuerst widmen sollte.

Was meinte Lady Ramsay damit, dass sie noch nicht alles wusste? Quade hatte seine Frau verloren und seine Tochter war dem Tod ebenfalls nahe gewesen. Machte sie Logan Vorwürfe, weil er sie entführt hatte? Nay, sie musste zähneknirschend zugeben, dass sie an seiner Stelle womöglich dasselbe getan hätte. Das Leben seines Bruders und das seiner Nichte hatten auf dem Spiel gestanden. Hätte Logan sie nicht in diesem Moment geholt, hätte Quade nicht überlebt. Chiefs hatten schon weitaus Schlimmeres für ihre Familien getan.

Lady Ramsays Geständnis, dass sie auf eine Hochzeit zwischen Quade und Brenna gehofft hatte, hatte sie erstaunt, denn Quade hatte mehrfach gesagt, dass er niemals heiraten würde. Er war davon überzeugt, dass er seine Frau getötet hatte, und musste sich geschworen haben, ungeachtet der Umstände nie wieder den Bund der Ehe einzugehen. Warum glaubte er, seine Frau getötet zu haben? Seine Mutter schien seine Furcht jedenfalls nicht zu teilen. Aber wäre sie jemals in der Lage, Quades Gedankengänge zu verstehen? Sie musste zugeben, dass es ihr vielleicht egal war, wenn er sie nur so küsste, wie er es in der Heide getan hatte.

Der Wind fuhr durch ihr Haar, als sie ihr Pferd weiter anspornte und das Gefühl der Freiheit genoss, während das Tier über die Hochlandwiesen galoppierte. Sie betrachtete die Landschaft und erblickte die Wachen ihres Bruders in all ihrer Pracht. Was für einen beeindruckenden Anblick sie doch boten! Ihre beiden Brüder ritten voraus, mit Fahnenträgern an ihren Seiten, und ein Meer von Pferden bedeckte den Horizont in majestätischer Pracht. Es überraschte sie nicht, dass sie bei vielen Clans in den Highlands solche Angst hervorriefen. Sie drängte ihr Pferd noch mehr. Vor sich sah sie Quade. Er hatte ihren Bruder fast erreicht, und Micheil ritt direkt hinter ihm.

Sie hoffte, dass ihr Bruder nicht handeln würde, bis sie ankam.

Doch Sekunden später erreichte der Schlachtruf ihres Bruders ihre Ohren und sie schrie auf.

KAPITEL ELF

QUADE HÖRTE GRANTS Kampfschrei und zuckte zusammen.

„Grant! Gebt mir einen Moment Zeit, bevor Ihr mich tötet. Jedem Mann sollte eine letzte Bitte gewährt werden. Aye? Eurer schottischen Ehre zuliebe?"

Alex' Arm erhob sich vor dem Meer der Krieger und sofortige Stille folgte.

Grant trieb seinen prächtigen Hengst nach vorn und hielt nur wenige Zentimeter vor Quades Pferd. „Ihr habt meine Schwester entführt, Ramsay. Ihr selbst seid kein ehrenhafter Schotte."

Grant war so kräftig und beeindruckend, wie man ihn beschrieben hatte. „Aye, ich habe in Eile gehandelt. Bei Gott, es ist die Wahrheit, dass mein Bruder aus Not handelte, weil ich an der Schwelle zum Tod stand. Wir haben Eurer Schwester keinen Schaden zugefügt. Ich bitte Euch, in meinen Saal zu kommen und mit ihr zu sprechen, bevor Ihr über meinen Clan urteilt. Was ich getan habe, habe ich aus meiner eigenen Not heraus getan, nicht um meines Clans willen."

Quades Blick begegnete dem des Lairds. Er glaubte, dort einen weichen Schimmer zu sehen, genug, um ihm Hoffnung zu geben, dass das riesige Breitschwert des Mannes ihm nicht sofort den Kopf von den Schultern schlagen würde. Grants Bruder ritt neben ihm. Er hatte Augen wie Brenna, gefühlvoller als die des Lairds. Quade erinnerte sich daran, dass er mit der Familie des Mädchens sprach, das er liebte, und er würde ihnen genauso viel Respekt entgegenbringen wie ihr.

Grants mächtiges Schlachtross wieherte und scharrte auf dem Boden. Etwas beunruhigte es, aber er konnte nicht sagen, was es war. Dann bemerkte Quade, wie Grants Blick kaum merklich in Richtung der Burg wanderte. Was hatte er gesehen? Er drehte den Kopf, um ebenfalls in diese Richtung zu schauen und war erstaunt.

Brenna.

Brenna preschte mit ihrem Pferd in all ihrer Pracht über die Heide.

Er versuchte, seinen Blick wieder auf Grant zu richten, konnte es aber nicht. Ohnmächtig gegen die Wirkung dieser Sirene, die auf sie zuflog, erfasste ihn ein seltsamer Stolz, als sie auf sie zu galoppierte. Ihr Haar war ungebunden und ihre kastanienbraunen Locken wehten in der Sonne, aber das hielt sie nicht auf. Er kannte Brenna inzwischen. Sie kümmerte sich nie um ihr Aussehen, sei es wegen ihrer unschuldigen Unkenntnis darüber, welche Wirkung sie auf andere hatte, oder weil es ihr einfach nicht wichtig war. Er war sich nicht sicher. Ihr Haar war vorher zurückgesteckt gewesen, aber es war immer ein bisschen durcheinander, sodass der Wind nicht viel Kraft gebraucht hatte, um es zu befreien.

Sie war großartig – herrlich in ihrer Schönheit, unerschütterlich in ihrer Stärke. Alles an ihr rief wortlos nach ihm. Er konnte sie nicht gehen lassen, erkannte er, als er sie beobachtete. Er würde sie niemals gehen lassen. Abgesehen von ihrer Schönheit war sie das intelligenteste Mädchen, dem er jemals begegnet war. Sie wusste Dinge, die die meisten Männer nicht verstanden, Dinge, die auch er nicht verstehen konnte. Sie gehörten zusammen. Er wusste, dass er sie nicht heiraten konnte, aber vielleicht konnte er sich damit abfinden, dass sie als Heilerin in seiner Burg blieb. Er würde sich zwingen, Zurückhaltung zu üben und sich von ihr fernzuhalten, nur um sie in der Nähe zu halten. Seine Leute brauchten sie, sein Kind brauchte sie.

Er brauchte sie.

Er liebte sie und bewunderte sie mehr als jemals zuvor. Dieser Gedanke erschreckte ihn, aber er wusste, dass er alles tun würde, um sie zum Bleiben zu bewegen. Was Laird Grant wollte, spielte keine Rolle. Sein Wunsch erforderte extreme Maßnahmen.

Sie näherte sich der Gruppe, nickte ihren Brüdern zu und stellte sich fast zwischen die beiden Chiefs. „Alex. Brodie." Sie begrüßte beide mit einem steifen Gesicht, was ihn verwirrte.

„Lady Brenna", begrüßte Alex sie. „Wie geht es dir?"

Sie lächelte. „Es geht mir gut."

Quade konnte seinen Blick immer noch nicht von ihr nehmen. Sie saß auf ihrem Pferd wie eine Königin, so würdig in ihrer Haltung, und ihre braunen Augen nahmen alles auf einmal auf. Grants gesamte Armee stand still und wartete auf ein Wort von ihr.

„Brenna, führe dein Pferd hinter meines", befahl Alex, ohne mit der Wimper zu zucken.

Sie rührte sich nicht.

„Brenna? Dein Laird hat dir einen Befehl gegeben." Brodie starrte sie an.

„Aye, Alex. Ich habe dich gehört. Entschuldige, mein Laird. Ich möchte um die Erlaubnis bitten, zuerst zu sprechen." Sie sah ihren Bruder eindringlich an.

Sture Frau! Was dachte sie sich dabei, ihrem Laird zu widersprechen? Quade wollte sie schütteln, bevor sie weitere schlechte Entscheidungen traf. Er sah zurück auf Laird Grant und der drohende Blick, den dieser seiner Schwester zuwarf, gefiel ihm gar nicht.

Quade lenkte sein Pferd vor Brenna. „Mädchen, reite hinter mein Pferd."

Brenna überlegte lange, welche Auswirkungen ihre Entscheidung haben würde, bevor sie ihr Pferd langsam hinter ihn bewegte.

Quades Herz machte einen Sprung. Vielleicht gab es doch noch Hoffnung.

Ein Muskel in Alex' Gesicht zuckte. „Ihr bietet Euer Leben für das meiner Schwester, Ramsay?"

„Aye, das tue ich."

„Ihr habt Eure Wahl getroffen." Alex zog sein Schwert und schwang es hoch über seinem Kopf, damit es alle sehen konnten.

„Alex, hör auf damit! Bitte hör mir zu. Wenn ich dir etwas bedeute, wirst du mit diesem Unfug aufhören und in den Saal kommen. Ich muss mit dir reden, aber nicht vor den Wachen. Quade, werdet Ihr meine Brüder zu Verhandlungszwecken in die Burg lassen?"

Quade ließ den Laird nicht aus den Augen. „Aye, deine Familie ist immer willkommen. Solange ich das Wort deines Bruders habe, dass er dir keinen Schaden zufügen oder dich zwingen wird, etwas gegen deinen Willen zu tun."

Alex hob eine Augenbraue. „Ich würde meiner Schwester niemals Schaden zufügen, aber ihr gefällt die Entscheidung, die ich treffe, vielleicht nicht. Nur ihr zuliebe stimme ich zu, die Situation besprechen."

Quade sah Brenna fragend an. „Lady Brenna? Ist das für dich akzeptabel?"

„Darf ich an der Diskussion teilnehmen?", fragte sie und sah zu ihrem Bruder. „Alex, ich werde nicht zulassen, dass du wichtige Entscheidungen über mein Leben triffst, ohne meine Meinung zu hören. Du weißt, was unsere Mutter diesbezüglich gedacht hat."

Alex verzog den Mund, nickte aber schließlich. „Stures Mädchen. Du hast mein Wort."

„Ich begrüße Euch an meinem Tisch, Laird Grant. Euch und Euren Bruder. Wir werden Euren Wachen Essen und Bier schicken."

„Einverstanden. Brodie, sag den Männern, dass sie sich niederlassen sollen. Wir sehen uns im Saal."

Die beiden Lairds standen breitschultrig im Saal. Alex war der Größere von beiden, aber Quade war immer noch eine beeindruckende Gestalt. Brennas Bruder wirkte düster und grüblerisch. Seine Schwester wusste, wie weich sein Herz war, aber er hielt diese Seite von sich gut versteckt. Sie war Teil des Mysteriums um den Grant-Laird aus den Highlands.

Quade Ramsay war ebenfalls imposant. Er war gutaussehend, muskulös und sonnengebräunt, aber seine schönen grünen Augen machten ihn zu etwas Besonderem. Sie besaßen eine Lebensweisheit, die viele nicht hatten. Brenna erkannte die Stärke und das Wissen in seiner Aura, aber sie war schließlich eine Heilerin, und wie ihre Mutter oft gesagt hatte, sahen Heiler Dinge oft in einem anderen Licht.

Und es stimmte, sie sah Quade Ramsay tatsächlich in einem anderen Licht. Wie arbeitete der Anführer eines Clans weiter, wenn er gezwungen zwar, zuzusehen, wie seine Lieben vor seinen Augen dahinsterben? Sie wusste, dass er ein Herz aus Gold und mehr Geduld und Kraft hatte als die meisten anderen, deshalb genoss sie es, ihn mit ihren Brüdern zu beobachten und in der Rolle des Lairds zu sehen, und nicht nur als Vater.

Quade erklärte, warum sie beschlossen hatten, bis zum Land der Grants zu reisen. Er sprach von ihrer Hoffnung, Brenna davon zu überzeugen, Lily zu helfen, und davon, dass sie zuvor in nähere Gegenden gereist waren. Er berichtete von all den Heilern, die gekommen waren und Lily zur Ader gelassen hatten, ohne ihr damit zu helfen. Er erklärte, wie Brennas Ruf sie erst vor Kurzem erreicht hatte, da sie so nah am Tiefland lebten. Ihr Ruf, außergewöhnliche Fähigkeiten in der Behandlung von Kindern zu haben, hatte ihn beeindruckt, ebenso wie die Geschichten darüber, wie sie viele Wachen ihres Bruders erfolgreich behandelt hatte.

Quade erzählte davon, wie er aufgespießt worden und dem Tode nahe gewesen war, als sein Bruder Logan die Entscheidung getroffen hatte, Brenna zu entführen, anstatt zuerst mit ihrem Laird zu sprechen – eine Entscheidung, die ihm das Leben gerettet hatte. Natürlich konnte er keine Erklärung dafür liefern, warum sein Bruder jetzt nicht an seiner Seite war.

Brodie hatte sich schließlich zu ihnen gesellt und beiden Seiten schweigend zugehört. Nach mehreren langen Erklärungen konnte Brenna feststellen, dass Alex noch nicht umgestimmt war.

Sie musste auf das letzte Mittel zurückgreifen. Sie hatte zwar gehofft, dass es nicht dazu kommen würde, dass ihr Bruder vernünftig sein und das tun würde, was für die Ramsays am besten war, aber sie würde tun müssen, was immer nötig war.

Seit er Madeline MacDonald geheiratet hatte, war das Herz ihres Bruders weicher geworden, noch mehr, seit sie ihm Zwillinge geschenkt hatte. Sein Äußeres war immer noch das des harten Lairds, aber er hatte eine Schwachstelle und sie beabsichtigte, diese zu nutzen.

Als die Zwillinge geboren worden waren, hatte er auf eine Tochter gehofft. Alex liebte seine Frau so sehr, dass er sich ein Mädchen mit blonden Locken gewünscht hatte, genau wie Madeline. Er liebte seine Jungs natürlich von ganzem Herzen, aber er sehnte sich immer noch nach einem kleinen Mädchen, das sich auf seinen Schoß setzte, und er hoffte, dass Maddies derzeitige Schwangerschaft ihm nun eine Tochter bescherte.

Er wünschte sich ein Mädchen wie Lily. Die kleine Lily mit ihren langen blonden Locken und dem ansteckenden Kichern würde Alex Grant erobern.

Zumindest hoffte Brenna das.

„Alex, ich muss gehen, um nach Lily zu sehen. Ich werde umgehend zurückkehren, das verspreche ich." Sie warf ihrem Bruder einen Blick zu, bevor sie zur Treppe ging. Er runzelte die Stirn, nickte aber. Sie hätte Zeit, Lily zu holen, bevor er handelte.

Kurz darauf kam sie mit Lily in den Armen wieder die Stufen herunter. Das kleine Mädchen war ganz aufgeregt, in den großen Saal gehen zu dürfen, um jemand Neues kennenzulernen.

„Lady Brenna, wer ist dieser große Mann? Ich denke, er ist größer als mein Papa, dabei dachte ich, mein Papa ist der größte Mann überhaupt. Wie heißt er? Ist er einer Eurer Brüder? Wie heißen sie? Habt Ihr Eure Brüder lieb? Wer ist der Größte? Darf ich mit ihnen reden?" Sie winkte der Gruppe im Saal zu.

Als Brenna sie am Fuß der Treppe absetzte, stürmte sie zu ihrem Vater, so schnell ihre kleinen Beine sie tragen konnten. Brenna war so stolz zu sehen, dass sie fast rannte – noch nicht ganz, aber sie war schon viel besser geworden.

„Papa! Ich bin so glücklich, hier zu sein. Sieh nur, wie schnell ich jetzt bin!"

Quade stand auf und fing seine Tochter auf, bevor er sie in die Luft hob und ihr einen dicken Kuss auf ihre Wange drückte. „Lily, wo sind deine Manieren geblieben?" Er setzte sie wieder ab. „Du musst einen Knicks vor Laird Grant machen und ihn begrüßen."

Der Plan funktionierte, denn Brenna sah, wie entzückt ihr großer Bruder von dem kleinen Mädchen war. Sie war froh, dass sie auf ihren Instinkt gehört hatte. Alex lächelte unfreiwillig.

Lily stand vor ihm, versuchte einen Knicks, stolperte aber. „Guten Tag, Laird Grant." Ihr Vater half ihr, sich aufzurichten, und ihre Locken wippten, als sie zu Alex hinaufstarrte.

„Mein Gott, er ist groß. Warum ist er größer als du, Papa?" Ihr unschuldiges Grinsen riss Alex hin.

Quade setzte sich, hob Lily hoch und setzte sie auf seinen Schoß. „Setzt Euch, Laird Grant. Meine Tochter ist ein bisschen gesprächig, da sie jetzt mehr Energie hat. Ich habe sie noch nie so gesehen. Ich muss gestehen, dass ich Eurer Schwester ihre Gesundheit verdanke. Sie ist die einzige Heilerin, die herausfinden konnte, wo Lilys Problem lag."

„Und es geht mir viel besser, Laird Grant. Seht mich nur an."

Lily sprang vom Schoß ihres Vaters und drehte sich zu ihm um. „Passt auf, wie schnell ich bin. Papa, ich werde zum anderen Ende des Saals und zurück rennen."

Sie lief los und hielt nur einmal an, bevor sie ans andere Ende kam. „Papa, siehst du? Bin ich nicht die Schnellste überhaupt? Seht mir zu, Laird Grant! Ich bin die Schnellste."

Sie alle folgten Lily mit den Augen, als ihre kleinen Beine sie zu ihnen zurücktrugen und sie übermütig mit den Armen ruderte.

„Seht Ihr, Laird Grant?" Sie blieb vor Alex stehen. Er starrte sie mit großen Augen an und nickte mit dem Kopf.

„Seht mir nochmal zu. Lady Brenna", sie tippte Brenna an, „seht, wie schnell ich bin." Sobald sie sicher war, dass sie die Aufmerksamkeit aller hatte, rannte sie wieder in die entgegengesetzte Richtung davon.

Brenna und Quade fingen an zu lachen.

Alex sah sie beide der Reihe nach an. „Brenna?"

„Aye, Alex?"

Vier Augenpaare folgten Lilys Lauf hin und her und alle Beobachter bis auf Alex lächelten.

„Warum läuft die Kleine so langsam? Die Jungs sind viel schneller als sie und sie sind deutlich jünger … und warum lacht ihr zwei?"

Brenna und Quade sahen sich an und brachen nur in noch lauteres Lachen aus. Als sie wieder sprechen konnte, antwortete Brenna ihrem Bruder endlich. „Sie weiß nicht, dass sie langsam ist."

Brodie flüsterte: „Ich wollte dasselbe fragen, Alex, aber ich wollte niemanden verletzen. Warum glaubt das Mädchen, dass es schnell ist, wenn es so langsam ist, Brenna?"

„Weil sie noch nie so schnell gelaufen ist wie jetzt", erklärte

Quade mit einem Schulterzucken. „Für ihre Maßstäbe ist sie die Allerschnellste."

Alex starrte ihn mit großen Augen an.

„Aye, sie konnte kaum laufen, bevor Eure Schwester hier ankam. Sie war seit fast drei Jahren sehr gebrechlich. Sie schaffte es selten, sich von ihrem Bett zu erheben, geschweige denn ihre Kammer zu verlassen. Sie war einfach zu schwach." Quade lächelte nachsichtig, als seine Tochter auf sie zurannte. Brenna konnte ihre Augen nicht von ihm wenden. Er war so begeistert von seiner Tochter.

„Hier komme ich wieder, Papa! Schau, ich bin jetzt noch schneller!" Sie warf aufgeregt die Arme in die Luft.

Sie alle sahen zu, wie sie zu ihnen zurücklief, und Brenna und Quade lachten so heftig, dass Lily kicherte. Sie blieb vor Alex stehen und sah ihn vor Stolz strahlend an. „Wollt ihr auch sehen, wie hoch ich springen kann, Laird Grant?"

„Aye, aye, Lily!", sagte Brenna lachend. „Wir sind so stolz auf dich! Lauf und spring weiter."

Alex beobachtete die drei weiter, bis er sich schließlich bückte und der Kleinen den Rücken tätschelte. „Aye, Mädchen. Du bist die Schnellste."

Lily beugte sich vor und gab ihm einen Kuss auf die Wange. „Danke, Laird Grant. Ich hoffe, Ihr nehmt mir Lady Brenna nicht weg. Sie hat mich geheilt. Habt Ihr gesehen, wie viel besser es mir jetzt geht?"

Sie hatte tatsächlich das Herz des großen Lairds erobert.

Brenna deckte Lily nach dem Abendessen mit ihrer Decke zu. Sie lächelte immer noch bei dem Gedanken, wie leicht das Mädchen ihren Bruder umgestimmt hatte. Sie beugte sich vor und gab Lily einen Kuss, atmete ihren süßen Duft ein und staunte darüber, wie sehr sich ihr Zustand in so kurzer Zeit verbessert hatte.

Alex hatte nicht mehr streiten können, nachdem er Lily gesehen hatte. Er hatte eingewilligt, dass sie noch vierzehn Tage bleiben durfte, bevor Quade sie mit seinen Wachen zurück nach Dulnain Valley bringen würde.

„Träum schön, meine Kleine."

Lily streckte die Hand aus und strich mit einer Zärtlichkeit über Brennas Wange, wie sie es noch nie zuvor erlebt hatte. „Ich liebe Euch, Lady Brenna. Danke für Eure Hilfe. Ich bin so froh, dass Ihr noch bleibt." Sie drehte sich auf die Seite und schlief einfach so ein.

Das kleine Mädchen hatte gerade ihr Herz so sehr berührt, als hätte sie tatsächlich in sie hineingegriffen. Warum wollte sie plötzlich weinen? Brenna schaffte es bis zur Tür, bevor sie sich umdrehte und einen Blick auf Lily warf. Aggie, die in der Ecke saß, lächelte sie an und nickte. Sie öffnete die Tür und trat in den Gang hinaus, auf dem Quade gerade auf sie zukam.

„Sie schläft schon, Quade. Ich denke, es war ein anstrengender Tag für sie."

Quade trat zu ihr in den dunklen Gang und nahm ihre Wangen in seine Hände. „Ich wollte das hier schon den ganzen Tag tun, seit ich dich auf deinem Pferd auf uns zureiten sah." Seine Lippen berührten ihre und küssten sie besitzergreifend.

Brenna lehnte sich Halt suchend an die Wand und Quades Arm griff hinter sie, um sie vor einem Sturz zu bewahren. Er zog sie an sich und sah in ihre Augen. „Tue ich etwas, was ich nicht tun sollte?"

Brenna verlor sich in seinen grünen Augen, in seinem Geruch und schlang beide Arme um seinen Hals. „Nay, ich will mehr." Sie beschloss, ihm ihre Sehnsucht nicht länger zu verbergen, und zog seinen Kopf zu ihrem herab, bis sich ihre Lippen erneut berührten. Er gluckste und zog sie fester an sich.

Sein Mund bedeckte ihren und seine Zunge tauchte in ihren warmen Mund ein. Sie öffnete sich ihm, ließ ihn ein und schmeckte Minze auf seiner Zunge. Ihre Hände glitten über seine Unterarme, wanderten dann zu seinen festen Oberarmmuskeln und strichen über ihn, während er sie dicht an sich hielt. Ihr Körper konnte nicht gegen ihn ankämpfen. Sie genoss die Wärme, die sich in ihrem Körper ausbreitete, und klammerte sich an ihn. Sein Mund neckte ihren und drang tiefer vor, bis sie fast atemlos war.

Keuchend löste er sich von ihr. „Du lässt mich die Kontrolle verlieren. Ich wollte dich so sehr, als ich dich auf deinem Pferd beobachtete. Ich wollte dich in die Heide ziehen und dich zu meinem Eigen machen – ganz egal, wer zuschaute. Ich musste all meine Willenskraft zusammennehmen, um dich nicht auf mein Pferd zu ziehen und mit dir in den Wald zu fliehen, um alle anderen zurückzulassen und einfach mit dir allein zu sein."

Wieder pressten sich seine Lippen in einem glühenden Kuss auf ihre, liebkosten sie und ließen sie ganz vergessen, wo sie war. Sie packte ihn, verwirrt von den Empfindungen in ihrem Körper, die sie dazu zwangen, sich an ihm zu reiben, auf der verzweifelten Suche nach etwas – aber wonach? Ihr Körper brannte und sie wusste nicht, was sie dagegen tun sollte. Sie folgte seiner Führung, berührte seine Zunge mit ihrer und er knurrte, hob sie an sich und drückte sie gegen die Wand. Sie sehnte sich nach mehr, aber wonach nur?

Er trug sie auf einem Arm und zog eine Spur von Küssen über ihren Nacken, bis sie explodieren wollte. Ihre Haut brannte von unbekanntem Verlangen. Seine Hand umfasste ihre Brust und ein Summen durchströmte ihr Innerstes, das sich himmlisch anfühlte.

„Du bist so schön! Ich kann mir nicht vorstellen, wie herrlich du ohne Kleidung aussiehst. Deine Brüste sind perfekt und ich möchte dich überall kosten."

Schön? Niemand hatte sie jemals zuvor als schön bezeichnet. Seine Lippen bedeckten wieder ihre. Seine Finger berührten ihre Brustwarze und sie zuckte zusammen und bäumte sich ihm entgegen, als wäre es das Natürlichste auf der Welt. Ihr Körper glühte vor Fieber, wie sie es vor ihrer Begegnung mit Quade noch nie erlebt hatte.

„Aye, du bist so leidenschaftlich, Brenna. Du hast keine Ahnung, wie sehr ich mich nach dir sehne."

Er senkte ihre Füße auf den Boden und trat einen kleinen Schritt zurück, aber seine Stirn berührte ihre. Einige Sekunden vergingen, während sie beide versuchten, wieder zu Atem zu kommen.

„Aye, das ist der falsche Ort, meine Liebe."

Hatte sie ihn richtig verstanden? Hatte er gerade das Wort *Liebe* benutzt?

Er küsste sie erneut, aber weniger fordernd. Es war ein zärtlicher, inniger Kuss, der ihr Herz in Flammen setzte. Seine Hände waren zu beiden Seiten ihres Kopfes an die Wand gelehnt und als das Geräusch von Schritten den Korridor entlanghallte, bewegten sich seine Hände zu ihrer Taille und schoben sie hinter sich. Sie spähte über seine Schulter und entdeckte ihre Brüder.

„Oh, was für eine Überraschung! Sieht so aus, als würde es vor unserer Abreise eine Hochzeit zu feiern geben, Brodie."

Alex stand mit verschränkten Armen und grimmigem Gesichtsausdruck am Ende des Gangs.

„Entweder das oder ich werde diesen Kerl auf der Stelle mit bloßen Händen töten."

KAPITEL ZWÖLF

SIE STANDEN ZU fünft in Quades Solar. Alex hatte die Arme in seiner typischen Laird-Haltung verschränkt, wie Brenna es oft nannte, und Brodie neben ihm sah genauso ernst aus. Quade und Micheil standen mit Brenna irgendwo dazwischen vor der gegenüberliegenden Wand.

Alex sprach zuerst. „Ramsay, da Ihr Eure Zunge tief im Hals meiner Schwester hattet, gehe ich davon aus, dass Ihr damit einverstanden seid, sie so schnell wie möglich zu heiraten."

„Alex!" Brenna konnte nicht fassen, dass er so etwas gesagt hatte. Auch wenn es stimmte, mussten es nicht alle Leute hören. Sie wurde knallrot. Nun, eigentlich war sie rot, seit sie den Ausdruck in den Augen ihres Bruders gesehen hatte, nachdem er sie in einer so kompromittierenden Position erwischt hatte. Aber im Gang war es trotz der Fackeln dunkel gewesen und nachdem Quade sie geküsst hatte, war es schwer gewesen, klar zu denken.

Zugegeben, sie hätte Quade nicht küssen sollen, aber sie bereute es nicht. Dafür hatte sie es zu sehr genossen. Ihr ganzer Körper würde immer noch kribbeln, wäre da nicht das wütende Gesicht ihres Bruders. Brodie war nicht besser, außer dass sie sah, wie er sich ein Grinsen verkniff. Sie wusste, dass er es Alex' wegen nicht wagte, zu lächeln.

Verflixt, was sollte sie jetzt tun? Sie könnte Quade vermutlich heiraten. Ihre Gefühle für ihn waren nur noch stärker geworden, besonders nachdem er sie so geküsst hatte. Wie lange hatten sie im Gang gestanden und sich gegenseitig fast verschlungen?

Doch in jedem Fall benahm sich ihr Bruder einfach nur wie ein riesiger Tyrann. Er hatte ihrer Mutter versprochen, dass sie mitbestimmen würde, wen sie heiratete, und er hatte ihr dasselbe versprochen. Alex würde sie niemals zu etwas zwingen. Oder etwa doch?

„Die Hochzeit wird in zwei Tagen stattfinden. Ruft einen Priester, Ramsay. Ich muss zu meiner Frau nach Hause zurückkehren." Alex sah Quade finster an und wartete nur darauf, dass dieser ihm widersprach.

„Alex, hör auf!" Es war Zeit, dass sie einschritt. Sie würde Alex nicht erlauben, ihr Leben zu bestimmen. „Es war eindeutig ein Fehler und es wird nicht wieder vorkommen. Ich verspreche es."

„Es ist zu spät, Brenna. Der Schaden ist bereits angerichtet. Außerdem habe ich nicht gesehen, dass du ihn weggestoßen hast, also scheinst du nichts dagegen zu haben."

„Ich habe sehr wohl etwas dagegen", rief sie.

„Das sah mir aber ganz anders aus, als seine Hände über deinen ganzen Körper gewandert sind."

„Ich habe etwas dagegen, ihn zu heiraten. Ich werde mich von niemandem in eine Ehe zwingen lassen."

„Es ist mir egal, ob du einverstanden bist oder nicht. Dieser Mann, Chief hin oder her, wird meine Schwester nicht beschämen und einfach so damit davonkommen. Du wirst ihn heiraten, Brenna."

„Nay! Du hast unserer Mutter versprochen, dass ich ein Mitspracherecht habe, wen ich heirate. Und ich sage Nay!"

„Entschuldige, aber es schien mir, dass du Aye gesagt hast, als du deine Arme um seinen Hals gelegt und dich an ihn geschmiegt hast. Du wirst ihn heiraten!", rief Alex so laut, dass die Balken knarrten.

Quade trat vor. „Es ist mir egal, ob sie zustimmt. Ich werde sie nicht heiraten."

Nun trat Alex vor, bis er nur noch einen Zentimeter von Quades Gesicht entfernt war. „Was meint Ihr damit, dass Ihr sie nicht heiraten werdet? Ihr hattet Eure Hände überall auf ihr. Oder behandelt Ihr jede Dame wie ein dahergelaufenes Weibsstück?"

Quade gab nicht nach. „Nay, ich behandle nicht jede Dame so. Brenna weiß, wie sehr ich sie respektiere. Aber ein Kuss erzwingt keine Ehe. Ich sage es noch einmal: Ich werde sie nicht heiraten."

„Ihr habt eine seltsame Art, Euren Respekt zu zeigen, Ramsay.

Ihr werdet sie mit meinem Schwert an der Kehle heiraten, wenn es sein muss."

„Nay, das werde ich nicht. Weder Euch zuliebe noch sonst jemandem zuliebe."

Brenna wurde plötzlich klar, was Quade da sagte, und sie runzelte die Stirn. Es war eine Sache, dass sie sich gegen eine Zwangsheirat wehrte, aber es war eine ganz andere, dass er so reagierte, als wäre es das schlimmste Schicksal auf der Welt, sie zu heiraten.

Sie marschierte zu ihm hinüber und stellte sich mit in die Hüften gestemmten Händen vor Quade auf. „Was meint Ihr damit, dass Ihr mich nicht heiraten werdet? War alles, was Ihr mir gesagt habt, gelogen?"

Quade starrte sie an. „Nay, Brenna. Ich habe dich nie angelogen."

„Für Euch ist sie immer noch *Lady* Brenna, Ramsay", knurrte Alex.

„Aye, Lady Brenna. Aber nay. Ich habe dich nicht angelogen. Ich meinte jedes Wort, das ich gesagt habe. Können wir das nicht unter vier Augen besprechen, Lady Brenna?"

„Nay, Ihr habt mich beleidigt. Was ist so falsch an mir, dass Ihr mich nicht heiraten wollt?" Brennas Kehle schnürte sich zusammen, aber sie konnte nicht an sich halten. „Ihr wolltet mich küssen und Euch dann aus dem Staub machen? Ich habe von Männern wie Euch gehört. Ich dachte, Ihr hegt aufrichtige Gefühle für mich." Sie holte frustriert aus und schlug gegen seinen Arm. „Wie konntet Ihr das nur tun?" Tränen drohten, ihr in die Augen zu steigen, aber sie gönnte ihm diese Genugtuung nicht. Sie hätte sich von ihm fernhalten sollen. Nie wieder würde sie den Küssen eines Mannes zum Opfer fallen, ganz egal, wie sie sich dabei fühlte.

„Hör auf damit. Du weißt, dass ich dich nicht heiraten kann. Wir haben darüber gesprochen." Er griff nach ihrer Hand, aber sie wich zurück.

„Ihr habt auch gesagt, dass es ein Fehler war, mich zu küssen, als es das erste Mal passiert ist. Ihr sagtet, es würde nicht wieder vorkommen. Aber jetzt ist es doch wieder geschehen. Was hat das zu sagen? Bedeute ich Euch denn überhaupt nichts? Oder etwa doch?" Sollte er ihr doch ins Gesicht leugnen, was er für sie empfand.

Verdammt, sie war in einem Raum voller Männer, von denen jeder versuchte, über ihr Leben zu bestimmen. Quade zeigte ihr mit seinen Handlungen, dass er sie liebte, aber dann beleidigte er sie, indem er den direkten Befehl ihres Bruders verweigerte. Was um alles in der Welt dachte er sich nur dabei? Hatte er sie nur benutzt? Hatte er keine Gefühle für sie? Als sie in seinen Armen gelegen hatte, war es, als könnte er nicht genug von ihr bekommen, aber jetzt konnte er ihr kaum in die Augen sehen. Dieser Mann würde sie noch in den Wahnsinn treiben.

Und Alex? Alex wollte einfach allen Befehle erteilen. Aber er sollte nur abwarten, bis sie Madeline erzählte, wie schäbig er sich verhielt, wenn er nicht in ihrer Nähe war. Mit keinem der Männer im Raum konnte sie vernünftig sprechen. Es war nicht sie, die sich töricht verhielt, sondern die Männer taten es. Sie sah wieder zu ihren Brüdern und kniff verärgert die Augen zusammen, als sie sah, dass sich Brodie das Grinsen nicht länger verkneifen konnte. Sie stapfte zu ihm hin und verpasste ihm einen Klaps auf den Arm. „Das ist dafür, dass du lachst. Wie kannst du es wagen, mich auszulachen, wenn mir alle sagen wollen, was ich tun soll! Du warst dabei, als Mama sagte, dass ich ein Mitspracherecht haben soll, wenn es darum geht, wen ich heirate."

Dann baute sie sich vor Alex auf. „Und ich werde meine Meinung gleich jetzt sagen. Er will mich nicht und ich will ihn nicht. Was geschehen ist, war ein großer Fehler und ich kann euch allen mit absoluter Gewissheit versprechen, dass es nie wieder passieren wird. Ihr werdet nie wieder sehen, wie ich Quade Ramsay küsse."

Brenna marschierte mit den Händen in den Hüften im Kreis. Sie musste hier raus, das war die einzige Lösung. Sie musste gehen, solange sie noch einen Rest ihres Verstandes hatte. Schließlich blieb sie mitten im Raum stehen und starrte alle nacheinander an, bevor sie flüsterte: „Ich werde Quade Ramsay nicht heiraten, und du kannst mich nicht dazu zwingen, Alex. Und Ihr auch nicht, Quade Ramsay. Ich will ihn nicht mehr in meinem Leben haben. Ich will nach Hause zurückkehren. Und zwar sofort."

Quade geriet in Panik. Was hatte er nur getan? Sie verließ ihn. Sie durfte ihn nicht verlassen. Er musste sie umstimmen. Auf die eine oder andere Weise musste sie bleiben. Als sie aus dem Solar stürmte, folgte er ihr, ohne zu zögern.

Er würde ihr den Rest seiner Geschichte erzählen und ihr enthüllen müssen, was er so lange vor ihr zu verbergen versucht hatte.

Sollte er auch gleich Grant miteinbeziehen? Oder sollte er nur mit Brenna sprechen?

„Ramsay, unsere Unterhaltung ist noch nicht beendet", sagte Alex und folgte ihm. „Es ist mir egal, was meine Schwester sagt. Wir müssen eine Lösung finden."

Quade konnte nicht antworten. Er wusste nicht, was er tun sollte. Wie war sein Leben nur so aus den Fugen geraten? Er hätte längst aufgeben sollen. Es gab keinen Ausweg aus diesem Elend. Was hatte er sich überhaupt dabei gedacht, Brenna zu küssen? Er hatte keinen Anspruch mehr auf Glück in seinem Leben. Vor Lilys Geburt hatte es in seinem Leben wenig Freude gegeben. Dann hatte er seine Frau getötet. Kurz darauf war seine kleine Lily krank geworden. Es würde niemals aufhören.

Aber er musste es versuchen. Brenna Grant hatte seine Tochter gerettet, und vielleicht war sie seine Rettung vor diesem Ansturm an Flüchen. War es nicht einen Versuch wert?

Er drehte sich um und streckte seine Hand nach ihr aus. Er konnte Grant hinter sich schreien hören, aber er ignorierte ihn. „Wirst du mir nur noch ein letztes Mal vertrauen, bevor du gehst, Brenna?"

Er starrte sie an. *Bitte, Brenna. Ich brauche dich. Du ahnst nicht, wie sehr ich dich brauche. Bitte verlass mich jetzt nicht. Bitte komm noch einmal mit mir.*

„Bitte, Brenna. Ich bitte dich, mir ein letztes Mal zu vertrauen." Er blickte in ihre schönen Augen und betete, dass sie ihm zuhören würde. Er wartete mit ausgestreckter Hand.

Sie nickte langsam.

„Dann komm mit mir." Quade sah sie beschwörend an.

„Warum? Was gibt es noch zu sagen? Ihr habt alles gesagt." Brenna trat einen Schritt zurück und war sichtbar auf der Hut.

Es brach ihm das Herz, die Veränderung in ihr zu sehen.

„Bitte, Brenna. Ich muss dir etwas zeigen. Du musst verstehen, warum ich mich so seltsam verhalten habe. Ich habe die Wahrheit zurückgehalten, aber ich kann es nicht länger tun."

Brenna sah in seine grünen Augen und wieder war es um sie geschehen. Sie war völlig machtlos gegen ihn und spürte, wie sie nickte. Er streckte seine Hand aus und sie griff nach seiner Wärme.

„Halt. Ihr tut keinen Schritt, Ramsay." Alex' kraftvolle Stimme durchbrach ihre Benommenheit. „Ihr wagt es, meine Schwester nach all Euren Eskapaden ohne Begleitung irgendwohin zu bringen? Das wird nicht passieren."

Alex ging hinüber und stellte sich vor sie. Natürlich musste sich ihr Bruder einmischen.

„Alex, bitte."

„Wohin bringt Ihr sie?" Alex starrte Quade wütend an und ignorierte sie völlig.

„Ich muss sie zu einem Haus außerhalb des Dorfes bringen."

„Vergesst es, Ramsay. Nay, nicht ohne mich oder meinen Bruder."

Breitbeinig, die Hand an sein Breitschwert gelegt, stand Alex da. Das war ihr Bruder in all seiner Pracht. Der Laird, der jeden Highlander mit einem einzigen Blick in die Flucht schlagen konnte, stand vor ihr und das Letzte, was sie wollte, war ein Machtkampf zwischen Quade und ihrem Bruder.

„Alex! Hör auf damit. Hör mir zu!" Brenna packte den Arm, der seinen Schwertknauf berührte.

„Brenna, du hast in dieser Angelegenheit nichts zu sagen. Du wirst ohne Begleitung nirgendwo mit ihm hingehen. Er hat mehr als deutlich gemacht, dass er keine ehrenwerten Absichten hat." Alex sprach energisch und ließ Quade keine Sekunde aus den Augen.

Doch Quade ließ nicht locker. „Ihr könnt uns gern folgen, Grant." Er hielt ihre Hand in seiner und drehte sich zur Tür um, ohne auf die Antwort ihres Bruders zu warten.

Quades Schritte waren schnell und wütend, als er durch die Vorburg und hinaus zum Tor ging. Brenna warf einen Blick über die Schulter und sah, dass Alex dicht hinter ihnen war. Er würde niemals aufhören, ihren Beschützer zu spielen. Wie konnte sie ihn nur dazu bringen, ihr zu vertrauen? Und was war mit dem Mann vor ihr? Wann würde sie Quade jemals verstehen? Sie erlaubte ihm, sie an einen unbekannten Ort zu zerren, ohne zu wissen, wohin oder warum. Trotzdem vertraute sie ihm.

Bald gingen beide Männer vor ihr und sie lief hastig, um mit ihren langen Schritten mitzuhalten. Brodie, der Alex aus dem Bergfried gefolgt sein musste, kam hinter ihr her. Zusammen boten sie sicher einen seltsamen Anblick. Alle auf ihrem Weg traten beiseite und sahen ihnen nach.

Erst als sie das Ende des Dorfs erreichten, wurden Quades Schritte endlich langsamer.

Er stand vor einem kleinen Häuschen, das hinter dem Hauptweg versteckt war, und drehte sich um, um mit Brenna zu sprechen. „Ich wollte dich schon lange hierherbringen, aber ich hatte meine Gründe zu warten. Ich konnte nicht alles auf einmal riskieren. Ich wollte erst deine Methoden als Heilerin sehen, bevor ich mich dir voll anvertrauen konnte. Ich bringe dich jetzt hierher, weil ich dir und deinen Fähigkeiten absolut vertraue. Ich möchte, dass du das weißt. Tu, was du für richtig hältst. Ich stehe voll hinter deinen Entscheidungen."

Er wandte sich an Alex. „Laird Grant, vielleicht möchtet Ihr lieber nicht eintreten. Die Luft in der Hütte könnte schlecht sein. Ich muss Euch alle auch darauf hinweisen, dass niemand in meinem Clan, mit Ausnahme meiner Familie, weiß was in dieser Hütte vor sich geht. Ich bitte Euch, mein Vertrauen nicht zu brechen."

Brenna traute ihren Ohren nicht. Noch mehr Krankheit? Und niemand sonst wusste davon? Wen würde sie dort drinnen vorfinden?

Alex zögerte nicht. „Einverstanden. Aber ich werde meine Schwester begleiten und mich neben die Tür stellen. Brodie wird draußen warten. Sie geht mit Euch allein nirgendwo mehr hin, Ramsay."

„Wie Ihr möchtet. Dies ist der Grund, warum ich Eure Schwester nicht heiraten kann, Grant. Auf meiner ganzen Familie liegt ein Fluch und ich würde niemals etwas tun wollen, das sie verletzen könnte."

Seine Aussage traf sie wie ein Schlag in die Magengrube. Wovon sprach er? Lady Ramsay hatte zwar angedeutet, dass es noch ein anderes Problem gab, aber sie hatte keine Ahnung, was sie erwartete.

„Brenna, bitte stimme zu, noch vierzehn Tage zu bleiben, ich flehe dich an." Er drehte sich um und drückte sich gegen die Tür.

Brenna hielt den Atem an und war sich nicht sicher, was sie dahinter finden würde. Er hielt ihr die Tür auf, damit sie vor ihm eintreten konnte. Doch sobald sie es tat, stieg ihr ein beißender Geruch in die Nase. Er war stark, widerlich und faulig. Kein Geruch, den man leicht vergaß. Sie hatte ihn schon einmal gerochen.

Als sie in der Burg angekommen war, hatte in Lilys Kammer ein ähnlicher Gestank in der Luft gelegen. Aber wer war der Patient in dieser Hütte?

Quade blieb am Ende eines Bettes stehen und streckte den Arm aus.

„Lady Brenna. Dies ist mein Sohn Torrian."

KAPITEL DREIZEHN

SEIN SOHN? ER hatte einen Sohn mit der gleichen Krankheit?

Brenna schaltete sofort in ihren Heilermodus um und näherte sich dem Bett von der Seite.

Sie kniete sich an die Seite und musterte den Jungen. Seine Augen waren offen, aber seine Atmung ging flach. Er sah zwar zu ihr auf, doch ihm fehlte die Fähigkeit, seinen Kopf von dem weichen Kissen zu heben. Sein Bett bestand aus so vielen weichen Schichten, dass es wahrscheinlich das dickste Bett war, das sie je gesehen hatte.

Sie griff nach seinem Kopf, hielt aber inne, als Quade sagte: „Fass ihn nicht an, Brenna. Manchmal schmerzt ihn sogar eine einfache Berührung." Er setzte sich mit gequälter Miene auf die andere Bettseite. „Wie geht es dir heute, mein Sohn?"

Brennas Herz brach. Wie hatte Quade allein nur so viel Angst ertragen können? Tränen drohten erneut, über ihre Wangen zu laufen, aber sie kämpfte dagegen an, um das zu tun, was sie als Heilerin tun musste.

„Papa? Bist du es?" Ein kurzes Lächeln huschte über die dünnen Lippen des Jungen. Seine Stimme war schwach und kratzig und trotz der Stille in der Hütte kaum zu hören.

„Wie alt ist er, Quade? Und wie lange ist er schon in diesem Zustand?" Sie sah zu ihm auf und bemerkte seinen liebevollen Blick, als er seinen Erstgeborenen ansah.

„Er ist sieben Jahre alt und seit seinem zweiten Lebensjahr krank. Es brach seiner Mutter das Herz, als er krank wurde. Tut dein Kopf heute weh, Junge?"

„Aye, ein bisschen. Aber nicht zu schlimm, Papa. Wer ist bei dir?"

„Torrian, das ist Lady Brenna. Sie ist eine Heilerin und ich habe sie hergebracht, um zu sehen, ob sie dir helfen kann."

„Habt Ihr Lily schon gesehen, Lady Brenna?"

„Aye, ich habe deine schöne Schwester schon kennengelernt, Torrian." Brenna beobachtete ihn genau, während sie sprachen. Sie bemerkte seine blasse Haut, das Fehlen von Muskeln. Die Krankheit hatte seinen Körper weit mehr geschwächt als Lilys. Sie zog die Decke etwas weiter herunter, damit sie mehr von ihm sehen konnte. Dünne, spindelförmige Arme und Beine ragten aus der weichen Nachtwäsche.

„Darf ich mir deine Haut ansehen, Torrian?"

Als sie ihre Hand nach seinem Arm ausstreckte, hielt Quade sie zurück. „Nicht, Brenna. Wir wissen nicht, was er hat. Er hatte stets einen schrecklichen Ausschlag. Es ist sehr schmerzhaft für ihn. Pass auf, dass du seine Blasen nicht berührst."

Brenna nahm Quades Hand zwischen ihre Finger. „Ich habe keine Angst vor Eurem Sohn. Es ist in Ordnung, wenn ich ihn berühre. Ich verspreche, ihn nicht zu verletzen." Sie suchte über Quades Schulter nach ihrem Bruder. „Alex, dem Jungen geht es gut. Seine Krankheit liegt nicht in der Luft. Du kannst näher-kommen, wenn du willst."

Quade stand besorgt auf. „Mädchen, wie kannst du dir da sicher sein? Jeder Heiler, der ihn bisher gesehen hat, hat uns davor gewarnt, anderen zu erlauben, den Raum zu betreten und die gleiche Luft wie er zu atmen."

„Ich glaube, dass er an der gleichen Krankheit leidet wie Lily. Sie liegt nicht in der Luft. Ich kann auch Eurem Sohn helfen, indem ich seine Ernährung umstelle."

„Brenna, jeder andere Heiler, der hier war, hat gesagt, dass das, was Torrian plagt, nicht das Gleiche ist wie das, was Lily hat. Bist du sicher?"

„Nay, ich bin mir nicht absolut sicher. Aber es gibt genug Ähn-lichkeiten, um zu vermuten, dass es die gleiche Krankheit ist. Torrian leidet schon länger daran, aye? Deshalb sind seine Symp-tome schlimmer." Sie ergriff seine Hand. „Ich glaube, ich kann ihm helfen. Ihr müsst mir vertrauen."

Alex kam zum Bett herüber. „Sei gegrüßt, Junge. Es freut mich, dich kennenzulernen.“

„Papa, wer ist dieser große Mann? Hast du gleich zwei Leute mitgebracht, um mich zu sehen? Wie aufregend.“ Seine Stimme war so überschwänglich, wie er es in seinem geschwächten Zustand sein konnte.

„Das ist Laird Grant, Torrian. Du musst ihn mit Respekt ansprechen.“

„Aye, Laird Grant. Ich danke Euch, dass Ihr mich besucht. Ihr müsst ein Krieger sein, weil Ihr so groß seid, sogar größer als mein Papa.“ Torrians Kopf drehte sich zur Seite, damit er seinen Besucher besser in Augenschein nehmen konnte.

Während er mit seinem Vater und ihrem Bruder sprach, untersuchte Brenna den kleinen Jungen kurz. Obwohl er schon sieben war, hatte er die Größe eines Kindes, das vier oder fünf Jahre alt war. Sie hob den Ärmel seines Oberteils und bemerkte die Blasen und Ausschläge an seinen Ellenbogen und auch, wie er zuckte, als sie den Stoff bewegte. Er schrie nicht auf, was sie traurig machte. Sie öffnete die Knöpfe an seinem Hemd und bemerkte den gleichen Ausschlag auf seinem Bauch und als sie ihn ein wenig zur Seite rollte, auch auf seinem Rücken.

„Die Beulen sind auch unter meinen Haaren und auf meinem Hintern, Lady Brenna.“

Interessant. Der Junge wusste, wonach sie suchte. Er kannte seine Symptome wahrscheinlich besser als jeder andere. Ihr fielen seine fahlen Wangen und das stumpfe Weiß seiner Augen auf, obwohl sie schwören konnte, dass sie fast glitzerten, als er sich mit Alex und seinem Vater unterhielt. Sie bemerkte auch, dass der Ausschlag an seinen Ellenbogen zerkratzt war und dass der Junge im Bett zappelte, um den Juckreiz an seinem Hintern zu lindern.

Was sie am meisten beeindruckte, war, wie der Bursche so viel Unbehagen ertrug. Während sich jeder andere vor Schmerzen durch die Blasen auf der Haut gekrümmt hätte, trug er die Last, als ob sie nicht existierte. Gelegentlich zuckte sein Gesicht leicht, was Brenna verriet, wie sehr er litt, aber das war alles. Sie hatte das schon einmal bei einer Patientin ihrer Mutter beobachtet. Nachdem sie so lange Schmerzen gehabt hatte, hatte sie nicht mehr darauf reagiert und sie stattdessen mit großer Würde erduldet. Aber diese Frau war schon recht alt gewesen. Wie konnte ein so junger Mensch derart anmutig mit solchen Schmerzen umgehen?

Brenna sah zu der Pflegerin des Jungen in der Ecke des Raumes und ging zu ihr hinüber, um sich dem jungen Mädchen, Margaret, vorzustellen. Sie stellte ihr ein paar Fragen, bevor sie an das Bett des Jungen zurückkehrte. Ihm fielen bereits die Lider zu, obwohl sie erst seit kurzer Zeit dort waren. Sie fand es traurig, dass der Junge so schnell ermattete.

Brenna legte ihre Hand auf Quades Schulter. „Vielleicht sollten wir Torrian ausruhen lassen."

„Ich bin ein bisschen müde, Lady Brenna. Kommt Ihr mich wieder besuchen?"

Sie gab Torrian einen Kuss auf die Wange. „Wie wäre es, wenn ich morgen zurückkomme? Vielleicht kann ich dir helfen, dich zu baden. Ich habe einige Kräuter, die ich in das Wasser geben könnte, um die Blasen und den Juckreiz zu lindern. Und wir können darüber sprechen, wie wir dich heilen können."

„Glaubt Ihr, Ihr könnt mir helfen, Lady Brenna? Versprecht Ihr mir, mich nicht zur Ader zu lassen? Es tut zu weh und ich mag es nicht." Seine Augen trübten sich, aber sie konzentrierten sich weiterhin auf sie.

„Ich denke, dass ich dir das versprechen kann, Torrian. Ich glaube nicht an den Aderlass als Heilung für deine Krankheit. Ich verspreche dir, dass ich mein Bestes geben werde. Ruh dich erst einmal aus. Ich werde dich wahrscheinlich mit der Behandlung in den nächsten Tagen ermüden."

Die drei gingen, aber Brenna konnte nicht anders, als noch einmal stehenzubleiben und einen letzten Blick auf den armen Jungen zu werfen, bevor sie aus der Hütte ging.

Quade rief Micheil, und zu fünft versammelten sich Quade, Brenna, Alex, Brodie und Micheil wieder in Quades Solar. Es vergingen ein paar Momente, bevor jemand sprach.

Quade wandte sich an Brenna. „Lady Brenna, ich entschuldige mich für meine Unhöflichkeit. Ich bitte dich, das vorübergehend zu vergessen und noch vierzehn Tage zu bleiben, um meinem Sohn zu helfen."

Brennas Augen füllten sich mit Tränen. „Warum habt Ihr mir nichts davon erzählt? Warum habt Ihr Torrian all die Jahre versteckt gehalten? Ich verstehe das nicht."

Da schaltete sich Alex ein. „Er ist der Sohn des Lairds, Brenna", sagte er sanft. „Viele könnten versuchen, ihm Schaden zuzufügen, wenn sie erfahren, dass er krank ist. Es wäre einfach, ihn auszuschalten."

Brenna schnappte angesichts der Erklärung ihres Bruders nach Luft.

„Sicher weißt du, wie manche Menschen über Krankheiten denken, die sie nicht verstehen", sagte Quade. „Sie fürchten um ihre eigenen Kinder. Viele Heiler waren hier, um meinen Sohn zu untersuchen, als seine Krankheit anfing, und sie waren sich nur in einem einig: dass sich seine Krankheit durch die Luft verbreitet. Die Heiler wollten niemanden in seiner Nähe haben. Lilias und ich liebten ihn zu sehr, um uns von ihm fernzuhalten. Aber andere hatten Angst. Wir hatten das Glück, dass Margaret und ihr Ehemann Ennis bei ihm geblieben sind. Sie hatten damals selbst einen jungen Sohn, also hatte Torrian einen Spielkameraden.

Die meisten Heiler glaubten nicht, dass mein Sohn lange leben würde. Sie ließen ihn oft zur Ader, aber ohne Erfolg. Einige schlugen vor, ihn sterben zu lassen, aber Lilias wollte nichts davon hören. Der Clan war verärgert, nachdem Margarets Sohn starb. Die Leute dachten, Torrian sei schuld, und so haben wir die Nachricht verbreitet, dass unser Junge einige Tage später an derselben Krankheit, Scharlach, gestorben sei. Für meinen Clan war das einfacher zu akzeptieren. Niemand außer meiner engsten Familie weiß, dass er noch lebt. Sein Leben wäre in Gefahr. Aye, er ist schwach, aber Lilias und ich haben ihn stets bedingungslos geliebt. Wir mussten ihn beschützen."

Brenna rieb sich nachdenklich die Hände. Was konnte sie tun? Sie hatte keine Wahl. Sie wusste, dass sie dieses Kind nicht im Stich lassen konnte. „Quade, ich würde gern allein mit meinen Brüdern sprechen."

Quade nickte und stand von seinem Schreibtisch auf. „Wie du möchtest. In deinem Herzen, Brenna, glaube ich, dass du die Wahrheit kennst. Es heißt, ich bin verflucht. Zuerst traf der Fluch meinen Sohn, dann meine Frau und dann Lily. Es ist nur zu deinem Besten, dich von mir fernzuhalten." Er richtete seine folgenden Worte allein an Brenna. „Mädchen, ich weigere mich, dich zu heiraten, weil ich versuche, dich vor meinem Fluch zu schützen. Dies ist der einzige Grund."

Nachdem Quade gegangen war, beobachtete Brenna Alex, um sein Verhalten einzuschätzen.

„Alex, du weißt, dass ich bleiben muss."

„Aye, ich würde nichts anderes von dir erwarten, Mädchen. Du bist mit Leib und Seele Heilerin, ähnlich wie unsere Mutter. Ich kann es nicht verstehen, aber ich denke, unsere Eltern würden wollen, dass ich dich bei deiner Arbeit unterstütze." Alex machte eine Pause, bevor er fortfuhr. „Ich weiß, dass du es nicht willst, aber angesichts dessen, was passiert ist, auch in jenem Gang, bevor wir Torrian kennengelernt haben, glaube ich immer noch, dass du und Quade heiraten solltet."

„Warum hast du versucht, uns zur Heirat zu zwingen, Alex? Hilf mir, es zu verstehen. Wir waren uns doch einig, dass ich in einer so wichtigen Angelegenheit mitreden würde." Brenna stand auf und ging auf und ab. „Aye, du hast recht, aber eine erzwungene Hochzeit? Warum willst du mir so etwas antun?"

Brodie meldete sich nun zu Wort. „Aye, Alex. Ich stimme Brenna zu. Deine Reaktion hat mich überrascht." Er wandte sich an seine Schwester. „Ich dachte, Alex würde seine Meinung ändern, nachdem er sich beruhigt hat. Du kennst sein Temperament ja."

Beide wandten sich mit erwartungsvollen Blicken an den Laird.

Alex sprach einige Minuten lang nicht. „Ein Teil davon war meinem Temperament geschuldet. Du kannst dir vorstellen, wie die Situation für Brodie und mich aussah, oder?", fragte Alex seine Schwester. Er fuhr fort, ohne auf ihre Antwort zu warten. „Ich habe versucht, eure Verbindung zu erzwingen, weil ich dachte, dass es der richtige Schritt für dich sein würde. Ramsay ist ein guter Mann und er braucht eine Mutter für seine Kleinen. Du passt perfekt zu ihm."

Brenna verschränkte die Arme, bevor sie vor ihm stehenblieb. „Du weißt, dass das kein guter Grund für eine Ehe ist. Wir alle hoffen auf eine Liebesheirat, wie zwischen unseren Eltern oder zwischen dir und Maddie."

„Aber ich glaube, es wäre doch eine Liebesheirat. Du hattest immerhin beide Arme um ihn geschlungen. Es schien nicht so, als hättest du etwas gegen ihn. Und Brodie kann dafür bürgen, dass der Mann seine Augen vom Moment unserer Ankunft an nicht von dir abwenden konnte. Vielleicht sind eure Gefühle für einander stärker als du denkst."

„Aye, da hat Alex recht, Brenna. Als Ramsay sah, wie du mit deinem Pferd über das Feld geprescht bist, drehte er sich um und wartete auf deine Ankunft. Er sah aus wie ein verliebter Junge und war unfähig, seinen Blick von dir abzuwenden."

„Du machst Witze, Brodie. Er glaubt, dass alles, was zwischen uns passiert ist, ein Fehler ist." Brenna schüttelte den Kopf, bevor sie sich wieder setzte. „Er verwirrt mich."

„Er liebt dich. Entweder merkt er es nicht oder er kämpft dagegen an. Aber jetzt verstehst du doch warum. Er will dich beschützen. Diese Aussage sagt doch eindeutig, was er für dich fühlt."

„Aye, endlich fange ich an, zu verstehen, was im Kopf dieses Mannes vor sich geht. Wie schrecklich, in so kurzer Zeit so viele Tragödien zu erleben."

„Du hast recht", sagte Alex. „Wider besseres Wissen werde ich dir vierzehn Tage Zeit geben, um zu sehen, ob du dem Jungen helfen kannst. Danach soll Ramsay dich mit einer ordentlichen Anzahl seiner Wachen zu unserem Clan zurückbringen. Wir können nicht riskieren, dich zu verlieren, Mädchen. Du bist für unseren Clan und unsere Familie von unschätzbarem Wert. Jennie und meine Frau machen sich große Sorgen um dich und werden sich freuen zu hören, dass du in Sicherheit bist. Bist du damit einverstanden?"

„Aye, ich sollte innerhalb von zwei Wochen wissen, ob mein Plan dem Jungen überhaupt hilft. Er hat diese Krankheit schon sehr lange. Ich hoffe, wir kommen nicht zu spät."

„Soll ich Brodie oder eine Wache zurücklassen, um deine Ehre zu schützen?"

„Nay, Alex!"

Alex lächelte, bevor er aufstand. „Benutze dein gutes Urteilsvermögen, Mädchen, und dann komm zu uns nach Hause. Du weißt, dass Maddie sich wünscht, dass du ihr bei der Geburt hilfst. Sie wird ruhiger sein, wenn du zu Hause bist, obwohl ihre Zeit noch nicht nah ist."

Brenna umarmte ihre beiden Brüder. „Bitte sag Quade, dass ich bleiben werde. Ich möchte hier etwas aufräumen und einen Plan für den Jungen machen. Dann werde ich nach Lily sehen."

„Du hast die Fähigkeiten, den Jungen zu heilen, deshalb erlaube ich dir zu bleiben. Mutter und unser Großvater glaubten beide, dass deine Heilfähigkeiten stärker sind als ihre es waren. Glaube an dich." Alex lächelte, küsste sie auf die Wange und ging. Brodie folgte ihm.

Brenna wusste nicht, was sie davon halten sollte, was ihr Bruder gesagt hatte. Aber sie hoffte, dass er recht hatte, um Torrians willen.

KAPITEL VIERZEHN

ALEX BRACH AM nächsten Morgen schon früh mit Brodie und seinen Wachen auf, um zu seiner schwangeren Frau zurückzukehren. Der Abschied von ihren Brüdern fiel Brenna schwer, aber ihr blieb nichts anderes übrig. Sie musste Torrian helfen. Wenn sie ihn nicht vollständig heilen konnte, so konnte sie vielleicht doch zumindest einen Weg finden, seine Symptome zu lindern, damit er nicht so viele Schmerzen hatte.

Brenna ging mit ihrer Heilertasche und zusätzlichen Handtüchern den Hügel hinunter. Sie machte auf dem Weg Halt, um ein paar Dorfbewohner zu grüßen, achtete aber darauf, ihr Ziel nicht zu erwähnen. Quade hatte Torrians Helfer benachrichtigt, damit sie die Wanne für ihn vorbereiteten.

Brenna war noch immer schockiert über die Enthüllung, dass Quade einen Sohn hatte, und noch schockierter war sie über die Tatsache, dass er das Kind all die Jahre versteckt gehalten hatte. Nachdem sie beim Frühstück mit Quades Mutter darüber gesprochen hatte, hatte sie erfahren, dass die Familie es für riskant hielt, jemanden wissen zu lassen, dass der Sohn des Chiefs noch lebte und immer noch krank war. Aus diesem Grund und aus Angst davor, dass sein Leiden ansteckend sein könnte, war er in einem separaten Gebäude untergebracht worden.

Brenna hatte versucht, Quade davon zu überzeugen, dass der Zustand des Jungen eindeutig nicht ansteckend war – immerhin war er selbst viele Male mit dem Kind zusammen gewesen, ohne zu erkranken –, aber er schien nicht überzeugt zu sein. Zu viele andere Heiler hatten ihm das Gegenteil versichert.

Als sie die Hütte betrat, begrüßte Margaret sie zusammen mit ihrem Ehemann Ennis, der gerade die Wanne mit dampfendem

Wasser vor der Feuerstelle gefüllt hatte. Brenna hatte Quade um etwas Zeit allein mit Torrian gebeten, und so verließen Margaret und Ennis die Hütte, sobald die Wanne voll war.

Brenna sah sich in dem gemütlichen Häuschen um. Äußerlich wirkte es nicht wie ein passendes Heim für den Sohn eines Lairds, aber im Inneren konnte sie sehen, dass es Quades Sohn an nichts fehlte. Eine Holzkiste enthielt ein paar Spielsachen, aber sie schienen nicht viel benutzt zu werden. Margaret hatte alles, was sie brauchte, um für Torrian zu kochen und ihn zu pflegen, einschließlich einer schönen Badewanne. Ein paar illustrierte Bücher standen neben dem Bett. Überall waren weiche Decken und Kissen sowie Wandteppiche, auf denen Pferde und Hunde zu sehen waren.

Bevor sie Torrian ins warme Wasser half, fügte sie Lavendelöl und Haferflocken hinzu, um den Juckreiz zu lindern. Sie hatte ihm auch spezielle Handschuhe mitgebracht, die er tragen konnte, während er schlief, um Kratzer zu vermeiden.

Nachdem er sich in der Wanne niedergelassen hatte, begann der Junge, aufgeregt zu plaudern.

„Lady Brenna, ich bin so froh, dass Ihr zurückgekommen seid. Glaubt Ihr, Ihr könnt mir helfen?"

„Ich denke schon. Ich glaube, du hast eine Variation der Krankheit, die auch deine Schwester hat."

„Wie geht es meiner Schwester? Ich habe sie schon lange nicht mehr gesehen." Er sah sie besorgt an und brannte auf Neuigkeiten von außerhalb seines kleinen Gefängnisses.

„Es geht ihr viel besser."

„Wirklich? Habt Ihr sie geheilt? Was habt Ihr getan, um ihr zu helfen?" Die Hoffnung in seinem Gesicht brach ihr das Herz.

„Nun, sie isst nur bestimmte Lebensmittel, Torrian. Ich denke, einige der Lebensmittel, die du isst, könnten dich krank machen." Sie wusch sorgfältig seine Haare, während sie sprach, und wartete dann, damit sich das Lavendelöl auf den Blasen auf seiner Kopfhaut absetzen konnte.

„Aber wie kann das sein? Lily hatte noch nie so viele Blasen oder Hautausschläge wie ich. Es muss etwas anderes sein."

„Manchmal zeigt dieselbe Krankheit bei verschiedenen Menschen unterschiedliche Anzeichen. Ich denke, das ist bei dir und deiner Schwester der Fall. Es gibt Probleme, die du und Lily teilen und die sehr ähnlich sind. Später werde ich mit dir darüber sprechen, was du isst. Da du älter als Lily bist, kannst du schon besser auf dich selbst aufpassen. Ich möchte dir erklären, welche Lebensmittel sicher für dich sind, damit du das Richtige isst."

„Darf ich Lily sehen?"

„Wann hast du sie das letzte Mal gesehen?" Brenna benetzte ihr Tuch wieder und drückte das warme Wasser über dem Oberkörper des Jungen aus.

„Ich erinnere mich nicht genau. Sie sprach noch nicht viel. Papa hatte Angst, ich könnte sie krank machen."

Brenna musste ihre Tränen beim Gedanken an das Leben dieses armen Jungen fortblinzeln. Sie musste stark sein und durfte sich ihre Traurigkeit nicht anmerken lassen. Sie dachte an die süße Lily und lächelte. „Möchtest du deine Schwester in den nächsten Tagen gern sehen? Ich werde sie herbringen, wenn du willst."

„Würdet Ihr das tun? Darf ich mit ihr spielen?"

Die Wehmut in Torrians schwacher Stimme schmerzte sie. „Aye, ich werde sie zu dir bringen. Wie lange ist es her, dass du im großen Saal warst?"

„Ich habe den großen Saal noch nie gesehen, Lady Brenna. Ich bin hier, seit ich denken kann. Ich bin noch nie nach draußen gegangen. Mein Vater erlaubt es nicht. Selbst als Todd noch lebte, mussten wir stets drinnen spielen."

Brenna musste ihre Hände zwingen, ihn weiter zu waschen. Wie hatte das nur passieren können? Wie konnte Quade nicht sehen, was er seinem Sohn angetan hatte? Der Junge hatte keine Zeit mit Freunden oder Familie verbracht. Wie war es möglich, dass er mit einer solchen Erziehung so gutmütig und intelligent war?

„Lady Brenna, er tut es nicht, damit ich mich schlecht fühle. Er muss mich hier behalten. Das sagt er mir immer. Bitte seid Papa nicht böse. Er liebt mich, ich weiß es. Er hat mir sogar das Lesen beigebracht." Er hielt sich am Wannenrand fest, während sie ihn wusch.

Brenna war sich nicht sicher, ob sie das Richtige tat, aber sie konnte nicht mehr an sich halten. „Warum, Torrian? Warum glaubt dein Vater, dass du hierbleiben musst? Warum sagt er nie-

mandem, dass du hier bist, damit sie dich besuchen können?"
Irgendwie dachte sie, dass es noch einen anderen Grund für die
Isolation des Jungen geben musste.

„Papa sagt, ich muss hierbleiben, sonst könnte ich sterben."
Sein kleiner Kopf starrte auf die glasige Wasseroberfläche.

„Warum, Junge?"

„Er sagt, wenn die Leute meinen Ausschlag sehen, werden sie
denken, ich hätte böse Geister in mir. Sie würden mich im Wald
aussetzen und mich dort sterben lassen."

Brenna ließ das Tuch ins Wasser fallen.

„Lady Brenna?"

Sie sammelte sich genug, um das Tuch wieder aufzuheben,
bevor sie sprach. „Aye?"

„Ihr werdet das nicht tun, nicht wahr?"

„Was, Junge?"

„Mich im Wald aussetzen und mich sterben lassen."

Brenna konnte sich nicht helfen. Sie schnappte ein Leinentuch,
wickelte es um den Jungen und hob ihn in ihre Arme. Dann sah
sie ihm direkt in die Augen und sagte: „Nay, Torrian, das werde
ich niemals tun."

„Papa erlaubt keine Umarmungen", warnte Torrian und sie
bemerkte, dass der Junge erschüttert von ihrem Verhalten war.

„Aye, aber *ich* erlaube sie. Es schadet dir nichts, wenn ich dich
umarme. Oder verletze ich dich? Reize ich deine Blasen?" Sie
setzte sich auf einen Stuhl und nahm ihn auf ihren Schoß, eingewickelt in das weiche Handtuch.

„Nay, es tut immer noch ein bisschen weh, aber es macht mir
nichts aus. Ich möchte manchmal umarmt werden, obwohl mein
Papa es nicht zulässt. Er hat zu viel Angst, dass mich jemand verletzt. Ich weiß es." Er flüsterte, als wäre sein Vater in der Nähe.

Nach ein paar Minuten zog sie ihm ein weiches Hemd an und
setzte sich wieder, mit ihm auf ihrem Schoß. Er nahm kaum
Platz ein und war federleicht. Dieser Junge musste unbedingt an
Gewicht zunehmen.

„Darf ich Euch eine Frage stellen, Lady Brenna?"

„Natürlich, Torrian. Du kannst mich alles fragen." Sie schlang
seine Arme um sich und half ihm, sich an ihre Brust zu lehnen.
„Fühlst du dich so wohl?"

„Aye, ich sitze gern auf Eurem Schoß."

Natürlich sehnte er sich nach jedem menschlichen Kontakt, egal wie viel Schmerz er ihm verursachte. Seine Blasen schienen besser zu sein, aber es würde eine Weile dauern, bis sie vollständig verheilten. „Ist der Juckreiz besser?"

„Aye, das Bad hat geholfen. Es ist nicht so schlimm wie vorher." Sein Gesicht strahlte.

Armer Junge. Stille erfüllte die Luft für einige Momente, aber sie dachte sich, dass er seine Frage stellen würde, wenn er bereit war.

„Papa war vor Kurzem wirklich wütend auf mich."

„Aye, das passiert manchmal, aber es bedeutet nicht, dass er dich nicht liebt. Er war gestern nicht wütend auf dich." Brenna rieb ihm die Beine, während sie redeten. Es war die einzige Stelle, an der er keinen Ausschlag hatte.

„Ich fragte ihn, ob er mich bitte in den Wald bringen und mich sterben lassen könnte."

Brenna stählte sich, um nicht darauf zu reagieren. Sie schwieg und hoffte, dass es ihn ermutigen würde, weiterzusprechen. Er musste ihr das anvertrauen.

„Wisst Ihr, mein Ausschlag tut mir an manchen Tagen sehr weh. Manchmal möchte ich einfach den ganzen Tag weinen, aber ich weiß, dass es meinen Papa stört, wenn ich es tue. Er möchte, dass ich stark bin, damit ich eines Tages Laird sein kann, und er wird wütend und geht, wenn ich weine. Nicht, weil er böse auf mich ist, sondern weil er sich schlecht fühlt. Er sagt, er ist traurig, wenn er mir nicht helfen kann, mich besser zu fühlen. Also versuche ich, nicht zu weinen, aber es ist sehr schwer, wenn es wirklich wehtut. Ich habe versucht, ihm zu sagen, dass es für mich einfacher wäre, wenn ich im Himmel wäre, aber er wollte mich nicht gehen lassen. Glaubt Ihr an den Himmel, Lady Brenna?"

„Aye, das tue ich. Ich bin froh, dass du es auch tust."

„Aye, ich dachte, wenn ich im Himmel wäre und nicht die ganze Zeit krank wäre, ginge es mir besser. Manchmal kratze ich mich so viel, dass ich schluchze. Aber niemals vor Papa. Margaret will mich in die Arme nehmen, wenn ich so heftig weine, aber dann tut es weh, auf ihrem Schoß zu sitzen." Er machte eine Pause, um den Kopf zu heben und sie anzulächeln. „Das Bad hat meinen Blasen geholfen und es schmerzt nicht, auf Eurem Schoß zu sitzen."

Brenna küsste ihn auf den Kopf und zog ihn wieder an sich.

„Ich habe nur versucht, Papa zu sagen, dass ich lieber im Himmel wäre, wo es nicht die ganze Zeit juckt, als hier so krank zu sein. Meine Mutter starb, als Lily ein kleines Kind war, also wartet sie im Himmel auf mich. Ich habe Papa gesagt, er könne bei Lily bleiben und ich könnte zu Mama gehen, aber er war sehr verärgert darüber. Er hat es nicht verstanden. Versteht Ihr es? Versteht Ihr, warum ich lieber im Himmel wäre?"

„Aye, Junge. Ich verstehe. Möchtest du immer noch lieber im Himmel sein?"

„Nay, nicht mehr, weil ich Mama eines Nachts im Traum gesehen habe. Sie hat mir gesagt, ich könnte Papa noch nicht verlassen."

„Du hast sie in deinem Traum gesehen?" Brenna versuchte Torrian zu ermutigen, seine Geschichte zu beenden. Sie dachte, er würde sich dann besser fühlen.

„Aye. Es war, nachdem Papa so böse auf mich war. Nachdem er mir gesagt hatte, ich dürfte nicht sterben, ging er und kam drei Tage lang nicht zurück. Ich hatte Angst, er würde nie wiederkommen. Deshalb hat Mama mich in meinem Traum besucht, denke ich. Weil Papa nicht kam und ich solche Angst hatte."

Brenna staunte über die Stärke des kleinen Jungen in ihren Armen. Warum mussten ein so kleiner Jung und ein junges Mädchen all das durchmachen, was er und Lily erlitten hatten? Und der arme Quade... Sie begann zu erkennen, dass der Mann, in den sie sich verliebt hatte, gute Gründe für seine gequälte Seele hatte.

Verliebt? Hatte sie das wirklich gerade gedacht?

Aye, als sie Quade mit seinem kranken Sohn gesehen hatte, hatte sie ihr Herz endgültig an ihn verloren.

KAPITEL FÜNFZEHN

„ERZÄHL MIR MEHR über deinen Traum, Torrian."
Brenna wickelte die Decke etwas enger um ihn, während
sie sprach.

„Aye, ich bin eingeschlafen, aber dann bin ich sofort wieder
aufgewacht. Ich weiß nur, dass ich geträumt habe, weil ich mich
anders gefühlt habe."

„Wie hast du dich denn gefühlt?" Brenna wusste nicht, wie
viel mehr Herzschmerz sie verkraften konnte, aber Zuhören war
das Beste, was sie für Torrian tun konnte.

„Ich hatte keine Schmerzen mehr. Meine Haut hat nicht
gejuckt und nichts hat mir wehgetan. Ich sah auf meine Arme
und der Ausschlag war verschwunden. Ich wusste nicht, wo er
hin war. Ich habe gerade auf meinen Bauch geschaut, als ich
Mamas Stimme hörte."

„Was hat sie gesagt?"

Torrian hob seinen Kopf, um in ihre Augen zu sehen. „Glaubt
Ihr mir, Lady Brenna? Papa glaubte, ich hätte mir das alles nur
ausgedacht, als ich versuchte, es ihm zu erzählen. Er wollte mich
nicht einmal zu Ende reden lassen."

„Sprich weiter, Junge. Ich glaube dir. Sag mir, was deine Mama
gesagt hat." Das Wichtigste war, dass Torrian an seine Geschichte
glaubte, und deshalb wollte sie, dass er sie zu Ende erzählte.

„Da war ein langer Tunnel mit einem weißen Licht am Ende."
Er lehnte sich wieder an ihre Brust, bevor er fortfuhr. „Ich habe
in ihn hineingespäht, aber nichts gesehen. Dann hörte ich Mamas
Stimme. Es klang, als wäre sie am anderen Ende des Tunnels. Ich
starrte weiter und dann sah ich sie den Tunnel entlang auf mich
zugehen. Lady Brenna, meine Mama war so schön, sie sah aus

wie ein Engel. Sie umarmte mich, als sie bei mir ankam. Und ich sagte ihr, dass ich keine Schmerzen mehr hätte. Sie sagte, dass sie das schon wüsste und dass sie es nicht mehr ertragen konnte, mich leiden zu sehen. Sie sagte, sie hätte mich nur für einen Augenblick nach Hause geholt, um mir zu helfen, alles zu verstehen."

Der kleine Junge wandte sich erneut zu ihr, als wollte er sicherstellen, dass sie ihn ernst nahm. Brenna nickte. „Sprich nur weiter, mein Junge."

Wieder lehnte er sich an sie. „Sie sagte mir, ich hätte nie wieder Schmerzen, wenn ich im Himmel wäre. Aber sie sagte auch, dass es noch zu früh für mich sei, dort zu bleiben, weil ich noch wichtige Dinge zu tun hätte. Dann bat sie mich, Papa nicht mehr zu sagen, dass ich sterben will. Aber ich sagte ihr, dass ich es doch will und dass es die Wahrheit ist. Macht mich das zu einem schlechten Menschen? Es war so schön dort, ich wollte wirklich bleiben. Ich könnte durch den Tunnel gehen. Ich hätte keinen Juckreiz mehr und würde mich nicht mehr kratzen. Außerdem vermisse ich meine Mama. Sie sagte, Papa seien zu viele schlimme Dinge passiert und er könne es nicht ertragen, mich auch noch zu verlieren. Aber ich sagte ihr, dass ich bei ihr bleiben wolle und dass ich nicht dorthin zurückkehren will, wo ich immer Schmerzen habe."

Brenna konnte die heißen Tränen in ihren Wimpern spüren und war dankbar, dass er ihr den Rücken zugewandt hatte.

Torrian fuhr fort. „Ich sagte ihr, wie müde mich der Juckreiz macht und dass er mich vom Schlafen und Spielen abhält. Früher habe ich mit Margarets Sohn gespielt, aber seit seinem Tod habe ich niemanden, der mir Gesellschaft leistet. Papa lässt mich nicht mit Lily spielen, weil er Angst hat, ich könnte sie krank machen und Lily könnte das Geheimnis nicht für sich behalten. Jedes Mal, wenn ich etwas esse, muss ich mich übergeben und habe Magenschmerzen. Ich möchte das nicht mehr. Trotzdem sagte sie mir, ich könne nicht bleiben. Und ich sagte, dann werde ich eben aufhören zu essen, wenn ich wieder in meinem Bett bin, oder ich werde rausgehen und jemandem meinen Ausschlag zeigen, damit er mich in den Wald bringt, damit ich sterben kann."

Nun flossen die Tränen unaufhaltbar über Brennas Wangen.

„Was ist ein Wald, Lady Brenna? Ich weiß nicht, was das ist."

Sie räusperte sich, bevor sie sprach. „Ein Wald ist eine Gruppe von Bäumen."

„Ist es da sehr dunkel? Könnte ich in einen Wald gehen? Gibt es hier in der Nähe einen?"

„Nay, du müsstest ein bisschen gehen, Torrian. Ich glaube nicht, dass du so weit gehen kannst."

„Aye, Mama hat gesagt, ich könnte nicht in den Wald gehen, um zu sterben. Dann habe ich geweint. Aber sie hat mir etwas versprochen, bevor sie mich zurückgeschickt hat."

„Was hat sie dir versprochen?"

„Ich habe ihr damals nicht geglaubt." Er setzte sich auf ihrem Schoß auf und drehte sich um, um ihr direkt in die Augen zu sehen. „Aber jetzt tue ich es."

„Warum?"

„Sie hat mir versprochen, mir jemanden zu schicken, der mich heilt. Sie sagte, sie kennt jemanden, der sowohl Lily als auch mich heilen kann, damit wir nicht die ganze Zeit krank sind. Ich dachte, sie würde einen Priester schicken."

Er sah sie weiter an und sein fahles Gesicht strahlte vor Hoffnung.

„Seid Ihr es, Lady Brenna? Hat Mama Euch geschickt, um uns zu heilen?"

Brenna wusste nicht, was sie darauf erwidern sollte. Wie beantwortete man eine solche Frage? „Mein Junge, ich kenne deine Mama nicht. Ich bin ihr nie begegnet. Aber ich kann dir versprechen, dass ich versuchen werde, dir zu helfen."

„Und werdet Ihr Papa auch heilen?" Sein Blick schwankte nicht.

„Ich weiß nicht, was mit deinem Papa los ist. Ich weiß nicht, ob ich ihn heilen kann."

Der Junge sah nachdenklich auf seine Hände. „Wenn Ihr ihn nicht heilen könnt, könnt Ihr ihm vielleicht etwas von mir sagen?"

„Aye, aber warum sagst du es ihm nicht selbst, Torrian? Vielleicht möchte er es von dir hören."

„Mama hat mir versprochen, jemanden zu schicken, der uns heilt, aber ich musste ihr auch ein Versprechen geben."

Quade kam zur Tür herein, als der Junge sprach, aber er hielt inne, als er Torrian auf Brennas Schoß sah, und blieb wie gebannt stehen, um seinem Sohn zuzuhören. Da der Junge den Rücken zur Tür gewandt hatte, war er sich der Anwesenheit seines Vaters nicht bewusst.

„Und was hast du ihr versprochen?", fragte Brenna.

„Ich habe versprochen, Papa zu sagen, dass er Mama nicht getötet hat. Mama sagte, Papa glaubt, er hätte sie getötet, aber das hat er nicht. Sie sagte, ich soll ihm sagen, dass sie bereits im Sterben lag und dass sie es wusste."

„Hast du ihm das schon gesagt, Torrian?"

„Nay, ich habe Angst. Papa glaubt nicht, dass ich Mama in meinem Traum gesehen habe, und er wird immer wütend, wenn ich davon rede. Aber ich habe es ihr versprochen. Könnt Ihr es ihm für mich sagen? Sagt Ihr ihm, dass Mama gesagt hat, dass er wissen soll, dass er sie nicht getötet hat?"

Brenna warf einen Blick über Torrians Schulter, wo Quade sich gerade aus der Tür entfernte.

„Aye, ich werde es ihm sagen, mein Junge."

Brenna bedeckte Torrian mit einer weichen Decke, nachdem sie ihn wieder auf sein Bett gelegt hatte. Jetzt verstand sie die dicken Schichten weicher Polsterung unter ihm. Der arme Junge war von all seinen Geständnissen erschöpft und schlief sofort ein.

Margaret war derweil mit Ennis in die Hütte zurückgekehrt und Brenna hoffte, einige Informationen von ihr zu erhalten. Die beiden saßen an dem schönen Eichentisch und sahen Brenna erwartungsvoll an. Ennis brachte mehr Holz für den großen Kamin unweit von Torrians Bett.

„Margaret, lebt Torrian schon lange bei euch beiden?", fragte Brenna.

„Aye, Mylady. Ich kümmere mich um ihn, seit er sich übergibt und nichts essen kann. Quade bat mich, auf ihn aufzupassen. Er hatte Angst, jemand könnte ihn hören und ihm Schaden zufügen, weil er der Sohn des Chiefs ist. Da ich einen Sohn in Torrians Alter hatte, hoffte er, dass die beiden Freunde sein würden."

„Hattest du keine Angst um deinen Sohn?"

„Oh, nay, Mylady. Ennis und ich fühlten uns geehrt, uns um den

Sohn des Chiefs sorgen zu dürfen. Dann, als er immer kränker wurde und Ausschlag bekam, erzählte Quade allen außerhalb seiner Familie, Torrian sei gestorben. Er war die ganze Zeit bei uns und ich liebe ihn, als wäre er mein eigenes Kind."

„Das sehe ich, Margaret. Ich glaube, Torrian und Quade sind gesegnet, dich in ihrem Leben zu haben. Aber was ist mit deinem Sohn? Hatte er die gleiche Krankheit?"

„Nay. Torrian und Todd haben gern zusammen gespielt, aber dann bekam mein Sohn Scharlach und starb, als er fünf war. Ich habe versucht, ihn zu retten, aber ich konnte es nicht." Sie machte eine Pause, um sich zu fassen, bevor sie fortfuhr. „Torrian hat sich nicht damit angesteckt und überlebt. Es ist mir eine Ehre, mich weiter um ihn zu kümmern." Ein leichtes Lächeln huschte über ihr Gesicht, aber der Schmerz in ihren Augen war offensichtlich.

Brenna griff über den Tisch und nahm Margarets Hand. „Dein Verlust tut mir so leid, Margaret. Es muss sehr schwer sein, einen Sohn zu verlieren." Die Frau nickte stumm. Brenna konnte sich nicht vorstellen, dass Maddie und Alex einen der Jungs verlieren könnten. Ihr Bruder wäre am Boden zerstört. Sie staunte über die Stärke der jungen Frau vor sich.

„Margaret, ich möchte dir noch eine Frage stellen, wenn ich darf?" Brenna wartete geduldig auf ihre Antwort.

„Aye, ich werde auf jede erdenkliche Weise helfen, Mylady."

„Wie ist Quades Frau gestorben? War es bei Lilys Geburt?"

„Nay, sie hatte Kindbettfieber. Es dauerte eine ganze Weile, bis Lily auf die Welt kam. Aber die Hebamme sagte mir, Lilias habe den an der Nabelschnur befestigten Teil nie verloren. Der Teil, der nach dem Baby kommt… er kam nie aus ihr heraus. Gunna, die Hebamme, suchte danach, konnte ihn aber nicht herausbekommen. Sie sagte, manchmal löst er sich nicht."

„Danke. Du warst sehr hilfreich."

Das erklärte es also. Lilias hatte nie die Nachgeburt abgestoßen. Sie musste in ihr geblieben und verfault sein. Das hatte wahrscheinlich zu dem Kindbettfieber, wie ihre Mutter es genannt hatte, geführt. Ihre Mutter hatte ihr erklärt, dass einige Frauen nach der Geburt Fieber bekamen, das manchmal tödlich war. Sie hatte angenommen, dass es verschiedene Ursachen dafür gab, und dies musste eine davon sein.

Brenna sammelte ihre Sachen und strich ihre Röcke glatt.

„Mylady? Darf ich Euch etwas fragen, bevor Ihr geht?" Margaret rang verlegen die Hände.

„Natürlich. Was du willst."

„Glaubt Ihr, Ihr könnt dem kleinen Torrian helfen? Es tut mir so leid, dass er solche Schmerzen und diesen Juckreiz hat. Manchmal weine ich mit ihm. Ich hoffe wirklich, dass Ihr ihm helfen könnt."

„Ich denke, ich werde in der Lage sein, seine Symptome zu lindern, aber ich weiß nicht, ob es möglich sein wird, ihn vollständig zu heilen. Wir werden sehen. Ich möchte, dass Torrian heute wieder nur Brühe zu sich nimmt. Kein Brot, keine Milch, nur einfache Brühe. Hoffentlich kann er dem gleichen Ernährungsplan folgen wie Lily. Kannst du dafür sorgen, Margaret?"

„Aye, nur Brühe. Er hatte keinen großen Hunger. Gestern Abend ist er damit sehr gut satt geworden." Margaret begleitete sie zur Tür. „Danke, Mylady. Bis morgen."

Brenna sah sich vor der Hütte um, als sie ins Freie getreten war. Sie hatte bemerkt, dass Quade gegangen war, aber sie hatte keine Ahnung, wo er sein könnte. Sie ging zum Bergfried, weil sie etwas sehr Wichtiges zu tun hatte.

Sie musste Quade finden und ihm erklären, warum sie wusste, dass er seine Frau nicht getötet hatte.

KAPITEL SECHZEHN

SIE WAR FAST den Hügel zum Bergfried hinaufgestiegen, als sie sah, wie Quade in einem Tempo durch die kleine Senke preschte, das nur bedeuten konnte, dass er wütend war.

Sie rief seinen Namen und rannte zu den Ställen. Er hielt nicht an und schien nichts anderes wahrzunehmen als seine eigenen tobenden Gedanken. Als sie um die Ecke in den Stall einbog, prallte sie mit dem Stallburschen Ian zusammen.

„Oh, Ian, vergib mir!" Sie schnappte nach Luft. „Du musst mir mein Pferd satteln."

Ein leichtes Grinsen breitete sich auf dem Gesicht des Jungen aus. „Aye, Mylady. Er ist bereits gesattelt und steht in seiner Box."

Brenna sah ihn verwirrt an. „Junge, wie konntest du wissen, dass ich mein Pferd haben will?"

Sein Gesicht wurde unter seinem karottenfarbenen Haar rot. Er sah auf seine Füße und flüsterte: „Mylady, wohin mein Laird geht, geht Ihr normalerweise kurz darauf auch." Er drehte sich um, um ihr Pferd zu holen.

Brenna legte den Kopf schief, als sie über seine Worte nachdachte. War sie tatsächlich für alle so vorhersehbar? Ian kehrte zurück und führte ihr Pferd in die Nähe der Aufstiegshilfe. Sie winkte ab und murmelte: „Oh, ich habe keine Zeit, mir jetzt darüber Gedanken zu machen." Sie stieg auf und eilte zum Tor.

Vor dem Tor angekommen, erlaubte sie ihrem Pferd, die Gangart zu wählen, und genoss den Wind in ihren Haaren. Aber sie konnte nicht aufhören, sich um den Mann zu sorgen, den sie liebte. Wie war es so weit gekommen? Der Bruder dieses Dickkopfs hatte sie entführt und die beiden hatten sie praktisch gefangen gehalten. Quade hatte ihr mit seinem Kuss den Verstand geraubt und dann seine Gefühle für sie geleugnet, aber nach nur vierzehn Tagen konnte sie sich ihr Leben ohne ihn nicht mehr vorstellen.

Sie wusste, wie sehr er gelitten hatte, mehr als es ein Mensch tun sollte. Sie konnte sich nicht vorstellen, wie es für einen so starken Mann gewesen sein musste, mitanzusehen, wie seine beiden Kinder einer solchen Krankheit zum Opfer fielen. Er war machtlos gewesen, etwas für diejenigen zu tun, die er am meisten liebte. Hätte nicht jeder in seiner Position verzweifelte Maßnahmen ergriffen?

Jetzt verstand sie auch Lady Ramsays seltsame Kommentare über seine Frau. Aus irgendeinem Grund machte sich Quade für ihren Tod verantwortlich. Aber wenn Lilias an Kindbettfieber gestorben war, warum glaubte er dann, es verursacht zu haben? Kindbettfieber war eindeutig eine Folge der Geburt. Was war passiert, dass er glaubte, ihr Tod sei seine Schuld gewesen? Und wie reagierte er auf Torrians Erklärung, dass seine Mutter gesagt hatte, Quade habe sie nicht getötet? Er hatte sich umgedreht und war geflohen, nachdem er es gehört hatte.

Brenna war entschlossen, ihm zu helfen, sein Leben zu ordnen und seine Kinder zu heilen, und sie schwor sich, nicht aufzuhören, bis er begriff, dass er die Probleme seiner Familie nicht verschuldet hatte. Dann könnte sie wenigstens guten Gewissens nach Hause zurückkehren. Irgendwie würde sie damit fertigwerden, dass er sie nicht genug liebte, um eine neue Beziehung zu riskieren. Nach all dem war es wirklich nicht so schwer zu verstehen, warum er nicht daran interessiert war, wieder zu heiraten und möglicherweise weitere Kinder zu haben.

Als sie endlich nahe genug war, um ihn zu sehen, bemerkte sie, dass er in der Nähe einer Klippe abgestiegen war und nun am Rand des Abgrunds stand.

Er dachte doch nicht etwa daran, zu springen?

„Quade!" Sie musste zu ihm kommen, bevor er eine Dummheit beging. „Quade, tut das nicht!"

Um seine Aufmerksamkeit zu erregen, galoppierte sie so schnell in seine Richtung, wie ihr Pferd sie tragen konnte. Als sie fast bei ihm war, hörte sie ihn einen tobenden Schrei über die Landschaft ausstoßen.

„Quade!"

Sein Kopf wirbelte ruckartig herum, so als hätte er gerade erst gemerkt, dass er nicht allein war.

„Was? Brenna?" Er warf seine Hände in die Luft. „Lass mich allein! Siehst du nicht, dass ich allein sein will? Reite zurück zur Burg."

„Nay, das werde ich nicht tun. Ich lasse Euch nicht am Rande dieser Klippe zurück." Sie sprang von ihrem Pferd und rannte auf ihn zu. „Tut es bitte nicht." Er hatte sich umgedreht, um über die Klippe zu starren, den Rücken zu ihr gewandt, den Kopf zur Sonne geneigt.

„Was soll ich nicht tun, Brenna? Was denkst du, was ich hier mache?"

„Springt nicht! Versprecht mir, dass Ihr nicht springen werdet. Es war nicht Eure Schuld. Nichts ist Eure Schuld." Als sie an seiner Seite ankam, keuchte sie vor Anstrengung und presste ihre Arme in die stechenden Seiten.

Quade drehte sich um und schüttelte den Kopf. „Springen? Ich werde nicht springen."

„Ihr steht an einer Klippe."

Quade runzelte die Stirn. „Nay, Mädchen, ich komme manchmal her, um meine Gedanken zu ordnen. Ich gebe zu, ich höre gern meine Stimme vom Fels widerhallen. Es ist schön, nicht?"

Brenna räusperte sich, unsicher, wie sie sich für ihre Torheit entschuldigen sollte. „Ähm, aye, vergebt mir, dass ich Euch gestört habe." Sie wandte sich ab und wollte davongehen.

„Warte bitte. Warum bist du hier, Lady Brenna? Das Letzte, was ich von dir gehört habe, war, dass du nichts mit mir zu tun haben willst. Du wolltest nur so schnell wie möglich von mir fortkommen."

„Ich bin gekommen, um mit Euch über Eure Frau zu sprechen."

Sofort wurde seine Haltung abwehrend und er ballte seine Hände zu Fäusten. „Ich würde es vorziehen, nicht mit dir über meine Frau zu sprechen. Was geht dich meine Ehe an?"

„Es geht mir nicht um Eure Ehe, sondern darum, wie Eure Frau gestorben ist. Ich möchte mit Euch über ihren Tod sprechen."

„Mädchen, es gibt nichts zu sagen. Es war meine Schuld und ich ziehe es vor, das nicht mit anderen zu bereden. Es ist etwas sehr Privates für mich." Er drehte sich um und starrte wieder über die Landschaft. „Geh nach Hause, Lady Brenna. Tu für meinen Sohn, was du kannst, und kehr dann nach Hause zurück. Du gehörst nicht hierhin. Nicht zu einem Mann, auf dessen ganzer Familie ein Fluch liegt."

Brenna stand neben Quade und starrte ihn an. Sie wünschte, sie wüsste, wie sie ihm helfen könnte. Aber sie war auf diese Situation nicht vorbereitet. Sie wusste, wie man Menschen körperlich heilte, aber sie hatte wenig Erfahrung im Umgang mit Emotionen. Sie dachte an ihren Bruder Alex, seine Frau und ihre Zwillingssöhne. Wie würde er damit umgehen, wenn er Madeline verlöre und beide Jungs so krank wären, dass sie die meiste Zeit im Bett verbrachten? Sie dachte daran, wie Alex seine Söhne hochhob und durch die Luft wirbelte und die Kinder kicherten und sich an seine Arme klammerten. Sie lachten, während ihre Mutter den Atem anhielt. So sollte das Leben eines jungen Vaters sein, nicht so wie sich Quades Leben entwickelt hatte.

Sie ging zurück zu ihrem Pferd, denn sie respektierte seine Bitte, allein zu sein. Vielleicht hatte er recht, und sie hatte zu sehr in sein Leben eingegriffen. Doch ihre Schritte wurden langsamer, als sie daran dachte, mit welchem Vorsatz sie ursprünglich in den Stall gegangen war. Wie immer hatte dieser Mann sie abgelenkt. Sie blieb stehen und ging zurück, aber diesmal baute sie sich direkt vor ihm auf.

„Es tut mir leid, Quade, aber ich werde nicht gehen, solange Ihr mich nicht angehört habt."

„Was soll ich hören, Mädchen? Es gibt nichts zu sagen." Sein Blick fand ihren und ihr Herz brach bei dem Schmerz in seinen Augen.

Sie warf einen Blick auf den Boden, bevor sie ihre Schultern straffte, sich räusperte und sprach. „Chief Ramsay, ich verstehe, dass dieses Thema für Euch sehr persönlich ist, aber ich möchte Euch erklären, warum der Tod Eurer Frau nicht Eure Schuld war." Sie machte eine kurze Pause, um ihre Gedanken zu sammeln, und fuhr dann schnell fort. „Nach meinem Verständnis von dem, was Eurer Frau passiert ist, starb sie an Kindbettfieber.

Es ist nicht ungewöhnlich, dass eine Frau nach der Geburt Fieber bekommt. Ich habe es schon bei anderen Frauen gesehen. Manche sind in der Lage, dagegen anzukämpfen, andere nicht. In jedem Fall ist es nicht Eure Schuld, dass Eure Frau sich nicht von der Geburt erholen konnte. Es gab bestimmte Umstände, die wahrscheinlich ihren Tod verursacht haben."

Quade hob die Hand, um sie zum Schweigen zu bringen. „Mädchen, ich habe auch schon vom Kindbettfieber gehört. Das war es nicht, was meine Frau umgebracht hat. Sie war auf dem Weg der Besserung und ich habe sie getötet."

Brenna kniff die Augen zusammen. Es würde schwer werden, ihn von der Wahrheit zu überzeugen. Dieser Mann war stur. Aber sie setzte von Neuem an. „Ich wollte dieses heikle Thema nicht ansprechen, aber ich denke, ich muss es tun. Nachdem eine Frau ihr Kind geboren hat, muss noch ein weiterer Teil geboren werden. Mir wurde gesagt, dass das im Fall Eurer Frau nicht passiert ist ..."

„Hör auf, Brenna", sagte Quade und packte ihre Schultern. „Ich weiß alles, was ich über die Geburt von Kindern wissen muss. Ich weiß von dem Fieber. Es war gesunken und Lilias erholte sich bereits."

„Sie konnte sich nicht erholen ..."

„Aye, ich sage dir, dass sie sich erholt hat."

„Quade, es ist nicht möglich, sich davon zu erholen, was ihr ..."

„Ich habe sie getötet, Brenna, nimm es hin." Sein Schrei hallte von den Steinfelsen der Umgebung wider. „Ich habe meine eigene Frau getötet, die Mutter meiner Kinder."

„Nay, das ist unmöglich ..."

„Sie ist in meinen Armen gestorben." Er schrie mit jedem Wort lauter und streckte seine Arme zum Himmel aus.

Brenna erstarrte. Sie war in seinen Armen gestorben? Wie furchtbar tragisch! Aber dennoch ...

„Wir hatten seit Lilys Geburt nicht im selben Bett geschlafen. Lilias bat mich in dieser Nacht, bei ihr zu bleiben und sie in meinen Armen zu halten. Ich dachte, dass sie nicht stark genug ist, aber sie hat darauf bestanden."

Plötzlich ergab alles einen Sinn für Brenna. „Weil sie wusste, dass sie im Sterben lag.“

„Nay, sie war ruhig und lächelte. Sie war immer noch schwach, aber es ging ihr besser. Ich hielt sie in meinen Armen und als ich aufwachte, war sie tot. Ich muss den Atem aus ihren Lungen gepresst haben. Ich weiß nicht wie, aber irgendwie habe ich sie getötet.“

Sie packte seine Unterarme und hoffte, das Zittern, das die Erinnerung an diesen Moment ausgelöst hatte, zu beruhigen. „Sie wusste, dass sie sterben würde. Ich habe das schon oft gesehen. Sie hatte ihr Schicksal akzeptiert. Die Menschen spüren, dass ihnen nur noch wenige Stunden bleiben …“

Sein Schrei war laut genug, dass ihre Ohren schmerzten, und er griff wieder nach ihren Schultern.

„*Ich* habe sie getötet, Brenna. Sieh es ein! *Ich* habe meine Frau getötet. Sie ist in meinen Armen gestorben. Ich muss sie im Schlaf erdrückt haben.“ Sein Griff wurde fester, als er sprach, und er schüttelte sie in seiner Verzweiflung. „Sie plauderte über die Kinder und darüber, wie sie sich um sie kümmern würde. Sie war in dieser Nacht unermüdlich, deshalb kann es gar nicht sein, dass sie dem Tod nahe war. Ich war so erschöpft, weil ich an diesem Tag mit meinem Bruder geübt habe, dass ich mich mitten in der Nacht über sie gewälzt und ihr so das Leben genommen haben muss. Es ist meine Schuld, dass meine Kinder ihre Mutter verloren haben.“

„Nay, Quade, hört mir zu. Eine Frau kann niemals überleben, wenn die Nachgeburt sich nicht löst. Sie bleibt in ihr und verrottet, bis die arme Frau ihren letzten Atemzug tut. Es wart nicht Ihr. Ihr habt sie nicht getötet.“

Quades Blick veränderte sich. Ein Hoffnungsschimmer huschte über sein Gesicht.

Sie sprach weiter und hoffte, ihn von seiner Unschuld zu überzeugen. „Wenn sie nicht in dieser Nacht gestorben wäre, dann vielleicht am nächsten Tag. Sie war dem Tod nahe und wollte in Euren Armen sterben. Kranke wissen, wann ihre Zeit gekommen ist. Ich habe es oft erlebt. Sie wollen ihre letzten Gedanken mit ihren Lieben teilen und das gibt ihnen am Ende noch einmal Kraft. Sie hat Euch auf ihre eigene Weise gesagt, dass sie im Begriff ist zu sterben.“

Quade drehte sich um und starrte wieder über die Klippe. Seine Hände fielen an seinen Seiten herab.

„Ihr habt sie nicht getötet", versicherte sie erneut. „Sie wäre sowieso gestorben."

Quade bewegte sich nicht und starrte weiter in die Ferne.

„Euer Sohn hat versucht, Euch das zu sagen, Quade. Ob es nun ein Traum war oder nicht, irgendwie möchte Eure Frau, dass Ihr wisst, dass es nicht Eure Schuld ist." Sie sah zu, wie der Mann, den sie liebte, sich über die Augen wischte. Weinte er um seine Frau? Sie hatte keinen Grund mehr, zu bleiben. Sie ging zurück zu ihrem Pferd, denn Quade wusste nun alles, was er brauchte, um zu dem richtigen Schluss zu kommen. Sie konnte ihm das nicht abnehmen.

Es lag allein in seinen Händen.

KAPITEL SIEBZEHN

QUADE WUSSTE NICHT, wie lange er dort stand und über die schottische Landschaft blickte, die er so liebte. Er warf einen Blick über die Schulter und stellte fest, dass Brenna gegangen war. Das Mädchen, das er verehrte, das er mehr liebte als er es für möglich gehalten hätte, war gegangen und er hatte es nicht einmal bemerkt. Was war nur los mit ihm?

Er dachte an alles, was sie gesagt hatte. Hatte sie recht? Hatte Lilias gewusst, dass sie im Sterben lag? Er erinnerte sich an ihr Gesicht, als sie ihn gebeten hatte, sie in dieser Nacht in seinen Armen zu halten. Da war etwas in ihren Zügen gewesen – eine Wehmut, eine Ruhe –, das er dort noch nie gesehen hatte. Er versuchte sich daran zu erinnern, worüber sie gesprochen hatten, bevor er eingeschlafen war.

Ihre Unterhaltung kehrte in Bruchteilen in sein Gedächtnis zurück. Sie hatte über die Kinder gesprochen. Aye, sie hatte ihm versprochen, sich immer um Lily und Torrian zu kümmern. Er hatte ihr Gerede auf ihr Fieber geschoben. Sie hatte die gemeinsame Entscheidung infrage gestellt, Torrian versteckt zu halten. Es war eine sehr schwere Entscheidung gewesen, aber Quade liebte den Jungen und wollte ihn vor allem schützen, auch vor grausamen Kommentaren. Lilias hatte ihn in dieser Nacht gebeten, zu überlegen, Torrian doch aus dem Versteck zu bringen und ihn seinen rechtmäßigen Platz an der Seite seines Vaters einnehmen zu lassen.

Als diese Worte zu ihm zurückkehrten, erkannte er schließlich die Wahrheit. Sie hatte gesprochen, als hätte sie gewusst, dass sie nicht für immer bei ihm sein würde. Hatte sie versucht, ihn wissen zu lassen, dass sie im Sterben lag? Hatte sie ihre letzten

Wünsche geäußert? Er hatte ihre Worte damals als alltägliche Sorgen einer Mutter abgetan.

Doch Brenna hatte recht. Er war zu müde gewesen, um es zu bemerken, aber Lilias hatte gewusst, dass sie im Sterben lag. Sie hatte von ihm gehalten werden wollen. Sie wollte nicht allein sterben und sie wollte sicherstellen, dass er sich gut um die Kinder kümmerte. Wie hatte ihm das entgehen können?

Eine große Last fiel von seinen Schultern und plötzlich hatte er Gewissheit. Er hatte nichts falsch gemacht. Seine Frau hatte gewusst, dass sie im Begriff war zu sterben, und sie wollte, dass er sie hielt, während es passierte. Und genau das hatte er getan. Es gab keinen Grund mehr, sich schuldig zu fühlen. Natürlich konnte er es bereuen, dass er bei ihrem letzten Atemzug nicht wach gewesen war, aber er hatte ihren Tod nicht verursacht. Dann kam eine andere Erinnerung zurück, die ihn erneut zittern ließ.

Er hob den Kopf zum Himmel und sagte: „Ich liebe dich, Lilias. Ich habe es immer getan und ich werde es immer tun. Aber ich muss weiterleben. Ich erinnere mich jetzt an deinen letzten Wunsch. Du hast mich versprechen lassen, nicht für immer um dich zu trauern und eine neue Frau zu finden."

Quade hatte noch einen Besuch abzustatten, um sich Klarheit zu verschaffen. Er war in dieser Nacht immer wieder alles in Gedanken durchgegangen, was geschehen war, und hatte es im Schlaf zu verarbeiten versucht. Alles deutete darauf hin, dass Lady Brennas Einschätzung richtig war, aber er musste noch mit einer weiteren Person sprechen, um sich endgültig zu überzeugen.

Er klopfte leicht an die Tür des alten Häuschens auf dem Hügel. Er hatte der alten Frau oft gesagt, sie solle doch in eine Hütte in der Nähe seines Bergfrieds ziehen, aber sie hatte sich immer geweigert. In ihrem Garten blühten Blumen, die Jahr für Jahr wieder zum Leben erwachten. Purpurfarbene, weiße und gelbe Tupfer bedeckten den Boden, obwohl es Herbst war, und Gunna hatte gesagt, sie sei zu alt, um an einem anderen Ort neue Blumen zu pflanzen. Er lächelte über die farbenfrohe Landschaft, während er vor ihrer Haustür wartete.

Die Tür öffnete sich und er sah in das alte Gesicht der Frau, die seit Jahren die Heilerin seines Clans war. „Guten Morgen,

Gunna. Wie geht es dir?"

„Oh, mein Laird! Es ist lange her, dass Ihr vor meiner Tür gestanden habt. Zieht den Kopf ein und kommt herein."

Ihre Anweisungen ließen Quade grinsen. Er hatte inzwischen gelernt, sich bei alten Türen zu ducken. „Aye, das werde ich. Das wäre nicht nötig, wenn du in ein neues Haus gezogen wärst, wie du es verdient hast."

Gunna gluckste, als sie ihn zu einem Hocker an ihrem kleinen Tisch führte. „Wie kann ich Euch helfen, Laird Ramsay? Ich bin zu alt, um Euch zu heilen, aber ich kann immer noch zuhören."

Quade setzte sich auf den Hocker und rieb sich die Hände, bevor er sprach. „Gunna, ich muss dir ein paar Fragen zum Tod meiner Frau stellen. Vergib mir, denn ich hätte schon vor vielen Monden kommen sollen. Aber ich muss mit dir sprechen, weil du die Expertin bist."

Die Frau griff nach seiner Hand und schlang ihre Finger um seine. Er war erstaunt über diese kleine Geste, aber er schenkte ihr seine volle Aufmerksamkeit. „Ich habe Euch vor langer Zeit erwartet, mein Sohn. Ihr habt zu lange um Eure junge Frau getrauert. Es ist Zeit für Euch, weiterzuleben und ein Mädchen zu finden, das Euren Kindern eine Mutter ist. Was wollt Ihr von einer alten Frau wie mir hören?"

Ihre Worte, so wahr sie wohl auch waren, trafen ihn wie ein Schlag in die Magengrube, aber er musste zu Ende bringen, was er sich vorgenommen hatte. „Warum ist meine Frau gestorben? Mir wurde gesagt, dass es ein Problem bei Lilys Geburt gab. Die Dinge passierten nicht auf normale Weise. Ist das wahr?"

„Aye. Wenn eine Frau ein Kind gebärt, muss sie auch den Teil gebären, der das Kind neun Monde lang ernährt hat. Aber Lilias hat diesen Teil nie ausgestoßen. Ich habe versucht, ihn zu finden, aber er hatte sich nicht gelöst. In diesem Fall kann der Tod sofort eintreten, wenn man den Teil herauszieht, also konnte ich das nicht tun. Das kommt selten vor, aber es ist nicht völlig unbekannt. Andere haben das gleiche erlebt, aber nicht viele."

„Ist sie deshalb gestorben? Es war nicht deshalb, weil ich sie im Schlaf erstickt habe?"

„Oh, nay, mein Junge. Ihr habt sie nicht getötet. Ich habe es Euch schon vor vielen Monden gesagt. Sie konnte nicht überleben, weil dieser Teil immer noch in ihr war. Er hätte sie irgendwann umgebracht. Es geschieht in solchen Fällen normalerweise in weniger als zwei Monden."

Warum erinnerte er sich an nichts davon? „Hat Lilias von ihrem Schicksal gewusst?"

„Aye, sie hat verstanden, was mit ihr geschieht. Ich bin bei meiner Arbeit immer ehrlich zu meinen Patienten gewesen. Eure Frau hat sehr hart gekämpft, um zu überleben, für Euch und für die Kinder, aber es war einfach nicht möglich. Dieser Teil hat sich nie aus ihrem Körper gelöst."

Trotz allem, was sie sagte, war Quade noch nicht in der Lage, Ruhe zu finden, solange er nicht alle seine Bedenken zerstreute. „An dem Tag, als sie starb, schien es ihr viel besser zu gehen. Ich hielt sie in dieser Nacht in meinen Armen und sie redete unermüdlich. Ich glaubte, dass es ihr besser ginge. Habe ich mich so geirrt?"

„Aye, Junge. Sie wusste, dass es nicht mehr lange dauern würde. Wir hatten am selben Tag darüber gesprochen. Es passiert oft, dass vor dem letzten Atemzug noch einmal ein Energieschub auftritt." Sie ließ seine Hände los und lehnte sich zurück.

Er stand auf und ging in der Hütte auf und ab. Es fiel ihm schwer zu verstehen, wie er sich all die Jahre so geirrt haben konnte. „Gunna, warum hast du mir das nicht gesagt, als Lilias gestorben ist?"

„Oh, Junge, ich habe es Euch gesagt. Ihr wart so verstört, dass Ihr nicht auf mich gehört habt. Deshalb wusste ich, dass Ihr eines Tages zu mir kommen würdet. Wenn Ihr bereit wärt, würdet Ihr mir die richtigen Fragen stellen."

Er drehte sich um und sah die alte Heilerin an. „Ich lag falsch. All die Jahre habe ich mich geirrt. Erst jetzt erinnere ich mich daran, dass Lilias mir gesagt hat, ich solle mich um die Kinder kümmern. Und dann erinnerte ich mich gestern an eines der letzten Dinge, die sie mir sagte. Sie bat mich, ihr zu versprechen, dass ich eine neue Frau finden würde. Ich konnte mich bis gestern nicht daran erinnern. Ich verstehe das einfach nicht."

„Aye, Junge, ich verstehe es sehr gut. Manchmal blockiert der Geist Dinge, die er noch nicht verarbeiten kann. Aber die Zeit musste Euch irgendwann heilen. Es ist Zeit für Euch, das zu tun, wozu Ihr bestimmt seid."

Er lächelte sie an. „Du meinst, es ist Zeit, ein guter Laird zu sein?"

„Oh, Ihr wart schon immer ein guter Laird. Es waren diese alten Hände, die Euch auf diese Welt gebracht haben." Sie sah auf ihre Hände, als würde sie sich so an alle Einzelheiten erinnern. „Ich weiß noch, was die Sterne mir über Euch erzählt haben, als Ihr geboren wurdet: Ihr würdet ein großartiger Anführer sein, aber auch ein großartiger Vater vieler Kinder und ein großartiger Ehemann zweier Frauen. Es tut mir leid, Euch sagen zu müssen, dass es schon in den Sternen stand, dass Ihr Euch zweimal verlieben müsst. Jetzt ist die Zeit gekommen, Euer Leben wiederaufzunehmen. Es ist Zeit, Euren Clan anzuführen und wieder neu zu lieben."

Sie hielt lange inne, bevor sie fortfuhr. „Viele sind gekommen, um mir von der neuen Heilerin zu erzählen, deren großer Verstand ein Problem gelöst hat, das mein alter Kopf nicht lösen konnte. Eure Kinder werden beide wieder gesund werden. Tut mir einen Gefallen und verliert dieses Mädchen nicht."

Quade ging um den Tisch herum und half Gunna aufzustehen, bevor er sie umarmte. „Ich danke dir, Gunna. Und ich danke dir für alles, was du für unseren Clan getan hast. Du bist ein wahrer Schatz." Er trat zurück und hielt sie auf Armeslänge. „Haben die Sterne noch etwas gesagt, das du mir erzählen willst?"

„Aye", sagte sie mit einem breiten Lächeln. „Lebt Euer Leben. Ihr habt noch viele Kinder, die darauf warten, geboren zu werden."

Quade ging den Hügel hinunter in Richtung von Torrians Haus. In den letzten beiden Tagen hatte er sich an alle Worte seiner Frau erinnert. Er war für sich geblieben und hatte bei Bedarf auf dem Kampfplatz geübt, aber allein gegessen. Er musste alles verstehen, was Lilias gesagt hatte, bevor er weitermachen konnte. Er würde nie begreifen, warum er ihre Worte drei Jahre lang ausgeblendet hatte, aber er war froh, sie endlich wieder in seinem Herzen zu haben.

Der Besuch bei Gunna hatte ihm wohlgetan. Einige ihrer Kommentare gingen ihm immer noch durch den Kopf. War er wirklich dazu bestimmt, zweimal zu lieben? Warteten in seiner Zukunft mehr Kinder, und wenn ja, wären sie gesund? Machte es überhaupt einen Unterschied, ob Brenna mit der Ursache der Krankheit recht hatte?

Er hatte Gunna nicht fragen wollen, ob Brenna seine zweite Frau sein sollte. Er musste diese Entscheidung selbst treffen. Er liebte Brenna von ganzem Herzen, daran bestand gar kein Zweifel. Aber nachdem er sie so grausam abgelehnt hatte, wusste er nicht, ob sie ihn in ihr Leben lassen würde. Zugegeben, er hatte sich nur so verhalten, weil er sie beschützen wollte. Brenna war eine intelligente, mitfühlende Frau, weshalb er hoffen durfte, sie würde seine Entschuldigung akzeptieren. Er würde nicht aufgeben, bis sie es tat.

Quade hoffte außerdem sehr, dass er bald zwei gesunde Kinder haben würde. Lilys Genesung hatte ihn erstaunt und seine Mutter weinte täglich vor Rührung, wenn sie sie sah. Würde seine schöne, kluge, brillante Heilerin das gleiche Wunder für seinen Sohn vollbringen können? Er glaubte daran. Er glaubte von ganzem Herzen an Brenna Grant.

Als er auf die Hütte zuging, in der sein Sohn lebte, hämmerte sein Herz wild in seiner Brust. Er stellte sich Torrian stark vor, wie er an seiner Seite ging und mit ihm auf dem Kampfplatz übte. Konnte ein solcher Traum je Wahrheit werden? Er versprach sich, sich mit jeder kleinen Verbesserung zufrieden zu geben und seine Hoffnungen nicht zu hoch zu stecken, um nicht enttäuscht zu werden.

Er ging zur Tür, holte tief Luft und machte sich auf alles gefasst, was ihn im Inneren erwarten könnte. Doch er hielt mitten in der Bewegung inne, als er wunderbare Geräusche von drinnen widerhallen hörte. Ein Kichern drang an seine Ohren. Hatte er jemals zuvor ein solches Geräusch in diesem Häuschen gehört? Er klopfte an die Tür und hielt den Atem an, bevor er eintrat.

„Papa!" Lily rannte zu ihm, als er die Tür hinter sich schloss. Seine Augen suchten sofort nach seinem Sohn. Er sah ein Lächeln auf Torrians Gesicht, das etwas Neues und unglaublich Schönes enthielt: Hoffnung. Margaret stand in der Ecke und wusch Geschirr.

Er sah zu Brenna und ihre Blicke trafen sich. Ihr Lächeln

berührte sein Herz und er wusste ohne Frage, dass seine Liebe zu ihr so echt war wie jede andere, die er jemals erlebt hatte. Er hatte mit seiner ersten Frau Frieden geschlossen, und es war Zeit, weiterzuleben.

Brenna saß neben Torrian auf dem Bett und tupfte ihn nach dem Bad vorsichtig mit einem Handtuch ab. Anstatt vor Schmerzen zusammenzucken, wie er es normalerweise tat, wenn seine Haut berührt wurde, lächelte Torrian. Quade streckte seine Arme nach Lily aus, hob sie hoch und küsste sie, während sie weiterkicherte.

„Schau, Papa! Ich spiele mit meinem Bruder Torrian. Ich wusste nicht, dass ich einen Bruder habe. Wusstest du es? Ich liebe meinen Bruder jetzt schon. Er ist krank, wie ich. Ich hoffe, dass es ihm auch bald besser geht. Lady Brenna wird ihn heilen, glaubst du nicht auch?" Sie legte ihre winzige Hand auf sein Gesicht und wartete auf seine Antwort.

„Oh, aye, meine Kleine. Es geht dir immer noch gut? Du hast dich nicht übergeben?"

„Aye." Lily zappelte, bis sie an seinen Beinen hinunterrutschte und zum Bett rannte. „Ich esse jetzt Käse und bin immer noch nicht krank. Du weißt, dass Käse mein Lieblingsessen ist. Schau dir Torrian an. Siehst du meinen Bruder?"

Brenna errötete unter seinem Blick. „Es tut mir leid, Quade. Ich habe nicht daran gedacht, dass Lily nichts von ihrem Bruder wusste. Ich wollte, dass Torrian Gesellschaft hat, also habe ich sie heute mitgebracht."

Er beugte sich über das Bett, um Torrian einen Kuss zu geben, bevor er sich zu ihr umdrehte. „Du brauchst dich nicht zu entschuldigen, Lady Brenna. Wie geht es meinem Sohn heute? Hat er die gleiche Krankheit?"

Nachdem Brenna ihm saubere Nachtwäsche angezogen hatte, stand Torrian von seinem kleinen Bett auf. „Aye, Papa! Sieh nur, meine Blasen sind nach nur zwei Tagen schon viel besser und ich habe auch nicht mehr solche Schmerzen. Ich esse nur Brühe und Gemüse und meinem Bauch geht es viel besser. Aber Lady Brenna sagte, ich darf heute Brei probieren. Sie sagte, ich kann nur Hafer essen und der Brei wird aus Hafer gemacht. Ich darf keinen Weizen oder Roggen essen. Aber das macht mir nichts.

Und ich brauche neue Kleidung. Ich habe keine Hosen wie du oder die anderen Männer. Das Beste ist, dass ich wieder anfange zu gehen. Sieh nur, Papa!"

Der kleine Junge streckte die Hand aus und Quade hob ihn hoch und stellte ihn auf den Boden. Er ließ den Jungen für eine Sekunde los und er stand tatsächlich einen Moment allein da, bevor er zur Seite schwankte. Quade schloss die Augen und hüllte Torrian in seine Arme. Konnte es wahr sein? Würde sein Sohn gesund werden? Würde er ihn endlich umarmen können, wie er es sich so lange gewünscht hatte?

„Aye, Junge, kann ich dich umarmen, ohne dich zu verletzen?"

„Es tut nicht weh, wenn du nicht zu sehr drückst. Ich bin fast geheilt. Und jetzt habe ich endlich wieder jemanden zum Spielen – Lily." Er drückte sich gegen die Brust seines Vaters und zeigte mit dem Finger auf seine Schwester, die in dem kleinen Raum im Kreis lief. Ihre Energie zeigte sich darin, dass sie ständig in Bewegung war. „Papa, denkst du, ich werde eines Tages wieder wie Lily rennen können?"

Quade wandte sich an Brenna. „Vielleicht, Torrian, aber wir müssen Lady Brenna fragen. Du sollst immer tun, was sie sagt. Hast du verstanden?" Sein Blick traf wieder ihren und er konnte die Augen nicht mehr von ihr lassen.

Sie räusperte sich, bevor sie sprach. „Aye, ich glaube, er hat die gleiche Krankheit", sagte sie und beantwortete seine frühere Frage. „Ihm ist nicht mehr übel geworden, seit er nur Brühe isst. Seine Haut ist viel besser, deshalb möchte ich heute mit Brei beginnen. Es ist beeindruckend, wie schnell sich junge Menschen erholen. Er muss anfangen, wieder zu Kräften zu kommen. Er hat im Laufe der Jahre viele Muskeln verloren, aber er ist jung. Ich denke, er wird sich vollständig erholen." Brenna strich die Laken glatt. „Ich habe heute Morgen mit der Köchin gesprochen. Sie macht Brei für die beiden und backt ihnen Äpfel. Ich werde ihr Essen holen, sobald ich hier mit Margaret aufgeräumt habe."

Brenna hängte die feuchten Handtücher zum Trocknen auf, während Quade seinen Sohn im Kreis um sich herumwirbelte. Er hatte Torrian zu lange versteckt gehalten und es war Zeit, dass der Junge aus diesem heraus Versteck kam. Es wäre wahrscheinlich ein Schock für seine Clanmitglieder, aber er würde es heute tun. Es war Zeit für einen Neuanfang.

„Oh, aye, es ist Zeit für meinen Sohn, zum Bergfried zurückzukehren. Wir werden zum Essen in den Saal gehen."

Quades Lächeln rührte ihr Herz. Sie blieb stehen, um seine Ausgelassenheit zu beobachten. Wie er seine Kinder liebte! Er war so gut zu ihnen.

Er wandte sich an Margret. „Margaret, bring deine Sachen zum Bergfried. Wir werden meinen Sohn nicht länger verstecken."

Lily hüpfte und klatschte in die Hände. „Können wir im großen Saal spielen, Papa?"

„Aye, du kannst spielen, wo immer du willst. Wir müssen Torrian dem Clan vorstellen."

„Quade, erlaubt mir wenigstens, ihn in eine Decke zu wickeln. Er ist immer noch sehr dünn und es ist kalt draußen." Margaret machte sich Sorgen um ihren Schützling.

„Oh, dann nimm mein Plaid. Mein Sohn wird es tragen und seinen rechtmäßigen Platz einnehmen. Und Margaret? Sag Ennis, wenn er vom Kampfplatz zurückkehrt, dass ihr beide in die Burg ziehen könnt."

Brenna hörte Margaret nach Luft schnappen. Sie sah die Frau an und zuckte mit den Schultern, während sie Torrian in das Ramsay-Plaid wickelte, das aus wunderschönen Blau- und Schwarztönen war. Torrians Gesicht strahlte vor Stolz.

„Die Dame zuerst, Lady Brenna", sagte Quade. „Nach dir. Margaret, folge uns, wenn du und Ennis bereit seid." Er hielt Brenna die Tür auf. Sobald er mit Torrian in den Armen ins Gras hinaustrat, hielt sich der Junge die Hände vor die Augen.

„Papa, die Sonne ist zu hell."

„Oh, du wirst dich daran gewöhnen, Junge. Heute ist es bewölkt. Die Sonne wird dich nicht sehr stören." Er schwang ihn auf die Schultern und stieg den Hügel hinauf. Lily griff nach Brennas Hand und hüpfte hinter ihrem Vater her.

Micheil gesellte sich unterwegs, nicht weit von der Hütte entfernt, zu seinem Bruder und das Staunen stand ihm ins Gesicht geschrieben. „Was hat das zu bedeuten, Bruder? Meinem Lieblingsneffen geht es besser?"

Quade strahlte vor Aufregung über die Verbesserung seines Sohnes. „Aye, Lady Brenna behandelt auch meinen Sohn. Er wird zum Essen seinen rechtmäßigen Platz an meiner Seite auf dem Podium einnehmen." Er sprach laut genug, damit jeder in der Nähe seine Worte hören konnte.

Micheil jubelte und Torrian kicherte. Micheil zwinkerte seinem Neffen zu. „Es ist an der Zeit. Torrian muss mehr Zeit mit uns verbringen."

Quade stieß einen lauten Schrei aus, um mehr Clanmitglieder aus ihren Häusern zu locken. Brenna wusste nicht genau, was sie tun sollte. Viele fielen auf die Knie, als sie den Jungen auf den Schultern seines Vaters sahen.

Gemurmel begleitete ihren Weg.

„Das ist der Sohn des Chiefs. Ich dachte, er wäre tot."

„Bei allen Heiligen, es ist ein Wunder."

„Wo war der Junge die ganze Zeit?"

„Er ist sehr dünn und klein. War er krank?"

„Seht euch das Mädchen an. Sie sieht schon viel besser aus."

Dann fielen die Blicke auf sie.

„Die Heilerin der Grants. Sie muss das bewirkt haben."

„Sie ist eine Wunderheilerin. Seht euch an, was sie vollbracht hat."

„Aye, das Mädchen hat unseren Clan gerettet. Schaut euch die beiden Kinder an und wie wunderbar sie aussehen."

Quade rief, dass alle es hören sollten, als er seinen Weg zum Bergfried fortsetzte. „Mein Sohn könnte jetzt, wo es ihm besser geht, ordentliche Jungenkleidung gebrauchen. Wer möchte ihm eine Hose zum Anziehen bringen? Kommt alle in den großen Saal und lernt meinen Sohn kennen."

Viele der Frauen, die auf den Weg getreten waren, liefen auf der Suche nach Kleidung zu ihren Hütten zurück.

„Die Kleidung meines Jungen wird ihm sicher passen, Chief."

„Wir werden etwas Neues für ihn nähen. Er ist Euer Sohn, Chief. Er verdient nur das Beste."

Lily winkte den jubelnden Leuten zu und blieb dann stehen, um etwas auf dem Boden anzusehen. „Lady Brenna, ich habe eine Tasche dabei. Darf ich ein paar hübsche Steine sammeln, um sie zum Bergfried zu bringen?"

„Natürlich darfst du das, Kind. Darf ich die Steine einmal sehen?"

Lily hielt ihre winzige Hand hoch, um ihr ihren Fund zu zeigen. „Ist er nicht hübsch?"

Brenna spähte auf den kleinen Stein. „Lily, er ist wunderschön. Was für hübsche Rosa- und Grautöne."

„Ich muss mehr finden, Lady Brenna." Sie hüpfte auf dem Weg von einer Seite zur anderen. „Ich kann sie für Torrian verstecken und er muss sie dann suchen."

Sie hatten es fast in den großen Saal geschafft, als Quade sich umdrehte und sich an die Menge wandte, die sich hinter ihnen versammelt hatte.

Er wartete, bis alles ruhig war, dann nahm er den Jungen von seinen Schultern und stellte ihn vor sich auf den Boden, damit Torrian sich an seine starken Beine lehnen konnte. „Mein Sohn ist schon sehr lange krank, aber jetzt ist er auf dem Weg der Besserung. Ich muss Lady Brenna Grant dafür danken, dass sie sowohl meinen Sohn als auch meine Tochter geheilt hat." Er nickte mit dem Kopf zu ihr. „Bitte gebt ihr das Gefühl, hier willkommen zu sein. Ich stehe für immer in ihrer Schuld."

Brenna wurde rot, als sie sich umdrehte, um die Reaktion von Quades Clan einzuschätzen. Würden sie sie akzeptieren? Ein strenges Schweigen machte sich breit, doch dann begannen sich langsam Jubelrufe zu regen. Einige Leute knieten sogar nieder. Sie nickte dankend und drehte den Kopf zur Tür des Bergfrieds.

Da bahnte sich Iona ihren Weg durch die Massen und schrie: „Sie ist eine Hexe!"

Brenna floh in den Bergfried, ohne darauf zu warten, dass jemand ein weiteres Wort sagte.

KAPITEL ACHTZEHN

L ILY LIEF BRENNA nach. „Ich mag diese Frau nicht", sagte sie mit zitternder Stimme. „Sie kann hier nicht hereinkommen, nicht wahr, Lady Brenna?"

„Oh, Mädchen, das hängt davon ab, was dein Vater will. Die Entscheidung liegt bei ihm."

„Aber ich mag sie nicht! Sie ist gemein. Sie will, dass du gehst, und ich möchte nicht, dass du mich jemals verlässt." Lily streckte die Arme aus und schlang sie um Brennas Beine.

Brenna hob sie hoch und umarmte sie. Dann sagte sie: „Warum versteckst du nicht die hübschen Steine, die du für deinen Bruder gesammelt hast? Er kann versuchen, sie zu finden, wenn er mit deinem Vater hereinkommt." Lily lächelte und krabbelte davon, um sich an die Arbeit zu machen, nachdem Brenna sie abgesetzt hatte.

Als sie dem kleinen Engel nachstarrte, dachte Brenna darüber nach, wie gut es sich anfühlte zu wissen, dass Lily wollte, dass sie blieb. Hatte jemand anderes als ihre Schwester das jemals zu ihr gesagt? Wenn ja, so konnte sie sich nicht daran erinnern. Lilys Vater hatte jedenfalls in ihrer Gegenwart noch nie etwas Derartiges geäußert. Warum war sie darüber nur so traurig? Weil sie starke Gefühle für Quade Ramsay hegte, ganz egal, wie sehr es sie verletzte.

Sie sah Lily nach, die sorgfältig ihre Verstecke auswählte und konzentriert die Zunge zwischen den Zähnen hervorschob, während sie arbeitete. Ein verschmitztes Grinsen huschte über ihr Gesicht, als sie einen Stein in eine Ecke steckte, wo er für ihren Bruder besonders schwer zu finden sein würde. Brenna grinste über das schelmische Vergnügen im Gesicht des Mädchens, trat zum Podium und setzte sich auf ihren üblichen Stuhl. Augenblicke später flog die Tür auf und Quade trat ein. Er eilte zum Podium und setzte Torrian sanft auf den Stuhl neben Brenna, bevor er sich wieder zum Gehen wandte. Er warf Brenna noch einen kurzen Blick zu. „Ich werde bald zurückkehren, Lady Brenna." Er hatte fast den Ausgang erreicht, als er herumwirbelte, zu ihr zurückkehrte und einen sanften Kuss auf ihre Lippen drückte, bevor er zwinkerte und wieder ging.

Was hatte das nun zu bedeuten? Brenna schaute sich im Saal um, um zu sehen, ob andere den Kuss bemerkt hatten und wie sie reagierten. Sie vernahm geflüsterte Worte, konnte sie aber nicht verstehen.

Brenna wandte sich an Torrian. „Kann ich dich einen Moment alleinlassen, mein Junge? Ich möchte deinen Brei bei der Köchin holen." Er nickte und seine Augen waren damit beschäftigt, der kleinen Lily mit ihren Steinen zu folgen, also ging Brenna in die Küche. Auf dem Weg stürmten unzählige Fragen auf sie ein. Wurde Quade da draußen mit Iona fertig? Wie würde er ihre Dreistigkeit handhaben? Ihr ging die kreischende Stimme nicht aus dem Kopf, die sie zur Hexe erklärt hatte.

Sie zwang sich, sich auf seinen Kuss anstatt auf Iona zu konzentrieren, betrat die Küche, lächelte die Köchin an und suchte auf der großen Arbeitsfläche nach dem Brei der Kinder.

„Ist der Junge so weit, Mädchen?", fragte die Köchin und wartete auf ihre Einschätzung.

„Aye, ich glaube, er kann den Brei heute probieren." Sie spähte in eine der Schalen und schwenkte sie. „Ich denke, du hast ihn dünn genug für ihn gemacht."

Die Köchin rang ihre Hände, bevor sie sprach. „Lady Brenna, wir sind so dankbar für alles, was Ihr für unseren Clan getan habt. Ihr habt uns nicht nur Lily zurückgebracht, sondern auch den Sohn des Chiefs. Wir werden für immer dankbar für Eure Fähigkeiten und Eure Hingabe an unsere Kleinen sein."

Brenna senkte den Kopf und war sich nicht sicher, wie sie ein solches Kompliment annehmen sollte. „Ich habe getan, was jeder Heiler getan hätte."

Die Köchin schüttelte den Kopf und spitzte die Lippen. „Nay, wir haben viele andere kommen und gehen sehen. Vielleicht hätte ein anderer Lily irgendwann geholfen, aber keiner hätte unserem Chief so helfen können wie Ihr. Ich habe ihn seit vielen, vielen Monden nicht mehr so gesehen, und ich danke Euch. Was auch immer Ihr für die Kleinen möchtet, sagt es mir einfach. Ich werde alles tun, um ihre Krankheit zu heilen, Mylady."

Brenna wurde rot, als sie die beiden Schalen mit Brei und die Bratäpfel nahm, die warmen Teller auf einem Tablett arrangierte und sich zur Tür drehte. Als sie den Saal betrat, rief sie Lily zu: „Bitte komm und iss deinen Brei mit deinem Bruder."

Lily ließ sich in der Nähe von Torrian auf einen Hocker fallen. „Aye, mein Lieblingsessen! Lady Brenna, dürfen wir die Äpfel untermischen? Torrian, warte, bis du das probierst! Das ist mein absolutes Lieblingsessen."

Torrian sah zu Brenna auf. „Muss ich essen, Lady Brenna? Ich fühle mich heute so gut. Ich möchte nicht, dass mein Bauch wieder wehtut."

Brenna saß zwischen dem Jungen und Lily. „Ich denke, dass du keine Probleme haben wirst. Warum probierst du nicht ein paar Löffel Brei zum Anfang."

Torrian starrte auf die Schüssel, nahm den Löffel und probierte das süße Gericht. „Es ist lecker. Ich werde eine Minute warten, um zu sehen, wie sich mein Bauch anfühlt. Ich möchte nie wieder krank werden, Lady Brenna. Bitte? Ich möchte auch, dass der Ausschlag nie wieder zurückkommt. Meine Wunden sind so viel besser."

Brenna strich sich eine blonde Haarsträhne aus der Stirn. „Versuche es langsam. Du wirst schon sehen."

Die Tür öffnete sich und Quade trat ein, gefolgt von mehreren Clanmitgliedern. Sie strömten herbei, um Torrian anzulächeln und ihn willkommen zu heißen. Torrian musterte seine Schüssel und nickte jedem Neuankömmling zu. Wie seltsam musste das für ihn sein, nachdem er so viele Jahre versteckt gewesen war. Lily war jung genug, um sich schnell an ihre bessere Gesundheit zu gewöhnen, aber Torrians Weg würde etwas schwieriger werden, da seine Muskeln Zeit brauchten, um zu heilen, aber Brenna war entschlossen, es ihm so einfach wie möglich zu machen.

Als Quade das Podium erreichte, strich er über Brennas Arm und flüsterte: „Es tut mir leid. Ionas Unhöflichkeit wird nicht wieder vorkommen."

„Gut, Papa. Ich mag sie nicht." Lily sah zu ihrem Vater auf und wartete auf seine Reaktion.

„Danke, Lily. Aber bitte denk an deine Manieren und iss das gute Essen, das die Köchin für dich zubereitet hat."

Quade nahm neben Torrian Platz, damit sein Clan eine klare Sicht auf seinen Sohn hatte. Brenna saß weiter zwischen Torrian und Lily.

Zwischen den verschiedenen Besuchern, die an sie herantraten, waren sie für einen Moment allein und Quade sah Brenna an. „Ich meine es ernst. Iona wird dich nie wieder belästigen. Das verspreche ich dir, Brenna."

Sein Nachdruck ließ einen Schauer über ihren Rücken laufen. „Ist sie die Einzige, die glaubt, ich sei eine Hexe? Oder geht es anderen in Eurem Clan genauso?"

„Nay, die anderen glauben das nicht. Niemand hat einen solchen Unfug erwähnt. Du musst verstehen, dass Iona aus Eifersucht handelt. Ich weiß nicht, wie sie auf die Idee kommt, mich zu heiraten, weil ich ihr nie Hoffnungen in diese Richtung gemacht habe. Ich bin schon lange nicht mehr mit ihr zusammen gewesen und ich entschuldige mich dafür, dass sie dich beleidigt hat."

„Papa, ich habe aufgegessen. Darf ich noch mehr Steine für meinen Bruder verstecken?" Lily wartete auf die Erlaubnis ihres Vaters, bevor sie von ihrem Stuhl hüpfte.

„Wie ist dein Brei, Junge?"

„Köstlich, Papa. Aber ich habe Angst, mehr zu essen. Ich möchte nie wieder krank sein. Glaubst du, es ist sicher, ein bisschen mehr zu essen?"

Quades Blick wanderte über den Kopf seines Sohnes zu Brenna. „Aye, ich vertraue Lady Brenna von ganzem Herzen. Das solltest du auch, Torrian."

Brenna schluckte, als sie die Zuneigung in Quades Stimme und in seinem Blick bemerkte. Was ging in ihm vor sich? Man wusste nie, was dieser Mann dachte. Manchmal machte er sie wirklich wahnsinnig.

Torrian überlegte kurz und seine Hände zitterten in seinem Schoß, als er sprach. „Ich bin nur ein winziger schottischer

Junge, aber ich werde essen, damit ich groß und stark werde wie du, Papa."

Quade zerwuschelte die Haare seines Sohnes und lächelte stolz. „Ja, du musst essen, um groß und stark zu werden, Junge."

„Papa?" Torrians Löffel bewegte sich zu seinem Mund, als seine Augen seiner Schwester folgten.

„Aye?"

„Was mache ich, wenn Lily mich bittet, ihre Steine zu finden? Ich kann allein noch nicht gut genug gehen. Glaubst du, ich kann bald gehen?"

„Aye, sehr bald. Mach dir keine Sorgen wegen Lily. Vor nicht allzu langer Zeit ging es ihr wie dir. Wusstest du, dass sie vor weniger als einem Monat noch nicht allein gehen konnte?"

Die drei beobachteten die Streiche des kleinen Mädchens, bis sie zurück zum Tisch stürmte. „Komm, Torrian, sieh, ob du alle meine Steine finden kannst. Ich habe sie versteckt, damit du sie nicht entdeckst. Beeil dich."

Lily sah ihren Bruder verspielt und hoffnungsvoll an. Ihre grünen Augen leuchteten. Torrian warf seinem Vater einen verzweifelten Blick zu und war sich nicht sicher, was er Lily erwidern sollte, doch kurz bevor er sprach, sprang das Mädchen auf und klatschte in die Hände. „Warte! Ich werde sie für dich finden."

Ihre zwei kleinen Füße huschten erneut durch den Saal, als Lily mehrere glänzende Kieselsteine aufhob, ohne sich der Leute um sie herum bewusst zu sein. Jedes Mal, wenn sie einen neuen Stein fand, drehte sie sich um, um ihn ihrem Bruder zu zeigen. Sie strahlte stets vor Freude, während der verwirrte Torrian aussprach, was er dachte. „Lady Brenna, warum sucht sie die Steine, die sie selbst versteckt hat? Es ist doch nicht schwierig, wenn sie die Verstecke kennt, oder?"

Quade lachte leise und tief und Brenna und der Junge stimmten ebenso leise ein. Jedes Mal, wenn Lily ihren Arm mit einem weiteren Stein in die Luft warf, nahm ihr Lachen zu.

Zwischen ihrem Kichern gab Brenna Torrian schließlich eine Antwort. „Aye, in ihrem zarten Alter ist es eine Herausforderung für sie. Sie braucht niemanden, der mit ihr spielt. Sie ist glücklich in ihrer eigenen Welt, solange wir in der Nähe sind." Sie beugte sich vor, um Torrian sanft auf die Wange zu küssen. „Sie ist sehr glücklich, einen neuen Bruder zu haben, mein Junge. Deshalb strahlen ihre Augen so."

Eine ganze Weile später lief Lily in ihre Richtung, um ihnen die Beute zu zeigen, die sie selbst versteckt und dann gefunden hatte. Sobald sie ihrem Bruder den letzten ihrer Schätze gereicht hatte, sprang sie auf Brennas Schoß und klatschte zufrieden in die Hände.

Brenna fragte sich, wie sie diese Familie jemals verlassen könnte. Das Zugehörigkeitsgefühl, das sich in ihrem Herzen niedergelassen hatte, traf sie völlig unvorbereitet.

Quade lehnte sich zurück und balancierte auf den beiden hinteren Beinen des Stuhls an seinem Schreibtisch im Solar. Er schaukelte vor und zurück, musterte die Gesichter seiner Mutter und seines Bruders und wartete geduldig auf ihre Antwort auf seine Erklärung.

Seine Mutter schürzte die Lippen, bevor sie ihn an ihren Gedanken teilhaben ließ. „Bist du dir da sicher, Quade Ramsay? Du darfst nicht mit den Gefühlen dieses Mädchens spielen. Sind dir die Konsequenzen deiner Worte klar?"

Micheil sprach mit großen Augen. „Aye, du kannst das nicht noch einmal machen, Bruder. Es ist noch keine Woche her, dass du das Mädchen zurückgewiesen hast. Ich fürchte, ich kenne mich gut genug mit Frauen aus, um zu wissen, dass sie dir diesmal nicht glauben wird. Und wer könnte es ihr verdenken, wenn sie dich ablehnt? Du kannst nicht noch einmal mit ihren Gefühlen spielen, so wie du es bisher getan hast."

Quade hörte auf zu schaukeln, stand auf und hob abwehrend die Hände. „Ich verstehe, was ihr sagt. Ich muss noch einmal mit Brenna sprechen und ihr meine Gründe darlegen. Ich muss mich für mein vorheriges Verhalten entschuldigen, das weiß ich."

„Es wird nicht helfen, ihr zu sagen, wie sehr du deine erste Frau geliebt hast." Micheil warf seiner Mutter einen Blick zu, um Unterstützung ihrerseits zu erhalten.

Doch Quade kam ihr zuvor. „Das möchte ich ihr gar nicht sagen. Aye, ich habe meine Frau geliebt. Aber jetzt liebe ich eine andere. Meine Gefühle für Lady Brenna sind sehr stark."

„Bist du dir sicher, dass du sie liebst und ihr nicht nur dankbar für alles bist, was sie für deine Kinder getan hat?" Lady Ramsay stand ihre Sorge ins Gesicht geschrieben. „Ich kann nicht leugnen, dass ich darauf gehofft habe, dass du Lady Brenna heiratest, aber ich möchte sicherstellen, dass du es aus den richtigen Gründen tust."

Quade ging zu seiner Mutter hinüber und küsste ihre Wange. „Aye, Mama. Ich verstehe deine Bedenken. Aber zweifle nicht an meiner Liebe zu dem Mädchen. Sie ist in meinem Herzen erblüht, seit ich sie das erste Mal gesehen habe. Aber ich war ein Dickschädel. Der einzige Grund, warum ich Laird Grants Befehl, seine Schwester zu heiraten, verweigert habe, war, dass ich Angst hatte, Lady Brenna zu verletzen. Ich könnte es einfach nicht ertragen, wenn dem Mädchen meinetwegen etwas zustößt. Ich wollte nicht riskieren, ihr Schaden zuzufügen, so wie ich dachte, ich hätte ihn Lilias zugefügt. Brenna hat mir geholfen, zu erkennen, was in Wirklichkeit passiert ist."

„Wovon redest du? Du sprichst in Rätseln." Micheil ging auf und ab, während seine Mutter Quade nur fragend ansah.

Quade hob beschwichtigend die Arme. „Oh, aye, ich werde es erklären." Er ging zum Kamin und sammelte seine Gedanken, bevor er sprach. „In der Nacht, in der Lilias starb, bat sie mich, an ihrer Seite zu liegen. Ich hatte seit Lilys Geburt nicht mehr in ihrem Bett geschlafen, weil ich wusste, dass sie das Kindbettfieber hatte. Aber in dieser Nacht hat sie mich gebeten, sie zu halten, also habe ich es getan." Er machte eine Pause und lächelte, als er sich an seine erste Frau erinnerte. „Sie redete darüber, dass sie sich um die Kinder kümmern würde, aber ich war so müde, dass ich ihr nicht wirklich zuhörte. Lady Brenna half mir zu erkennen, dass sie in diesem Moment ihre letzten Wünsche mit mir teilte. Ich muss eingeschlafen sein, während sie noch sprach."

Es verging ein Moment, bevor er weitersprechen konnte. „Als ich aufwachte, atmete Lilias nicht mehr. Ich geriet in Panik und rief die Heilerin. Ich kann mich nicht erinnern, was sie gesagt hat, aber ich glaubte, ich hätte meine Frau im Schlaf erstickt. Ich hatte an diesem Tag hart gekämpft und war erschöpft. Ich dachte, ich hätte mich auf sie gedreht und sie irgendwie erdrückt. Aber Lady Brenna hat mir erklärt, dass Lilias wusste, dass sie sterben würde. Sie wollte mich an ihrer Seite haben, um nicht allein zu sterben. Nachdem ich darüber nachgedacht hatte, ging ich zu Gunna und sie bestätigte Brennas Annahme. Sie erzählte mir, sie habe mir damals schon die Wahrheit erklärt, als es passiert war. Aber aus irgendeinem Grund habe ich nicht zugehört oder wollte es nicht hören. Ich glaubte, ich hätte Lilias getötet. Versehentlich, aye, aber ich fühlte mich dennoch für den Tod meiner Frau verantwortlich. Ich war so entsetzt über mein Handeln, dass ich mit niemandem darüber reden konnte. Und mit dieser Last auf meinen Schultern konnte ich nicht daran denken, je wieder zu heiraten. Versteht ihr nicht, warum ich dachte, ich wäre verflucht? Ich habe es wirklich geglaubt und dachte, ich könnte Lady Brenna Schaden zufügen."

Er sah zu seiner Mutter und seinem Bruder auf. „Ich liebe Lady Brenna, aber nicht aus den Gründen, die ihr annehmt. Sie ist eine fürsorgliche, liebevolle, wunderbare Person. Es wäre mir eine Ehre, sie als meine Frau zu haben. Ob sie mich akzeptiert oder nicht, das bleibt abzuwarten. Ich werde ihr jedenfalls nicht erlauben zu gehen, ohne vorher um sie zu kämpfen."

Lady Ramsay ging zu ihrem Sohn und nahm ihn in ihre Arme. „Quade, wie furchtbar. Warum hast du mir nie davon erzählt, welche Vorwürfe du dir gemacht hast? Ich wusste, dass deine Frau am Kindbettfieber gestorben ist. Wir alle wussten es."

„Aye, aber ich dachte, dass ihr das nur mir zuliebe sagt. In meinem Herzen dachte ich, ich hätte ihren Tod verursacht."

Als Quade sich aus den Armen seiner Mutter löste, legte Micheil eine Hand auf seine Schulter. „Bruder, du hast deine Wahl getroffen, aber ich denke, du musst deiner Herzdame ordentlich den Hof machen. Du wirst hartnäckig sein müssen."

„Aye, das weiß ich. Ich werde nicht aufgeben. Sie ist es mir wert. Ich werde nie ein freundlicheres oder klügeres Mädchen als sie finden."

Eine Träne rollte Lady Ramsay über die Wange. „Aye, sie ist etwas Besonderes. Ich kann nicht glauben, was sie alles für unsere Familie getan hat. Die Kinder sind wieder gesund. Fast alle im Clan sind von Lady Brenna begeistert. Sie ist eine starke Frau und ich würde sie gern in unserer Familie willkommen heißen.

Ich hoffe, du hast Erfolg, mein Sohn."

Quade zwinkerte seiner Mutter zu. „Oh, aye, ich werde kein Nay als Antwort akzeptieren."

KAPITEL NEUNZEHN

ZWEI TAGE SPÄTER ging Brenna zu den Toren des Bergfrieds und trug einen großen Korb mit einem Paar Handschuhen darin im Arm. Am Eingang machte sie Halt und sprach mit der Wache. „Mungo, kennst du den kürzesten Weg in den Wald, wo wilde Kräuter wachsen? Ich möchte so viele wie möglich sammeln, bevor der Schnee sie alle begräbt."

Mungo verschränkte die Arme und stellte sich breitbeinig vor ihr auf. „Aye, Mylady, aber der Chief sagt, dass Ihr die Burg nicht ohne Begleitung verlassen dürft."

Brenna verzog das Gesicht. Was war nur in Quade gefahren, ihre Bewegungen einzuschränken? Es war ja nicht so, als ob das Risiko bestünde, dass sie nach Hause floh.

Da rief jemand nach ihr. Sie drehte sich um und hielt die Hand schützend vor die Augen, um nicht von der strahlenden Sonne geblendet zu werden. Quade lief voller Freude auf sie zu und sie fürchtete sich fast davor, was er ihr zu sagen hatte, denn bei ihm konnte man nie wissen.

„Mungo! Ich werde das Mädchen begleiten."

Brenna sah Mungos erstaunten Blick, bevor er sich wieder sammelte. „Chief? Wollt Ihr wirklich das Mädchen beim Kräutersammeln begleiten?"

Quade legte seine Hand auf ihren Arm, als er ihre Seite erreichte. „Aye, Mungo. Es ist mir eine Freude, mit ihr einen Spaziergang in den Wald zu machen." Er nickte ihr mit dem Kopf zu. „Guten Morgen, Lady Brenna. Wie geht es dir?"

„Gut", murmelte sie schnell. Was sollte das alles? Sie teilte Mungos Verwunderung, denn Quade verhielt sich wirklich eigenartig.

Quade trat vor und zog an ihrem Ellenbogen. „Komm, Lady Brenna. Meine Mutter sagte, dass der Vorrat an Heilpflanzen nachgefüllt werden muss. Ich werde dir alle Orte zeigen, an denen sie wachsen. Ich kenne den Wald gut."

Brenna versuchte nicht, ihre Überraschung zu verbergen. „Ihr wisst, wonach ich suche?"

Er gluckste. „Nay, es war nur eine Ausrede, um dich zu begleiten. Es macht dir doch nichts aus, oder?"

Brenna seufzte. Würde er weggehen, wenn sie sagte, dass es ihr sehr wohl etwas ausmachte? Wahrscheinlich nicht. „Nay, natürlich nicht." *Warum erlaubst du ihm, dich zu begleiten – nur damit er dich noch einmal verwirren kann?* Wie gewöhnlich flatterten die Schmetterlinge in ihrem Bauch, sobald er ihren Ellenbogen berührt hatte. Wie sie sich doch wünschte, ihre Mutter wäre noch am Leben, damit sie sie nach diesem seltsamen Empfinden fragen könnte. Hatte ihre Mutter es jemals gefühlt? Sie würde Madeline fragen müssen, ob ihr jemals dasselbe passiert war, als sie ihren Bruder kennengelernt hatte.

Brenna seufzte verärgert, als sie sich daran erinnerte, wie Logan das Buch ihrer Mutter genommen hatte. Sie glaubte, ihre Mutter hätte etwas über Liebe und ihre Auswirkungen auf den Körper geschrieben, aber sie konnte sich einfach nicht erinnern, was es war. Verflucht sollte der Mann sein, weil er ihr geliebtes Buch gestohlen hatte.

„Vorsicht, Mädchen. Mit diesem Stirnrunzeln überzeugst du mich fast davon, mich umzudrehen und davonzurennen." Quades verlegenes Grinsen traf sie mitten im Bauch. Sie wurde rot, bevor sie sich entschuldigte. „Entschuldigt, mein Laird, ich habe gerade an etwas anderes gedacht. Ich frage mich, wo Logan wohl ist?"

Quade schlug seine Hand auf die Brust, direkt über seinem Herzen. „Oh, ich spaziere mit dir und alles, woran du denken kannst, ist mein Bruder?"

„Nay! Ich meine, naja ..."

Er hob die Augenbrauen und sah sie fragend an. Warum verwirrte er sie nur so? Sie stammelte doch sonst nie, nur in seiner Gegenwart.

„Ich habe an das Heilbuch meiner Mutter gedacht. Ihr erinnert Euch, das Buch, das Logan genommen hat?"

Großartig, jetzt musste sie sich eine Erklärung einfallen lassen, warum sie gerade jetzt an das Buch gedacht hatte. Sie sah ihn an und er lächelte verschmitzt. „Ähm, ich ..." Verflucht nochmal, Quade Ramsay! „Nun ... das Buch meiner Mutter enthielt Zeichnungen von Pflanzen und Informationen darüber, wozu sie verwendet werden können."

„Und du hast all diese Pflanzen vergessen?" Er hob eine Augenbraue, als sie zum Waldrand schlenderten.

„Nay, aber ich habe mich gefragt, ob ich das Buch meiner Mutter jemals wiedersehen werde."

„Ach, Mädchen. Ich kann dir nicht sagen, warum Logan es genommen hat. Er verschwindet ab und zu für mehrere Monate und kehrt dann für ein oder zwei Wochen zurück. Er ist auf der Suche nach etwas, aber ich glaube, dass er selbst nicht weiß, was es ist. Wir wissen nie, wann er zurückkommt. Er taucht einfach eines Tages auf. Ich glaube nicht, dass er es genommen hat, um es zu verkaufen. Ich glaube, er wird es hüten und es eines Tages zurückgeben."

„Glaubt Ihr das wirklich? Glaubt Ihr nicht, dass er es genommen hat, um mich wütend zu machen, und es einfach in einen Fluss geworfen hat oder etwas dergleichen?" Sie suchte in seinen Augen nach der Wahrheit.

„Nay, er würde dein Eigentum nicht so leichtfertig nehmen. Er ist ein guter Mann, der einfach nur verwirrt ist. Er liebt seine Nichte und seinen Neffen sehr, und als Torrian krank wurde, hat ihn das schwer getroffen. Manchmal denke ich, er hielt es für eine Beleidigung für unsere Familie, dass mein Junge nicht stark war. Er gab sich hart, aber ich sah ihm an, wie schwer es ihn getroffen hat, als die Blasen auf Torrians Haut aufplatzten und wir seinen Schmerz nicht lindern konnten. Er läuft davon, weil es für ihn zu schwer ist, die Kinder leiden zu sehen. Zumindest glaube ich das. Er würde es wohl nie zugeben."

„Ich hoffe, dass Ihr recht habt. Ich schätze die Worte meiner Mutter sehr. Vielleicht wird er bald zurückkehren, wenn er erfährt, dass es Euren Kindern besser geht." Sie sah ihn von der Seite an und fröstelte. Es erstaunte sie immer wieder, wie schnell ihr sein Blick unter die Haut ging.

Quade drückte sie fest an sich und schlang seinen Arm um ihre Schulter. „Ist dir kalt, Mädchen?"

Brenna nickte, denn sie brachte kein Wort heraus. Er war ihr nah genug, dass sie seine Wärme und seinen Herzschlag spüren konnte. Dieses Geräusch faszinierte sie wie kein anderes. Wie war das möglich? Normalerweise hörte sie den Herzschlag einer Person ab, um die Gesundheit ihres Körpers und ihre Stärke zu beurteilen. Aber Quades Herz rief nach ihr, winkte sie näher heran und drohte sie zu verzaubern. Ihre Heilerinnenseite verschwand, wann immer er in der Nähe war. Ihre Gedanken waren dann unlogisch, verwirrend und manchmal schlichtweg gestört.

Seine Lippen berührten nur eine Sekunde lang ihre Stirn und schon hinterließen sie eine sengende Hitze. Er blieb stehen und drehte sie zu sich, um sie flüchtig zu küssen. Alle Kräfte im Himmel hätten sie nicht davon abhalten können, sich an ihn zu schmiegen, ihre Arme um seinen Hals zu legen und sich nach mehr zu sehnen. Er küsste sie erneut und diesmal presste er seinen Mund fester auf ihren. Er schmeckte nach Apfel und nach sich selbst. Er löste sich kurz, aber sie zog ihn zu sich zurück und er gluckste.

Sie öffnete ihm ihren Mund und seine Zunge machte sich auf die Suche nach ihrer. Er stöhnte vor Vergnügen, umfasste ihren Hintern und zog sie enger an sich, bis sie etwas Hartes an ihrem Bauch spürte.

Die Erkenntnis traf sie wie ein Eimer kaltes Wasser ins Gesicht. Sie schob ihn von sich.

„Meine Liebe? Habe ich etwas getan, das dir nicht gefällt? Ich dachte, du genießt meine Küsse genauso wie ich es genieße, dich zu kosten."

„Das tue ich. Ich meine, das tat ich. Ach, verdammt. Was denkt Ihr Euch? Ich verstehe Euch einfach nicht." Sie wusste nicht, wie sie ihre Gedanken erklären sollte, aber sie musste es versuchen. Erst lehnte er sie ab. Wie hatte er sie vor ihrem Bruder zurückweisen können, wenn er sie doch wollte? Es war wieder alles wie zuvor. Sein Kuss hatte sie um den Verstand gebracht und dann war er einfach davongegangen, als wollte er nichts mit ihr zu tun haben.

Er strich ihr eine widerspenstige Locke hinters Ohr, aber sie schob seine Hand weg.

„Was ist los, Brenna? Willst du mich nicht?"

„Nay, das ist es nicht." Sie wollte, dass ihre Atmung langsamer wurde, damit sie vernünftig sprechen konnte.

„Sprich mit mir, meine Liebe. Was geht dir durch den Kopf?"

Tränen traten ihr in die Augen, als sie sich daran erinnerte, wie er sie im Solar zurückgewiesen hatte.

Sein Finger berührte ihr Kinn und sie war gezwungen, ihm in die Augen zu sehen. „Brenna, bitte rede mit mir."

Sie wischte sich eine Träne von der Wange und sah ihm in die Augen. „Ihr habt mich abgelehnt. Wir haben dasselbe im Gang getan, aber dann habt Ihr mich in Verlegenheit gebracht und mich zurückgewiesen. Meine Brüder hielten mich wahrscheinlich für ein leichtes Mädchen, als Ihr sagtet, Ihr würdet mich niemals heiraten. Eure Nähe macht meine Knie schwach, aber ich werde Euch nicht erlauben, mit meinen Gefühlen zu spielen. Also lasst mich los und berührt mich nie wieder."

Sie musste von ihm fort. Sie schob seine Hand weg, ließ ihren Korb fallen und rannte zurück zum Bergfried.

Quade musste zugeben, dass er diese Reaktion wahrscheinlich verdient hatte. Die Lieblichkeit des Mädchens nahm ihm den Atem, selbst wenn sie wütend war. Sie schmeckte so süß und er hätte sie nur zu gern in das weiche Moos geworfen, um mit ihr zu schlafen, nur sie beide unter dem Himmel und dem Blätterdach.

Er stürmte hinter ihr her. Sie hatte genau das getan, was er erwartet hatte. Er hatte vorgehabt, zuerst mit ihr zu sprechen, bevor er ihr wieder nahekam, aber wie um alles in der Welt konnte er ihr widerstehen? Ihre rosaroten Lippen, die braunen Augen, das dunkle Haar, das sich um ihr Gesicht kräuselte – wie konnte er da aufhören, sie sich nackt in seinen Armen vorzustellen? Bei allen Heiligen, er war eben auch nur ein Mann.

Als er sie einholte und ihren Arm packte, wirbelte sie herum und verpasste ihm eine Ohrfeige.

„Lasst mich bitte in Ruhe! Geht weg von mir, Quade!"

Er rieb sich die Wange, die sie geschlagen hatte – aye, auch das hatte er verdient – und griff nach ihren Händen. „Brenna, gib mir nur einen Augenblick. Hör mich an. Lass mich nur einen Moment sprechen und wenn du dann immer noch gehen willst, werde ich dich nicht zurückhalten. Ich verspreche, dich nicht zu berühren, es sei denn, du willst es. Bitte, Brenna. Ich werde dich anflehen, wenn du möchtest. Bitte?"

Sie zögerte einen Moment und nickte dann langsam. „Einen Augenblick, das ist alles, was ich Euch gebe."

Er holte tief Luft, küsste sie auf beide Handrücken und sagte: „Ich liebe dich. So einfach ist das." Ihre Reaktion war zunächst irgendwo zwischen Schock und Wut, aber dann bemerkte er ein Flackern in ihren Augen und sie schien weicher zu werden. Das war die Reaktion der Frau, die er liebte – stark, warm, nachdenklich und sinnlich. Herr im Himmel, er verehrte sie und er musste sie davon überzeugen. Er schluckte und sprach hastig weiter. „Ich glaube, ich liebe dich, seit dein Lockenkopf neben meinem Bett in der Hütte aufgetaucht ist. Ich kann es nicht erklären, Mädchen. Manchmal bin ich etwas begriffsstutzig und sehe nicht, was direkt vor meiner Nase ist. So wie du. Wir. Wir gehören zusammen. Aye, ich habe dich vor deinem Bruder abgelehnt, aber nur aus dem Grund, dass ich dich so sehr liebe, dass ich dich nicht mit meinem Fluch belegen wollte. Jedes Mal, wenn dein Bruder das Wort Ehe erwähnte, konnte ich nur an Lilias denken, und daran, wie sie tot in meinen Armen lag, als ich aufwachte. Das war der schlimmste Tag meines Lebens. Ich könnte nie riskieren, dass das wieder passiert. Es wäre nicht gerecht dir gegenüber. Du musst zugeben, dass ich seit meiner Heirat kein einfaches Leben hatte. Ich habe mitansehen müssen, wie meine beiden Kinder an einer Krankheit litten, die alle Heiler in der Nähe überforderte. Alle außer dir. Du hast meine Kinder gerettet."

„Ihr liebt mich, weil ich Eure Kinder gerettet habe? Ist das der Grund, Quade? Wenn es so ist, dann will ich Euch nicht. Ich brauche jemanden, der mich liebt, wie ich bin, nicht nur, weil ich eine Heilerin bin. Das macht zwar einen großen Teil von mir aus, aber es eben nur das: ein Teil von mir, nicht alles von mir. Ich will auch in anderer Weise wertgeschätzt werden."

„Oh, du bist in vielerlei Hinsicht wertvoll, das weiß ich. Du hast die Geduld und das Mitgefühl, die dich zu einer brillanten

Heilerin machen, aber du bist auch das stärkste Mädchen, dem ich je begegnet bin. Dein Verstand ist brillant und heller als der jedes Mannes, den ich kenne. Du wirst meinen Kindern eine wundervolle Mutter sein."

Er hörte sie seufzen und wusste, was sie hören wollte. „Aber am allermeisten, Brenna Grant, liebe ich dich, weil du meine Knie schwach machst, wie ich es noch nie zuvor gefühlt habe." Er küsste sie auf die Wange, als sie rot wurde. „Und ich kann es kaum erwarten zu sehen, wie du von der Nasenspitze bis zu deinen Zehen rot wirst, wenn du nichts anderes trägst als dein schönes offenes Haar. Du erregst mich wie keine andere. Wenn ich alt und grau bin und mein Schwert nicht mehr heben kann, möchte ich dein Gesicht neben mir sehen, Mädchen. Ich möchte, dass du an meiner Seite bist und meine Hand hältst." Er nahm ihre Hand in seine und wandte sich wieder dem Wald zu. „Ich weiß, dass du mehr über meine Ehe erfahren willst, und ich muss es dir erzählen. Wirst du mit mir spazieren gehen?"

„Aye." Sie schmiegte sich an ihn, als sie ziellos losgingen.

„Lilias und ich haben geheiratet, weil unsere Väter die Ehe arrangiert haben. Ich erinnere mich daran, wie ich sie das erste Mal sah. Ich dachte mir, dass sie hübsch genug ist. Wir haben schnell geheiratet und waren glücklich. Sie wurde in unserem ersten Jahr schwanger und als ich unseren Sohn Torrian zum ersten Mal sah, war ich so stolz wie nie zuvor und nie danach. Lilias und ich vergötterten ihn. Es hat so viel Spaß gemacht, den kleinen Jungen heranwachsen zu sehen, dass ich viele Tage lang nicht auf den Übungsplatz gehen wollte. Manchmal schickte ich Logan, um an meiner Stelle zu trainieren. Er war fast so begeistert von dem Jungen wie ich. Jedes Mal, wenn er kicherte und auf Logan zuging, ließ mein Bruder alles fallen. Kurz nach seinem ersten Geburtstag wurde Torrian krank. Wir haben viele Dinge und viele Heiler ausprobiert, aber alles war umsonst. Er hatte gute und schlechte Tage. Ungefähr zur gleichen Zeit haben wir meinen Vater verloren und unsere Burg trauerte lange. Der Verlust meines Vaters und Torrians Krankheit waren für uns alle schwer, aber für meine Mutter war es am schwersten. Wir machten weiter und holten immer mehr Heiler, die ihn entweder zur Ader ließen oder ihm schreckliche

Tränke einflößten, aber alles war umsonst. Lilias wurde wieder schwanger und konzentrierte sich auf das neue Kind, während sie weiter versuchte, unseren Sohn zu heilen. Als sie ein kleines Mädchen gesund zur Welt brachte, waren wir alle so unglaublich dankbar, obwohl wir uns Sorgen machten, dass sie wie ihr Bruder krank werden würde. Lilias war begeistert von ihr, aber es dauerte keine Woche, bis mir klar wurde, wie krank sie selbst war. Ich hatte vom Kindbettfieber gehört, aber ich konnte oder wollte nicht hören, was mir die Heilerin sagte. Es hat mich am Boden zerstört. Am Anfang mochte ich Lilias einfach sehr, aber dann habe ich sie lieben gelernt. Ich habe sie dafür bewundert, wie sehr sie sich bemüht hat, unser Kind zu heilen. Man sagt, dass Krankheiten ein Paar zerreißen können, aber bei uns war das nicht der Fall. Unsere Liebe wuchs mit jedem Jahr. Man kann nicht durchmachen, was wir durchgemacht haben, ohne eine starke Bindung zueinander aufzubauen. Ich konnte nicht damit umgehen, sie zu verlieren."

Er packte Brenna um die Taille und zog sie an sich, um mit seiner Nasenspitze über ihren Hals zu streichen. „Aye, ich habe meine Frau geliebt, aber ich liebe dich noch mehr, Brenna. Dich zurückzuweisen war eines der schwierigsten Dinge, die ich je getan habe. Ich will dich mehr als alles andere. Aber ich konnte dich nicht heiraten, weil ich glaubte, verflucht zu sein. Aber nachdem ich dir an den Klippen zugehört hatte, kamen die Erinnerungen an meine letzte Nacht mit Lilias stückweise zu mir zurück. Du hast recht, Lilias wusste, dass sie im Sterben liegt. Sie hat mir sogar ihre letzten Wünsche für die Kinder gesagt. Aber ich erinnere mich auch an etwas anderes, das sie gesagt hat. Ich musste ihr versprechen, mein Leben weiterzuleben und eine neue Liebe zu finden. Ich weiß nicht, warum ich mich nicht daran erinnert habe, bis ich mit dir gesprochen habe. Nach unserem Gespräch an den Klippen verbrachte ich die nächsten zwei Tage damit, an Lilias zu denken, und alles aus dieser Nacht kehrte zu mir zurück. Vielleicht habe ich es ausgeblendet, weil ich mich nicht daran erinnern wollte. Ich habe auch unsere alte Heilerin Gunna besucht und sie hat alles bestätigt, was du gesagt hast. Sie sagte, ich hätte Lilias nicht getötet und dass sie mir das damals schon gesagt hätte, ich aber noch nicht bereit gewesen

sei, sie anzuhören. Ich war zu verstört. Es tut mir leid, dass ich dir
nicht gesagt habe, wo ich in diesen zwei Tagen war. Manchmal
bleibe ich für mich, um nachzudenken, und ich entschuldige
mich dafür. Aber ich musste einen freien Kopf bekommen und
das habe ich nun. Ich war nicht mit Iona oder einem anderen
Mädchen zusammen. Nachdem ich mit Lilias meinen Frieden
geschlossen habe, habe ich nur an dich gedacht und daran, wie
viel du mir bedeutest."

Er drehte sich zu ihr um und schlang seine Hände um ihre.
„Ich liebe nur dich. Ich will nur dich. Ich brauche nur dich." Er
kniete sich vor sie und hielt ihre Hand in seiner. „Lady Brenna,
willst du mich heiraten?"

Brenna konnte nicht glauben, was er da gerade gesagt hatte. Sie
blickte in seine Augen und fand dort die Liebe, auf die sie immer
gehofft hatte.

„Quade, ich weiß nicht, was ich sagen soll. Ich bin so überrascht."

War er der richtige Mann für sie? Würde er sie lieben und
ehren, wie Alex es mit Maddie tat? So, wie ihr Vater ihre Mutter
geliebt hatte? Sie trocknete die Tränen, die sich in ihren Wimpern sammelten.

Aber die eigentliche Frage war doch: Liebte sie ihn genug, um
Aye zu sagen? Liebte sie ihn genug, um ihre Familie zu verlassen
und ihr Leben an seiner Seite zu verbringen? In ihrem Herzen
gab es nur eine mögliche Antwort, die sie diesem Mann geben
konnte.

„Sag Aye, Brenna, und mach mich zum glücklichsten Mann
auf der Welt." Er küsste die zarte Haut an der Innenseite ihres
Handgelenks und Hitze breitete sich von ihrem Arm wie ein
Lauffeuer aus.

„Aye."

Quade stieß einen Freudenschrei aus und hob sie in die
Luft. Sie sah ihm in die Augen und wusste, dass sie die richtige Entscheidung getroffen hatte. Sie liebte ihn mehr als sie für
möglich gehalten hatte. Sie hätte niemals von ihm fortgehen
können.

Sie warf ihre Arme um seinen Hals, sobald ihre Füße wieder

den Boden berührten. Seine Lippen fanden ihre und sie verschmolzen. Dann zog er sich gerade genug zurück, um in ihre Augen zu schauen. „Ich liebe dich, Brenna, vergiss das nie. Ich kann manchmal ein Trottel sein. Aber vergiss niemals, dass ich dich liebe."

„Aye, und ich liebe dich, Quade Ramsay. Du treibst mich manchmal in den Wahnsinn, aber ich liebe dich. Du machst mich sehr glücklich."

KAPITEL ZWANZIG

ER EROBERTE IHRE Lippen mit einem glühenden Kuss, um ihr zu zeigen, wie sehr er sie liebte. Ihre Antwort löste ein leises Knurren in seiner Kehle aus. Er hob sie hoch und fand einen weichen Grasfleck, auf dem er sie betten konnte. Quade begann damit, ihre Wangen und Lippen zu küssen und zog dann eine Spur von Küssen ihren Hals hinunter zu der zarten Stelle zwischen ihren Schlüsselbeinen.

Ihre Reaktion spornte ihn nur noch mehr an. Er fuhr mit seiner Hand von ihrer Taille aufwärts, bis er ihre Brust umfasste und durch den weichen Stoff ihres Kleides nach ihrer Brustwarze suchte. Er rieb die weiche Knospe, bis er spürte, wie sie sich erhärtete. Dann küsste er Brenna erneut und legte seine Lippen auf ihre, bis er den süßen Geschmack ihrer Zunge kostete.

Sie bäumte sich unter seiner Berührung auf und er verlor die Kontrolle über seine Sinne. Er dachte nur daran, wie leidenschaftlich sie sein würde, wenn er mit ihr schlief. Er wusste, dass er es nicht tun sollte, aber er fand unter den Stoffschichten einen Weg zur weichen Haut ihrer langen Beine. Dann fuhr er mit seiner Hand über ihre zarten Schenkel und suchte die Locken zwischen ihnen. Er konnte nicht mehr an sich halten, als er entdeckte, wie feucht sie war.

Brenna zuckte zusammen, als seine Finger in sie eindrangen, spreizte dann aber ihre Beine, um ihm den Zugang zu erleichtern.

Er erforschte weiter ihren Mund, bis ihre Lippen kribbelten, während er ihren feuchten Venushügel streichelte. Er konnte nur daran denken, wie sehr er sich in ihrer feuchten Scheide vergraben wollte, bis er sie dazu brächte, beglückt seinen Namen zu schreien.

Aber genauso schnell, wie sie sich für ihn geöffnet hatte, schloss sie ihre Beine wieder.

Sie umklammerte seine Oberarme und bremste ihn. „Quade, das geht zu schnell."

Er sah die Verwirrung in ihren Gesichtszügen. Er hätte nicht so weit gehen sollen, nicht hier, wo einer seiner Männer auf sie stoßen könnte. „Ganz ruhig, meine Liebe. Ich weiß." Schnell zog er seine Hand zurück und schob ihre Röcke zurück an ihren Platz. Sie klammerte sich immer noch an seine Arme.

„Was machen wir hier? Ich glaube nicht, dass ich schon dazu bereit bin."

„Verzeih mir, Brenna. Du bringst mich einfach um den Verstand. Du bist so leidenschaftlich." Er blickte in ihre Augen und küsste sie noch einmal. „Ich hätte nicht so weit gehen sollen. Aber vertrau mir, wenn ich sage, dass es zwischen uns wunderbar sein wird. Ich werde niemals etwas tun, das du nicht möchtest."

Er stand auf und streckte ihr die Hände entgegen, um ihr aufzuhelfen. Ihr benommenes Gesicht ließ ihn schmunzeln. Es wäre wunderbar, mit ihr zusammen zu sein.

Sobald sie wieder präsentabel aussah, umfasste er ihr Gesicht mit seinen Händen. „Vergiss nicht, dass ich dich liebe. Du machst mich sehr glücklich, aber ich hätte warten sollen. Wir werden bis zu unserer Hochzeitsnacht warten. Ich verspreche es."

Alle im Solar strahlten, als Quade verkündete, dass Brenna zugestimmt hatte, seine Frau zu werden. Micheil, Lady Ramsay und Avelina umarmten sie beide.

Die kleine Lily stürmte herbei und schlang ihre Arme um Brennas Beine. „Heißt das, dass du bei uns bleiben wirst, Lady Brenna?"

Brenna beugte sich vor, um sie aufzufangen. „Aye, ich werde bei euch bleiben, bei dir, Torrian und deinem Vater." Sie küsste sie auf die Wange.

„Für immer?" Ihre Hand ruhte auf Brennas Schulter, als sie sie erwartungsvoll ansah.

„Aye, Mädchen, für immer."

„Aye!", jubelte Lily, bevor sie ihre Arme um Brennas Hals schlang und ihren Kopf an ihre Schulter legte. „Ich habe dich lieb, Lady Brenna."

Brennas Herz schmolz dahin. Sie ging zu dem Stuhl, auf dem Torrian saß, und kniete sich vor ihn. Nachdem sie Lily zu ihm auf den Stuhl gesetzt hatte, umarmte sie beide sanft. „Und ich habe dich und Torrian lieb."

Torrian fragte: „Wann heiratet ihr, Papa? Ich möchte zur Hochzeit kommen. Dürfen Lily und ich dabei sein?" Beide schauten zu ihrem Vater auf und warteten auf eine Antwort.

Quade wuschelte ihm durch die Haare. „Natürlich werdet ihr beide dabei sein, Torrian. Wir würden doch nicht ohne euch heiraten. Nicht wahr, Brenna?"

„Natürlich nicht. Wir werden uns etwas Besonderes für dich und Lily einfallen lassen, damit ihr Teil der Zeremonie sein könnt."

Lily klatschte vor Aufregung in die Hände und flüsterte dann ihrem Bruder zu: „Torrian, wir werden wieder eine Mama haben."

Lady Ramsay wischte sich die Tränen von den Wangen, bevor sie mit ihrem Sohn und ihrer zukünftigen Schwiegertochter sprach. „Wann wollt ihr heiraten? Wir müssen uns um einen Priester kümmern."

Quade zögerte, bevor er Brenna ansah. „Die Entscheidung liegt bei meiner Verlobten. Ich würde sie ja gleich morgen heiraten. Aber ich bin mir sicher, dass sie ihre Familie hierhaben möchte. Aye, Brenna?"

„Aye, wir müssen einen Boten zu Alex schicken, um zu sehen, wie lange sie brauchen, um herzukommen. Ich möchte auch meine Schwester Jennie und meine anderen Brüder hierhaben."

„Ich gehe von vierzehn Tagen aus, Mutter. Ich werde gleich morgen einen Boten losschicken. Ich denke, sie können bis dahin kommen."

Torrian stand auf und stützte sich auf den Stuhl neben ihm. „Brenna, glaubst du, dass ich bis dahin allein gehen kann? Ich möchte stark für die Hochzeit meines Papas sein."

Brenna kniete vor ihm nieder. „Wir werden unser Bestes geben, aber wenn das nicht funktioniert, habe ich einen anderen Plan."

Brenna und Lady Ramsay waren im großen Saal und auf den Tischen vor ihnen stapelten sich die Stoffballen.

„Aye, Ihr habt recht, Lady Ramsay. Ihr habt wunderschöne Stoffe zur Auswahl."

„Du hast die Wahl, Mädchen. Wir werden nähen, was du möchtest. Ich freue mich sehr, dass du Teil unserer Familie wirst." Lady Ramsay umarmte sie kurz.

Sie musterten immer noch die Stoffe, als Margaret und Aggie mit Torrian und Lily die Treppe herunterkamen. Aggie marschierte direkt zu Brenna. „Es wäre mir eine Ehre, wenn Ihr mir erlauben würdet, Euer Kleid zu nähen, Lady Brenna."

„Aggie ist eine der besten Näherinnen", erklärte Lady Ramsay mit einem Lächeln.

„Natürlich, wenn du Zeit hast", sagte Brenna. „Aber Lily braucht auch ein Kleid. Wer könnte ihr Kleid nähen?"

„Mylady, ich werde mich darum kümmern", bot sich Margaret an und half Lily auf einen Hocker.

Nachdem sie Torrian auf einem nahen Hocker abgesetzt hatte, schloss sich Margaret ihnen an. „Und Aggies Schwester ist auch sehr geschickt mit der Nadel."

Brenna ergriff Aggies Hände. „Vielen Dank, es würde mir sehr gefallen, wenn du mein Kleid nähen würdest."

Dann ging sie durch den Raum und suchte weiter nach dem richtigen Stoff. Dabei stieß sie auf ein blasses Blau. „Lady Ramsay, was haltet Ihr hiervon für Lily?"

„Aye, die Farbe ist wunderschön."

Lily kam herbeigelaufen, um das Tuch zu sehen. „Aye, darf ich das haben, Oma? Aber ich möchte aussehen wie du, Brenna. Wirst du auch diese Farbe tragen?"

Brenna trat an das Tischende. „Nay, ich denke, ich werde eine andere Farbe wählen, Lily. Aber wie wäre es, wenn wir verschiedene Blautöne tragen? Ich mag dieses dunklere Blau und es würde gut zum Blau in Quades Plaid passen." Sie ließ den Stoff durch ihre Finger gleiten und überlegte, welche Stickerei dazu am besten aussehen würde. „Vielleicht mit goldenen Verzierungen. Oder Gold an den Ärmeln?"

„Oh, aye, das wäre perfekt!" Lady Ramsay trat hinter sie und warf einen Blick über ihre Schulter, um ihre Wahl zu betrachten. Margaret und Aggie nickten zustimmend.

„Aye, dann sehe ich fast wie du aus, Lady Brenna!" Lilys Überschwang war ansteckend und alle lachten.

„Und ich?" Torrian saß auf dem Hocker, auf den Margaret ihn gesetzt hatte, denn er konnte ohne Unterstützung immer noch nicht allein gehen.

Brenna streckte ihm die Hand entgegen und half ihm, zur Tür zu gehen. Seine Schritte waren langsam und wacklig, aber er strengte sich an. „Dein Papa wird dir helfen, deine Kleidung für die Hochzeit auszuwählen, aber ich habe etwas Besonderes für dich. Komm, Mungo hat einen neuen Freund für dich."

Sie brachte Torrian zu den Stufen vor dem Bergfried und pfiff nach Mungo.

„Schick ihn her, Mungo!" Sie rief laut genug, dass sich Torrian die Ohren zuhielt.

„Wovon redest du, Brenna?" Er sah zu ihr auf, die Hände immer noch auf seine Ohren gepresst. Als er den Kopf wieder zurück zum Tor wandte, schrie er plötzlich: „Oh, nay! Brenna, hilf mir! Er wird mich umwerfen." Er griff nach ihren Händen, als ein riesiger Hirschhund auf sie zulief.

„Nay, Torrian", sagte sie lachend. „Das ist dein neues Haustier." Kaum hatte sie diesen Satz beendet, stapfte der große Hund die Stufen hinauf und leckte Torrians Gesicht.

Torrian schlug sich die Hände vors Gesicht, um das Gesabber der sehr großen Zunge abzuwehren, die über seine Wange schleckte. „Oh, pfui. Sitz!"

Der Hund setzte sich sofort vor ihn und wartete auf den nächsten Befehl.

Brenna musterte Torrians Reaktion und schnell sah er mit leuchtenden Augen zu ihr auf. „Er hört auf mich. Gehört er wirklich mir?"

„Oh, aye!" Brenna lachte und half Torrian, sich wieder der Tür zum großen Saal zuzuwenden. Dann bedeutete sie dem Hund, ihnen zu folgen.

„Nay, Lady Brenna. Oma erlaubt keine Hunde im Saal."

„Aye, aber er ist etwas Besonderes. Sie hat zugestimmt, ihn hereinzulassen, damit er dir helfen kann."

„Wie soll er das machen?", fragte er neugierig und streichelte den Hund vorsichtig.

Brenna hob Torrian hoch und trug ihn zu dem Stuhl in der Nähe des Kamins. Der Hirschhund folgte dicht hinter ihnen. „Komm mit mir und ich werde es dir zeigen."

„Wie heißt er?"

„Mungo sagte, sein Name ist Growley. Mungos Hündin hatte bei ihrem letzten Wurf vier Welpen. Inzwischen ist Growley etwas mehr als ein Jahr alt."

„Warum hat Mungo ihn Growley genannt?"

„Weil er gern im Schlaf knurrt. Aber er tut niemandem weh. Mungo sagte, er sei sehr sanft, und ich denke, dass er die perfekte Größe für dich hat."

„Warum? Wie kann er mir helfen?" Torrian spähte auf das pelzige Tier, das neben seinem Stuhl stand. Sein Fell war wunderschön grau mit braunen Sprenkeln. Der Hund kam zu ihm und legte seinen Kopf auf seinen Schoß. Torrian tätschelte vorsichtig seinen Kopf und fing an zu kichern. „Brenna, seine Nase ist kalt! Ich mag ihn, aber er ist sehr groß."

„Deshalb ist er perfekt für dich." Brenna half Torrian, von seinem Stuhl aufzustehen. „Komm. Ich werde dir zeigen, was Growley kann."

Sie bemerkte, dass alle im großen Saal ihnen zusahen.

Torrian rief seiner Großmutter zu: „Großmutter, darf Growley hier bei mir bleiben?"

Brenna bemerkte, dass Lady Ramsay zwar mit dem Kopf nickte, aber nichts sagte. Ihre Hände wischten mehrmals über ihre Augen. Dann konzentrierte sich Brenna wieder auf den Hund. Sie stand vor ihm und klopfte leise auf ihren Oberschenkel. „Komm, Growley." Der Hund lief herüber und stand aufmerksam vor ihr. Sie trat an seine Seite und stellte Torrian neben ihn.

„Was soll ich jetzt machen?" Er sah sie verwirrt an.

„Torrian, er hat die perfekte Größe für dich. Ich möchte, dass du deinen Arm auf seinen Rücken legst, damit er dich beim Gehen unterstützt."

Torrian legte vorsichtig seine Hand auf Growleys Rücken und fing an, ihn zu streicheln. „Etwa so?"

„Aye, fast. Du kannst ihn natürlich jederzeit streicheln, aber das hier ist anders. Tritt ein bisschen näher an seinen Kopf heran. Ich möchte, dass du deine Hand in die Nähe seines Halses legst. Wenn du Growley den richtigen Befehl gibst, fängt er an, neben dir herzulaufen. Und wenn du das Gefühl hast, zu fallen, dann halte dich am Fell an seinem Hals fest."

„Aber wenn ich das tue, werde ich ihn verletzen und er wird mich beißen, oder nicht?"

„Nay, Mungo und ich haben ihn ausgebildet. So heben Hundemütter ihre Welpen auf. Sie packen das Fell am Hals. Es ist sehr dick und wird ihn nicht verletzen. Versuch es."

Torrian spielte eine Weile mit dem Fell am Hals des Hundes, bevor er einen leichten Ruck versuchte. Growley rührte sich nicht. Er drehte sich mit einem breiten Grinsen zu Brenna um. „Du hast recht. Es macht ihm nichts aus. Wie sage ich ihm, dass er gehen soll?"

„Leg deine Hand in die Nähe seines Halses und sag ihm ‚Geh, Growley'. Wenn du möchtest, dass er anhält, sagst du ‚Halt'. Probier es aus und du wirst schon sehen."

„Wirst du auch neben mir hergehen, um mich aufzufangen, wenn ich falle?"

„Aye, aber du wirst mich nicht brauchen. Growley wird sich um dich kümmern." Sie nickte ermutigend mit dem Kopf und hoffte, der Junge würde es versuchen. Mungo hatte viele Stunden mit dem Tier gearbeitet und sie war zuversichtlich, dass die beiden ein großartiges Paar abgeben würden.

Torrian hielt sich am Hals des Hundes fest. Brenna trat leicht zurück und als der Junge sie ansah, nickte sie. „Mach weiter, Torrian. Er wird dir helfen. Er ist sehr sanftmütig."

Torrian sah sich um, so als suchte er nach etwas, als er seine Großmutter in der Nähe stehen sah. Er lächelte, hielt sich fest und sagte: „Geh, Growley." Brenna erkannte, dass Lady Ramsay gespannt den Atem anhielt. Jedes Auge im großen Saal war auf den kleinen Jungen und den großen Hirschhund gerichtet, der fast doppelt so groß war wie er.

Der Hund machte ein paar Schritte, Brenna folgte ihm und half, das Tempo zu bestimmen. Torrians Gesicht leuchtete auf, als er ging. Jedes Mal, wenn er zu fallen drohte, packte er Growleys

Fell und richtete sich wieder auf. Es dauerte nicht lange, bis die beiden es zu Lady Ramsay schafften, Brenna immer noch an ihrer Seite.

Als sie ankamen, kniete sich Brenna vor den Hund, kraulte ihm die Ohren und sagte: „Du bist ein guter Hund, Growley."

Torrian schlang seine Arme um Growley und verkündete: „Ich liebe mein neues Haustier."

Brenna stand auf und lächelte Lady Ramsay an.

„Siehst du, Oma, ich kann jetzt allein gehen", sagte der Junge. „Ich möchte zurückgehen. Darf ich es noch einmal versuchen, Brenna?"

Brenna zeigte ihm, wie man den Hund dazu brachte, sich umzudrehen, als Quade gerade durch die Tür kam und am Fuß der Treppe stehenblieb.

Torrian rief ihm begeistert zu: „Papa, schau mir beim Gehen zu." Er packte das dicke Fell seines Haustieres und sagte: „Geh, Growley."

Der Hund führte ihn zu Quade. Torrian geriet nur zweimal ins Straucheln, aber der Hund hielt ihn beide Male auf den Beinen. Irgendwie wusste das Tier genau, wann es langsamer und wann es schneller werden musste. Brenna strahlte, als sie Quades stolzes Gesicht sah. Tränen liefen Lady Ramsay über die Wangen, als auch sie die Szene betrachtete. Dann zog sie Brenna in ihre Arme und sagte: „Du bist solch ein Segen. Dem Herrn sei Dank, dass du zu uns gekommen bist."

Quades Blick traf Brennas und sein Gesichtsausdruck rührte sie fast zu Tränen. Aber sie war zu glücklich darüber, den kleinen Burschen und seinen neuen Freund zusammen zu sehen, um zu weinen. Als er es zu seinem Vater schaffte, hob Quade ihn mit einem Jubelruf hoch und schwang ihn im Kreis.

Lily rannte zu ihm hinüber und rief: „Ich will auch, Papa! Ich auch!"

Einige Tage später beschloss Brenna, Torrian und Growley mit nach draußen zu nehmen, während sie Kräuter im Garten pflückte. Es war Zeit für den Jungen, auf unebenen Oberflächen statt nur auf dem flachen Steinboden im Saal zu üben.

Sie füllte ihren Korb, während sie Torrian im Auge behielt. Sie

kniete sich hin, um an einer besonders tief verwurzelten Minz-
pflanze zu ziehen, und sah zu, wie der Junge und sein Haustier
um eine Gruppe von Bäumen herumgingen, bis sie außer Sicht
waren. Sie war jedoch nicht besorgt, da sie sie noch hören konnte,
auch wenn sie sie nicht sah. Torrian plauderte ununterbrochen
mit seinem neuen Haustier und Growley war ein wunderbarer
Zuhörer. Der arme Junge hatte lange Zeit außer Margaret und
Ennis nicht viele Freunde gehabt, mit denen er reden konnte.

Doch da unterbrach eine Stimme Torrians Geplapper. „Da bist
du ja, du Betrüger. Was glaubst du, wer du bist, dass du vorgibst,
der Sohn des Lairds zu sein? Er ist vor Jahren gestorben."

Brenna stand auf, sobald sie Growleys leises Knurren hörte.
Der Hund drohte weiter, während sie zu der Baumgruppe ging.

„Ich bin die Einzige, die Mutter eines Sohns des Lairds sein
wird. Du bist ein Schwindler und ich werde dir beibringen,
nicht mehr zu lügen."

Als sie die Bäume umrundete, hörte sie einen Schrei, gefolgt
von einem heftigen Bellen, aber sie lächelte, als sie die Szene
vor sich sah. Torrian saß sicher auf dem Boden, während Growley Iona an einen Baum gedrängt hatte und sie mit gefletschten
Zähnen anknurrte.

„Ruf ihn zurück, Hexe! Er wird mich töten. Ruf diesen beses-
senen Hund von mir weg!"

Brenna konnte ihr Lachen nicht länger unterdrücken, als sie
Torrian ansah. „Ich denke, jetzt wissen wir, warum er Growley
heißt, nicht wahr?"

KAPITEL EINUNDZWANZIG

ANDERTHALB WOCHEN VERGINGEN und die Aufregung um die bevorstehende Hochzeit in der Ramsay-Burg wuchs mit jedem Tag. Sie hatten die Nachricht erhalten, dass die Grants rechtzeitig eintreffen würden. Brenna und Quade saßen im großen Saal und frühstückten zusammen mit Lily und Torrian, als einer von Quades besten Wachmännern, Seamus, in der Eingangstür nach Quade rief.

„Chief, die Grants wurden in ein paar Stunden Entfernung gesichtet. Sie sollten bis Mittag hier sein. Irgendwelche speziellen Anweisungen?" Der Klotz von einem Mann stand vor seinem Laird und wartete auf Befehle. Micheil kam lachend die Treppe hinunter in den großen Saal.

„Was ist so amüsant, Micheil?" Quade starrte seinen Bruder mit fragend hochgezogenen Augenbrauen an.

„Aye, Lady Brenna sagte ja, dass sich ihr Bruder um seine Frau sorgt, aber ich habe noch nie eine solche Erfindung gesehen."

Brennas Augen leuchteten auf. „Oh, die Frau meines Bruders erwartet ein Kind. Ich kann mir vorstellen, dass er ihr nicht erlauben würde, auf einem Pferd zu reiten, und sie auf Kissen trägt. Habe ich recht, Micheil?"

Seamus lachte und schlug sich auf die Schenkel. „Es sind ungefähr zweihundert Wachen in einem Kreis um zwei Wagen verteilt. Aber er hat seine Frau auf so viele Stoffhügel gebettet, dass ihr Kopf fast höher liegt, als er auf seinem Pferd sitzt. Es ist ein wahres Spektakel. Seine Schwester und eine ältere Frau reisen mit ihr."

Brenna sprang von ihrem Sitz auf und klatschte vor Freude in die Hände. „Maddie hat Jennie und Alice mitgebracht. Ich kann es kaum erwarten, sie zu sehen. Ich werde mich fertig machen, um ihnen entgegenzureiten."

„Halt, Liebe meines Lebens." Quade sprang fast so schnell von seinem Stuhl auf wie seine Verlobte.

„Aye, was gibt es?", fragte sie und drehte sich zu ihm um. „Ich möchte meine Familie begrüßen."

Quade schlang seine Arme um ihre Taille und zog sie an sich. „Ich weiß, dass du das tun möchtest, und es wird dir nicht gefallen, was ich zu sagen habe. Aber weißt du, wie viele Fremde sich außerhalb der Burg befinden? Wir haben viele Gäste zur Hochzeit eingeladen. Zelte sind auf der ganzen Wiese verteilt und nicht nur für die Gäste. Andere sind gekommen, um ihre Waren zu verkaufen, obwohl sie nicht an der Hochzeit teilnehmen werden. Es ist nicht sicher für die Verlobte des Lairds, über die Felder zu reiten. Deine Familie wird in ein paar Stunden hier sein. Ich möchte nicht, dass du ihnen entgegenreitest, um sie zu begrüßen."

„Willst du mir etwa sagen, dass ich eine Gefangene in deiner Burg bin?", fragte Brenna herausfordernd.

„Nay, du weißt, dass ich das nicht so meinte. Außerdem ist das unsere Burg. Deine Sicherheit hat für mich oberste Priorität. Es ist nicht ratsam, dass du ohne Begleitung nach draußen gehst."

„Dann eskortiere mich bitte." Sie stemmte die Hände in die Hüften, während sie auf seine Antwort wartete.

Er küsste sie auf die Wange. „Das würde ich gern tun, aber ich muss die Umgebung mit meinen Wachen überprüfen, um sicherzustellen, dass deine Familie sicher ist. Es ist wichtig, dass sich keine Räuber oder Unruhestifter in der Nähe verstecken. Ich werde nicht ruhigen Gewissens mein Land überwachen können, wenn ich mir Sorgen um meine Verlobte machen muss. Wirst du mir also den Gefallen tun und hier warten, bis sie ankommen?"

Er sah zu, wie sie schnell überlegte. Sie musste doch einsehen, dass er ihr Leben unter keinen Umständen riskieren würde. Nach allem, was er durchgemacht hatte, würde es ihn umbringen, sie zu verlieren. Er blickte in ihre Augen in der Hoffnung, dass sie seine Gedanken lesen konnte, ohne dass er sie vor seinen Kindern aussprechen musste. Ihr Blick wurde etwas weicher und für einen Moment dachte er, er hätte sie überzeugt, aber dann kehrte das verschmitzte Funkeln in ihre Augen zurück.

Sie schlang ihre Arme um seinen Hals und küsste ihn auf die Wange. „Also gut, ich werde auf dich hören. Wenn du mich jetzt entschuldigst? Ich habe viel zu tun, bevor sie ankommen. Ich muss die Kammern überprüfen. Aggie und Margaret können sich um die Kleinen kümmern, während ich oben alles vorbereite."

Er wartete, bis sie außer Reichweite war, bevor die drei zur Tür gingen. „Seamus, stell dich mit fünf weiteren Wachen am Tor auf und begleite sie, wenn sie ausreitet. Micheil und ich werden mit den anderen Wachen patrouillieren."

Micheil grinste und nickte in Richtung der Treppe. „Glaubst du nicht, dass sie deinen Anweisungen folgen wird?"

„Nay. Sie ist ein stures Mädchen. Wenn sie sich etwas in den Kopf setzt, lässt sie sich nicht davon abbringen. Ich muss sie so nehmen, wie sie ist, und mich darauf einstellen. Pass auf sie auf, Seamus. Ich will meine Frau nicht in Gefahr wissen." Das Trio trat hinaus und ging zu den Ställen.

Micheil klopfte seinem Bruder auf den Rücken. „Kluger Junge. Ich hatte schon Angst, sie würde dich überlisten, aber ihr gebt ein gutes Paar ab. Bei meinem Schwert, das wird eine unterhaltsame Ehe."

Seamus rief ein zustimmendes „Aye".

Brenna fand ein Paar Beinlinge, die sie sich vom Stallburschen geliehen hatte. Wenn sie schnell reiten wollte, musste sie aus ihren Röcken herauskommen. Ihr Vater hatte nichts dagegen gehabt, weil er es für sicherer gehalten hatte, dass ein Mädchen in Hosen ritt. Ihre Mutter hatte schließlich zugestimmt, nachdem ihr Vater erklärt hatte, wie Brennas Rock sich beim Reiten verfangen konnte.

Sie fühlte sich ein wenig schuldig, nicht auf ihren zukünftigen Ehemann zu hören, aber sie hatte einen Weg gefunden, ihre Handlungen zu rechtfertigen. Sie hatte versprochen, seinen Anweisungen zu folgen, und das würde sie auch – sie würde eine Eskorte finden.

Doch als sie den Stall betrat, hielt sie inne, denn der Bursche stand mit ihrem fertig gesattelten Pferd da. Sie kniff die Augen zusammen und sah sich nach ihrem Verlobten um.

Der Junge half ihr aufs Pferd. „Danke. Es überrascht mich, dass du mein Pferd bereits gesattelt hast", sagte sie. Sie musste herausfinden, warum er ihr Pferd schon vorbereitet hatte. Denn irgendwie glaubte sie nicht, dass er diesmal einfach nur sagen konnte, dass sie dorthin folgte, wohin ihr Mann ging.

„Aye, Mylady. Seamus erwartet Euch vor dem Tor." Er grinste unschuldig.

Bei allen Heiligen, sie hoffte, dass Quade nicht bei ihm war. Sie wollte wirklich, dass er sich in der Gegend umsah, denn wenn ihrer Familie wegen ihrer Ungeduld etwas zustieß, würde sie sich das nie vergeben. Sie ritt langsam, bis sie direkt vor dem Tor war. Seamus wartete dort mit einem Lächeln im Gesicht. Donald, Ennis und zwei andere Männer waren bei ihm, aber nicht Quade. Sie seufzte erleichtert auf, obwohl sie sich sicher war, dass er ihr später die Leviten lesen würde. Aber zuerst musste sie Jennie sehen.

Im Vorbeireiten rief sie Seamus zu: „Sieh zu, ob du mit mir mithalten kannst."

Sie ließ ihr Pferd das Tempo bestimmen und genoss es, wie der Wind durch ihre Haare wehte. Egal, wie sehr sie auch versuchte, ihre Haare zurückzustecken, die Nadeln fielen immer heraus, wenn sie ritt. Also drehte sie den Kopf hin und her, um ihre Locken ganz zu befreien, und schwelgte in dem Gefühl. Immerhin waren ihre Brüder daran gewöhnt, sie mit freien Haaren reiten zu sehen. Alex hätte sicher nichts dagegen.

Ein paar Minuten später wurde Seamus langsamer und gab ihr den Befehl, dasselbe zu tun. Er zeigte auf den Wald zu ihrer Rechten und schickte zwei seiner Männer zur Baumgruppe, um ein seltsames Spiegeln des Sonnenlichts zu untersuchen. Die anderen Reiter lenkten ihre Tiere dichter an sie heran, bis die Männer vom Wald aus Seamus das Entwarnungszeichen gaben.

Doch sobald ihre Eskorte wieder von ihr abrückte, fuhr ein stechender Schmerz durch ihr rechtes Bein und ihr Pferd bockte, als sie zusammenzuckte. Sie packte die Zügel und versuchte verzweifelt, sich festzuhalten, während das Pferd losstürmte. Als sie sich vorbeugte, um seine Mähne zu ergreifen, sah sie, dass Blut ihr Bein hinablief. Seamus brüllte und die Wachen versuchten, sie mit ihren Pferden zu umgeben, aber sie kamen nicht nah genug an sie heran, um die Zügel zu ergreifen.

Brenna sah, wie die Landschaft in einem Tempo an ihr vorbeiflog, das sie noch nie zuvor erlebt hatte. Scharfer Schmerz strahlte von ihrem Bein aus und als sie instinktiv ihre Hand auf die Wunde legte, spürte sie, dass ein Pfeil aus ihrer Wade ragte. Sie riss ihn heraus und starrte ihn verständnislos an, während sie sich mit der anderen Hand um ihr Leben an der Mähne ihres Pferdes festklammerte. Ihre Sicht verschwamm und ihr Griff begann, sich zu lockern, als sie spürte, wie ein Arm sie packte und auf ein anderes Pferd zerrte.

Sie kämpfte darum, bei Bewusstsein zu bleiben, und drehte den Kopf, um zu sehen, dass Ennis sie hielt.

„Ich habe Euch, Mylady. Ihr seid in Sicherheit. Ich werde Euch zurück zur Burg bringen."

Sie ritten im Halbkreis und verfielen in einen verzweifelten Galopp, umringt von den vier anderen Pferden.

Das Letzte, was sie hörte, war der Schlachtruf ihres Verlobten.

Jetzt waren sie in großen Schwierigkeiten. Und es war alles ihre Schuld.

KAPITEL ZWEIUNDZWANZIG

QUADE HATTE GERADE mit seinen Wachen die Gegend erkundet und ritt nun neben Laird Alexander Grant, als er Brenna auf sich zupreschen sah, umgeben von seinen Wachen. Er hatte doch gewusst, dass sie nicht in der Burg bleiben würde. Nun, zumindest hatte er dafür gesorgt, dass es hier draußen sicher war.

Alex sah ihn aus den Augenwinkeln an. „Ist das meine Schwester, die da auf uns zukommt?"

„Aye", bestätigte Quade mit einem Lächeln. „Sie ist eine Schönheit auf ihrem Pferd, nicht wahr?"

„Ihr habt sie aus der Burg gelassen? Bei all den Fremden, die in der Gegend unterwegs sind?" Alex hob eine Augenbraue.

„Nay, ich habe ihr gesagt, sie soll in der Burg warten. Aber ich weiß, wie stur sie ist, also habe ich fünf Wachen zurückgelassen, um ihr zu folgen, wenn sie losreitet."

„Aye, diese Ehe könnte tatsächlich funktionieren, Ramsay. Es wird eine Herausforderung sein, meiner Schwester immer einen Schritt voraus zu sein, aber vielleicht gelingt es Euch."

Doch in der nächsten Sekunde brach Quades Welt zusammen. Er sah hilflos zu, wie Brennas Pferd bockte und sie fast von dessen Rücken fiel. Sie packte die Mähne des Tieres und hielt sich fest, als ihr Pferd wild wurde und durchging.

Er rief seinen Schlachtruf, um seine Männer zu alarmieren. Grant brüllte ebenfalls neben ihm und seine Wachen umringten die Grant-Frauen im Zentrum des Trosses. Quade flog förmlich auf Brenna zu und betete, dass sie sich festhalten könne, bis er zu ihr gelangte.

„Brenna, lass nicht los. Ich werde dir helfen. Hörst du mich?

Halt dich fest!"

Alles Vergangene blitzte vor seinen Augen auf, als er sah, wie sie sich an das wild gewordene Pferd klammerte. War er etwa doch verflucht? Das war jetzt egal. Er würde sie jetzt nicht verlieren. Unter keinen Umständen würde er diese Frau verlieren, die seinem Leben wieder Hoffnung und einen Sinn gegeben hatte.

Er war fast bei ihr, als sie anfing, ins Schwanken zu geraten. Gerade noch rechtzeitig kam Ennis neben ihr an und zog sie auf sein Pferd. Quade gab Ennis ein Zeichen, sie in die Burg zurückzubringen, und befahl Micheil, mit seinen Wachen das Gebiet abzusuchen.

Sie hatten fast das Tor zum Bergfried erreicht, als er neben Ennis ankam und nach Brenna griff. Sein Wachmann übergab sie ihm und Quade hielt sie so fest, dass sie wahrscheinlich kaum atmen konnte. Er drückte sie mit einem Arm an seine Brust, aber ihr Kopf hing schlaff zur Seite und sie reagierte nicht. Dunkelrotes Blut rann ihr Bein hinunter. Sie überquerten die Brücke und in der ganzen Burg war die Angst der Bewohner deutlich zu erkennen.

„Brenna, öffne deine Augen, meine Liebe. Bitte. Du kannst mich nicht verlassen. Hörst du mich? Du wirst mich nicht verlassen." Als er den Stall erreichte, wollte ein Wachmann sie ihm abnehmen.

„Nay, stütze mich beim Absteigen", befahl er. „Ich werde sie nicht loslassen." Er stieg ab, stolperte ein wenig, fing sich aber rasch und rannte zum Bergfried.

„Finde Lady Ramsay und bring Gunna in den Saal", bellte er, als er den Saal betrat und dann je zwei Stufen gleichzeitig die Treppe hinaufeilte. Sie hatte ihre Augen immer noch nicht geöffnet. Als er in ihrer Kammer ankam, setzte er sich auf einen Stuhl am Kamin und hielt sie dort fest.

„Brenna, bitte. Mach die Augen auf." Seine Hände zitterten, als er über ihren Rücken strich. Er sah nach unten und stellte fest, dass sie immer noch ein Stück Pfeil in der Hand hatte.

Ein Pfeil hatte sie getroffen? Wer um alles in der Welt würde seine Frau verletzen wollen? Hatte jemand versucht, sie zu töten, oder waren sie hinter ihm her? Aber der Angriff konnte nicht ihm gegolten haben, denn er war ja selbst in der Nähe gewesen.

Er wiegte sie langsam auf seinem Schoß. Die Dienstmädchen kamen mit Wasser herein und seine Mutter folgte dicht dahinter. „Quade? Was ist passiert? Lebt sie noch? Meine Güte, das darf nicht wahr sein!"

Brennas Augen öffneten sich für eine Sekunde und schlossen sich dann. „Brenna? Bitte, sieh mich an." Er hielt ihre Wange und küsste sie auf die Stirn.

Ihre Augen flatterten auf und sie starrte ihn an. „Was ist passiert? Quade? Was ist passiert? Bin ich vom Pferd gefallen? Der Pfeil. Jemand hat ihn in mein Bein geschossen. Es tut weh. Quade, es tut mir leid. Ich hätte nicht ausreiten sollen. Du hattest recht. Wer würde mir so etwas antun? Ich verstehe das nicht."

Quade lächelte erleichtert, als er ihren Redeschwall hörte. Er küsste sie noch einmal auf die Stirn und auf beide Augenlider. „Geht es dir einigermaßen gut? Verdammt, du hast mich so erschreckt, Mädchen. Tu mir das nie wieder an. Hörst du mich? Du hast mich fast zu Tode erschreckt. Bist du noch irgendwo anders als an deinem Bein verletzt?"

Er fuhr mit seinen Händen über ihren Körper, bis er die feuchtklebrige Wunde berührte.

Seine Mutter stand neben dem Bett, während die Dienstmädchen die Wanne brachten und sie mit dampfendem Wasser füllten. „Quade, wir müssen sie waschen", sagte Lady Ramsay. „Überall ist Blut. Wir müssen uns um ihre Verletzungen kümmern. Gunna ist hoffentlich schon auf dem Weg."

Brenna versuchte, sich zu setzen. „Nay, es ist nur mein Bein. Wer würde einen Pfeil auf mich schießen?"

„Quade, geh. Wir müssen sie ausziehen und das Blut abwaschen." Seine Mutter stand an seiner Seite und zupfte an Brennas Hose.

„Ich bleibe, Mutter. Sie soll morgen meine Frau werden. Ich werde sie stützen, während du sie ausziehst. Du kannst sie nicht in die Wanne setzen und sie kann nicht allein stehen. Ich werde keinem anderen Mann erlauben, ihr zu helfen. Niemand anderes als Gunna darf den Raum betreten."

„Brenna, bist du damit einverstanden?", fragte seine Mutter.

Die Dienstmädchen standen an der Tür und warteten auf Anweisungen.

„Ich gehe nicht", bellte Quade erneut. „Du kannst bleiben, Mutter, um mir zu helfen. Alle anderen sollen verschwinden. Ein Mädchen wartet vor der Tür, um Heilmittel zu holen. Jemand soll dafür sorgen, dass sich Margaret und Aggie um die Kinder kümmern. Sie werden erschrecken, wenn sie hören, was passiert ist. Und klopft an, wenn Gunna kommt."

Brenna nickte. „Bring mir ein saubres Unterkleid zum Anziehen." Lady Ramsay holte saubere Kleidung, während Quade ihr die Hose auszog. Blut tropfte über seine Hand, sobald er den Stoff von der Wunde wegzog.

Seine Mutter half ihr mit dem Rest ihrer Kleidung. Er hatte geglaubt, vor Sehnsucht zu sterben, wenn er bis nach der Hochzeit warten müsste, um ihren schönen Körper zu sehen, aber so hatte er es sich nicht vorgestellt. Respektvoll drehte er seinen Kopf, während seine Mutter ihr das saubere Unterkleid über den Kopf zog. Dann ließ er sie in die dampfende Wanne sinken, damit sie ihre Wunde reinigen konnten.

Quade wurde etwas flau vor Angst, als sich das Wasser in der Wanne von all dem Blut rosa färbte. Er setzte sich auf einen Hocker an der Seite und half ihr, ihr Bein zu waschen. Er war so dankbar, dass sie hier war und mit ihm sprechen konnte.

„Sag mir, was ich tun soll, Brenna. Wie kann ich helfen?"

„Wo ist der Pfeil, der in meinem Bein gesteckt hat? Hat ihn jemand gesehen?"

„Du hattest ihn noch in der Hand, als ich dich hierherbrachte. Du musst ihn selbst herausgezogen haben."

Brenna legte den Kopf an die Seite der Wanne und schloss ihre Augen. „War die Spitze daran? Du weißt, warum ich frage, aye?"

Quades Herz rutschte tiefer. Verdammt, daran hatte er nicht gedacht. „Mutter, ich denke, ich habe ihn dort drüben fallen lassen."

Seine Mutter fand den Rest des Pfeils und brachte ihn herüber. „Er hat keine Spitze, Mädchen. Was bedeutet das?" Sie warf einen Blick von Brenna zu Quade.

„Sie steckt noch in ihrem Bein. Wir müssen sie herausziehen."

Die Augen seiner Mutter weiteten sich. „Oh, aber wer? Ich könnte das nicht! Mir wird schon schwindelig, wenn ich nur das ganze Blut im Wasser sehe."

„Lady Ramsay, warum geht Ihr nicht meine Familie suchen und sagt ihnen, dass es mir gut geht? Wir schaffen das schon." Brennas Hand umklammerte jedes Mal die von Quade, wenn eine neue Welle von Schmerz sie traf.

„Gut. Ich komme gleich zurück. Ich denke, ich muss mich einen Moment setzen." Lady Ramsay öffnete die Tür und ging hinaus, kam aber noch einmal mit einem Stapel sauberer Stoffstreifen zurück. „Ihr werdet sie brauchen, wenn ihr fertig seid." Sie legte sie auf die Truhe und ging.

Sobald seine Mutter gegangen war, stand Quade auf. „Ich werde jemanden holen, der die Pfeilspitze herauszieht." Er öffnete die Tür und streckte den Kopf hinaus, in der Hoffnung, Gunna zu sehen, aber es gab keine Spur von ihr.

„Quade?"

Er drehte sich an der Tür zu ihr um. „Aye?"

„Ich möchte, dass du es tust. Geh nicht weg. Mir wird nichts passieren. Ich habe nur eine kleine Verletzung. Aber es wäre mir lieber, wenn du die Spitze entfernst. Ich möchte nicht, dass ein anderer mein Bein berührt. Ich vertraue dir."

Schweiß perlte auf seiner Stirn, als er darüber nachdachte, was sie von ihm verlangte. Aye, er hasste es, in der Nähe von Kranken zu sein, und hielt sich, wann immer möglich, fern – besonders, wenn die kranke Person jemand war, den er liebte. Hatte sie recht? Hatte er Angst, wieder einen geliebten Menschen zu verlieren?

„Ich würde dir ja gern helfen, Mädchen, aber ich weiß nicht, ob ich dazu in der Lage bin. Soll ich nicht jemanden aus deiner Familie holen?"

Ihre Brüder waren offensichtlich inzwischen angekommen, denn sie hörte Alex vom Gang her rufen. „Alex, es geht mir gut", rief sie zurück, „aber warte bitte draußen. Ich bin nicht vorzeigbar." Dann wandte sie sich wieder an Quade und sagte: „Nay, ich will meine Brüder nicht hierhaben, solange ich nur im Unterkleid bin. Meine Schwägerin ist schwanger und Jennie ist noch zu jung. Würdest du es bitte versuchen? Ich werde dich anleiten. Ich würde es ja selbst tun, aber die Spitze steckt an der falschen Stelle. Ich kann meine Hand nicht so drehen."

Quade nickte und kam zurück zur Wanne. Er blickte auf die

Liebe seines Lebens und hörte zu, wie sie ihm ruhig und gefasst erklärte, wie er die Pfeilspitze aus ihrem zarten Fleisch ziehen sollte. Er würde seinen Finger in ihre weiche Haut stecken, nach dem Pfeil suchen und ihn herausziehen müssen. Er glaubte nicht, dass er dazu in der Lage wäre. Quade setzte sich auf den Hocker neben der Wanne und starrte seine Verlobte an.

„Wenn ich es nicht tue, was wird dann passieren?", flüsterte er.

„Wahrscheinlich schwillt mein Bein an und ich bekomme Fieber. Solange die Spitze in mir bleibt, werde ich nicht gesund werden."

„Könntest du daran sterben?"

„Möglicherweise. Oder ich könnte mein Bein verlieren. Es würde mir vielleicht das Leben retten, wenn jemand mein Bein amputiert."

Im Raum war alles ruhig, während Quade nachdachte.

„Wenn ich mein Bein verliere, werde ich unsere Verlobung lösen." Brenna starrte auf das Wasser.

„Was?" Er musste sich verhört haben.

„Ein Laird sollte keinen Krüppel zur Frau haben. Das wäre nicht richtig. Außerdem war es meine Schuld, dass das hier passiert ist. Ich habe deine Anweisungen nicht befolgt. Ich war stur. Ich scheine vergessen zu haben, dass ich im Begriff bin, den Laird zu heiraten." Tränen stiegen in ihre Augen, aber sie wischte sie fort und kämpfte darum, die Kontrolle zu behalten. Sie war immer die Starke für ihn gewesen und er wollte sie nicht so niedergeschlagen sehen.

Also schnappte er sich ein Handtuch und legte es auf den Wannenrand. Sein Zorn wuchs.

„Sprich nie wieder so." Seine Stimme wurde vor Aufregung etwas höher. „Du wirst mich heiraten. Du hast es versprochen, oder hast du das schon vergessen? Du wirst meine Frau sein und du wirst nicht verkrüppelt sein. Und es war nicht deine Schuld, dass dich irgendein Verrückter mit einem Pfeil getroffen hat." Er schrie nun so laut, dass die Balken ächzten.

Dann breitete sich Totenstille zwischen ihnen aus, bis er sein Gesicht zu ihrem senkte.

„Sag mir, was ich tun soll", flüsterte er. „Ich werde es machen."

Sie nahm seine Hand und hielt sie neben die Wunde. „Du

musst den Finger einführen und sehen, ob du die Spitze fühlen kannst."

Er fasste sich, so gut er konnte, und sagte: „Sag mir, wann du bereit bist."

Sie umklammerte beide Seiten der Wanne und nickte. „Fang an."

Sobald er ihre Wunde berührte, verkrampfte sich ihr ganzer Körper. Er konnte es an ihren zusammengebissenen Zähnen sehen, in ihren Augen, in den Knöcheln, die am Wannenrand weiß hervortraten. Er begann. Er würde das für sie tun und auf gar keinen Fall würde er zulassen, dass sie starb. Er stieß sofort auf etwas Hartes.

Sie zischte, sobald er es berührte. „Das ist die Spitze. Kannst du sie fassen, Quade? Normalerweise weiß ich es, wenn ich sehe, dass sich der Patient vor Schmerzen windet. Es tut viel mehr weh, wenn du sie berührst. Das ist die Spitze, ich weiß es."

Quade schob seinen Finger etwas weiter und zwang sich, ihr Keuchen zu ignorieren. Er wackelte ein wenig mit dem Finger und es gelang ihm, ihn hinter die Spitze zu schieben und sie vorsichtig herauszuziehen. Er weigerte sich, sie dabei anzusehen, denn er wusste, dass er nicht weitermachen konnte, wenn er sah, welche Schmerzen sie litt. Sobald die Spitze auf dem Boden landete, schrie Brenna erleichtert auf. Er legte seine Hände unter ihre Arme, hob sie aus der Wanne und hielt sie dicht an sich gepresst. Er wollte sie nicht loslassen. Natürlich wusste er, dass er mit ihr den ganzen Boden nasstropfte, aber es störte ihn nicht. Er würde sie nicht loslassen.

Er wollte nicht, dass sie die Tränen in seinen Augen sah.

Es war Mittag und Brenna war froh, mit ihrer ganzen Familie auf dem Podium zu sitzen. Nachdem alle über ihre Verletzung geweint und sie umarmt hatten, unterhielten sich alle mindestens eine Stunde lang, während sie aßen. Jennie und Avelina verstanden sich wunderbar und wie sie es vermutet hatte, verbrachte Lily die meiste Zeit auf Alex' Schoß. Madeline war so schön und erhaben wie eh und je und ihr Bauch war herrlich rund. Alice umsorgte sie eifrig und genoss es. Die Zwillinge kreisten derzeit um ihre Onkel Brodie, Robbie und Micheil. Nachdem sie so lange auf einem Pferd gesessen hatten, mussten sie jede Menge Energie verbrennen. Torrian und Growley gingen an den Außenwänden des Saals entlang und versuchten, die Zwillinge im Auge zu behalten, hielten aber einen sicheren Abstand.

Nach dem Essen wurde Brennas Verletzung schließlich angesprochen.

Alex war derjenige, der zuerst das Wort ergriff. „Wen verdächtigt Ihr, den Pfeil geschossen zu haben, Ramsay?"

„Wir haben noch keine Ahnung. Seamus glaubte, etwas im Wald gesehen zu haben, kurz bevor es passierte. Er schickte zwei Männer, um nachzusehen, aber sie tauchten ohne Hinweise wieder auf. Einen Moment später kam der Pfeil von derselben Stelle."

„Haben sie auf den Bäumen nachgesehen?", fragte Brodie.

„Aye, meine Männer haben die Bäume überprüft." Quade hielt die Hand seiner Verlobten in seiner, als er sprach.

Brenna wusste, wie sehr der ganze Vorfall Quade erschreckt hatte, und es tat ihr leid. Er hatte seine erste Frau in seinen Armen gehalten, als sie starb, und er wollte nicht, dass dasselbe mit ihr passierte. Er war seit dem Vorfall nicht von ihrer Seite gewichen.

Alex richtete seine nächste Frage an sie. „Schwester, kennst du jemanden, der dich verletzen will?" Dann wandte er sich an Quade. „Ich muss Euch fragen, ob es jemanden in Eurem Clan gibt, der etwas gegen Eure Verlobung mit meiner Schwester hat?"

Brenna warf Quade einen Blick zu, bevor sie antwortete. „Aye, es gibt eine Person."

„Mädchen, ich glaube nicht, dass es Iona gewesen sein könnte", sagte Quade. „Sie kann nicht mit Pfeil und Bogen schießen. Sie wäre nicht dazu in der Lage."

Alex sprach wieder. „Und wer ist diese Iona?"

„Iona ist die Einzige, die sich unverhohlen feindselig mir gegenüber verhält. Sie bedrohte Torrian und mich und versuchte die Leute im Clan davon zu überzeugen, dass ich eine Hexe bin. Sie hat auch Lily bedroht."

„Aye, das stimmt. Aber sie kam nicht weit damit, denn niemand glaubte ihr. Sie ist nicht in der Lage, auf dich zu schießen. Sie hätte jemanden finden müssen, der es für sie tut." Quade drückte ihre Hand. „Es tut mir leid, mein Liebling, aber ich glaube nicht, dass sie versuchen würde, dich zu töten. Sie ist eifersüchtig, aye. Aber eine Mörderin? Wohl kaum. Der Pfeil ist weit geflogen. Er muss von einem Mann stammen."

Lily beugte sich vor, um Alex etwas ins Ohr zu flüstern. Dieser verzog sofort das Gesicht und drehte sich zu ihr. „Lily, wenn das wieder passiert und wenn dein Papa nicht da ist, um dich zu beschützen, kommst du zu mir."

„Was erzählst du dem Laird da, Lily?", fragte Quade.

„Papa, ich mag Iona nicht. Sie hat versucht, mich zu schlagen. Lady Brenna hat sie aufgehalten, bevor du gekommen bist. Sie ist gemein." Sie senkte den Kopf, als alle um sie herum verstummten. Ihre letzten Worte waren nur ein Flüstern. „Ich mag sie nicht."

„Ich denke, wir müssen andere Möglichkeiten in Betracht ziehen", sagte Quade. „Es sind so viele Fremde anlässlich der Hochzeit gekommen. Meine Männer stellen Fragen und suchen die Gegend nach Hinweisen ab. Dieser Pfeil hätte für jeden meiner Männer bestimmt sein können. Wir müssen alle Möglichkeiten berücksichtigen." Quade küsste Brenna auf die Stirn. „Du siehst müde aus, meine Liebe. Möchtest du dich ein bisschen ausruhen? Vielleicht möchte Lily dich begleiten, während ich mit deinen Brüdern spreche."

Brenna nickte und entschied, dass das wahrscheinlich eine gute Idee war. Sie war in der Tat erschöpft. Quade trug sie in ihr Zimmer und Jennie, Avelina, Lily, Alice und Maddie folgten dicht hinter ihnen. Sie alle versammelten sich um ihr Bett und fragten, was sie für sie tun könnten.

Aber sie brauchte nichts und schloss einfach die Augen, während sie immer noch Lily und Jennies Hände hielt. Es ging ihr nur eines durch den Kopf.

Morgen war ihr Hochzeitstag.

KAPITEL DREIUNDZWANZIG

BRENNA STAND VOR der Kapelle und sah zu ihrem Bruder auf. Sie fragte sich, ob das alles wirklich wahr war. Das Wetter war herrlich. Aggie und ihre Schwester hatten das schönste Kleid für sie genäht. Sie fuhr mit zitternden Händen über den vollen Rock und fühlte sich wie eine Prinzessin, so wie sie es einmal als kleines Mädchen geträumt hatte. Der blaue Samt schmiegte sich an ihren Körper und die goldenen Glockenärmel und Stickereien verliehen dem Kleid ein königliches Aussehen, das ihr die Sprache verschlagen hatte. Sie hatte immer noch nicht verarbeitet, dass sie diesen Schritt tatsächlich wagte und sich damit von ihrer Familie und ihrem Clan entfernte. Sie kämpfte gegen die Tränen an, als sie Alex ansah, den Laird aus den Highlands mit dem wilden Ruf und dem weichen Herzen. Sie war stolz, seine Schwester zu sein.

„Bist du bereit, Mädchen? Sag mir, dass du das hier willst, bevor du zum Altar schreitest."

„Aye, Alex. Ich liebe ihn sehr. Er hatte ein sehr schwieriges Leben, aber ich hoffe, dass sich die Dinge von nun an bessern werden." Sie stellte sich auf ihre Zehenspitzen, um seine Wange zu küssen. „Danke, dass du dir Sorgen um mich machst, aber er wird mich sehr glücklich machen. Und ich liebe seine Kinder."

„Ich konnte nicht glauben, wie viel besser es den beiden geht, Brenna. Du hast wirklich eine außergewöhnliche Gabe."

Alex trat durch die Tür und Brenna humpelte neben ihm her. „Ich denke immer noch, ich sollte dich bis zu Ramsay tragen. Deine Verletzung schmerzt sicher. Welchen Unterschied macht es, ob du neben mir hergehst oder ich dich trage? Du hast es Maddie zu verdanken, dass sie mich überzeugt hat, dich deine eigenen Schritte machen zu lassen."

Sie drückte die Hand ihres Bruders, um ihm dafür zu danken, dass sie neben ihm gehen durfte. Ihre Wunde war zwar schon etwas geheilt, aber noch nicht vollständig. Trotzdem musste sie doch ihren Teil zu ihrer eigenen Hochzeit beitragen, oder etwa nicht?

Sobald sie die Tür zur Kapelle betraten, gesellte sich Torrian mit strahlendem Gesicht zu Growley. Quade eilte den Gang entlang und blieb direkt vor ihnen stehen. Brenna konnte ihren Blick nicht von ihrem gut aussehenden Verlobten in voller Tracht lassen. Sein blauschwarzes Plaid kontrastierte mit dem roten Grant-Plaid, das genauso eindrucksvoll war. Er schüttelte Alex die Hand und sagte: „Vielen Dank, aber ich werde meiner Braut den Rest des Weges helfen." Er nahm Brenna sofort in die Arme und trug sie zum Altar, wo Pater MacGregor bereits auf sie wartete.

Nachdem Quade sie abgesetzt hatte, nahm sich Brenna einen Moment Zeit, um ihre Lieben anzulächeln, die in der Kapelle versammelt waren. Sie warf einen Blick über Quades Schulter und strahlte den sehr stolzen Torrian an, der genau wie sein Vater gekleidet war, Growley an seiner Seite. Micheil wartete vorn neben Pater MacGregor, begleitet von Lily in ihrem pastellblauen Kleid. Auch Lady Ramsay war da und wischte sich die Tränen vom Gesicht. Vor der Kapelle erwartete sie eine weitere freudige Gesellschaft.

Micheil beugte sich vor, bevor Pater MacGregor anfing. „Du konntest wohl nicht warten, sie in die Finger zu bekommen, aye? Oder hattest du Angst, sie würde auf dem Absatz kehrt machen und davonlaufen?"

Der Priester gluckste und Brenna strahlte ihren Lieblingspfarrer an. Sie war erstaunt und erfreut zu erfahren, dass Quade ihn für ihre Hochzeit aufgespürt hatte. Er hatte Alex und Maddie getraut und sie hatte gehofft, dass er verfügbar sein würde.

Pater MacGregor begann den Gottesdienst, indem er Quades Plaid nahm und es um beide Handgelenke wickelte. Brenna sah Quade die ganze Zeit an und konnte immer noch nicht glauben, dass sie ihn tatsächlich heiratete. Ein Blick genügte, um ihr Herz höherschlagen zu lassen, besonders wenn er in seiner vollen

Clan-Tracht dastand. Endlich bemerkte er, dass sie ihn anhimmelte, und schenkte ihr das jungenhafte Grinsen, das sie so liebte.

Als die Zeremonie zu Ende war, trug Quade sie nach draußen und setzte sie auf sein Pferd. Er stieg unter dem Jubel der Menge hinter ihr auf und drehte ein paar Runden im Hof, bevor er sie in den großen Saal brachte. Nach dem, was geschehen war, wollte er es nicht riskieren, sie außerhalb der Burgmauern zu bringen.

Er stand auf den Steinstufen zu seiner Burg und hielt ihre Hand hoch, damit alle sie sehen konnten. „Heißt meine Frau, Lady Brenna Ramsay, willkommen." Sie errötete unter dem Jubel und Applaus der versammelten Menge. Getreu der Tradition stellten sich seine Wachen auf, um ihr ihre Treue zu schwören. Quade brachte einen Stuhl herbei, auf dem sie sitzen konnte, und schickte die Kleinen für die Dauer der Zeremonie nach drinnen.

Fast eine Stunde verging, bis sie fertig waren. Als die letzte Wache sich vor ihr erhob, brach neuer Jubel in der Menge auf. Quade half seiner Frau aufzustehen, aber eine seltsame Stille machte sich unter den Versammelten breit.

Brenna flüsterte ihrem Mann zu: „Quade, was ist los? Ich dachte, die Wachen wären fertig damit, mir ihre Treue zu schwören."

„Warte, meine Liebe. Ich weiß nicht, was passiert. Ich werde nachsehen lassen." Er nickte Micheil zu, der mit zwei Wachen bei sich in die Menge trat und sich bis zum hinteren Teil durcharbeitete. Ein paar Minuten später trennte sich die Menge wieder und Micheil und seine Wachen marschierten zurück zu ihrem Laird, gefolgt von einem einsamen Mann in vollem Ramsay-Plaid. Die Leute flüsterten aufgeregt, als sich die Männer ihren Weg bahnten.

Micheil grinste leicht, als er den Mann die Stufen zu seinem Laird hinaufführte. Der Mann blieb vor ihnen stehen, legte sein Schwert vor Brenna auf den Boden und kniete nieder. Nach einer langen Pause sprach er endlich so laut, dass alle es hören konnten. „Ich, Logan Ramsay, schwöre, mein Leben für den Rest meiner Tage für dich, Lady Brenna Grant Ramsay, zu riskieren. Ich werde dein Leben beschützen, als wäre es mein eigenes. Ich bin jetzt und für immer dankbar für alles, was du für meinen Clan und für meine Familie getan hast, besonders für meinen

Bruder und seine Kinder."

Brenna sah mit Tränen in den Augen zu ihrem Ehemann auf, als Logan seinem Laird seinen Treueschwur erneuerte. Als er fertig war, umarmten sich die Brüder und die Menge jubelte wild. Nach einem langen Moment löste sich Logan von Quade und drehte sich zu ihr um. Er griff in einen Sack, holte ein vertrautes Buch heraus und reichte es ihr. „Mylady, ich glaube, das gehört dir. Ich entschuldige mich dafür, dass ich es ohne deine Erlaubnis genommen habe." Er zwinkerte ihr zu. „Ich stehe für meine Verfehlung in deiner Schuld."

Tränen liefen Brenna über die Wangen, als sie das Buch ihrer Mutter erblickte. Vorsichtig strich sie über die Seiten und sah dann zu Logan auf. „Danke, dass du so gut auf meinen Schatz aufgepasst hast."

Quade legte seinen Arm um sie und half ihr in den großen Saal. Logan stand mit ihnen oben auf der Treppe und sah sich in der dort bereits versammelten Gruppe um. Kaum hatten sie den Saal betreten, rief Torrian: „Onkel Logan!"

Logan wollte gerade auf Torrian zueilen, als Quade ihn zurückhielt. „Lass ihn zu dir kommen."

„Er kann wieder gehen?", flüsterte Logan mit großen Augen.

Quade nickte und wandte den Blick nicht von seinem Sohn ab. „Aye. Mit etwas Hilfe."

„Sieh mir zu, Onkel Logan! Ich kann gehen. Lady Brenna hat mir Growley gegeben und er hilft mir beim Gehen."

Die ganze Menge drehte sich um und sah zu, wie Torrian mit dem Hirschhund zu seinem Onkel ging und dabei nur einmal anhielt.

„Das war deine Idee, Mylady?", fragte Logan Brenna.

Sie nickte. „Aye. Mungo hat mir geholfen. Growley ist ganz wunderbar im Umgang mit Torrian."

Als er an der Seite seines Onkels ankam, hob Logan Torrian sofort hoch und setzte ihn sich mit dem Schlachtruf der Ramsays auf die Schultern. Der Schrei brachte Brenna dazu, sich die Ohren zuzuhalten. Logan hielt seinen Neffen fest, beugte sich vor und küsste Brennas Wange. „Gut gemacht."

Aufgrund der Zahl der Festgäste wurden zahlreiche Tafeln

in der Mitte des Hofes und im großen Saal aufgestellt. Fasan, Wildschweinfleisch und Ente zierten die Tische. Es gab reichlich Fleischpasteten, verschiedene Apfelkonfekte und Birnentörtchen. Auch ein gebratenes Schwein begrüßte die Gäste im Saal zur Hochzeitsfeier. Ale und Met wurden drinnen und draußen ausgeschenkt. Die Gäste brachten kleine Kuchen mit und stellten sie als Hochzeitsgeschenk für das Paar auf die Tafeln.

Der Ehevertrag wurde im Solar unterzeichnet, danach schlossen sich Braut und Bräutigam der Versammlung wieder an.

Sobald Quade und Brenna in den Saal zurückkehrten, rannte Lily zu Brenna und zupfte an ihrem Rock. „Lady Brenna, darf ich ein Birnentörtchen oder ein Stück Kuchen haben? Bitte?"

Brenna ließ Quade mit seinem Bruder zurück, nahm das Mädchen bei der Hand und ging zurück in die Küche. „Nay, du kannst weder Gebäck noch Törtchen essen, Lily. Aber die Köchin hat etwas Besonderes für dich zubereitet."

„Aye?" Lily eilte zur Köchin. „Was hast du für mich gemacht, Köchin? Gibt es auch genug davon für Torrian?"

Die Köchin strich sich das Mehl an ihren Händen an ihrer Schürze ab. „Oh, meine Kleine. Ich denke, das wird dir gefallen."

Lilys Augen leuchteten auf und sie strahlte die Frau an. „Was ist es? Was hast du für mich gemacht?"

Die Köchin half Lily auf einen hohen Hocker und stellte eine süße Delikatesse vor sie. „Ich habe Äpfel und Birnen zerschnitten, sie mit einer Mischung aus Zucker und Hafer mit einer Prise von Gewürzen bedeckt und nur für dich gebacken. Probiere es und sag mir, was du davon hältst." Die Köchin reichte ihr einen Löffel.

Lily nahm einen kleinen Bissen und quietschte. „Oh, Köchin, es ist so gut! Ich kann es kaum erwarten, meinen Nachtisch mit Torrian zu teilen."

Die Köchin strahlte. „Ich bin froh, dass es dir schmeckt, Mädchen. Aber ich habe auch einen extra Nachtisch für Torrian gemacht. Sag ihm, dass er ihn sich abholen kann, wenn er fertig ist."

Lily aß noch ein paar Bissen und kletterte dann vom Stuhl. „Köchin, kannst du mir meine Portion aufbewahren? Ich möchte es Papa und Torrian erzählen."

„Aye, meine Kleine. Geh und vergnüge dich. Ich hebe dir deinen Nachtisch auf", sagte die Köchin kichernd.

Lily ging zur Tür, aber Brenna hielt sie zurück. „Lily? Hast du deine Manieren vergessen?"

Das kleine Mädchen blieb stehen, drehte sich um und knickste. „Verzeih mir, Lady Brenna. Vielen Dank, Köchin, für meine besondere Überraschung."

„Du bist ein gutes Mädchen", sagte Brenna, als Lily herumwirbelte und in den Saal rannte.

Quade erwartete sie, sobald sie aus der Küche trat. „Wie geht es deinem Bein, meine Liebe?"

„Es schmerzt ein wenig. Ich würde mich gern eine Weile setzen, wenn es dir nichts ausmacht."

Er küsste sie auf die Wange. „Aber natürlich." Er half ihr zum Podium und setzte sich neben sie. „Soll ich einen Teller mit Essen für uns bringen lassen?"

Bevor er etwas sagen konnte, stellte Logan schon einen vollen Teller vor sie. „Ich dachte, ihr beide bräuchtet vielleicht etwas zu essen, um die Feierlichkeiten den ganzen Abend über durchzustehen." Er zwinkerte Brenna zu.

Brenna errötete bis zum Haaransatz. Sie war begeistert von den Aktivitäten des Tages, fürchtete sich jedoch vor dem traditionellen Brautlager. Wie konnte eine kleine Tradition sie so nervös machen?

Quade sah seinen Bruder an. „Danke, Bruder. Ich denke, die Frau da drüben hat ein Auge auf dich geworfen." Logan grinste und machte sich sofort auf den Weg.

„Entschuldige den derben Kommentar meines Bruders. Er macht gern einen Spaß. Hast du dein Buch überprüft? Er hat es doch nicht beschädigt, oder?"

„Nay, es ist unversehrt. Hat er dir gesagt, warum er es genommen hat?" Brenna musterte ihn, während sie auf seine Antwort wartete. Was für ein gutaussehender Mann, den sie da geheiratet hatte. Sie wurde ungern dabei erwischt, wie sie Quade anstarrte, aber sie konnte sich einfach nicht davon abhalten.

„Nay, wir werden es eines Tages herausfinden. Machen wir uns heute keine Sorgen darum genießen wir einfach die Feierlichkeiten."

„Aye, ich bin so froh, dass ich das Buch zurückhabe."

Lady Ramsay kam mit Lily und Torrian an den Tisch. Quades Mutter schwärmte aufgeregt um ihre Enkelkinder herum. Sie hatte Brenna mehrmals gesagt, wie glücklich sie war, sie als Schwiegertochter zu haben, und sie strahlte, als sie sich an den Tisch setzte. Auch der Rest ihrer Familie machte sich langsam auf den Weg zum Podium.

„Es ist lange her, dass ich meine Familie so glücklich gesehen habe", erklärte Lady Ramsay mit einem Leinentuch in den Händen, das sie für all die Tränen, die an diesem Tag vergoss, bereithielt.

Avelina küsste sie auf die Wange. „Mama, bitte hör auf zu weinen und freu dich einfach. Es ist schließlich eine Hochzeit, die wir feiern." Sie schlang ihren Arm um die Schulter ihrer Mutter. „Du hast so viel geweint, seit Lady Brenna angekommen ist. Es ist Zeit, damit aufzuhören."

„Ich weiß. Du hast recht, Tochter. Ich werde es versuchen. Ich bin einfach zu gerührt."

Brenna aß, bis sie nicht mehr konnte. Logan hatte ihr mehr serviert als sie bewältigen konnte. Die Minnesänger und Musiker begannen mit ihren Liedern, um die Menge zum Tanzen aufzufordern.

Eine laute Stimme unterbrach sie, als ein Junge auf Alex Grant zuging. „Laird, ich möchte um Eure Erlaubnis bitten, mit Eurer jüngsten Schwester zu tanzen." Der junge Bursche starrte verlegen auf seine Zehen, als er vor Alex Grant stand.

„Nay!" Alex' donnernde Antwort ließ die Balken krachen und der Junge huschte mit einem verlegenen Blick zu Jennie davon.

„Alex, wie soll ich mich amüsieren, wenn du alle ankläffst?" Jennie war den Tränen nahe, als sie zwischen ihm und ihren anderen Brüdern Robbie und Brodie hin und her schaute. „Ich muss doch neben meinen eigenen Brüdern mit jemand anderem tanzen dürfen. Ich bin schließlich kein Kind mehr."

Brenna stieß Quade mit dem Ellenbogen an, um sicherzugehen, dass er die Vorführung sah, die ihr Bruder abzog.

„Dein Bruder scherzt doch, oder nicht?" Quade sah sie an.

„Nay, er liebt es, alle Jungen abzuschrecken. Er hat bei mir das gleiche getan. Niemand hat es gewagt, in meine Nähe zu kommen."

Er küsste sie auf die Wange. „Oh, ich werde ihm nachher dafür danken. Sonst hättest du dich vielleicht in einen anderen verliebt und ich hätte dich jetzt nicht für mich."

Sie verpasste ihm einen liebevollen Klaps auf den Arm. „Ich habe mich nie für einen anderen interessiert. Aber deshalb muss Alex ihr nicht diesen besonderen Abend verderben. Es ist die Hochzeit ihrer einzigen Schwester." Sie drückte seine Hand, bevor sie ihrem Bruder zurief. „Alex!"

Alex kam mit zusammengekniffenen Augen zu ihr hinüber. „Ich lasse mich nur von dir rufen, weil du verletzt bist und dies dein Hochzeitstag ist."

Madeline folgte ihrem Mann und nahm neben Brenna Platz. „Alex, Liebster, du musst dich entspannen und deiner Schwester erlauben, ein bisschen zu tanzen. Es muss doch jemanden geben, mit dem sie heute Abend tanzen darf."

Alex überflog den Raum. „Nay, mit niemandem."

Jennie machte ein trauriges Gesicht, ließ die Schultern hängen und blinzelte ihre Tränen fort.

„Ich habe eine Lösung. Warum tanzt *du* nicht mit deiner Schwester?" Madeline schenkte ihrem Mann ihr süßestes Lächeln.

Brenna unterdrückte ihr Lachen, als sich ihr Mann vor Lachen fast an seinem Bier verschluckte. Logan stand grinsend ein paar Schritte entfernt und Brennas andere Brüder lachten so heftig, dass sie ebenfalls husten mussten. Avelina kam herüber, als sie bemerkte, dass sich die gesamte Familie zusammenfand.

„Das geht nicht, Frau, und das weißt du auch. Ich tanze nicht."

„Alex, ich weiß, dass es nicht gerade deine Lieblingsbeschäftigung ist, aber du bist ein durchaus fähiger Tänzer. Tut mir leid, Jennie, aber er tanzt anscheinend nur mit mir." Maddie lächelte ihren Mann an. „Wenn ich mit dir tanze, wird es so sein, als würden wir unser kleines Mädchen in den Schlaf wiegen." Brenna bemerkte, wie schnell Alex ruhiger wurde. Anscheinend hatten seine Gefühle für seine Frau noch kein bisschen nachgelassen.

Da meldete sich Quade zu Wort. „Darf ich einen Vorschlag machen?" Er warf Logan einen eindringlichen Blick zu.

„Aye, bitte!", rief Alex ungeduldig.

„Ich möchte auch nicht, dass irgendwelche unverschäm-ten Jungen mit meiner Schwester tanzen." Avelina machte ein trübes Gesicht, so als würde sie schon einem Abend ganz ohne Tanz entgegensehen.

Logan trat in die Runde und streckte Jennie die Hand entge-gen. „Möchtest du tanzen, Mylady?" Er verbeugte sich in bester höfischer Manier vor ihr.

Das Gesicht des Mädchens strahlte, als sie auf die Zustimmung ihres Bruders wartete.

Quade unterbrach ihn. „Das scheint mir eine perfekte Lösung zu sein, Alex. Ich habe zwei Brüder, die mit Jennie tanzen kön-nen, und du hast zwei Brüder, die abwechselnd mit Avelina tanzen können. Damit sollten doch alle einverstanden sein."

Alex sah kurz in die Runde, bevor er schroff sagte: „Aye."

Madeline stand von ihrem Stuhl auf und stellte sich auf ihre Zehenspitzen, um seine Wange zu küssen. „Eine sehr kluge Entscheidung, mein Liebster. Möchtest du deine Frau jetzt zu einem Tanz begleiten?"

Brenna drückte Quades Arm, als sich ihr Bruder noch ein bisschen mehr aufplusterte, wenn das überhaupt möglich war. „Ich genieße es, dabei zuzusehen, wie mein Bruder von seiner kleinen Frau gezähmt wird. Er würde alles für Maddie tun."

Die Tanzfläche füllte sich und sogar Avelina und Jennie schienen es zu genießen, mit ihren Partnern zu tanzen. Alle Mädchen schwärmten für Logan, was die Aufmerksamkeit hin und wieder vom frisch verheirateten Paar fortlenkte, aber Brenna machte das überhaupt nichts aus.

Sie saßen weiter an der Tafel und Quade verschränkte seine Finger mit ihren, bevor er ihr Handgelenk küsste und sie erschaudern ließ. Die Augen ihres Mannes funkelten. „Ist dir kalt, Mädchen?"

„Nay, und du weißt es. Es ist deine Berührung, die diese Wirkung auf mich hat." Sie errötete und wandte sich ab, um die Feier zu beobachten.

„Oh, du riechst immer nach Lavendel. Das macht deinen Geruch aus."

„Aye, ich mag Lavendelöl in meinem Badewasser."

„Das merke ich. Bist du glücklich, Mädchen? Es tut mir leid, dass du mit deiner Verletzung nicht tanzen kannst."

Sie lehnte ihren Kopf an seine Schulter. „Ich war noch nie glücklicher. Es ist so schön, meine Familie bei mir zu haben. Jennie und Avelina haben sich schnell angefreundet. Es macht Spaß zu sehen, wie sich alle amüsieren. Torrian und Lily haben einen Riesenspaß." Sie sah, wie die beiden im Kreis um Growley tanzten. Der Hund, geduldig wie immer, blieb still, während Torrian sich an ihm festhielt.

„Aye, dank deiner Heilkräfte."

„Es ist so schön, zu sehen, wie es ihnen immer besser geht. Du hast zwei starke Kinder aufgezogen, mein Laird."

„Ich hoffe, dass du recht hast und sie sich weiter erholen."

„Solange ihnen alle dabei helfen, ihre Diät einzuhalten, wird es ihnen gut gehen. Sie sind Kinder und es ist unvermeidlich, dass sie eines Tages etwas kosten, was sie nicht essen sollten, aber sie werden es lernen, auch wenn es ihnen manchmal schwerfallen wird."

Quade ließ ihre Hand sinken, schlang seinen Arm um ihre Schulter und küsste sie auf die Stirn. „Bist du nervös, Mädchen?"

Sie sah zu ihm auf. „Aye ... nay."

Er gluckste.

„Ich werde das als Aye betrachten."

„Aye, wegen des Unbekannten. Ich habe Kinder auf die Welt gebracht, also weiß ich, was passiert, aber es ist eben noch nie mir passiert. Und Nay, weil ich dir vertraue und weil ich jedes Mal, wenn du mich berührst, dahinschmelze. Ich habe Vertrauen in uns, Quade."

„Du weißt, dass ich es kaum erwarten kann, dich nach oben in unser Gemach zu bringen. Möchtest du dich zuerst vorbereiten oder gewährst du mir das Vergnügen, dich selbst die Treppe hinaufzutragen?"

„Ich würde lieber in deiner Begleitung nach oben gehen. Ich gebe zu, ich habe Angst vor dem Brautlager." Sie flüsterte, um nicht dabei gehört zu werden, wie sie über ein so peinliches Thema sprach.

„Du hast drei starke Brüder hier. Ich vermute, sie werden es nicht zulassen. Aber ich werde auch meine Soldaten anweisen, die Treppe zu bewachen, wenn du es wünschst." Er fuhr mit seiner Hand durch ihre dichten braunen Locken und streichelte dann ihren Nacken.

„Nay, es ist mir zu peinlich, meine Brüder zu fragen. Kannst du die Wachen anweisen, wenn ich gerade nicht neben dir bin?"

„Oh, ich habe die perfekte Lösung und muss nur mit einem Mann sprechen. Kannst du das ertragen?"

Sie nickte, konnte sich aber immer noch nicht dazu bringen, die Menge anzusehen, während sie über ein so demütigendes Thema diskutierten.

Quade pfiff kurz und Logan eilte zu ihm. „Aye, mein Laird?"

„Kein Brautlager. Du musst alle hier unten halten."

„Oh, hast du den Verstand verloren, Quade? Sie werden mich niederstampfen. Außerdem nimmst du uns damit den ganzen Spaß."

„Als dein Laird befehle ich dir, an der Treppe Wache zu stehen. Als dein Bruder bitte ich dich, deiner neuen Schwägerin diesen Gefallen zu tun. Meine Frau kann es nicht gebrauchen, dass all diese Männer auf ihr verletztes Bein starren. Sie hat drei sehr starke Brüder, die dir sicher gern behilflich sein werden. Ich vertraue darauf, dass du und Micheil sich darum kümmern werden."

„Ich werde es versuchen, aber es wird nicht einfach werden. Die Menge ist ein bisschen übermütig. Ihr solltet bald nach oben gehen, wenn das euer Wunsch ist."

Brenna sah auf ihre Hände in ihrem Schoß. „Mein Laird, darf ich sprechen?"

„Natürlich, Brenna. Du brauchst mich nicht mit Laird anzusprechen. Du bist meine Frau. Bitte sag, was du denkst."

Sie sah zu Logan auf. Ihre Wangen glühten, aber sie holte tief Luft und sprach dann. „Logan, du hast gesagt, du stehst in meiner Schuld, weil du das Buch meiner Mutter ausgeliehen hast."

„Aye, Mädchen, das habe ich gesagt und ich stehe zu meinem Wort."

„Dann bitte ich dich, das für mich zu tun." Sie vergrub ihren Kopf an der Schulter ihres Mannes. Wie hatte sie ihrem Schwager so etwas sagen können?

Logan trat zurück, verneigte sich vor ihr und sagte: „Mach

dir keine Sorgen. Das ist mein Geschenk für dich, liebe Schwägerin." Er warf seinem Bruder einen Blick zu. „Gib mir einen Augenblick, um Micheil zu finden und ihre Brüder zusammenzurufen." Damit drehte er sich um und verschwand in der Menge.

„Quade, ich hoffe, er kann uns diesen Gefallen tun. Und ich hoffe, dass ich nie wieder in so einer peinlichen Lage sein werde."

„Logan hat sein Wort gegeben und ich habe noch nie erlebt, dass er ein Versprechen bricht. Es war sehr klug, ihn darum zu bitten, im Gegenzug dafür, dass er das Buch deiner Mutter an sich genommen hat. Er wird dich nicht enttäuschen, das verspreche ich. Logan kann sehr angsteinflößend sein, besonders, wenn es um ein Mädchen geht, das er genauso schätzt wie ich."

„Er schätzt mich? Woran merkst du das?"

„Ich sehe es in seinen Augen. Außerdem kenne ich meinen Bruder. Du hast seine Nichte und seinen Neffen gerettet. Er liebt die beiden. Er wird dir sein Leben lang treu ergeben sein. Er meinte alles ernst, was er sagte."

„Ich frage mich, warum er das Buch meiner Mutter an sich genommen hat."

„Ich hatte noch keine Gelegenheit, ihn danach zu fragen, aber wir werden es herausfinden, glaube mir. Ich bin nur froh, dass du es zurückbekommen hast."

Sie warteten noch einen Moment, bevor Quade aufstand und ihr seine Hand hinhielt. „Es ist Zeit, Mädchen. Ich kann nicht länger warten. Es ist die reinste Folter, dich nicht für mich allein zu haben und in meinen Armen zu halten." Er grinste und gab ihr einen schmatzenden Kuss, damit es alle hörten. Die Wachen brachen in Jubel aus und riefen ihnen allerlei sehr anschauliche Dinge hinterher, die Brenna zu ignorieren versuchte.

Quade trug sie zur Treppe und die Menge folgte ihnen. Die Anzüglichkeiten brachten sie schließlich dazu, sich die Ohren zuzuhalten. Sicher glühten ihre Wangen. *Bitte, Logan und Alex, rettet mich vor dieser Demütigung.*

Als Quade die Treppe hinaufging, stach ein lauter Pfiff durch die Luft, der sie beinahe für einen Moment taub machte. Sie warf einen Blick über Quades Schulter und sah zu, wie Logan sich am Fuß der Treppe hinter ihnen positionierte. Alex, Brodie, Robbie und Micheil schlossen sich ihm mit gezogenen Breitschwertern an und die Menge erstarrte erschrocken.

Logan warf einen Blick auf seine Männer, verschränkte die Arme und verkündete: „Nay, heute Abend habt ihr Pech, Jungs."

Brenna lächelte und vergrub ihr Gesicht an der Brust ihres Mannes.

KAPITEL VIERUNDZWANZIG

QUADE SETZTE SEINE Frau in ihrem gemeinsamen Gemach ab. „Wie geht es deinem Bein, Mädchen? Tut es sehr weh?" Er ging zur Tür und verriegelte sie von innen.

„Nay, es ist in Ordnung." Sie stand vor ihm und strich über den dunkelblauen Stoff ihres Kleides, bevor sie die Hände verlegen faltete. Er sah, dass sie aufgeregt war.

„Setz dich ans Feuer. Ich habe etwas Gewürzwein bringen lassen. Gestatte mir, dir ein Glas einzuschenken." Er half ihr zur Sitzbank in der Nähe des Feuers. Er würde den Verstand verlieren, wenn er noch viel länger warten müsste, um seine schöne Frau in sein Bett zu bekommen, aber er erinnerte sich daran, dass er geduldig sein musste. Quade schenkte ihr einen Becher ein und hielt ihn ihr hin, bevor er sich selbst einschenkte.

„Habe ich dir schon gesagt, wie schön du heute bist?"

„Aye, sogar mehrmals." Sie lächelte. „Ich fühle mich auch wirklich schön. Aggie hat mit meinem Kleid hervorragende Arbeit geleistet. Ist die Tür verriegelt?"

„Aye, niemand wird an Logan oder an dieser Tür vorbeikommen. Die Menge scheint sich beruhigt zu haben. Ich glaube, Logan und deine Brüder haben das Brautlager erfolgreich verhindert."

Brenna ließ erleichtert die Schultern sinken.

„Kannst du dich jetzt etwas besser entspannen, meine Liebe?"

„Aye. Ich wollte das auf keinen Fall durchmachen. Es ist ein schrecklicher Brauch für Mädchen."

Er zog einen Hocker vor die Bank. „Warum lässt du mich nicht die Blumen aus deinem Haar nehmen? Ich würde es gern bürsten, wenn du es mir erlaubst."

Sie nickte und Quade setzte sich vor sie. Er fuhr mit den Händen durch ihre dichten Locken und befreite sie von Blumen und Nadeln. „Deine Haare sind wunderschön. Ich sehne mich danach, dich mit nichts anderem als deinem offenen Haar zu sehen, wie es dir über die Schultern fällt."

Brenna wurde rot, sagte aber nichts.

„Schließ deine Augen, Mädchen."

Sie tat es und er fuhr mit der Bürste langsam und ehrfürchtig durch die dichten Locken. Er konnte fühlen, wie die Anspannung aus ihrem Körper wich, als er sie weiter kämmte. Er wollte, dass sie diese Nacht in guter Erinnerung behielt. Seine erste Hochzeitsnacht war nicht gut verlaufen. Er war so aufgeregt und ungeschickt gewesen, wie man es nur sein konnte. Seine Frau war Jungfrau gewesen und er hatte die Dinge überstürzt, wie es für junge Männer typisch war.

Irgendwie wusste er, dass seine Beziehung zu Brenna anders sein würde. Er hatte ihre Leidenschaft gekostet, aber er wusste auch, dass sie intelligent und bereit war, neue Dinge auszuprobieren. Es freute ihn, dass sie sich beide bemühen würden, einander glücklich zu machen. Er glaubte von ganzem Herzen, dass sie ihn genauso liebte wie er sie. Er würde fast alles tun, um sie glücklich zu machen, und er glaubte, dass es ihr genauso ging.

Quade wollte, dass diese Nacht perfekt war. Sie trank den Wein etwas zu schnell. Ein bisschen davon würde ihr helfen, sich zu entspannen, aber er wollte nicht, dass seine Frau sich betrank, also füllte er ihr Glas nicht nach. Winzige Schweißperlen glänzten auf ihrer Stirn, also beugte er sich vor und hoffte, dass er nicht zu schnell war.

„Vielleicht kann ich deine Schnüre lösen und dir aus diesem Kleid helfen? Dir ist warm, nicht wahr?" Seine Finger fingen oben an und sie nahm ihre Haare zur Seite, um ihren Rücken freizulegen. Mit jeder Schnur, die er löste, küsste er zärtlich ihren Rücken.

„Deine Haut ist makellos, meine Liebe. Ich werde nicht aufhören können, dich zu küssen." Als er ihr Kleid gelockert hatte, half er ihr aufzustehen und sagte: „Darf ich?" Sie hatte nicht viel gesagt und er war sich nicht sicher, was sein nächster Schritt sein sollte.

Sie drehte sich zu ihm um, griff nach dem Kleid, streifte es von ihren Schultern und ließ es auf den Boden fallen. Nun stand sie nur in ihrem Unterkleid vor ihm. Er konnte ihre vollen Brüste sehen und ihre braunen Brustwarzen hoben sich unter dem dünnen Stoff ab. Die braunen Locken zwischen ihren Schenkeln ließen ihn sofort hart werden. Er zwang seinen Blick zurück zu ihren Augen und seufzte fasziniert. „Perfekt. Du bist absolut perfekt, Mädchen."

Brenna lächelte ihn an und überraschte ihn damit, dass sie ihn an sich zog. „Küss mich, mein Gemahl."

Quade stieß ein leises Knurren aus, als er seine Arme um sie schlang, sie an sich zog und ihre üppigen Lippen mit seinen eroberte. Ihre Münder trafen sich in einem sehnsüchtigen Kuss und er strich mit seiner Zunge über ihre und erforschte sie, bis sie keuchte.

Ihre Hände zerrten an seinem Hemd. „Zieh es aus, bitte."

„Ganz ruhig, meine Liebe, wir haben die ganze Nacht Zeit. Wir müssen uns nicht beeilen."

Als er sein Hemd ausgezogen hatte, leckte sie sich die Lippen und umklammerte seine starken Oberarme. „Oh, ich habe zu lange hierauf gewartet. Wir mussten immer vorher aufhören. Jetzt werden wir nicht mehr unterbrochen, mein Ehemann. Bitte!"

Quade grinste und zog den Rest seiner Kleidung aus, während er seine Frau beobachtete. Die Leidenschaft in ihren Augen fachte seine eigene Sehnsucht nur noch mehr an. „Du trägst immer noch dein Unterkleid, meine Liebe."

Brenna ließ auch ihr Unterkleid zu Boden fallen und hoffte auf Zufriedenheit in den Augen ihres Mannes, wenn er ihren nackten Körper sah. Seine Augen glänzten, als der dünne Stoff fiel. Hoffentlich war das ein gutes Zeichen.

„Bin ich annehmbar für dich, mein Mann?"

Er grinste breit. „Annehmbar? Nay. Unbeschreiblich schön? Aye."

Er zog seine Stiefel aus und befreite sich so schnell vom Rest seiner Kleidung, dass sie fast lachte. Anscheinend hatte er es genauso eilig wie sie. Als er völlig nackt war, konnte sie nicht anders, als sein großes Glied anzustarren, das ihr entgegenragte.

Sie trat näher und ergriff es vorsichtig mit einer Hand.

„Oh, willst du mich umbringen, Mädchen?" Er schloss die Augen – ob vor Schmerz oder vor Entzücken, das konnte sie nicht sagen.

„Tue ich dir weh?" Sie wartete grinsend auf seine Antwort. „Nay, es fühlt sich nur zu gut an." Er zog ihre Hand fort, hob sie in seine Arme und trug sie zum Bett. Sie kicherte und schmiegte sich an ihn. „Du wirst mich noch dazu bringen, den Verstand zu verlieren wie ein Junge, wenn du nicht damit aufhörst." Er küsste sie und sagte: „Brenna, ich möchte, dass dieser Augenblick perfekt für dich ist. Sag mir, wenn ich dir wehtue."

Sie sah in seine grünen Augen, in denen die Lust blitzte, und strich über seine Wange. „Ich glaube nicht, dass du mich jemals verletzen könntest, Quade. Du bist zu sanftmütig."

„Aye, Mädchen, aber das ist dein erstes Mal. Du weißt, dass es wehtun wird. Ich muss dich verletzen, aber ich werde warten, bis es nachlässt, bevor wir weitermachen."

„Es wird alles gut werden. Ich weiß, was passieren wird, aber ich möchte es für mich selbst fühlen." Sie lächelte ihn an und zog seine Lippen wieder zurück zu ihren. Er küsste sie leidenschaftlich, so als wollte er nie damit aufhören. Seine Hand streichelte ihre Brust und er fuhr mit seinem Daumen über ihre Brustwarze. Sie drückte sich ihm entgegen, erstaunt von dem köstlichen Gefühl. Seine Zunge wanderte ihren Hals hinab und durch das Tal zwischen ihren Brüsten, während seine Hand sie weiter liebkoste. Als seine Zunge seinen Daumen ersetzte, zuckte sie zusammen. Er neckte ihre Brustwarze, bis sie hart hervorragte, und als seine Hand ihre Hüfte fasste, entflammte ein Feuer in ihr, das sie noch nie zuvor erlebt hatte.

„Gefällt dir das, Mädchen? Willst du, dass ich aufhöre?"

„Aye … nay … hör nicht auf."

Sie bäumte ihm den Rücken entgegen und er sog ihre Knospe in seinen Mund und neckte sie, bis Brenna sich in seinen Armen wand. Sie griff nach seiner Härte, doch er schob ihre Hand weg. „Nay, Mädchen."

„Aber Quade, ich will dich. Ich brauche dich. Ich brauche …"

„Ich weiß, was du brauchst, Mädchen, vertrau mir."

Er küsste ihren Bauchnabel und als er weiter nach unten wanderte, schrie sie auf und packte seine Haare. Er küsste die zarte Haut der Innenseite ihrer Oberschenkel und berührte dann ihren sensiblen Punkt mit seiner Zunge. Sie schrie erneut auf, als er sie kostete, verwundert, verlegen und überwältigt von den herrlichen Empfindungen, die durch ihr Innerstes strömten.

„Quade, was machst du? Ich verstehe nicht …"

„Ganz ruhig, meine Liebe, entspann dich und genieße es. Ich werde dir helfen, es zu verstehen." Er nahm ihren winzigen empfindlichen Punkt in seinen Mund und sog daran, bis sie sich ihm entgegenbäumte. Eine fieberhafte Raserei ergriff sie und sie spreizte ihre Beine weit für ihn. Kurz bevor sie die Kontrolle verlor, umklammerte sie die Laken fest. Ein wohliger Nervenkitzel durchfuhr sie und bat um Erlösung. Er fuhr fort, sie zu streicheln, dann steckte er seine Zunge in sie. Sie explodierte und eine Welle des Vergnügens nach der nächsten packte sie, als sie den Bedürfnissen ihres Körpers nachgab.

Als sie endlich wieder klar denken konnte, sah sie ihren Mann erstaunt an. „Ich hatte ja keine Ahnung."

„Ich weiß. Ich bin sehr glücklich, der erste Mann sein zu dürfen, der mit dir zusammen ist, und dich dabei zu beobachten, wie ich dich erfreue." Er küsste sie auf die Wange und lächelte sie an.

Sie fuhr mit der Hand über seine kräftigen Arme und genoss immer noch die Nachbeben ihres ersten Höhepunkts. „Aber was ist mit dir? Ich muss das Gleiche für dich tun."

„Mach dir keine Sorgen, wir sind noch nicht fertig, aber ich wollte es dir leichter machen."

„Aye, sag mir, was ich als Nächstes tun soll."

Quade ließ sich zwischen ihren Schenkeln nieder. Er küsste sie und strich mit seiner Zunge über ihre. Er hatte das hier so lange gewollt – er wollte sie mehr, als er jemals eine Frau gewollt hatte. Er konzentrierte seine Aufmerksamkeit wieder auf ihre Brüste und leckte die weichen braunen Knospen. Sie stieß samtige, kehlige Geräusche aus, die direkt in seine Lenden schossen und ihn so hart machten, dass er glaubte, schon zu kommen, bevor er überhaupt in sie eindrang.

Quades Finger streichelten die zarte Haut zwischen ihren Beinen und er spürte ihre flüssige Hitze unter seinen Fingern.

Oh, sie war mehr als bereit für ihn. Er zog seine Hand zurück und positionierte sein Glied vor ihrem Eingang. Er neckte sie mit seiner Spitze, um ihre Reaktion zu spüren. Sobald der Kopf seines Glieds in sie eindrang, stöhnte er auf. Sie war so eng, so feucht und ihre Nässe begrüßte ihn und legte sich um ihn. Dann spürte er ihre Barriere.

„Meine Liebe." Er küsste sie auf die Stirn, als er sich stählte. „Das ist der Moment, in dem es wehtun wird."

„Es tut nicht weh, Quade. Zögere nicht."

Das Vertrauen in ihren Augen rührte ihn. „Aye, aber es wird wehtun, wenn ich weitermache. Es tut mir leid, dass ich dich verletzen muss."

Sie spreizte ihre Beine weit für ihn und merkte nicht, dass diese eine kleine Bewegung ihn fast um den Verstand brachte. Er zog sich zurück und schob sich nach vorn, durchbrach ihre Barriere und hasste sich dafür, sie zu verletzen. Er stockte keuchend, als er spürte, wie sie sich unter ihm anspannte. „Brenna, geht es dir gut? Es tut mir leid, aber das Schlimmste ist jetzt vorbei."

„Oh, es brennt ein bisschen, aber ich denke, es wird mir gut gehen. Gib mir einen Moment, um mich wieder an dich zu gewöhnen."

Er stützte sich auf die Arme und hielt sich zurück. Das war wahrscheinlich eines der schwierigsten Dinge, die er jemals hatte tun müssen. Sein Glied pochte vor Drang, das hier zu beenden, aber er würde nicht ohne ihre Zustimmung weitermachen. Er würde sie nicht noch mehr verletzen. Seine Liebe zu ihr war so stark, dass es ihm Angst machte. Er blickte in ihre goldbraunen Augen, küsste sie auf die Stirn, hielt den Atem an und wartete darauf, dass sie ihn akzeptierte.

Plötzlich öffneten sich ihre Beine weit und sie packte seinen Hintern. „Oh, Quade, du fühlst dich so gut in mir an. Hör nicht auf, bitte!"

Quade gehorchte ihr nur zu gern. Mit einem Stöhnen packte er ihre Hüften und tauchte so weit in sie ein, dass er vor Vergnügen aufkeuchte. Er hatte gewusst, dass es großartig sein würde, mit ihr zusammen zu sein, aber er hätte es sich nie so vorgestellt. Er zog sich zurück und vergrub sich immer wieder in ihr, bis er so besessen von ihr war, dass er sie mit aller Kraft nahm.

Seine Muskeln spannten sich vor Anstrengung an. Sie begegnete seinem Rhythmus mit dem Kreisen ihrer Hüfte und ihre keuchenden, schwitzenden Körper schrien beide nach Erlösung, als sie gemeinsam den Höhepunkt erreichten. Sie schlang ihre Beine um ihn und er tauchte noch tiefer ein und stieß immer wieder zu, bis sie erschauderte und ihre Arme um seinen Hals legte. Bis sie vor Vergnügen zitterte. Ihr Orgasmus war so stark, dass er ihn mit sich riss. Er schrie ihren Namen, als er seinen Samen in sie ergoss.

Er hatte recht gehabt. Er hatte die ganze Zeit gewusst, dass sie zusammen großartig sein würden, und er hatte recht gehabt. Sein Orgasmus hatte seine Erwartungen sogar übertroffen. Er genoss das letzte Zucken seines Höhepunkts und schwelgte in dem Gefühl, immer noch in ihr zu sein. Dann küsste er ihre Lippen, ihre Wangen. „Geht es dir gut, Mädchen?"

„Aye". Er hörte ihre Antwort kaum durch ihr Keuchen. Er zog sich schließlich zurück, rollte sich zur Seite und nahm sie mit sich, bis sie ihren Kopf auf seine Schulter legte. Sie fuhr mit ihrer Hand über seinen Bauch und spielte mit den Locken unter seinem Nabel.

Einen Moment lang sprachen sie nicht und lagen nur verschwitzt und verschlungen da. Als sie endlich sprechen konnte, brachte ihn das Erste, was seine Frau sagte, zum Lachen.

„Ich denke, ich würde das gern noch einmal machen. Wie lange müssen wir warten?"

KAPITEL FÜNFUNDZWANZIG

ALS SIE AM nächsten Morgen den großen Saal betraten, errötete Brenna zunächst angesichts der Jubelrufe und Pfiffe, aber als sie das Glück in den Augen ihres Mannes sah, stimmte sie in das allgemeine Lachen ein. Sie hatte nicht gezählt, wie oft sie sich geliebt hatten, und es war Quade gewesen, der ihre Annäherungsversuche schließlich abgeblockt und behauptet hatte, der einzig Vernünftige im Raum zu sein. Er überzeugte sie davon, dass sie am nächsten Tag nicht mehr gehen können würde, wenn sie nicht aufhörten, und dass das peinlicher wäre als alles, was sie bisher erlebt hatte.

Als sie den großen Saal durchquerte, um ihre Familie zu begrüßen, war sie Quade dankbar, dass er sie überzeugt hatte, aufzuhören. Sie musste zugeben, dass sie an einer Stelle, der sie bisher keine Aufmerksamkeit geschenkt hatte, etwas wund war. Nun, jeder Moment der Ekstase war es wert gewesen.

„Es ist ein bisschen spät, Bruder. Warst du zu beschäftigt, um deine Gäste zu begrüßen?" Micheil grinste von einem Ohr zum anderen.

Quade starrte seinen Bruder an. „Ich muss zugeben, dass das, was ich in meinem Gemach gesehen habe, ansprechender war als dein trauriges Gesicht." Er beugte sich vor und küsste seine Frau auf die Wange.

Brenna sah sich nach Torrian und Lily um, fand sie aber nicht. „Guten Morgen zusammen." Die Tür flog auf und herein kam Logan mit der kleinen Lily auf seinen Schultern und Torrian an seiner Seite. Der Junge hielt sich mit einer Hand an Growleys Fell fest. Logan musste sich ducken, um durch die Öffnung zu kommen, und sein Gesicht strahlte vor Vergnügen. Es war offensichtlich, dass er es genoss, Zeit mit seiner Nichte und seinem Neffen zu verbringen.

„Papa!", rief Torrian und rannte mit seinem geliebten Haustier so schnell er konnte auf sie zu.

Logan setzte Lily ab. Sie lief ebenfalls los, um ihren Vater zu umarmen, und schlang dann ihre Arme um Brennas unverletztes Bein.

„Vorsicht, Mädchen. Denk an Lady Brennas Verletzung." Quade half Brenna, sich zu ihrer Familie an den Tisch zu setzen.

Lily folgte ihr zu ihrem Platz und beugte sich vor, um ihre Verletzung zu küssen. „So! Jetzt wird sie schneller heilen." Sie kicherte und ging hinüber, um an Alex' Arm zu ziehen. Er hob sie hoch und setzte sie auf seine kräftigen Oberschenkel. „Oh, wartet, Laird Grant, ich muss Lady Brenna noch etwas fragen." Sie rutschte von seinem Schoß und rannte zu Brenna hinüber. Dann zupfte sie an ihrem Ärmel, bis diese sich zu ihr beugte und Lily in ihr Ohr flüstern konnte.

Alle verstummten vor Neugier, weil sie hören wollten, was Lily fragte. Das kleine Mädchen schien es nicht zu bemerken.

„Lady Brenna", sagte sie in einem Flüsterton, der im ganzen Raum zu hören war, „da du jetzt meine neue Mutter bist, darf ich dich Mama nennen?"

Brenna wusste nicht genau, wie sie darauf antworten sollte. Sie starrte das goldhaarige Mädchen an, das sie so liebte. „Oh, mein Gott, Lily. Ich denke, das muss dein Papa entscheiden."

Sie kämpfte gegen die Tränen an, die ihr Gesicht zu benetzen drohten, als sie sich umdrehte, um ihren neuen Ehemann anzusehen. Quade lächelte, sagte aber nichts. Sie wusste, dass er seine Antwort sorgfältig formulieren würde, da die Gefühle des Mädchens so zart waren. Was würde er von der Bitte seiner Tochter denken? Würde er Einwände erheben? Würde es ihn jedes Mal an seine erste Frau erinnern, wenn Lily mit ihr sprach? Wenn ja, dann war es vielleicht keine gute Idee. Sie wartete auf seine Antwort, ebenso wie alle am Tisch.

Torrian sprach zuerst. „Papa?"

Quade legte seine Hand auf den Rücken seines Sohnes. „Aye?"

„Wenn es dir nichts ausmacht, wollen wir sie beide Mama nennen ... wenn Lady Brenna einverstanden ist."

„Bist du dir sicher, Torrian? Ich möchte nicht, dass du deine Mama vergisst."

„Aye, ich weiß. Aber ich denke, wir sollten es tun, weil Lily noch nie jemanden Mama nennen konnte. Es ist nur richtig, dass sie auch eine Mama hat. Unsere Mutter wäre damit einverstanden. Sie hat es mir gesagt", flüsterte er seinem Vater zu. „Sie macht sich Sorgen um Lily."

Alle saßen mit angehaltenem Atem da. Brenna bemerkte, dass Madeline Tränen über die Wangen liefen, als sie sah, wie der kleine Engel ihren Vater anstarrte und fest Brennas Hand umklammerte. Das einzige Geräusch im Saal war ein leises Schluchzen von Lady Ramsay.

Quade wandte sich an seine Tochter. „Aye, Lily, wenn Lady Brenna einverstanden ist, dann bin ich es auch."

Das Engelsgesicht drehte sich zu ihr um. Brenna nickte und sagte: „Das würde mir gefallen, meine Kleine. Es würde mir sogar sehr gefallen."

Lily sprang auf ihren Schoß und nahm ihr Gesicht zwischen ihre winzigen Hände. „Ich hab dich lieb, Mama." Dann hüpfte sie von ihrem Schoß, rannte zu Alex und zog an seinem Arm, bis er sie wieder auf seinen Schoß nahm. Sie tippte auf den Arm des großen Lairds und sagte: „Ihr könnt mir meine Mama nicht wegnehmen, richtig?"

„Nay, Mädchen. Ich werde dir deine neue Mama nicht nehmen." Alex richtete seinen Blick kurz ins Dachgebälk, obwohl Brenna nicht erraten konnte, worauf er da starrte. Hatte Lily ihren Bruder erneut erweicht?

Lily kletterte über Alex' lange Beine und rutschte auf Lady Ramsays Schoß. „Siehst du, Oma", sagte sie, „du brauchst nicht mehr zu weinen. Wir sind alle glücklich." Dann zeigte sie auf ihren Bauch. „Sogar mein Bauch."

Sie sprang wieder auf den Boden und rannte zu Logan. „Darf ich rauf, Onkel Logan?" Sobald sie bequem auf Logans Schoß saß, überflog sie den Raum und verkündete: „Ich liebe alle in meiner neuen Familie."

Die Diener brachten Äpfel, Brot und Brei herbei, als die Tür wieder aufflog. Diesmal kamen Brodie und Jennie mit den Zwillingen John und Jamie herein. Die Jungs rasten durch den

Saal und liefen direkt zu ihrem Onkel Robbie.

Jennie schaffte es, sich neben Brenna zu setzen, und ließ den Kopf hängen. „Brenna, ich werde dich vermissen. Du lebst zu weit weg, um dich oft zu besuchen."

Brenna schlang den Arm um ihre Schwester. „Aye, Mädchen, ich weiß. Ich habe mit Alex und meinem Mann über dich gesprochen. Ich werde dich am allermeisten von allen vermissen. Wir haben beschlossen, deine Zeit zwischen unseren Clans aufzuteilen, wenn du damit einverstanden bist. So kannst du sechs Monate hier bei uns und sechs Monate zu Hause verbringen. Wie klingt das? Ich bin einfach noch nicht bereit, meine kleine Schwester zu verlieren." Brenna rieb den Arm des Mädchens, während sie sprach.

„Wirklich? Du erlaubst mir, eine Weile hierzubleiben?"

„Aye und nay. Alex möchte, dass du zunächst bei ihm bleibst und Maddie hilfst, bis ihre Zeit gekommen ist. Dann wird er dich herbegleiten, sobald sich Maddie erholt hat. Es gibt viele im Dorf, die ihr mit dem neuen Baby helfen können, aber Maddie braucht dich vor der Geburt. Wir dachten, das wäre eine gute Lösung. Was denkst du?"

„Aye, ich weiß, dass Maddie mich jetzt braucht. Ich werde bei ihr bleiben. Aber ich würde gern Zeit bei dir verbringen."

„Unser Bruder möchte außerdem, dass ich dich zur Heilerin ausbilde."

Jennies Augen leuchteten bei dieser Erwähnung auf. „Aye, das würde mir auch gefallen."

„Gut, denn ich fühle mich gar nicht wohl dabei, meinen Clan ohne eine neue Heilerin zu verlassen. Du musst schnell lernen, aber ich denke, du wirst großartige Arbeit leisten. Alice kann dich auch weiterbilden. Sie kann mich vertreten, bis du mehr Wissen erlangst."

Jennie schlang ihre Arme um ihre Schwester. „Danke, Brenna. Ich habe mich natürlich für dich gefreut, weil du glücklich bist, aber ich war traurig für mich. Jetzt habe ich nicht das Gefühl, dass ich dich komplett verliere."

„Ich erwarte, dass du mir schreibst, um mir zu zeigen, dass du deinen Unterricht nicht versäumst."

„Aye, ich verspreche es."

„Es tut mir leid, dass ich dich verlasse, Mädchen. Aber dir bleibt Maddie."

„Und in gewisser Weise gewinne ich eine neue Schwester dazu. Avelina. Wir werden Spaß haben, wenn ich euch hier besuchen komme."

Quade und seine Brüder hatten sich mit Alex und dessen Brüdern im Solar versammelt.

Alex ging auf und ab. „Hast du etwas entdeckt, Ramsay? Ich muss meine Familie nach Hause bringen, aber das kann ich nicht, wenn wir hier gebraucht werden, um meine Schwester zu beschützen."

„Meine Wachen haben das ganze Gebiet durchforstet, aber keine Spur gefunden. Wir haben keine Ahnung, wer auf Brenna geschossen hat. Wir haben viele Theorien aufgestellt, aber keine hat sich bestätigt."

„Was ist mit diesem eifersüchtigen Mädchen?"

„Iona? Sie ist nun im Dorf bei einem Wachmann. Sie behauptet, sie seien total verliebt und hätten sich die Ehe versprochen. Ich habe mit ihr geredet und sie scheint den Mann tatsächlich zu lieben."

Micheil meldete sich zu Wort. „Es waren viele Fremde in der Gegend. Aber es gab keine Anzeichen von jemandem, als unsere beiden Männer den Bereich absuchten, aus dem der Pfeil kam. Wir hatten noch kein Essen an die Gäste ausgeteilt und diejenigen, die früh kamen, mussten sich selbst um ihre Verpflegung kümmern. Es müssen einige von ihnen auf der Jagd gewesen sein. Vielleicht war das alles nur ein Unfall."

Robbie nickte. „Aye, das ist möglich."

„Ich hoffe, du hast recht. Ich würde es nicht wagen, das Leben meiner Schwester zu riskieren." Alex stockte. „Wie viele Wachen hast du?"

„Ungefähr einhundertfünfzig. Ich kann durchaus auf meine Frau aufpassen. Wir werden mehr üben und ich werde täglich eine Gruppe aussenden, um die Gegend zu durchsuchen."

„Aye, ich glaube dir", sagte Alex mit einem Nicken. „Wir werden morgen aufbrechen."

Quade stand auf und sah Grant in die Augen. „Ich verspreche

dir bei meinem Schwert, dass ich meine Frau nicht verlieren werde. Ich liebe deine Schwester. Ich werde sie mit meinem Leben beschützen."

Alex brachte seine Schwester an diesem Abend zu den Wehrgängen hinauf. „Mädchen, ich muss wissen, ob dein Mann dich gut behandelt."

„Aye, Alex. Er ist ein wunderbarer Ehemann. Du hattest recht, als du sagtest, dass wir gut zusammenpassen."

„Du bist also glücklich?"

Brenna umarmte ihren Bruder. „Aye, ich bin sehr glücklich. Geh nach Hause und pass auf deine Frau und deine Kinder auf. Es wird mir hier gut gehen. Quade wird mich beschützen."

Alex küsste sie auf die Wange. „Ich verliere unsere Heilerin nur ungern, aber Jennie wird schnell lernen. Wenn du mich jemals brauchst, sollst du wissen, dass wir so schnell wie möglich hier sein werden. Schick uns einfach eine Nachricht."

„Aye, ich weiß, dass du immer für mich da sein wirst, aber es wird mir hier sicher gut gehen, Alex." Sie umarmte ihn fest und staunte darüber, dass es unmöglich es war, die Arme ganz um ihren ältesten Bruder zu schlingen.

Würden diese dummen Grants denn niemals abreisen? Wie viel Geduld konnte eine Person denn schon haben? Brenna Grant musste sterben, und zwar bald.

Der Plan stand schon seit vierzehn Tagen fest, aber sie konnten ihn nicht umsetzen, bis Grant endlich abzog und seine Wachen mitnahm. Danach wäre es nicht schwer, am Laird der Ramsays vorbeizukommen, denn er fasste keinen klaren Gedanken mehr, seit er sein Bett mit diesem Flittchen teilte.

Logan war der Einzige, der zum Problem werden könnte, aber er würde schon bald nach der Abreise der Grants ebenfalls aufbrechen. Das tat er immer.

Der Plan war perfekt. Bald würde alles so sein, wie sie es sich wünschten.

Geduld. Nur noch ein bisschen mehr Geduld und das Miststück wäre endlich tot.

KAPITEL SECHSUNDZWANZIG

BRENNA GLAUBTE NICHT, dass sie glücklicher sein könnte. Sie hatte gerade noch mit ihrem Mann Liebe gemacht, bevor er vor ein paar Augenblicken gegangen war. Sie hatte ihn dazu bringen wollen, bei ihr zu bleiben, aber er bildete seine Männer weiter hart aus, als ob ihr Leben in Gefahr wäre. An vielen Morgen ritt er selbst los, um die Gegend zu erkunden, oder er schickte Logan hinaus. Es war albern, dass er befürchtete, dass ihr etwas passieren könnte, zumal es inzwischen sicher schien, dass der Pfeilschuss ein Unfall gewesen war. Sie versuchte, geduldig mit ihm zu sein. Nach allem, was er durchgemacht hatte, war es verständlich, dass er vorsichtig war.

Als sie aus ihrem Bett stieg, musste sie lächeln. Ihr Mann verwöhnte sie so. Er hatte die Diener mit einer Wanne und dampfendem Wasser heraufgeschickt, damit sie ein Bad nehmen konnte. Nachdem sie ein paar Tropfen Lavendelöl hinzugefügt hatte, stieg sie seufzend hinein und genoss das warme Wasser. Kein Wunder, dass Alex und Maddie so glücklich waren. Sie hatte nie gedacht, dass das Eheleben so angenehm sein würde. Quade hatte ständig neue Ideen und sie hatte sich sogar selbst einige ausgedacht.

Als sie fertig war, flocht sie ihre Haare und ging dann die Treppe hinunter, um zu frühstücken.

„Mama!" Sie lächelte, als Lily auf sie zulief und sich in ihre Arme warf. Welch bessere Begrüßung konnte es am Morgen geben?

„Hast du deinen Brei gegessen?"

„Aye, und ich habe auch ein Stück Käse gegessen, Mama."

„Gutes Mädchen, du wirst bald groß und stark sein wie dein

Papa."

„Nay, Mama."

„Oh, nay?" Brenna grinste ihre Stieftochter an.

„Nay, Mama, ich will groß und stark sein wie du. Du bist eine Frau, also möchte ich wie du sein, nicht wie Papa. Er ist doch ein Mann wie Torrian." Sie kicherte und sah Brenna fröhlich an.

„Was ist, meine Kleine?"

„Ich nenne dich gern Mama."

Brenna winkte einem der Diener zu, der in die Küche eilte, um etwas Brei für sie zu holen. Sie setzte sich und Lily sprang vor ihr umher.

„Aye, ich muss meine Steine für Torrian verstecken, Mama! Er sagte, es ginge ihm inzwischen gut genug, um sie zu finden." Sie lief davon.

Kurz darauf stellte die Dienerin eine dampfende Schüssel Brei vor sie. Brennas Magen knurrte bei dem angenehmen Geruch. Aggie gesellte sich zu ihr, da Lily beschäftigt war und Torrian seinen Vater begleitete. Ihr Appetit schien in letzter Zeit besonders unersättlich zu sein. Sie warf gerade Lily einen Blick zu, als die Tür aufflog und ein neuer Stallbursche hereinkam.

„Mylady, sie ist krank. Sie liegt auf dem Weg ins Dorf. Es geht ihr sehr schlecht. Könnt Ihr ihr helfen?"

Brenna wandte sich an Aggie. „Bleib bei Lily, bitte, ich muss gehen." Brenna nahm ihren Umhang und ihre Tasche und eilte zur Tür hinaus. „Wer ist es, Junge? Wer ist krank?"

„Ich kenne sie nicht, aber sie hat mir gesagt, ich solle Euch holen."

Brenna folgte ihm, doch sobald sie das Dorf erreichten, blieb der Junge stehen. „Wo ist sie hingegangen? Ich sehe sie nicht mehr. Vergebt mir, Mylady. Es muss ihr wohl besser gehen."

Brenna sah vergeblich den Weg hinauf und hinunter. Es war niemand in der Gegend, schon gar nicht eine Kranke. Sie schüttelte den Kopf und schickte den Jungen zurück zu seiner Arbeit.

Sie wollte sich gerade selbst auf den Rückweg zur Burg machen, als sie jemanden stöhnen hörte. Sie folgte dem Geräusch, das sie um eine Ecke und vom Weg abbrachte. Doch sobald sie ein paar Schritte weitergegangen war, traf sie ein Schlag an den Kopf und ihr wurde schwarz vor Augen.

Die Sonne war fast untergegangen, als Quade auf dem Weg zurück zum Bergfried durch den Hof schritt. Er konnte es kaum erwarten, seine Gemahlin zu sehen. Selbst in seinen wildesten Träumen hatte er nicht geglaubt, dass Brenna und er so glücklich sein würden. Er vermisste sie sogar, während er auf dem Kampfplatz war. Wäre da nicht der Pfeil in ihrem Bein gewesen, hätte er sich nicht solche Sorgen um die Ausbildung seiner Wachen zu machen brauchen, aber er musste sicherstellen, dass seine Familie in Sicherheit war.

Er dachte darüber nach, wie sich seine Kinder in der kurzen Zeit seit Brennas Ankunft verändert hatten. Torrian war fast stark genug, um ohne Growley zu gehen. Wahrscheinlich konnte er es schon, aber er mochte es einfach, den großen Hund in der Nähe zu haben. Lily liebte es, eine neue Mutter zu haben, und nannte Brenna auch mindestens fünfzigmal am Tag so. Er hatte vorher nicht bemerkt, wie sehr sie sich nach einer Mutter gesehnt hatte.

Und seine Frau? Bei allen Heiligen, was für eine leidenschaftliche Frau sie war. Er hatte bei der Erinnerung an die Abenteuer der vergangenen Nacht den halben Tag gelächelt. Was würde sie sich als Nächstes ausdenken? Eines Tages würde er noch ein Schwert in den Bauch gerammt bekommen, weil er so abgelenkt war.

Micheil holte ihn ein. „Grinst du immer noch? Das muss ja eine tolle Nacht gewesen sein."

„Aye, das kannst du laut sagen", bestätigte Quade und fuhr sich mit einer Hand über den Nacken, „aber ich werde aus Respekt vor der Liebe meines Lebens kein weiteres Wort darüber verlieren."

Sein Bruder lachte und klopfte ihm auf den Rücken. „Es ist schön, dich so glücklich zu sehen. Du verdienst es. Es hat lange genug gedauert." Quade nickte und stieß die Tür zum großen Saal auf. Er schnüffelte kurz an sich und dachte, dass es seine Frau wahrscheinlich vorziehen würde, wenn er ein Bad nähme. Er würde später eine Wanne in seine Kammer bestellen müssen, da es zu kalt wurde, um in den See zu springen. Der erste Schnee kündigte sich an – er konnte ihn immer riechen, bevor er fiel.

Sobald sich seine Augen an die Dunkelheit im Saal gewöhnt hatten, sah er sich nach Brenna um, aber sie war nirgends. Er stieg die Treppe hinauf, wobei er zwei Stufen auf einmal nahm, und hoffte, sie dabei zu erwischen, wie sie von einem Nickerchen aufstand. Normalerweise schlief sie tagsüber nicht, aber es war letzte Nacht spät geworden. Er betrat die Kammer auf Zehenspitzen, aber wieder war sie nirgends zu sehen.

Als er in den großen Saal zurückkehrte, bemerkte er, dass ihr Umhang von der Wand verschwunden war. Auch ihre Tasche fehlte. Verwirrt ging er in die Küche, wo seine Mutter mit der Köchin das Abendessen besprach.

„Sei gegrüßt, Mutter. Hast du meine Frau gesehen?"

„Nay, ich habe sie seit heute Morgen nicht gesehen. Margaret sagte, sie sei gegangen, um einer kranken Frau im Dorf zu helfen. Ich glaube nicht, dass sie schon zurückgekehrt ist."

Quade machte sich auf die Suche nach Margaret und fand stattdessen Aggie und Lily. „Lily, wo ist Mama?"

„Mein Laird", sagte Aggie, „sie ist heute Morgen losgegangen, um einer Frau im Dorf zu helfen, die krank ist."

Quade wurde flau im Magen. Etwas stimmte hier nicht, das konnte er fühlen. „Welche Frau?"

„Ich weiß nicht. Einer der neuen Stallburschen hat sie geholt und sie ist sofort gegangen."

„Papa, was ist los?" Lily wartete geduldig auf seine Antwort.

Logan und Micheil kamen herein und bemerkten seine Besorgnis sofort. „Micheil, hol Seamus und ein paar andere Wachen und bring sie hierher."

„Dein Gesichtsausdruck gefällt mir nicht, Bruder. Was ist los?", fragte Logan angespannt.

Quade wollte seine Tochter nicht beunruhigen und beugte sich vor, um sie auf die Wange zu küssen. „Nichts ist los. Meine kleine Lily, ich werde Mama holen gehen. Kommt, Jungs, lasst uns gehen."

Sie traten in die kalte Abendluft hinaus und erst dann wandte sich Quade Logan zu. „Brenna ist verschwunden. Laut Aggie ist sie heute Morgen gegangen, um sich um eine kranke Frau im Dorf zu kümmern. Ein Stallbursche kam zu ihr und sie ging mit ihm. Etwas stimmt hier nicht. Sie wäre nicht so lange weg, ohne dass wir mehr über die Krankheit im Dorf hören würden."

Micheil kam mit Seamus und Ennis herbei und Logan informierte sie über die Situation.

Quade spürte, wie seine Hand anfing zu zittern. Dies durfte nicht wahr sein. „Micheil, nimm so viele Wachen, wie du brauchst. Klopfe an alle Türen und finde heraus, wo sie ist oder ob jemand sie heute gesehen hat. Logan, du bleibst bei mir."

Micheil, Seamus und Ennis sattelten ihre Pferde und ritten ins Dorf.

Logan legte eine Hand auf die Schulter seines Bruders und sagte: „Wir werden sie finden. Und wenn wir jeden Stein umdrehen müssen."

„Ich hatte die ganze Zeit über recht", sagte Quade leise. „Ich bin verflucht. Ich habe es gewusst. Ich hätte sie nicht heiraten sollen. Sieh nur, was passiert ist. Ihr Leben könnte in Gefahr sein."

„Wir wissen doch noch gar nichts. Vielleicht hilft sie, ein Kind auf die Welt zu bringen. Vielleicht ist jemand gestorben und sie tröstet die Angehörigen. Sie hat ein großes Herz. Sie könnte jemandem aus unserem Clan helfen."

„Etwas stimmt hier nicht, Logan, und du weißt es. Wir hatten immer den gleichen siebten Sinn. Ihr ist etwas passiert, da bin ich mir sicher." Mit zitternden Händen fuhr er sich durch die Haare. „Was kann ich tun? Du musst mir helfen. Ich liebe sie so sehr, dass ich nicht klar denken kann. Ich darf sie nicht verlieren, verstehst du?" Er wurde immer lauter. Seine Mutter sagte immer: *Der Herr gibt dir nur das, was du handhaben kannst.* Nun, genug war genug! Er könnte es nicht ertragen, Brenna zu verlieren. Schon bei dem Gedanken drohte sein Kopf zu explodieren.

„Aye, ich stimme zu. Ich habe auch das Gefühl, dass etwas nicht stimmt. Wir werden warten, bis die Männer zurückkehren, bevor wir unsere Suche ausweiten. Aber ich werde anfangen, die Wachen zusammenzurufen. Komm mit mir, wir gehen in den Stall. Sattle dein Pferd."

„Ich hätte die Grants nicht gehen lassen sollen. Wir könnten ihre Hilfe jetzt gut gebrauchen. Wir müssen sie schnell finden. Was ist, wenn sie irgendwo halbtot liegt? Was ist, wenn sie von einem wilden Tier angegriffen wurde? Was ist, wenn sie entführt wurde? Wie soll ich sie nur finden?" Quades Gedanken rasten in zehn verschiedene Richtungen davon.

Logan sah seinen Bruder an. „Ich weiß, dass du Angst hast, aber reiß dich zusammen. Du kennst die Gegend besser als jeder andere. Wenn sie verschwunden ist, was wir ja noch gar nicht wissen, dann musst du stark sein."

Logan hatte recht. Er musste sich zusammenreißen. Er würde sie nicht verlieren. Er würde bis zum bitteren Ende für sie kämpfen. Er würde für sie töten.

Wenn jemand seiner Frau Schaden zugefügt hatte, so hatte er einen großen Fehler begangen – und es würde sein letzter sein.

Ihre Suche im Dorf ergab nichts. Niemand wusste etwas über eine kranke Person und auch der Stallbursche war nicht gefunden worden.

Quade und seine Wachen verließen das Dorf, um in der unmittelbaren Umgebung nach Spuren von Brenna oder etwas Ungewöhnlichem zu suchen. Nach mehreren ergebnislosen Stunden, in denen sie die Wälder und Wiesen rund um die Burg durchstreiften, kehrten sie zu den Ställen zurück, wo weitere Wachen auf seine Befehle warteten.

Quade stand vor dem Stall und befragte alle.

„Sind Pferde verschwunden?"

Die Stallburschen eilten, um nachzusehen. „Nay, sie sind alle hier, mein Laird."

„Wo ist der neue Junge, der heute Morgen hier war? Wer ist er?"

Duncan, der Mann, der für die Ställe verantwortlich war, trat vor. „Chief, es ist meine Schuld, nicht die der Jungen. Ich habe den neuen Jungen heute Morgen helfen lassen. Sein Vater war ein Wachmann. Er starb vor einigen Jahren. Der Junge versucht schon seit einer Weile, hier in den Ställen Arbeit zu finden. Er ist noch nicht alt genug, aber ich habe ihn ein bisschen aushelfen lassen."

„Duncan, ich brauche nur seinen Namen." Quade wollte ihn erwürgen, behielt aber die Beherrschung.

Duncan ließ den Kopf hängen. „Das ist das Problem, mein Laird. Ich kann mich nicht erinnern. Ich habe überlegt, aber ich habe ihn seit heute Morgen nicht mehr gesehen. Sobald ich ihn sehe, werde ich ihn zu Euch schicken."

„Nay! Behalte ihn hier und lass ihn nicht aus den Augen. Lass mich oder Logan rufen."

„Ich war so beschäftigt mit der Hochzeit und den Grants, mein Laird. Ich brauchte nur ein bisschen Hilfe, um die Dinge wieder in Ordnung zu bringen."

„Ich weiß, Duncan." Quade rieb sich die Stirn. „Versuche, den Jungen zu finden." Er wandte sich an die Anführer seiner Wache. „Wir werden uns im großen Saal treffen, um unseren nächsten Schritt zu planen. Vielleicht hat jemand etwas gesehen."

Er stapfte den Hügel hinauf zum großen Saal und dachte an alle möglichen Umstände, die seine Frau fortgelockt haben könnten. Einige der Gedanken, die ihm durch den Kopf gingen, gefielen ihm gar nicht.

Am Eingang des Saals erwartete seine Mutter ihn und er musste feststellen, dass sich in seiner Abwesenheit nichts Neues ergeben hatte. Er wandte sich an seine Wachen. „Dies ist der Plan: Ich will, dass jedes Clanmitglied aus dem Dorf zur Befragung hier-hergebracht wird. Und ich will, dass Ihr den Jungen findet, der Brenna überredet hat, mit ihm zu gehen. Er ist momentan unsere einzige Verbindung zu ihr. Tut es und beeilt euch." Quade stand auf dem Podium und bellte seine Befehle. Er würde nicht ruhen, bis er seine Frau gefunden hatte.

Als Brenna erwachte, erkannte sie schnell, dass sie sich an einem dunklen Ort befand. Sie war gefesselt und ein schmutziger Lappen knebelte sie. Sie drehte sich, so gut sie konnte, und stellte fest, dass sie sich in einer großen rechteckigen Holzkiste befand. Es war völlig dunkel darin, was sie fast in Panik versetzte, aber sie zwang sich, ruhig zu bleiben. Sie musste die Ruhe bewahren, denn andere Menschen verließen sich auf sie – Quade, Lily und Torrian. Sie hatte drei wunderbare Gründe, die Kontrolle zu behalten, bis sie einen Ausweg aus dieser Situation fand.

Obwohl sie versuchte, wach zu bleiben, döste sie häufig ein. Der Trank, den sie ihr gegeben hatten, musste stark gewesen sein. Etwas später schlug eine Tür zu und das Geräusch schwerer Stiefel kam näher an ihr Gefängnis heran. Der Deckel der Truhe wurde geöffnet und als ihr Kerzenlicht entgegenstrahlte, schloss sie geblendet die Augen.

„Oh, Ihr seid wach. Das ist nicht besonders hilfreich. Ich muss Euch wieder einschlummern lassen."

Brenna starrte ihren Entführer entsetzt an.

„Es tut mir leid, Mylady. Ich werde Euch nicht verletzen, aber ich muss unseren Plan umsetzen." Er zog ihren Knebel nach unten und hielt ihr die Nase zu, um sie zu zwingen, eine übel schmeckende Flüssigkeit zu trinken. Obwohl sie so viel wie möglich wieder ausspuckte, konnte Brenna nicht anders, als ein bisschen zu schlucken. Diese Leute hatten einige Kenntnisse über die Arbeit eines Heilers, merkte sie, denn der Schluck, den sie trank, war stark und nur dieses kleine Bisschen tat bereits seine Wirkung.

„Bitte tut das nicht." Dunkelheit brach erneut über ihr herein. Sie kämpfte zwar darum, wach zu bleiben, scheiterte aber.

Quade stand an der Treppe vor dem großen Saal und überblickte die Versammlung vor ihm. Die Gesichter seiner Clanmitglieder waren verwirrt und ängstlich. Er hatte seit langer Zeit kein Gruppentreffen wie dieses mehr einberufen.

Sein Bruder stieß seinen berühmten Pfiff aus und sofort verstummten alle.

„Meine Frau wurde entführt." Quade wartete darauf, dass das Raunen und Flüstern der Menge nachließ, bevor er erneut sprach. „Ich bitte um euer aller Hilfe. Ein neuer Stallbursche kam in die Burg und sagte meiner Frau, eine kranke Frau im Dorf brauche sie. Weiß jemand etwas darüber? Wer etwas weiß, muss vortreten und sprechen."

Er wartete, während er nach jemandem suchte, der sich verdächtig verhielt oder so aussah, als wüsste er etwas. Nichts. Nicht eine Person trat vor. Er verlor die Geduld. „Weiß jemand, wer der Junge war? Erinnert ihr euch nicht an einen Jungen, der gegen Mittag zur Burg gelaufen ist? Erinnert sich denn niemand an irgendjemanden, der zu dieser Zeit krank wurde?"

Er musterte die Gesichter. Er sah Besorgnis, Angst und gerunzelte Brauen, aber niemand trat vor.

„Oh, mein Laird, wir würden Eurer Frau keinen Schaden

zufügen", sagte jemand. „Sie hat Eure Kinder gerettet. Der Clan ist dank ihr wieder lebendig geworden. Wir würden so etwas nicht tun."

Quade seufzte. „Aye, ich verstehe, was du sagst. Aber dennoch hat sie jemand entführt."

Ein anderer sprach. „Sagt uns, was wir tun können, um zu helfen. Wir werden sie zusammen mit Euch suchen, Chief."

Quades Gedanken überschlugen sich angesichts all der Entscheidungen, die es zu treffen galt, aber er drängte sich, logisch vorzugehen. „Ihr zwingt mich, etwas zu tun, was ich nicht tun wollte." Er machte eine Pause und sah kurz zu seinen Brüdern, um sie um Unterstützung zu bitten. „Alle Mädchen und Frauen gehen in den Saal. Alle Jungen unter fünfzehn Jahren gehen ebenfalls hinein."

Er nickte Micheil zu und schickte auch ihn hinein. „Teile sie auf und lass Aggie holen. Sie sollte den Jungen erkennen."

Sobald die Frauen und Jungen drinnen waren, sprach er mit den verbleibenden Clanmännern. „Meine Wachen sollen eine Durchsuchung all eurer Häuser beginnen. Ich entschuldige mich dafür, in eure Heime einzudringen, aber ich muss meine Frau finden. Was auch immer ihr tun könnt, um uns zu helfen, ist mehr als willkommen. Folgt Logan zum Hof."

„Logan", sagte er und wandte sich an seinen Bruder, „organisiere einen Suchtrupp für alle Häuser im Dorf. Wir haben draußen gesucht, jetzt werden wir drinnen suchen. Ich werde Micheil helfen."

Logan nickte. „Aye. Guter Plan, Bruder. Jetzt handelst du wie unser Laird."

Brenna lag auf einem Pferd, versteckt unter einer Decke. Sie ritten so schnell, dass sie sicher war, dass sie sich jeden Augenblick übergeben müsste. Mit dem Knebel im Mund könnte sie allerdings ersticken, weshalb sie alles tat, um ihren Brechreiz zu unterdrücken.

Als sie endlich an ihrem Ziel ankamen, trug ihr Entführer sie in die Hütte und warf sie auf ein kleines Bett. Wie hatte das nur passieren können? Sie betete, dass ihr Entführer ihren Knebel entfernen würde. Er war jemand, mit dem sie vernünftig reden konnte. Sie konnte ihn überzeugen, sie gehen zu lassen, da war sie sich sicher.

Der Mann spähte aus dem Fenster und wischte den Staub mit seinem Ärmel weg. „Aye, es ist eine schöne, klare Nacht."

Er verließ die Hütte und kehrte mit Feuerholz zurück. Dann sah er sie an. „Oh, Mädchen, es dauert nicht mehr lange."

Was dauerte nicht mehr lange? War die Stunde ihres Todes gekommen?

KAPITEL SIEBENUNDZWANZIG

QUADE STAND AUF dem Podium und überflog die Gesichter der Jungen vor ihm. Einige kämpften gegen die Tränen, andere sahen nur verwirrt aus.

„Aye, Jungs, einer von euch ist zum Bergfried gekommen, um meine Frau zu holen, damit sie einer Kranken hilft. Wer auch immer es war, muss vortreten und mir sagen, was passiert ist. Ihr werdet nicht in Schwierigkeiten geraten, wenn ihr mir jetzt helft. Ich weiß, dass dieser Junge nur getan hat, was er für richtig hielt, aber ich brauche jetzt seine Hilfe."

Nichts. Niemand rührte sich.

Eine Frau im Hintergrund schrie. „Oh, Laird, vielleicht war es keiner unserer Jungs."

Er brauchte Aggie. Sofort. Er warf Micheil einen Blick zu und sagte: „Lass niemanden gehen. Ich werde gleich zurück sein."

Quade eilte die Treppe hinauf und rannte dann den Gang zu Lilys Kammer hinunter, doch er erstarrte bei den Geräuschen, die er hörte, als er an Torrians Kammer vorbeikam. Er steckte den Kopf durch die Tür. „Margaret? Was ist hier los?" Erschrocken blickte er auf die Szene vor sich.

Margaret hielt eine Schüssel vor Torrian, der sich erbrach. Sie hatte ihren Arm um ihn gelegt und stützte ihn.

„Papa!" Er spuckte wieder in die Schüssel.

Quade war wie gelähmt und konnte nicht glauben, was er da sah. War es möglich, dass sein Sohn einen Rückfall hatte? Er hatte sich seit mehr als zwei Wochen nicht mehr übergeben.

„Margaret!", rief sein Sohn und spuckte erneut.

„Margaret, ich muss Aggie finden", sagte Quade.

Er schloss die Tür und ging zu Lilys Kammer, immer noch

fassungslos. Seine Welt brach um ihn herum zusammen. Wie konnte das alles sein? Er hasste es, seinen Sohn zurückzulassen, aber er würde überleben. Das Leben seiner Frau hingegen könnte in Gefahr sein. Er zwang sich, sich auf sie zu konzentrieren, und nahm sich vor, so bald wie möglich zurückzukehren und seinem Sohn zu helfen.

Aggie musste ihn gehört haben, denn sie und Lily kamen auf ihn zu, bevor er den Raum betrat. „Braucht Ihr mich, mein Laird?"

„Aye, Aggie, komm in den Saal und hilf uns, den Jungen zu identifizieren, der meine Frau geholt hat."

„Selbstverständlich, aber was mache ich mit der kleinen Lily? Soll ich sie bei jemand anderem lassen?"

„Nay, bring sie einfach mit in den Saal. Margaret ist mit Torrian beschäftigt."

„Papa, hast du meine Mama schon gefunden?"

Er griff nach seiner Tochter, um sie die Treppe hinunterzutragen. „Nay, Mädchen. Wir haben sie noch nicht gefunden. Wirst du im Saal bitte leise sein? Wir brauchen Aggies Hilfe. Es wird nur einen Moment dauern."

„Aye, Papa." Er setzte sie neben sich und trat vor die Gruppe. Aggie folgte ihm.

„Aggie, ich möchte, dass du dir alle Jungen hier genau ansiehst und uns sagst, welcher meine Frau geholt hat." Er warf einen Blick auf die Reihen der Jungen vor sich, in der Hoffnung, ein besonders besorgtes Gesicht unter ihnen zu bemerken. Nichts. Er würde sich auf Aggie verlassen müssen.

Also trat er einen Schritt zurück und nahm Lilys Hand. Er brauchte Hilfe. Wie konnte er ohne eine Spur auch nur ahnen, wo seine Frau war? Frust nagte an ihm. Sie hatten bislang keine Hinweise, keine Informationen, absolut nichts über Brennas Verschwinden. Wie konnte das sein? Jemand musste doch etwas wissen.

Aggie warf einen kurzen Blick in den Saal. „Ich sehe ihn nicht, Laird."

„Lass dir Zeit. Geh näher an die Jungen heran und schau genauer hin. Es ist sehr wichtig." Sie musste doch einen der Jungs erkennen. Woher sollte er sonst gekommen sein? *Denk nach! Denk nach! Wer würde meine Frau verletzen wollen?*

Sie nickte und begann, sich zwischen den Reihen der Jungen auf und ab zu bewegen. In der letzten Reihe angelangt, drehte sie sich zu ihm um und schüttelte den Kopf. „Es tut mir leid, aber ich sehe ihn nicht. Ich kann mich jedoch nicht sehr gut an ihn erinnern. Meine Augen sind nicht mehr so, wie sie früher einmal waren."

Aggie schien nervös zu sein, also winkte er sie zurück zur Vorderseite des Raumes. Lily ließ seine Hand für einen Moment los, während er Aggie zuhörte, die sich die Tränen aus den Augen wischte. „Es tut mir so leid, mein Laird. Ich würde nicht wollen, dass Eurer Frau etwas passiert. Wir brauchen sie. Seht nur, was sie für unsere Lily getan hat. Wer würde diese gute Frau verletzen wollen? Es ist alles so schrecklich."

„Schon gut, Aggie. Warum bringst du Lily nicht in Torrians Kammer? Ich denke, Margaret könnte deine Hilfe gebrauchen."

Quade drehte sich um, um seine Tochter zu finden, aber sie stand vor einem Jungen in der zweiten Reihe, zusammen mit Micheil, der sich umdrehte und ihm erleichtert zunickte.

Lily zupfte am Ärmel des Jungen, sah zu ihm auf und fragte: „Wo ist meine neue Mama?"

Quade rannte zu ihr hinüber, hob sie hoch und sagte: „Gut gemacht, Lily." Dann warf er einen Blick auf den Jungen vor sich, der in Tränen ausbrach. Er reichte Lily an Aggie weiter und sagte: „Komm mit mir, Junge."

Logan drückte seine Fersen erneut in die Flanken seines Pferdes, um es anzuspornen. Er hatte eine Aufgabe zu erledigen und er würde es tun, so unangenehm es auch war. Er bemerkte, dass der erste Schnee fiel, als die Flocken um sein Gesicht tanzten. Er lächelte, denn der Schnee würde ihm seine Arbeit erheblich erleichtern.

Quade hatte alle Jungen außer demjenigen entlassen, der von Lily identifiziert worden war. Nun standen alle Frauen im Clan vor ihnen.

„Ruhe! Niemand wird etwas sagen, bis der Junge euch alle

angesehen hat."

Der Junge ging an jedem der Mädchen vorbei und schüttelte den Kopf. Nach etwa der Hälfte kam Seamus herein.

„Nichts, Chief. Wir haben jede Hütte überprüft. Es gibt keine Spur Eurer Frau, und nichts, das auf einen Kampf hindeutet. Wir haben viele befragt, aber niemand erinnert sich an etwas."

Quade seufzte und erkannte, dass der Junge von vielleicht zehn Jahren im Augenblick seine beste Chance war. „Geh weiter, Junge. Suche sorgfältig nach der richtigen Frau. Siehst du sie hier nicht?"

Der Junge drehte sich um und Tränen strömten ihm übers Gesicht. „Mein Laird, sie hat mir eine Münze gegeben. Sie trug einen schmutzigen alten Umhang und hatte die Kapuze tief ins Gesicht gezogen. Ich habe sie nicht gut gesehen." Er schluchzte. „Meine Mutter brauchte die Münze, mein Laird. Seit mein Vater gestorben ist, versuche ich ihr zu helfen. Ich dachte, die Frau sei krank. Ich wusste nicht, dass sie mich getäuscht hat oder dass sie Eure Frau verletzen wollte."

Quade starrte den Jungen an. Sein Vater war ein treuer Wachmann gewesen. Er war gestorben, nachdem ein Eber ihn angegriffen hatte.

„Heißt das, dass ich nicht Eure Wache sein darf, wenn ich größer werde? Mein Vater wollte, dass ich Euch diene, so wie er es getan hat. Bitte, Laird. Ich habe sie noch nie zuvor gesehen."

Er zog den Jungen vor eine der verbleibenden Frauen. „Was ist mit dieser Frau, Junge?"

Iona stand da, die Hände in die Hüften gestemmt und das Kinn vorgestreckt.

„Ich habe nichts mit dieser Sache zu tun." Iona starrte Quade wütend an.

Ihre giftigen Worte reichten, damit sich der Junge hinter ihm verkroch.

Quade packte Ionas Arm und zog sie in die Küche.

„Was hast du mit meiner Frau gemacht? Du bist die einzige Person, von der wir wissen, dass sie Brenna hasst."

„Ich habe sie nicht angefasst, Quade. Ich war dumm zu denken, dass zwischen uns mehr sein könnte. Jetzt bin ich mit einem Mann zusammen, der mich glücklich macht, und ich brauche dich nicht mehr. Ich sage dir, ich war es nicht." Ihr Blick blieb unerschütterlich und aus irgendeinem Grund glaubte er ihr.

„Aye, ich glaube dir. Jetzt geh."

Quade schritt zurück in den Saal und fühlte sich, als hätte ihn die letzte Hoffnung verlassen. Der Junge stand neben seinem Bruder Micheil. „Das ist alles für den Moment, Junge. Du kannst gehen."

„Verzeiht mir, mein Laird. Bitte verzeiht mir." Seine Stimme stockte und Schluchzer unterbrachen seine Entschuldigung.

Quade raufte sich die Haare. „Du hast genug Tränen vergossen, Junge. Ich weiß, dass du dein Bestes gegeben hast. Wenn du später ein Wachmann werden willst, geh jetzt nach Hause und hilf deiner Mutter."

Der Junge schniefte. „Aye, mein Laird. Danke." Er rannte so schnell wie seine Beine ihn tragen konnten.

Nachdem Quade und Micheil die restlichen Frauen nach Hause geschickt hatten, traten sie auf die vorderen Stufen der Burg hinaus. Quade sah sich nach seinem Bruder um, konnte ihn aber nicht finden. „Seamus, wo ist Logan?"

„Er war vor einiger Zeit noch hier. Ich weiß nicht, wohin er gegangen ist. Er zieht es vor, allein loszureiten, aye?"

Quade drehte sich zu Micheil um.

„Denk nicht mal daran", sagte Micheil. „Unser Bruder hat damit nichts zu tun. Er sucht sie vielleicht allein, aber er würde Brenna niemals verletzen."

Quade hätte es auch nie für möglich gehalten, aber da war dieser Streit zwischen ihnen gewesen, bevor Logan davongestürmt war und ihn und Brenna in der alten Hütte zurückgelassen hatte. Sie hatten ihretwegen gestritten. Logan hatte gesagt, er wollte sie. Nun erzählte Quade Micheil unter vier Augen davon.

„Denk das nicht, Quade. Du und Logan habt schon um viele Mädchen gewetteifert. Er würde dir das nicht antun."

Quade klopfte seinem Bruder auf den Rücken. „Nay, du hast recht, Micheil. Er hat sich für Brenna und mich gefreut, daran glaube ich fest. Aber er ist ein Einzelgänger, also jagt er wahrscheinlich einem eigenen Verdacht hinterher. Hoffentlich entdeckt er etwas, das wir übersehen haben."

Die Tür flog auf, eine Frau kam herein, ging zum Bett hinüber und trat Brenna in die Seite. „Du dummes Miststück! Du hast alles kaputtgemacht." Sie ohrfeigte Brenna erst auf eine, dann auf die andere Wange.

Brenna stählte sich, um nicht zu schreien. Diese Frau war eindeutig von Sinnen. Brennas Hände und Füße waren gefesselt, also konnte sie nichts tun. Ihr Entführer war gerade nach draußen getreten.

Die Frau ging zur Feuerstelle hinüber und nahm einen der Holzscheite, die an der Seite bereitlagen. Dann kam sie wieder zu Brenna hinüber und schlug immer wieder auf sie ein.

„Sieh nur, was du angerichtet hast, du faules Stück. Du hast alles ruiniert. Mein Leben ist zerstört. Alles war in Ordnung, bis du aufgetaucht bist."

Brenna rollte sich zu einer Kugel zusammen, um ihre inneren Organe vor den wilden Schlägen zu schützen. Die Angreiferin war so wütend, dass einige ihrer Hiebe zum Glück nur die Luft trafen. Ihr Gesicht, das tränenüberströmt war, war voller Wut, Hass und Wahnsinn. Die Frau hatte jeglichen Bezug zur Realität verloren. Das war kein gutes Zeichen. Brenna schrie durch ihren Knebel und hoffte, den Mann zurück in die Hütte zu bringen. In seinem Gesicht hatte sie keinen Wahnsinn gesehen.

„Du Miststück! Du Miststück, ich werde dich töten, weil du mein Leben zerstört hast. Wie konnte er dir nur glauben? Du bist nichts als eine Hexe. Ich hätte alles in Ordnung gebracht."

Mit jedem Wort redete sie sich mehr in Rage und immer mehr Schläge prasselten auf Brenna ein.

Da flog die Tür auf. „Oh, Mädchen, hör auf damit. Was hast du vor? Du kannst die Frau des Lairds nicht schlagen."

„Lass mich, du Dummkopf! Ich werde sie töten. Und du wirst mir helfen. Töte sie! Töte sie auf der Stelle oder ich werde es tun!"

„Was ist unser nächster Schritt, Quade? Was machen wir jetzt? Seamus wartet draußen."

Der Chief starrte in den Sternenhimmel hinauf und hoffte auf Führung. „Gib mir ein paar Augenblicke zum Nachdenken, Micheil. Ich muss nach Torrian sehen. Er ist wieder krank."

„Was? Das kann doch nicht sein!"

„Doch. Kommst du mit mir?"

Quade ging zur Treppe und sein Bruder folgte ihm. Hastig nahm er zwei Stufen auf einmal, um so schnell wie möglich zu seinem Sohn und Margaret zu gelangen.

Quade stürmte durch die Tür und sah seinen Sohn auf dem Bett liegen. Er schlief vor Erschöpfung tief und fest. Aggie saß mit Lily auf dem Schoß an seiner Seite. Das Mädchen spielte mit ihren Steinen. Quade setzte sich neben seinen Sohn und strich ihm die Haare aus der Stirn.

Er sah sich nach Margaret um, aber sie war nirgends zu finden. „Aggie, wo ist Margaret?"

„Sie ist gegangen, sobald Lily und ich gekommen sind. Sie sagte, Ihr wolltet sie sehen. Stimmt das nicht?"

„Nay." Quade warf Micheil einen Blick zu. „Hast du sie gesehen?"

„Nay."

Da öffnete sein Sohn die Augen und zog an seinem Ärmel, immer noch schwach. „Papa, ich habe versucht es dir zu sagen, aber ich konnte nicht aufhören zu würgen."

„Was, Torrian?" Er wartete gespannt.

„Papa. Es ist Margaret. Sie brachte mich dazu, Brot zu essen. Mama sagte mir, ich dürfte kein Brot essen, weil der Weizen darin mich krank macht. Margaret war dabei, als Mama mir das erklärt hat, aber sie zwang mich trotzdem dazu, es zu essen. Ich sagte ihr, dass ich nicht will, aber sie hat mich geschlagen und mir gesagt, ich solle ihr gehorchen."

Quade war fassungslos. Die Frau, der er sein Kind anvertraut hatte, war die Ursache hierfür? Sie hatte seine Gemahlin entführt? Er versteckte seine Reaktion um seiner Kinder willen. „Ich danke dir, mein Junge." Er beugte sich vor und küsste seine Stirn.

Eine leise Stimme kam von seiner Seite. Lily zog an seinen Lederschuhen. „Papa, finde meine neue Mama. Lass nicht zu, dass sie jemand verletzt."

Er strich ihr über die Haare und rannte zur Tür hinaus. Micheil folgte dicht hinter ihm.

„Euer Onkel und ich werden eure neue Mutter zurückholen."

Quade und sein Bruder eilten in den Hof, wo sie auf Seamus stießen. „Wo ist Ennis?", fragte ihn Quade.

Seamus sah sich um. „Ich weiß nicht. Ich habe ihn das letzte Mal gesehen, als er sein Haus und die Nachbarhäuser überprüft hat."

Quade schnallte sich seinen Bogen auf den Rücken und sprang auf sein Pferd. „Micheil, hast du dein Schwert dabei?"

„Aye, lass uns gehen."

Sie flogen geradezu mit zwanzig Wachen hinter sich zu Ennis' Haus. Der Rest sollte die Burg bewachen. Er würde nicht auch noch seine Kinder verlieren. Vor Ennis' Hütte riss er an den Zügeln, sah aber, dass alles ruhig war. Er, Micheil und Seamus stiegen ab und gingen hinein.

„Hier ist nichts, Quade."

Quade durchsuchte die kleine Hütte. Etwas stimmte nicht. Er schnupperte in der Luft und rannte zu der großen Holztruhe, die als Bank und als Kleidertruhe diente. Er erinnerte sich, dass Ennis sie für die Jungs gebaut hatte. Sie hatten sich zusammen im Inneren versteckt. Er steckte die Nase hinein und drehte den Kopf zu Micheil.

„Lavendel."

Sein Bruder sah ihn an, als wäre er begriffsstutzig. „Was?"

„Lavendel. Das ist der Duft meiner Frau. Sie war hier." Er stürmte zurück zur Tür und befahl seinen Männern, ihm zu folgen.

Mit neuer Energie rief er seinem Bruder zu. „Jetzt wissen wir, mit wem wir es zu tun haben. Margaret und Ennis werden ziemliche Schwierigkeiten bekommen."

KAPITEL ACHTUNDZWANZIG

ENNIS PACKTE SEINE Frau und hielt sie fest. „Oh, Weib, hör auf damit! Du wirst die Frau des Lairds nicht verletzen. Ich habe nie zugestimmt, sie zu töten. Bist du verrückt geworden? Wie kannst du so etwas nur denken?"

Margaret strampelte und schrie. „Lass mich los, Ennis! Sie hat uns unseren Sohn genommen. Verstehst du nicht, dass sie sterben muss? Sonst werden wir unseren Sohn nie wiedersehen."

Ennis kämpfte mit ihr, schaffte es jedoch, seine muskulösen Arme um ihren Oberkörper zu legen. „Nay, Weib. Sie hatte nichts damit zu tun, dass unser Sohn starb. Todd hatte Scharlach. Er ist gestorben, lange bevor sie hierherkam."

„Torrian, unser Sohn heißt Torrian, Ennis. Was stimmt nicht mit dir? Sie hat ihn uns weggenommen."

„Margaret. Torrian ist nicht unser Sohn. Er ist der Sohn des Lairds. Erinnerst du dich an Lilias? Lilias war seine Mutter, genau wie sie Lilys Mutter war. Torrian und Lily sind Bruder und Schwester."

„Nay, Lilias' Sohn ist gestorben, unser Sohn lebt. Ich bin so glücklich, dass es Torrian besser geht, aber er lebte bei uns, bis sie kam und ihn in die Burg brachte. Sag ihr, dass sie ihn nicht haben kann. Torrian muss zu uns zurückkommen. Der Junge braucht seine Mutter. Wenn ich sie töten muss, um meinen Sohn zurückzubekommen, werde ich es tun."

„Wenn du sie tötest, bringt uns das unseren Sohn nicht zurück. Todd ist unser Sohn. Todd ist im Himmel und er wird nicht zurückkommen. Lass von ihr ab, Margaret. Bitte. Sie werden dich hängen, wenn du die Frau des Lairds tötest. Sie ist eine Heilerin. Sie hat so vielen geholfen. Der ganze Clan liebt Lady Brenna.

Hör auf, Weib. Du musst wieder klar im Kopf werden."

Brenna sah, wie die Anspannung aus Margarets Körper wich, als Ennis mit ihr sprach. Tränen flossen über ihre Wangen. Brenna betete, dass er zu seiner Frau durchdringen konnte. Sie hatte von vielen Frauen gehört, die verrückt wurden, nachdem sie ein Kind verloren hatten. Aye, das musste es sein, was dieser armen Frau widerfahren war, als sie ihren einzigen Sohn verloren hatte. Jetzt glaubte Margaret, Torrian sei ihr Sohn, und sie beschuldigte Brenna, ihn aus ihrem Haus entführt zu haben. Wie konnte das wieder in Ordnung gebracht werden?

Ennis setzte Margaret auf einen Stuhl und drehte sie zu sich um. „Margaret, ich habe zugestimmt, sie hier festzuhalten, damit du Torrian wieder krank machen und ihn dann gesundpflegen kannst. Ich verstehe, dass du willst, dass der Laird es schätzt, was du alles für seinen Jungen getan hast. Das hätte Torrian vielleicht für eine kurze Zeit zu uns nach Hause bringen können, aber sicher nicht für immer. Wir können ihn nicht für immer behalten. Erinnerst du dich? Ich habe zugestimmt, aber nur, wenn wir Lady Brenna freilassen, sobald du den Jungen heilst. Iona hat uns schlecht beraten. Dieser Trank ließ sie nicht so schlafen, wie wir es uns erhofft hatten. Jetzt weiß sie, dass wir sie entführt haben. Ich weiß nicht, was ich tun soll, außer sie zurückzubringen und die Strafe zu akzeptieren, die der Laird für angemessen hält. Das ist nicht wie geplant verlaufen. Ich wollte nie ihr Bein treffen. Ich wollte nur ihr Pferd verletzen, um den Verdacht von uns abzulenken."

„Nay, Ennis. Bitte! Bring sie nicht zurück. Die Laird gibt uns unseren Sohn nicht zurück, wenn sie zur Burg zurückkehrt. Iona sagte, sie sei eine Hexe. Hörst du mich? Sag mir, dass du es auch weißt." Sie ergriff die großen Hände ihres Mannes, während sie ihn anflehte.

„Nay, meine Liebe, sie ist eine Heilerin. Sie hat Torrian gerettet. Wäre sie nicht gewesen, könnte er jetzt tot sein. Und du würdest ihn nie wiedersehen. Erinnerst du dich nicht, wie dünn er war? Er konnte seinen Kopf nicht vom Kissen anheben. Er konnte nicht gehen. Wir sollten Lady Brenna danken. Sie hat Torrian das Leben gerettet. Ich verstehe dich. Iona hat Brenna als böse dargestellt und sie eine Hexe genannt, aber das ist sie nicht.

Sie ist wunderbar für unseren Clan. Selbst du solltest erkennen, wie viel Gutes sie getan hat."

Margarets Schluchzen ging weiter und wurde mit jeder Minute lauter.

„Nay, ich will meinen Torrian zurück. Er gehört zu uns, in unser Haus. Lass sie im Wald für die Wölfe zurück, Ennis. Dann können wir Torrian zurückhaben. Der Laird wird uns niemals verdächtigen, wenn die Wölfe sie fressen. Bitte. Ich brauche meinen Sohn zurück. Ich vermisse ihn so."

Ennis setzte sich auf einen Hocker, zog Margaret auf seinen Schoß und wiegte sie wie ein Kind. Er küsste sie auf die Stirn. „Margaret, du weißt, wie sehr ich dich liebe. Ich würde fast alles für dich tun, aber das nicht. Wir müssen sie zum Laird zurückbringen. Erkennst du nicht, was richtig ist? Ich hätte niemals auf deine dumme Idee hören sollen. Ich hätte Iona niemals in unser Haus lassen dürfen. Jetzt müssen wir aufhören, bevor es zu spät ist. Komm, Frau. Erlaube mir, sie zurück zur Burg zu bringen."

Margaret ließ ihren Kopf hängen und schlang ihre Arme um Ennis' Taille. „Aye, du hast recht, mein Liebster. Küss mich bitte. Gib mir nur einen Kuss, bevor wir zurückkehren."

Ennis nahm ihr Gesicht in seine großen Hände und küsste sie. Dann löste er sich von ihr und versuchte sie zu trösten. „Wir werden weiter versuchen, ein neues Kind zu bekommen, Frau." Er küsste sie erneut.

Brenna schrie, sobald sie den Dolch sah, aber es war zu spät. Margaret holte mit aller Kraft aus und stieß das Messer tief in seinen Rücken. Der Dolch traf Ennis in der Nähe seiner linken Niere und er sah seine Frau entsetzt an, bevor er zu Boden sackte.

„Nay, Ennis. Ich will kein neues Kind, ich will meinen Sohn Torrian." Margaret tätschelte seine Wange.

Brenna war entsetzt. Wie konnte sie ihren eigenen Ehemann töten?

Sobald Ennis zu Boden gegangen war, zog Margaret das Messer aus ihm, wischte das Blut ab und drehte sich zu Brenna um. Mit einem bösen Lächeln im Gesicht kam sie auf sie zu und hielt ihr das Messer vor die Augen. „Ich könnte dich jetzt töten, aber ich habe etwas Besseres für dich geplant. Die Klippen. Ich werde dich über die Klippen werfen, damit du spüren kannst, wie es sich anfühlt, wenn das Leben langsam aus einem weicht. So fühle ich mich, seit du meinen Sohn aus unserem Haus gestohlen hast."

Sie trat zurück und steckte den Dolch in die Tasche, die in die Falten ihres Rocks eingenäht war.

Dann drehte sie sich um und sah sich kurz in der Hütte um.

„Aye, es ist ein perfektes Ende. Ich werde dich über die Klippen werfen und dann zurück in die Hütte kommen und Ennis für deinen Tod verantwortlich machen. Ich werde sagen, dass er auch versucht hat, mich zu töten, und ich ihn in Notwehr erstochen habe." Sie drehte sich wieder zu Brenna um. „Er ist so dumm, du hast ihn ja gehört. Wie kann er nur sagen, dass Torrian nicht unser Sohn ist? Ich habe diesen Jungen seit dem Tag seiner Geburt geliebt. Ich habe ihn in meinem Leib getragen und ich werde für ihn kämpfen. Ich würde sogar für ihn sterben. Aber natürlich bin nicht ich diejenige, die sterben wird." Sie richtete sich auf und grinste.

„*Du* wirst es sein, die stirbt. Es ist alles deine Schuld. Der Laird wird mir danken, wenn du fort bist. Er liebt seine Frau Lilias, die ihm seinen schönen Sohn, Todd, geschenkt hat." Sie schaute aus dem Fenster. „Es war so traurig, als Todd Scharlach bekam. Ich habe meinen Torrian davor geschützt. Ich bin eine gute Mutter und mein Sohn braucht mich." Sie wirbelte herum und sah Brenna an. „Ich habe noch ein paar Dinge zu tun, bevor ich dich fortbringe."

Sie ging zur Tür, öffnete sie und sah in den Nachthimmel hinauf. „Aye, das Wetter ist perfekt. Gerade genug Schnee, damit ich dich auf dem Schlitten ziehen kann. Ich werde dich ein bisschen ziehen und dann wird mein Pferd dich direkt über die Seite der Klippe werfen. Das Pferd ist zu dumm, um zu wissen, wohin es im Dunkeln geht. Es wird mir gehorchen. Es wird viel einfacher sein, dich im Schnee zu bewegen. Ich muss nur ein bisschen warten, bis genug gefallen ist."

Margaret summte, während sie in der Hütte umherwuselte. Sie küsste Ennis und leerte dann seine Taschen. Sie zog ihm den Mantel aus und wickelte ihn um Brenna. „Ich ziehe dir das an, um Ennis noch mehr zu belasten, falls sie dich denn jemals finden sollten. Ich bin so schlau und du bist so dumm."

Ihr Kopf wackelte von einer Seite zur anderen, während sie summte. „Torrian liebt Mama, Mama liebt Torrian. Torrian wird so froh sein, seine Mutter wieder an seiner Seite zu haben. Es tut mir leid, Ennis", sagte sie und bückte sich, um seine Wange zu streicheln, „aber wir brauchen dich nicht mehr. Ich möchte keine anderen Kinder. Torrian ist mein Erstgeborener und wird für immer bei mir leben."

Brenna betete, dass Quade unterwegs war.

Er würde sie doch finden, oder?

Kurz nachdem Quade seine Befehle gegeben hatte und sich seine Wachen verteilt hatten, hörte er Logans Pfiff und antwortete mit seinem eigenen. Dann rief er Micheil und Seamus zu sich. Sie liefen Logan entgegen.

Quade warf sich fast auf seinen Bruder, als sie ihn erreichten. „Aye, was hast du gefunden?"

„Ich habe die Hütte gefunden. Zumindest glaube ich, dass sie da drinnen sein muss."

„Wo ist sie?", brüllte Quade.

„In Mungos altem Häuschen. Ennis und Margaret streiten sich dort. Ich habe Brenna nicht gesehen, aber sie muss da drinnen sein. Sie müssen sie haben."

„Aber warum? Warum sollte Ennis sie entführen? Er ist einer meiner besten Wachleute und seit Jahren in meinem Dienst. Sie haben Torrian in ihrem Haus gepflegt."

„Nach allem, was ich gehört habe, hat Margaret nach Todds Tod den Verstand verloren. Sie will, dass Torrian wieder bei ihr zu Hause lebt, und sie wirft Brenna vor, ihn ihr genommen zu haben."

Sie waren noch ziemlich weit von der Hütte entfernt und so stieß Quade seinen Schlachtruf aus und trieb sein Pferd zum Galopp an. Seine Wachen flankierten ihn und eilten aus der Umgebung herbei.

Logan pfiff, als sie sich der Hütte näherten, und sie hielten in kurzer Entfernung an. „Quade, wir müssen sie überraschen", sagte er. „Ich weiß nicht, welche Waffen Ennis bei sich hat. Vielleicht hat er seinen Bogen dabei und du weißt, dass er ein guter Schütze ist. Das ist der einzige Grund, warum ich nicht versucht habe, es allein mit ihm aufzunehmen. Ich wusste, dass du nicht weit entfernt bist. Wir müssen die Hütte umzingeln. Schick einige Wachen mit mir auf die andere Seite und warte auf mein Signal."

Ein paar Minuten später hörte Quade den Vogelruf von der anderen Seite der Hütte her. Sie stiegen ab und schlichen zur Hütte, aus der nichts zu hören war. Ihm wurde flau im Magen, als er sich ausmalte, was sie in der Hütte vorfinden würden. Es war zu still.

Als er und Logan schließlich das Häuschen stürmten, lag sein Wachmann mit dem Gesicht nach unten auf dem Boden.

Er war der Einzige in der Hütte. Brenna war nirgends zu sehen.

Margaret summte ununterbrochen immer wieder die gleiche Melodie, während sie Brenna auf dem Schlitten aus der Tür zerrte. Es war das Summen einer Irren. Sie hatte den kleinen Schlitten in die Hütte gezogen und Brenna daraufgezerrt. Brenna war ein paarmal wieder heruntergerollt, aber Margaret hatte sie lange genug getreten, bis sie sie schließlich hatte gewähren lassen. Sie plante, sich später wieder vom Schlitten zu rollen.

Doch sobald sie auf dem Schlitten war, bereute sie diese Entscheidung, denn Margaret beschloss, sie festzubinden, nachdem sie sie mit Ennis' Mantel bedeckt hatte. Sobald sie draußen waren, hakte sie den Schlitten fröhlich am Pferdegeschirr fest. Brenna versuchte auf verschiedene Weise, ihre Aufmerksamkeit zu erregen, aber Margaret ignorierte sie. Sie war inzwischen in einer anderen Welt.

Die Schlittenfahrt war holprig, aber es war genug Schnee gefallen, dass sie schnell über die Felder vorankamen. Margarets Gegacker drang gelegentlich an ihre Ohren, aber es war egal. Diese Frau würde nicht mehr von ihrem Plan ablassen.

Brenna warf sich auf dem Schlitten so gut sie konnte hin und her, aber sie konnte die Knoten, die sie festhielten, nicht lösen. Sie wollte schon aufgeben, aber Quades Gesicht war in ihre Gedanken eingebrannt. Sie hörte seine Stimme, als er ihr sagte, er sei verflucht und er könne sie nicht heiraten. Sie musste überleben. Auch für ihn.

KAPITEL NEUNUNDZWANZIG

QUADE UND LOGAN betraten die kleine Hütte und starrten ihren gefallenen Kameraden an. Quade drehte ihn um, um sicherzugehen, dass er tatsächlich tot war.

„Verdammt! Was war das?", rief Logan, als Ennis für eine Sekunde die Augen öffnete.

Die Brüder starrten sich an, erschrocken von der leichten Bewegung. Es gab keinen sichtbaren Atemzug, der dem Mann entfuhr, aber da zuckten seine Lider erneut und er röchelte etwas. Quade bückte sich und legte sein Ohr an Ennis' Mund.

„Die Klippen... Sie hat den Verstand verloren... Es tut mir leid, mein Laird. Es ist alles meine Schuld. Sie… hat sie auf dem Schlitten mitgenommen. Sie will sie die Klippe hinunterwerfen." Ennis schloss die Augen.

Quade strich kurz über den Arm seiner Wache, stand dann auf und eilte zur Tür hinaus. Er schrie Befehle, während er sich aufs Pferd schwang. Dann preschte er auf die Klippen zu. Sein Herz drohte, ihm aus der Brust zu springen, aber er wollte nicht anhalten.

Fast eine Stunde später erklommen sie den Kamm in der Nähe der Klippe, gerade noch rechtzeitig, um zu sehen, wie Margaret ihr Pferd auf den Rand zutrieb. Ein unheimliches Geräusch erreichte Quades Ohren, als er sein Pferd fieberhaft ansponnte.

Quade beobachtete die Ereignisse, als ob sie in Zeitlupe ablaufen würden. Margaret näherte sich der Klippe, ihr Pferd bewegte sich schnell, wenn auch nicht so schnell wie seines. Die Frau ignorierte seine Schreie und wandte sich nicht um. Der kleine Schlitten holperte und ein dunkler Umriss hüpfte auf ihm. Das musste seine Frau sein.

Er würde sie nicht verlieren. Sie hatte seinem Leben wieder einen Sinn gegeben, indem sie seine Kinder gerettet hatte und jeden seiner Tage erfreute. Er dachte daran, wie ihre braunen Augen ihn am Tag ihrer Hochzeit angestrahlt hatten, wie ihr Gesicht aussah, wenn er sie in seinen Armen hielt, wie schön sie in der ersten Nacht gewesen war, in der er sie geliebt hatte. Nay, er würde sie nicht verlieren.

Logan riss ihn aus seinen Gedanken. „Schieß auf sie! Wir werden es nicht rechtzeitig schaffen. Steh auf und erschieß sie! Mein Schwert ist nutzlos. Sie wird über die Klippen gegangen sein, bevor wir sie einholen."

Quade maß die Entfernung ab und zog den Bogen von seinem Rücken. Er nahm einen Pfeil zwischen die Zähne und vergewisserte sich, dass sich noch einige im Köcher befanden. Dann kletterte er auf den Rücken seines Pferdes. Er und Star wurden eins, als er auf dem Rücken des Tiers stand. Er konnte es bei jeder Bewegung spüren, genauso wie es ihn spüren konnte.

Noch ein bisschen näher. Er glaubte nicht, dass er sie aus dieser Entfernung treffen könnte. *Nur ein bisschen näher.*

Logans Schreie hallten in seinen Ohren wider. „Jetzt! Halte sie auf, Quade."

Noch nicht. Noch ein bisschen näher.

Nun schrie auch Seamus: „Wartet nicht ewig, Ramsay!"

Logan und Seamus brüllten ihn weiter an, aber er musste genau den richtigen Zeitpunkt abwarten. Er hatte das viele, viele Male geübt. Er wusste, wann er ein Ziel treffen konnte und wann nicht. Er vertraute darauf, dass Star ihn noch ein bisschen näher heranbrachte.

Als er dachte, er sei am richtigen Punkt angelangt, gab er seiner Stute das Zeichen, langsamer zu werden. Er wusste genau, wie lange sie brauchte, um zum Stillstand zu kommen.

Sobald sie angehalten hatte, spannte er seinen Bogen, zielte und ließ seinen Pfeil los.

Dann nahm er einen weiteren Pfeil und schoss erneut. Und wieder. Er konnte Margaret nicht mehr sehen, aber er ließ die Pfeile fliegen. Warum sah er sie nicht mehr? Wo war sie?

Als er seinen Bruder schreien hörte, ließ er sich wieder auf sein Pferd sinken. Er ritt querfeldein, trieb Star an und hoffte, dass er Brenna finden würde. Er erreichte die Klippe und spähte hinüber. Margarets Pferd bäumte sich auf und zuckte, als wäre es verletzt, aber Seamus beruhigte es. Von Margaret oder seiner Frau war nichts zu sehen. Er stolperte um das Pferd herum. Es fühlte sich an, als würde ein Pfahl in sein Herz getrieben, als er den Schlitten sah.

Er war leer.

Quade hätte schwören können, dass er vor Schreck nie wieder Luft holen könnte. Der Schreck stach ihm durch sein Herz und in seinen Bauch.

Er hörte seinen Bruder nach ihm rufen. „Hier drüben, du dummer Junge. Warum hörst du nie auf deinen Bruder?"

Als Quade zu Logan herumwirbelte, lachte dieser. Sein Bruder stand neben einem kleinen Hügel auf dem Boden und hielt Ennis' Mantel in den Händen.

Der Hügel regte sich und Brenna sah zu ihm auf. Tränen liefen über ihre Wangen, aber ein schwaches Grinsen huschte über ihr Gesicht, als Logan sich bückte, um die Fesseln von ihren Händen zu nehmen.

„Warum hast du so lange gebraucht?", fragte sie ihn, als sie vom Schnee zu ihm aufsah.

Quade nahm sie in seine Arme und hielt sie fest. Er schwor, sie niemals wieder loszulassen.

Brennas Herz war mehrmals fast vor Rührung übergelaufen, seit sie zu Hause angekommen war. Aye, sie war ordentlich zerschlagen, aber das war nichts, was sie nicht verkraften konnte. Als Margaret sie im Schlitten über einen Felsen gezogen hatte, war sie mit solcher Kraft umhergeschüttelt worden, dass sich die Seile, die sie am Schlitten festhielten, gelöst hatten. Nach langem Hin und Her war es ihr gelungen, sich abzurollen, ohne dass Margaret es bemerkte.

In dem Moment, als Quade sie in den großen Saal trug, schrie Lily auf und rannte zu ihr hinüber. Sie sah, dass das kleine Mädchen in ihrer Abwesenheit geweint hatte. Quade setzte Brenna auf einen Stuhl neben dem Kamin und seine Tochter kletterte auf ihren Schoß, klammerte sich an sie und bedeckte sie mit Küssen.

Seine Mutter kam herbei, sprach mehrere Gebete und weinte unaufhörlich. Logan, Micheil und Seamus waren auch da, alle dankbar, dass der Vorfall für ihren Chief glücklich ausgegangen war. Quade hatte einige Wachen zurückgeschickt, um Ennis zu begraben und um zu sehen, ob das von einem Pfeil verletzte Pferd noch gerettet werden konnte.

Es gab so viele Leute, die aufgeregt durcheinanderredeten, dass Lady Ramsay schließlich von ihrer berühmten Pfeiffähigkeit Gebrauch machte, die ihr Sohn Logan von ihr geerbt hatte. Sobald Stille im Saal herrschte, sprach sie. „Könnte mir bitte jemand genau erklären, was passiert ist – und zwar von Anfang an? Ich kann nicht allen auf einmal zuhören."

Quade lächelte, hob seine Frau und seine Tochter hoch und ließ sich mit beiden auf seinem Schoß auf dem Stuhl nieder. Lily schlief inzwischen tief und fest. Torrian saß neben ihnen auf den Boden und sein Kopf ruhte auf Growley. Auch er schlief fast.

„Mutter, bitte setz dich. Ich werde dir berichten, was ich weiß." Nachdem sie sich ihnen gegenüber niedergelassen hatte, begann er. „Margaret hat sich so lange um Torrian gekümmert, dass sie, als sie ihren eigenen Sohn verlor, anfing zu glauben, dass Torrian ihr Kind wäre. Sie war sehr verärgert, als Brenna kam und Lily und Torrian geheilt hat. Sie wurde noch wütender, als ich sie und Torrian in die Burg brachte. Meinem Sohn ging es so gut, dass Margaret befürchtete, sie würde nicht mehr gebraucht. Die Welt, die sie sich geschaffen hatte, war in Gefahr."

Brenna nickte. „Aye, Lady Ramsay. Seht es einmal so. Da niemand wusste, dass Torrian noch am Leben ist, lebte Margaret praktisch allein mit Torrian und Ennis in ihrem Häuschen. Torrian war völlig von ihr abhängig und niemand kam zu ihm, außer seinem Vater, dir und den nächsten Verwandten. Sie lebte in dem Glauben, dass er ihr Sohn sei."

Logan warf ein: „Und es war Margaret, die dem Stallburschen die Münze bezahlt hat, um heute Morgen Brenna zu holen. Da sie sich unter der Mantelhaube versteckt hatte, konnte niemand sie erkennen."

„Nun, ich verstehe, dass eine Frau den Verstand verlieren kann, nachdem sie in so jungen Jahren ihr einziges Kind verliert, aber wie hat sie Ennis davon überzeugt, bei etwas so Ungeheuerlichem mitzumachen?"

„Ich weiß es nicht", sagte Quade. „Als er in der Hütte mit uns sprach, schien es ihm aufrichtig leidzutun. Ich glaube nicht, dass er gemerkt hat, wie schlimm es um Margaret stand."

„Ich kann darauf antworten", meldete sich Brenna. „Ich habe gehört, wie sie darüber gestritten haben." Brenna wischte sich über die Augen, bevor sie fortfuhr. „Armer Ennis. Er war nur damit einverstanden, ihr zu helfen, Torrian in ihr Haus zurückzubringen", erklärte Brenna. „Als sie in der alten Hütte im Wald ankam, griff sie mich an und sagte, sie würde mich töten, weil ich ihr Leben zerstört hätte. Ennis hielt sie auf und sagte, er hätte nicht zugestimmt, mich zu verletzen, sondern nur, ihr zu helfen, Torrian wieder krank zu machen, damit er in ihre Hütte zurückkehren müsse."

Torrian rieb sich die Augen und setzte sich auf. „Aye, sie hat mich Brot essen lassen. Ich habe ihr gesagt, dass mir Lady Brenna erklärt hat, dass ich das nicht essen darf, weil es Weizen enthält, aber sie hat mich gezwungen." Growley leckte ihm das Gesicht und der Junge kicherte und wedelte mit der Hand. „Hör auf, Growley."

Sobald er wieder sprechen konnte, sagte er: „Und als du nach oben gekommen bist, um Aggie zu holen, um zu helfen, habe ich versucht, es dir zu sagen, Papa, aber ich konnte nicht reden, weil ich mich übergeben musste."

Quade fuhr fort. „Margaret ist in dem Durcheinander davongeschlichen, während wir die Leute im großen Saal befragt haben. Es gab so viele Leute, dass niemand bemerkte, dass sie gegangen war."

„Wenn Ennis sagte, er würde nichts tun, um dich zu verletzen, wer hat dann den Pfeil auf dich geschossen?", fragte Quade.

Seamus sprach. „Ennis muss den Pfeil in Euer Bein geschossen haben. Er ist einer der beiden Männer, die ich in den Wald geschickt habe, um nachzusehen, als ich dachte, ich hätte eine Lichtreflektion gesehen. Er hat mir Entwarnung gegeben, damit wir von Euch abrücken können, aber dann muss er schnell geschossen haben."

Brenna überlegte. „Aber Ennis hat mich doch auf sein Pferd gezogen. Ich verstehe nicht, wie er auf mich schießen konnte."

„Als dein Pferd wild wurde, ist es in Richtung Wald gelaufen", sagte Quade. „Ennis war näher bei dir, weil er sich dort versteckt hatte."

„Aye, ich weiß, dass es Ennis war. Er gab es in der Hütte zu, aber er hatte nur vorgehabt, das Pferd zu treffen. Der Pfeil hat mich versehentlich erwischt. Er wollte den Verdacht auf jemanden der Hochzeitsgäste lenken."

„Aber warum ist Ennis tot?", fragte Logan. „Margaret hat doch nicht ihren eigenen Ehemann getötet, oder?"

„Doch, sie hat es getan, und ich habe es gesehen", sagte Brenna. „Das Schlimmste war, dass Ennis versucht hat, Margaret davon abzuhalten, mich zu verletzen. Ich konnte in seinen Augen sehen, dass er sie immer noch liebte, aber er wusste, dass sie nicht mehr klar denken konnte. Er zog sie von mir weg und sprach mit ihr, aber sie brach schließlich weinend zusammen. Er hielt sie lange fest. Dann küsste sie ihn und zog ihren Dolch heraus und erstach ihn rücklings. Ich wollte Ennis noch warnen, aber es war zu spät. Ihr hättet den Ausdruck in seinen Augen sehen sollen, als sie ihn erstochen hat. Es war schrecklich."

„Es ist erstaunlich, dass er noch am Leben war, als wir ankamen." Logan starrte fasziniert auf die Flammen im Kamin. „Quade, ich glaube, er hat sich solange an das Leben geklammert, um dich zu warnen."

„Aye, da könntest du recht haben." Eine ganze Weile sprach niemand. Quade zog seine Frau näher an sich heran und küsste sie auf die Wange. „Du hast mir den Schreck meines Lebens eingejagt, Mädchen."

„Ich wünschte, ich hätte dich auf deinem Pferd sehen können, mein Gemahl." Sie blickte in seine grünen Augen, die voller Liebe für sie waren.

Wieder schaltete sich Lady Ramsay ein. „Ihr habt mir erklärt, wie Ennis gestorben ist, aber was ist mit Margaret? Wer hat sie aufgehalten?"

Alle drehten sich um und sahen Quade an.

Logan sprach zuerst. „Es war beeindruckend, dich so auf Star reiten zu sehen. Wie sie auf dich reagiert, ist einfach wunderbar. Ich bin froh, dass du nicht auf mich gehört hast, als ich dir sagte, du sollst schießen. Du hast es genau richtig gemacht, Bruder."

„Quade, wovon redet er?", fragte Lady Ramsay und sah ihren Ältesten an.

„Aye, Mutter, Margaret ritt mit ihrem Pferd auf die Klippen zu und zog Brenna auf einem Schlitten hinter sich her. Sie wollte den Schlitten über die Klippen fahren lassen. All die Stunden, die ich auf Stars Rücken verbracht habe, haben sich endlich ausgezahlt."

„Ich habe so etwas noch nie gesehen, Mama", sagte Micheil. „Quade stand auf Stars Rücken, genau wie er es immer tut. Logan und Seamus haben ihn immer wieder angeschrien, endlich zu schießen, aber er hat gewartet."

Seamus mischte sich ein. „Aye, er wartete, bis wir ihn am liebsten erwürgen wollten. Er stand völlig gelassen auf seinem Pferd und wartete den richtigen Moment ab. Dann zog er einen Pfeil heraus, zielte und schoss genau in dem Moment, in dem Star stehenblieb. Margarets Pferd scheute und Quade traf Margaret, die daraufhin vom Pferd und die Klippen hinabstürzte."

Micheil lachte. „Aber mein Bruder konnte nicht erkennen, dass er sie getroffen hat, also schoss er immer weiter und weiter. Das arme Pferd wurde von einem der Pfeile in seine rechte Flanke getroffen. Aber es wird sich erholen."

„Das Traurigste war, dass Logan in der Zeit, in der Quade dort stand und auf den leeren Schlitten starrte, direkt hinter ihm seine Frau auswickelte." Seamus nickte Brenna zu. „Falls Ihr es jemals bezweifeln solltet – Euer Mann liebt Euch. Ich glaube, ich habe in meinem ganzen Leben noch nie ein traurigeres Gesicht gesehen als seines in diesem Moment."

„Und mein Bruder hat mich hinter meinem Rücken ausgelacht", rief Quade.

Micheil sah zu dem Paar, das sich auf dem Stuhl aneinanderschmiegte. „Es ist ein Wunder, dass du noch atmest, Mädchen, er hat dich so fest umarmt. Wir mussten ihn anschreien, dich loszulassen."

„Oh, aye, aber da wir gerade dabei sind, Unklarheiten zu beseitigen, und da wir ja jetzt alle eine Familie sind, habe ich auch noch eine Frage." Brenna sah ihre neue Familie an und wartete, ob jemand Einwände erhob.

„Aye", antwortete Quade. „Stell deine Frage und ich werde

versuchen, sie zu beantworten."

„Die Frage ist nicht für dich bestimmt, Ehemann, sondern für meinen Schwager."

Quade kicherte. „Oh, viel Glück dabei, eine Antwort zu erhalten."

Alle Anwesenden schauten zwischen Logan und Micheil hin und her, bis Brenna schließlich zu Logna sah. „Warum hast du das Heilbuch meiner Mutter an dich genommen?"

Lady Ramsay sprang von ihrem Stuhl auf und ging zu ihrem Sohn. „Du hast ihr Buch genommen? Ohne ihre Erlaubnis? So habe ich dich nicht erzogen. Was wolltest du damit?"

„Oh, Mutter, beruhige dich. Ich hatte meine Gründe." Logan sah Quade an und begann zu grinsen.

„Meine Mutter hat das Buch als eine Art Tagebuch geführt", erklärte Brenna und richtete ihre Worte an Lady Ramsay. „Es enthielt alle Wickel, Umschläge und Tränke, die sie als Heilerin benutzt hat, sowie ihre bevorzugten Behandlungen. Es gab auch andere Dinge, die von Mutter zu Tochter für meine Schwester und mich geschrieben wurden, weshalb es mir das Herz brach, als das Buch verschwand. Es war fort, nachdem Logan mit Quade gestritten und uns verlassen hatte."

Lady Ramsay sah ihren mittleren Sohn an, ihr Verhalten war jetzt viel ruhiger. „Darf ich antworten, Logan? Ich glaube, ich kenne den Grund."

„Nur zu. Ich glaube nicht, dass du recht haben wirst, aber sag es nur." Logan verschränkte die Arme vor der Brust und lehnte sich mit einem verschmitzten Grinsen gegen die Wand.

„Er hat es genommen, weil er sicherstellen wollte, dass deine Heilrezepte bei seiner Nichte und seinem Neffen ankommen. Er will sich nicht anmerken lassen, wie sehr er Lily und Torrian liebt, aber ich weiß, wie sehr er es tut. Er hat das Buch hierhergebracht, um den Kindern zu helfen, falls du es nicht getan hättest." Sie warf einen Blick auf ihre Enkelkinder. Lily schlief auf Brennas Schoß und Torrian auf Growleys Bauch.

„Nicht schlecht, Mutter, aber das trifft es nicht ganz." Logan lächelte. „Das Buch war mein Pfand."

Brenna schüttelte den Kopf. „Ich verstehe nicht."

„Oh, Schwägerin, du wirst schon noch sehen, was für ein

Dickschädel mein Bruder ist. Du erinnerst dich daran, dass er glaubte, verflucht zu sein, aye?"

Sie nickte.

Logan fuhr fort: „Ich weiß, wie stur mein Bruder ist. Ich habe sofort gewusst, dass ihr zwei füreinander bestimmt seid. Aber ich fürchtete, dass er dich zu deinem Clan zurückbringen würde, um sich nicht in dich zu verlieben. Er glaubte, er hätte dich nicht verdient."

„Oh, nay. Du warst doch derjenige, der gesagt hat, du würdest mich zu meinem Clan zurückbringen, nicht Quade."

„Aye, weil wir Brüder sind und uns nahestehen. Ist dir das bei deinen eigenen Geschwistern noch nie aufgefallen? Er macht das Gegenteil von allem, was ich sage. Wenn ich sage bleib, dann geht er. Wenn ich ihm sage, er soll dich zu deinem Clan bringen, bringt er dich hierher. Und du wurdest hier dringend gebraucht, wie du inzwischen weißt."

„Oh, du hast mich sehr verwirrt, Logan." Brenna starrte ihn mit großen Augen an. „Ich verstehe es immer noch nicht."

„Es ist ganz einfach, Mädchen. Wohin auch immer dein Buch ging, würdest auch du gehen. Ich konnte in deinen Augen sehen, wie viel dir dieses Buch bedeutet. Ich wusste, dass du niemals gehen würdest, ohne es zurückzubekommen. Ich musste sicher sein, dass du darauf bestehst, herzukommen, falls mein Bruder dumm genug gewesen wäre, dich zurück zu deinem Clan zu bringen."

„Du hast recht." Brenna war sich immer noch nicht ganz sicher, ob sie es verstand.

„Meine Nichte und mein Neffe brauchten dich, also kam das Buch mit mir, um sicherzustellen, dass du ihm folgst."

Quade nickte verlegen und küsste die Stirn seiner Frau.

Brenna starrte ihn immer noch verwirrt an.

„Aye, ich brauchte dich hier, Mädchen. Und mein Bruder wusste es besser als ich."

Logan lächelte.

Brenna küsste ihren Gemahl auf die Lippen und lächelte. „Laird Ramsay, dein Fluch ist vorbei. Ich werde dich nie verlassen."

EPILOG

LADY BRENNA RAMSAY stand am Fuß der Treppe zum großen Saal ihres Bruders und ein Gefühl von Glück und Frieden erfüllte sie. Zusammen mit ihrer Schwester Jennie hatte sie in der vergangenen Nacht die kleine Tochter ihres Bruders zur Welt gebracht. Sie hatte gerade nach Maddie gesehen, die tief und fest in ihrem Gemach schlief. Ihre Magd Alice kümmerte sich um sie.

Der Anblick war wunderschön. Dank des Schneesturms, der draußen tobte, war praktisch die ganze Familie versammelt. Jennie und Avelina saßen am Tisch und überlegten, welche Kleidungsstücke sie für das kleine Mädchen nähen würden, während Brennas zwei Neffen im Saal herumtobten. Lily, Torrian und Growley waren den Jungs dicht auf den Fersen und das Lachen der Kinder hallte im ganzen Saal wider.

Brennas Bruder Alex, der nach der Geburt seiner Tochter wie ein Pfau herumstolzierte, ging mit seiner Kleinen auf und ab. Er trug sie in seinem Plaid an seiner Brust und summte so zärtlich, wie ihn Brenna noch nie zuvor gehört hatte. Sie musste schmunzeln. Alex war während der Geburt an der Seite seiner Frau geblieben. Er war so begeistert darüber, endlich eine Tochter zu haben, dass er nicht einmal enttäuscht war, dass das Mädchen mit dunklen Haaren und nicht mit Maddies schönen blonden Locken zur Welt gekommen war.

Sie warf einen Blick zum Kamin und lächelte, als sie sah, dass ihr Mann gerade von Robbies und Brodies Seite gewichen war und nun auf sie zukam. Er umarmte sie und drehte sich dann um, um auf die versammelte Familie zu blicken. Liebevoll streichelte er die sanfte Wölbung ihres Bauchs.

„Hoffentlich bist du mir nicht böse, wenn ich nicht an deiner Seite im Geburtsraum sitze, wenn deine Zeit gekommen ist. Ich bin nicht wie dein Bruder."

Sie sah ihn über ihre Schulter an. „Nay, Quade. Ich wusste, dass das für dich nicht das Richtige wäre. Mein Bruder ist anders als die meisten Männer, wie du siehst." Sie nickte dem immer noch summenden Riesen zu.

Er küsste ihren Hals, bevor er ihr ins Ohr flüsterte. „Weißt du, diese Szene erinnert mich an den Traum, den ich hatte, als ich dir zum ersten Mal begegnet bin."

Brenna drehte sich zu ihm um. „Was für ein Traum?"

„Als die Eberwunde mir Fieber verursacht hat, hatte ich einen Traum. Ich stand in einem großen Saal und meine Kinder waren gesund und tollten umher, genau wie jetzt. Ihr Lachen war Musik in meinen Ohren. Ich kann das Gefühl, das ich dabei hatte, immer noch nicht erklären. Aber etwas hat mir damals gefehlt."

„Was?"

„*Du* warst nicht da, meine Liebste." Er küsste sie.

„Und jetzt bist du endlich da, wo du hingehörst. An meiner Seite."

ENDE

WEITERE BÜCHER VON KEIRA MONTCLAIR

DIE CLAN GRANT-SERIE
#1-BEFREIT VON EINEM HIGHLANDER-Alex und
Maddie
#2-HEILUNG EINES HIGHLANDER-HERZENS-Brenna
und Quade
#3-LIEBESBRIEFE AUS LARGS-Brodie und Celestina
#4-#8 - Bald erscheinend

DER HIGHLAND CLAN
LOKI aus den Highlands - Buch Eins
TORRIAN aus den Highlands - Buch Zwei
LILY aus den Highlands – Buch Drei
JAKE aus den Highlands– Buch Vier
ASHLYN aus den Highlands– Buch Fünf
MOLLY aus den Highlands– Buch Sechs
Bücher Sieben bis Zwölf: Bald erscheinend

HIGHLANDSCHWERTER
DER VERRAT DER SCHOTTIN
DIE SCHOTTISCHE SPIONIN
DIE JAGD DES SCHOTTEN
DIE PRÜFUNG DES SCHOTTEN
Buch 5 & 6: Bald erscheinend

WEITERE BÜCHER

DIE VERBANNUNG DES HIGHLANDERS

ANMERKUNGEN DER AUTORIN

BLINDDARMENTZÜNDUNG – Hoffentlich konnten Sie die Krankheit erkennen, die Quade Ramsay stark genug beeinträchtigt hat, um seine Bewegungen zu verlangsamen und ihn zum Opfer des Ebers zu machen. Übliche Symptome einer Blinddarmentzündung sind häufiges Erbrechen und Schwäche, wie er es auf seiner Reise durch die Highlands auf der Suche nach einem Heiler erlebt hat. Ein geplatzter Blinddarm kann verheerende Folgen haben und war vor dem Aufkommen von Antibiotika oft tödlich. Brennas Entscheidung, ihn zu entfernen, war höchstwahrscheinlich eine lebensrettende Maßnahme.

ZÖLIAKIE – Lily und Torrian litten beide an Zöliakie. Zöliakie ist heutzutage eine häufige Erkrankung und wird von Ärzten leicht erkannt. Der erste Hinweis, den ich darauf fand, stammt aus dem zweiten Jahrhundert. Eine glutenfreie Ernährung wird empfohlen, um das Wiederauftreten von Symptomen zu verhindern. Dies ist die Definition von Zöliakie, wie sie auf http://www.celiaccentral.org/zu finden ist:
„Zöliakie ist eine Autoimmunkrankheit des Verdauungssystems, die die Zotten des Dünndarms schädigt und die Aufnahme von Nährstoffen aus der Nahrung beeinträchtigt. Was bedeutet das? Im Wesentlichen greift sich der Körper jedes Mal selbst an, wenn eine Person mit Zöliakie Gluten konsumiert."
Die Krankheit wird hauptsächlich durch die Vermeidung von Lebensmitteln, die Gluten enthalten – also Weizen, Gerste und Roggen –, behandelt. Einige Personen haben auch Probleme damit, Hafer zu verdauen, aber nicht Torrian oder Lily. Hafer war im Mittelalter eine gute Alternative. Reis, Kartoffeln und Mais sind heute andere großartige Kohlenhydratspender für Zöliakie-Patienten, die im mittelalterlichen Schottland jedoch nicht zu finden waren.
Zöliakie ist eine genetische Störung, daher ist es nicht

ungewöhnlich, dass zwei oder mehr Geschwister betroffen sind. Sie hat bis zu 300 Symptome, die eine Person betreffen können, oder eben auch nicht. Durchfall, Bauchschmerzen und übelriechender Stuhl sind häufige Symptome. Die Blasen und Wunden (dermatitis herpetiformis), unter denen Torrian litt, treten normalerweise in fortgeschrittenen Fällen auf. Glücklicherweise ist Zöliakie heutzutage leicht zu diagnostizieren und zu behandeln, sodass solche Symptome selten sind. Ich vermute, dass diese Symptome vor der Entdeckung der Krankheit viel häufiger auftraten.

Da die Krankheit die Fähigkeit des Körpers beeinträchtigt, Nährstoffe aufzunehmen, waren die Patienten oft dünn und litten unter einer schlechten Gewichtszunahme und einem verzögerten Wachstum. Sobald der Körper glutenfreie Lebensmittel erhält, können sich Gewicht und Wachstum wieder normalisieren.

DER SCHOTTISCHE HIRSCHHUND – Die Idee, Growley, den schottischen Hirschhund, einzusetzen, um Torrian beim Gehen zu unterstützen, kam aus aktuellen Praktiken in der Physiotherapie. Ich habe Hunde wie Golden Retriever gesehen, mit denen pädiatrische Patienten bei der Rehabilitierung unterstützt wurden. Ich liebe Hunde und konnte nicht widerstehen, das in meinem Roman auszunutzen. Außerdem sollten alle Jungen einen Hund haben, den sie liebhaben können!

Wenn Sie meine Pinterest-Seite besuchen, sehen Sie in der Kategorie „Healing a Highlander's Heart", wie ich mir Growley vorstelle. Der schottische Hirschhund ist ein wunderschönes Tier, dessen Größe der entspricht, die Torrian benötigte.

ADERLASS – Die mittelalterliche Medizin basierte auf den vier Elementen Wind, Wasser, Erde und Feuer. Im Körper ist die Humoralpathologie wie folgt: Blut–Luft, gelbe Galle–Feuer, schwarze Galle–Gallenblase, Schleim–Wasser. Da Mikroorganismen erst im Alter des Mikroskops entdeckt wurden, war die Vorstellung, dass Krankheiten „in der Luft" liegen, weit verbreitet. Da angenommen wurde, dass Luft mit Blut zusammenhängt, war der Aderlass bei vielen Heilern üblich und definitiv etwas, wovor sich jedes Kind, das ihn schon einmal erlebt hatte, fürchten würde.

Heutzutage erscheint der Aderlass (Schnitte im Körper an bestimmten Stellen, an denen das schlechte Blut ausbluten kann) als eine barbarische Praxis, die jedoch bis weit in das 19. Jahrhundert hinein angewendet wurde. Inzwischen wissen wir natürlich, dass sie Schwäche verursacht. Während uns die Prämisse lächerlich erscheint, kann ich verstehen, warum eine infizierte Wunde voller Eiter (weiße Blutkörperchen) aufgeschnitten wird, damit die Gifte ausbluten können. Wir tun dies heute noch in der Chirurgie, wenn ein großer Abszess behandelt wird. Nur haben wir heute den Vorteil von Antibiotika, um die Infektion zu beseitigen.

KINDBETTFIEBER – Lilias hat nach der Geburt ihres zweiten Kindes, Lily, ihre Plazenta nicht abgestoßen. Dieser Zustand wird als RETINIERTE PLAZENTA bezeichnet und kann auftreten, wenn die Plazenta an der Uteruswand haftet. Das Verbleiben im Körper der Mutter verursacht eine schwere Infektion. Im 14. Jahrhundert wurde dieses Leiden möglicherweise als das gleiche wie eine Kindbett- oder Wochenbettinfektion angesehen (im Grunde eine Infektion der Gebärmutter, die sich ins Blut ausbreitet). Kindbettfieber tritt nicht selten auf und kostete viele junge Mütter das Leben, bevor es mit Antibiotika behandelbar wurde.

SCHARLACH – Er ist auch als Halsentzündung oder Infektion der oberen Atemwege durch Streptokokkenbakterien bekannt. Er ist mit Antibiotika leicht zu heilen und die meisten von uns haben ihn entweder selbst gehabt oder bei ihren Kindern erlebt. Was wäre, wenn wir keine Antibiotika hätten, um die Krankheit zu heilen?

UNTERM STRICH – Vielleicht haben Sie den Eindruck, dass ich zu viele medizinische Tragödien in dieses Buch mitaufgenommen habe. Aber denken Sie noch einmal darüber nach. Wenn Sie oder Ihre Familie keine Antibiotika für all Ihre

Krankheiten, Verletzungen und Operationen hätten, wie viele von Ihnen wären dann heute nicht mehr hier?

Das Mittelalter war ein Zeitalter voller Tod. Traurig, aber wahr. Danke fürs Lesen!

Keira Montclair

www.keiramontclair.net

ÜBER DIE AUTORIN

Keira Montclair ist das Pseudonym einer Autorin, die mit ihrem Ehemann in South Carolina lebt. Sie schreibt aufregende historische Romane, oft mit Kindern als Nebenfiguren.

Wenn sie nicht schreibt, verbringt sie gern Zeit mit ihren Enkelkindern. Sie hat als Highschool-Mathematiklehrerin, als Krankenschwester und als Büroleiterin gearbeitet. Sie liebt Ballett, Mathematik, Rätsel, lernt gern neue Dinge und erschafft neue Charaktere, in die sich ihre Leser verlieben können.

Sie schreibt fesselnde historische Liebesgeschichten. Ihr Bestseller ist eine Familiensaga, die zwei schottische Clans über drei Generationen hinweg begleitet und inzwischen über dreißig Bücher umfasst.

Kontaktieren Sie sie über ihre Deutsch Website: www.keiramontclair.net.

Werfen Sie auch einen Blick auf ihre Charaktere und die Schauplätze dieses Romans auf ihrer Pinterest-Seite http://www.pinterest.com/KeiraMontclair/

Treten Sie gern mit ihr über keiramontclair@gmail.com in direkten Kontakt. Die Autorin verspricht, alle Emails zu beantworten.